懶鬼子 英日語
Language
17buy.com.tw

懒鬼子 英日語
Language
17buy.com.tw

我用這幾句英文
在全世界交朋友

Making friends
all over the world ......

STEP **1**

100個情境
完全圖解

將在國外生活一定會碰到的情境分成 4 個章節，20 個單元，總共 100 個情境，並搭配大幅全彩情境圖，不論是開趴踢、交朋友、機場、旅行、校園、打工度假、緊急狀況……等各種食衣住行育樂的情境通通都有！

Travel the World with me !

Dialogue 對話　│**聖誕節**│ **Christmas**

🎧 MP3 3-16

A: Look at these gifts under the Christmas tree.
看看這些在聖誕樹下的禮物。

B: I wonder what are in those small boxes.
不知道那些盒子裡面裝了什麼。

A: But as people say "good things come in small packages."
但有句話不是說「好東西都是包得小小的」。

B: You are right. I'm anxious to open them right now.
你說對了，我真想現在就打開它們。

Vocabulary 單字

STEP **2** ## 最常說的兩人對話

根據作者在國外的生活經驗，每個情境皆提供一組最常用、最簡單的 A、B 對話，讓你立即掌握在該情境最常發生的對話主題。並請專業外籍錄音員錄製 MP3，收錄全書所有的單字以及會話句。

🎧 MP3 1-01

STEP 3

2,000個單字行遍天下

每個情境皆根據情境內容以及對話主題列舉出 20 個單字，只要熟練全書收錄的 2,000 個生活常用單字，在與外國人對話時，就能更容易抓取會話中的重要關鍵字，和外國人溝通不是問題。

STEP 4

400個句型說遍全球

每個情境皆補充 1~4 組常用句型，只要 400 個句型就能夠和外國人暢所欲言，替換掉關鍵字，就能夠輕鬆轉換各種說法，開口說英文一點都不難。

詞性縮寫｜**n** 名詞、**v** 動詞、**a** 形容詞、**ad** 副詞、**p** 介系詞

Vocabulary 單字

B: You are right. I'm anxious to open them right now.
你說對了，我真想現在就打開它們。

snowflake ['sno,flek] **n** 雪花、雪片	chimney ['tʃɪmnɪ] **n** 煙囪	mistletoe ['mɪsl,to] **n** 槲寄生	ornament ['ɔrnəmənt] **n** (聖誕樹上的) 裝飾品
Christmas stocking ['krɪsməs 'stɑkɪŋ] **n** 聖誕襪	Santa Claus ['sæntə klɔs] **n** 聖誕老人	moose [mus] **n** 北美麋鹿、麋鹿	gingerbread house ['dʒɪndʒə,brɛd ,haus] **n** 薑餅屋
wreath [riθ] **n** 花圈	candy cane ['kændɪ ken] **n** 拐杖糖	reunion [ri'junjən] **n** 團聚	Jesus ['dʒizəs] **n** 耶穌
church [tʃɝtʃ] **n** 教堂	Catholic ['kæθəlɪk] **n** 天主教徒 **a** 天主教徒的	Christian ['krɪstʃən] **n** 基督徒 **a** 基督徒的	Cardinal ['kɑrdnəl] **n** 樞機主教
Christmas Carol ['krɪsməs 'kærəl] **n** 聖誕歌	Christmas wait ['krɪsməs wet] **n** 報佳音	Christmas eve ['krɪsməs iv] **n** 聖誕夜	Mass [mæs] **n** 彌撒

Sentence Pattern 萬用句型｜只要掌握句型並替換關鍵字，聖誕節也有多種說法｜

- **I wonder...** 不知道…
  I wonder what gifts I'll get this Christmas. 不知道這個聖誕節我會得到什麼禮物。

- **be anxious to...** 渴望做…
  Are you anxious to celebrate the birth of Jesus this Christmas?

★ 有底線的單字為該情境的補充單字。

★ 黃底字為額外補充的生活常用單字，中文意思補充在旁邊。

STEP 5

2,000句會話壯遊世界

除了 A、B 對話之外，每個情境更額外補充實用會話句，全書共有約 2,000 句會話，讓你用最簡單的英文走遍世界。

STEP 6

壯遊世界隨身書

精心設計隨身小書，隨身攜帶也不占空間，在任何狀況碰到講不出口的情況時，能即時翻閱查找，就像帶了英文老師在身邊一樣安心。

我用這幾句英文—在全世界交朋友

Conversation 會話｜聖誕節時還會聽到、說到的會話｜

- Christmas is around the corner. 聖誕節就要到了。
- How about decorating the Christmas tree with ornaments and tinsel? 用裝飾品和金蔥裝飾聖誕樹如何嗎？
- Go get all the gifts first and put them under the tree. 先把禮物拿來放到樹下。
- Are you going to go to Mass on Christmas Eve? 在聖誕夜你要去望彌撒嗎？
- You can open the gifts till we've had the huge Christmas feast. 直到吃完聖誕大餐，你才可以打開禮物。
- Take a guess. What's inside the box? 猜猜看，盒子裡是什麼呢？
- I can't wait to open my gifts. 我等不及要打開我的禮物了。
- You'll have to wait till Christmas morning. 直到聖誕節早上才可以打開禮物。
- You'll see what's in your Christmas stocking. 你會發現聖誕襪裡裝的是什麼。
- It's time to unwrap the presents! 打開禮物的時間到了！
- The wrapping is so beautiful. 這包裝紙真美。
- Don't rip the wrapping paper. We can reuse it. 不要撕破包裝紙，我們可以再回收使用。
- What did you get? 你收到什麼呢？
- Most families choose to go away for the holidays at Christmas. 大部分的家庭會選擇在聖誕假期間渡假。
- It's more surprising than I ... 比…還土人意外的。
- It's more surprising than I ... 即是一女新的 inh...

會話補充重點

- **around the corner** 除了可以解釋為「在街角」的意思之外，用在節慶上，便可以引申為「即將來臨」的意思，原句可以代換成「Christmas is upcoming。」
- **tinsel** 當作名詞使用時，為不可數名詞，所以不可以在字尾加上「s」形成複數型態。
- **Mass** 當作名詞使用，解釋為「彌撒」的意思，若要表達「望彌撒」則是說 go to Mass。
- **Take a guess.** 解釋為「猜猜看」之意，要注意其中 guess 並非當作動詞使用，而是當作名詞，解釋為「猜測、猜想」的意思。
- **unwrap** 字面上看起來是 un + wrap，即「不包裝」的意思，也就可以引申為「打開、解開」的意思，也可以代換成 open。

國外生活 | Abroad Chapter 2

我用簡單的英文　闖全球

- I'm so glad that I finally got my Bachelor's degree.
  我很高興我終於取得學士學位了。

Unit2 | 打工度假 Working Holiday

- The farm has herds of sheep and horses.
  這座農場有一群群的綿羊和馬匹。
- Let's take some grains to feed the horses.
  我們拿一些穀物來餵馬吧。
- We also have to feed the sheep after feeding the horses.
  餵完馬之後我們還要餵綿羊。
- Today's grass looks fresh and clean.
  今天的草看起來很新鮮乾淨。
- The horses seem to have little appetite for grass on these hot summer days.
  這些炎熱的夏日裡馬兒似乎對吃草沒什麼胃口。
- Let's give the horses a bath in cold them.
  我們幫馬兒洗個冷水澡吧。
- That white horse becomes more shining after being washed.
  那匹白馬洗完後變得更閃亮了。
- I can't help but associate the horses with Prince Charming in fairy tales.
  我不禁把馬兒聯想到童話故事裡的白馬王子。

- How to deal with the fruit after picking them?
  摘完水果後要如何處理它們呢？
- You have to pack the box with fruit.
  你必須把箱子裝滿水果。
- Move the boxes to the truck after packing them.
  裝好箱子後把箱子搬到卡車上。
- Don't forget to record the amount of boxes.
  別忘了記錄箱子的數量。
- The truck will arrive here in ten minutes.
  卡車十分鐘後會抵達這裡。
- Be careful not to bruise the fruit.
  小心別讓水果碰傷了。
- I have to transport the fruit to destination by tomorrow.
  我明天之前必須把水果運送到目的地。
- So, you have to work more efficiently.
  所以，你必須更有效率地工作。
- Time flies, this is already our last week working here.
  時間過得真快，這已經是我們在這裡工作的最後一週了。
- It's tiring but fun to work in the orchard.
  在果園工作雖然累但很有趣。
- I acquire much useful knowledge about fruits from working here.
  在這裡工作讓我學到很多關於水果的有用知識。

36   37

　　剛升大四的時候就打算大學畢業後到澳洲打工度假一年，希望能夠存一點錢並擴展自己的視野，但因為擔心自己的語言能力不夠好而一直猶疑不前，後來有次跟 Josephine 老師談到這件事情，她鼓勵我勇敢去追求夢想，並告訴我在英文會話上只要能夠做到「敢說、會聽」就好了！我按照老師的方法在澳洲不怕丟臉地開口說英文，自己在澳洲找到工作、談了場戀愛，還和一群朋友自助旅行，我覺得英文口說其實就像 Josephine 老師說的：句子不用太漂亮，只要能夠把意思傳遞出去可以了！

Emma ｜ 24 歲，碩士生

　　開始上 Josephine 老師的課是在我剛出社會的時候，那時候是因為覺得同期進公司的同事各個都比我優秀，所以希望增強自己的英文口說能力，為自己多加點分數。在上課的過程中，Josephine 老師不斷地傳遞一個概念：「只要敢開口說，對方就一定聽得懂！」，後來有一次有個外國客戶來公司開會，但剛好經理不在位置上，我硬著頭皮接待他並陪他聊天一起等經理來，事後不僅得到經理的肯定，也讓我對自己的英文能力更具信心，這一切都要謝謝 Josephine 老師的教導。

Daniel ｜ 28 歲，業務員

　　從小家裡就灌輸我「學歷不好沒關係，但至少要有一技之長還有好的語言能力」的觀念，但語言能力一直是我的罩門，我完全不敢跟外國人用英文說話。為了克服這個心理障礙我報名參加了 Josephine 老師的課程，經過不斷反覆地練習以及培養一顆敢勇敢開口說英文的心，我現在已經敢在臉書上經營甜點店的英文版粉絲頁，面對走進店裡的外國人，我也能夠很開心且很有自信地為他們介紹我的甜點了呢！

Evanna ｜ 23 歲，手作甜點店老闆

　　《我用這幾句英文在全世界交朋友》以生動活潑的情境繪圖方式來引導各個主題單元內容，讓讀者們彷彿身歷其境。每個情境都提供 A 與 B 的情境對話，在圖與對話的輔助下讀者們便能更瞭解情境主題，也能實際運用在生活對話裡而不生澀。接下來更藉由 20 個相關單字的引導，來加深讀者們對該情境主題的印象。

　　然而，對於英文非母語的我們來說，僅有單字的堆疊，想說出一口流利且不繞口的英語是有些難度。因此透過多個句型來擴充情境對話的豐富性，使讀者們能帶入對話中靈活運用。等到單字、對話、句型的架構皆完整之後，每個情境更補充 15 句左右的會話以及約 5 則重要文法、習慣用法或是口說注意事項，讓讀者們更熟悉該單元的學習內容，進而套用在實際生活的對話之中。

　　如此層層堆疊、延展式地練習，不僅縱向加深英文實力，也能橫向擴展英文能力。《我用這幾句英文在全世界交朋友》是一本擁有多元內容且用途廣泛的英文書籍，也是一本不可或缺的英文工具書。這本書的理念很簡單：就是希望讀者能勇敢開口說英文，不用在乎英文句子要說的多漂亮、多完美，用最簡單的英文就能夠與世界接軌，擁有非凡之國際觀！

Josephine Lin

2012.12

目錄　Contents

Let's go to
the movie !

Chapter 2 ｜旅行｜ Travel

Hurry up !

目錄　Contents

Chapter 3 ｜國外生活｜ Abroad

Are you sure?

Umm...

Travel the world with me!

Hi, there!

Chapter 4 ｜緊急狀況｜ Emergency

What happened ?

Look there!

Chapter 1

Let's Go!

Get new Friends | 認識新朋友 |
★自我介紹　★討論興趣　★討論他人　★聊天　★介紹台灣

自我介紹 | Introduce Oneself

 MP3 1-01

A: Hi, I'm Leo from Taiwan. Nice to meet you.
嗨，我是來自台灣的里歐。很高興認識你。

B: Nice to meet you, too, Leo. Welcome to join us! What do you major in?
也很高興認識你，里歐。歡迎加入我們！你主修什麼呢？

A: I major in Anglisitics. And you?
我主修英國文學，你呢？

B: My major is Management of Information System.
我主修資訊管理。

Vocabulary
單字

welcome [`wɛlkəm] ⓥ 歡迎 ⓐ 受歡迎的	**please** [pliz] ⓥ 使高興、請	**nickname** [`nɪk͵nem] ⓝ 綽號 ⓥ 為…取綽號	**pleased** [plizd] ⓐ 高興的
meet [mit] ⓥ 相會、相識	**myself** [maɪ`sɛlf] ⓝ 我自己	**nervous** [`nɝvəs] ⓐ 緊張不安的	**allow** [ə`lau] ⓥ 允許、容許
still [stɪl] ⓐ 還、仍舊	**join** [dʒɔɪn] ⓥ 參加、作…的成員	**major** [`medʒɚ] ⓥ 主修 ⓝ 主修科目	**Anglisitics** [æŋ`glɪstɪks] ⓝ 英國文學
management [`mænɪdʒmənt] ⓝ 管理、處理	**information** [͵ɪnfɚ`meʃən] ⓝ 資訊、消息	**system** [`sɪstəm] ⓝ 系統、體系	**appreciate** [ə`priʃɪet] ⓥ 感謝、感激
familiarize [fə`mɪljə͵raɪz] ⓥ 使熟悉、使親近	**forward** [`fɔrwɚd] ⓐ 向前、向將來 ⓐ 前面的、提前的	**author** [`ɔθɚ] ⓝ 作者、作家	**enjoy** [ɪn`dʒɔɪ] ⓥ 使得到樂趣、使過得快活

Sentence Pattern
萬用句型 | 只要掌握句型並替換關鍵字，自我介紹也有多種說法 |

- **You can call me...** 你可以叫我…。
  My name is William, but you can call me Will.　我的名字是威廉，但你可以叫我威爾。

- **May I have one's name?** 能告訴我…的名字嗎？
  May I have your name, please?　能告訴你你的名字嗎？

- **I'd better introduce myself to...** 我最好向…自我介紹。
  I'd better introduce myself to all of you.　我最好向你們所有人自我介紹。

Conversation 會話 | 自我介紹時還會聽到、說到的會話 |

- This is my first time to be here. I'm a little nervous.
  這是我第一次來這裡，我有點緊張。

- I'm new here. I would appreciate it if you could help me.
  我是新來的。承蒙幫忙，我一定會感激不盡。

  理解、聽清楚
- I'm sorry. I didn't catch your name.　我很抱歉，我沒有聽到你的名字。

- Please allow me to introduce myself. I'm Josephine Lin.
  請允許我介紹自己。我是喬瑟芬・林。

- Could you give me your name, please?　你可以告訴我你的名字嗎？

- I am Richard. Dick is a nickname for Richard.
  我是理查。迪克是理查的暱稱。

- For those of you who don't know me, I'm Johnson Brown.
  僅向不認識我的人自我介紹，我是強森・布朗。

  高興的、喜歡的
- I'm pleased to meet you.　很高興認識你。

- How do you do?　你好嗎？

- Excuse me. We've never met. I am Jennifer.
  不好意思，我們以前沒有見過。我是珍妮佛。

- I'm still at school now.　我目前還在念書。

- I'm the only child of my family.　我是獨生子（女）。

- I look forward to being an author.　我之後想當作家。

  熟悉
- Could you help me get familiarized with the area, please?
  你可以帶我熟悉這裡嗎？

  也可以說 Have fun! 或是 Have a good time!
- Enjoy yourself!　好好玩吧！

會話補充重點

- 對於第一次見面的雙方來說，我們可以使用 How do you do? 的句型，但要注意回應時同樣說 How do you do? 即可，無需在句尾加上「too」。

- 初次見面的自我介紹用語，也可以使用 Nice to meet you. 但另一方回應方式即為 Nice to meet you, too.。有時候也可以簡略成 Me, too. 即可。

- 當我們要詢問對方的名字時，除了 Could you give me your name, please? 之外，也可以代換成 May I have your name? 的句子，這樣的詢問方式會讓人感覺較有禮貌且不失禮。

- 表示「期待」的片語除了可以使用 look forward to 之外，也可以使用 want to 的片語，只是前者比較委婉，且 to 為介系詞，後面需接名詞或是動名詞；反之，後者用法則較為直接，且 to 為不定詞，後面必須接原型動詞。

13

討論興趣 | Talk about Interests

 1-02

A: Do you have any interests?
你有什麼嗜好呢？

B: Sure, I do. I like to go cycling on the weekends.
當然有啊！我喜歡在週末騎腳踏車。

A: That sounds interesting. But, I like to spend my weekends at home.
聽起來很有趣。但是，我週末喜歡待在家。

B: You really have to get out more.
你真的得多到戶外走走。

Vocabulary 單字

hobby [ˋhɑbɪ] **ⁿ** 嗜好、癖好	**interest** [ˋɪntərɪst] **ⁿ** 嗜好、興趣	**cycling** [ˋsaɪklɪŋ] **ⁿ** 騎單車兜風	**chess** [tʃɛs] **ⁿ** 西洋棋
painting [ˋpentɪŋ] **ⁿ** 繪畫、繪畫藝術	**sculpt** [skʌlpt] **ⁿ** 雕刻、造形	**hike** [haɪk] **ⁿ** 健行、爬山	**mountain climbing** [ˋmaʊntn̩ ˋklaɪmɪŋ] **ⁿ** 登山
gardening [ˋgɑrdn̩ɪŋ] **ⁿ** 園藝	**bird-watching** [ˋbɝdwatʃɪŋ] **ⁿ** 賞鳥	**photography** [fəˋtɑgrəfɪ] **ⁿ** 攝影	**collect** [kəˋlɛkt] **ᵛ** 收集、使集合
antique [ænˋtik] **ⁿ** 古董、古物	**embroidery** [ɪmˋbrɔɪdərɪ] **ⁿ** 刺繡	**knitting** [ˋnɪtɪŋ] **ⁿ** 編織	**pastime** [ˋpæsˌtaɪm] **ⁿ** 娛樂、消遣
music [ˋmjuzɪk] **ⁿ** 音樂、樂曲	**aerobics** [ˏeəˋrobɪks] **ⁿ** 有氧舞蹈	**indoors** [ˋɪnˋdorz] **ᵃᵈ** 在室內、在屋裡	**outdoors** [ˋaʊtˋdorz] **ᵃᵈ** 在室外、在戶外 **ⁿ** 野外活動、戶外

Sentence Pattern 萬用句型

| 只要掌握句型並替換關鍵字，討論興趣也有多種說法 |

- **go V-ing...** 從事…活動
  My cousin likes to go surfing every weekend.　我表哥每個週末喜歡去衝浪。

- **in one's leisure time** 在…的休閒時間
  What do you like to do in your leisure time?　在休閒時間，你喜歡做什麼呢？

- **be into + N / V-ing...** 對…著迷、熱衷
  Are you into window shopping?　你熱衷逛街嗎？

會話 | 討論興趣時還會聽到、說到的會話 |

- Let's go fishing!　我們去釣魚吧！

- I want to do something quieter, like reading or listening to music.
  我想要做些靜態一點的事情，像是閱讀或是聽音樂。

- I don't want to miss the good movie on TV tonight.
  我不想錯過今晚電視要播的這部好電影。

- Let's kick back for a while!　我們休息一下吧！

- Would you like to play contract bridge with me?　你想要和我一起玩橋牌嗎？
  橋牌

- I really enjoy the latest fashion.　我真的很喜歡流行時尚。
  流行、時尚

- Don't spend too much time surfing the Internet.　不要花太多時間上網。

- I like cooking but not all that much.　我喜歡做菜，但不是那麼地著迷。

- My dad is crazy about pop music.　我爸爸對流行音樂很著迷。

- What do you decide to take up now?　你現在決定要學什麼呢？
  烏克麗麗

- I've decided to take up learning to play the Ukelele.
  我已經決定要學彈烏克麗麗琴了。

- How long have you practiced playing golf?　你練習打高爾夫球多久了呢？
  一心一意地

- I follow movies devotedly.　我熱愛電影。

- I'd rather stay home than exercise outside.　我寧可待在家也不要外出運動。

- Which activities do you like, indoors or outdoors?
  你喜歡哪一種活動，室內的或是戶外的呢？

會話補充重點

- 句中以 Let's 引導的句子，為祈使句用法，表示「邀請」的意思。但若使用 Let us 引導，則有「建議」的意思。

- go 後面若接表達從事「娛樂」或是「活動」的動詞時，需以動名詞來呈現。

- kick back 為俚語用法，解釋為「放鬆、休息」的意思，也可以代換成 take a break 和 take a rest 的說法。

- take up 解釋為「開始從事」的意思，也可以改為較為口語的字詞 learn，因此，此片語也可以解釋為「學習」的意思。

- would rather... than... 片語中的動詞接需以原形動詞來呈現，且 than 為連接詞，前面動詞若為原形，後面即需以原形呈現。反之，若 than 前面的動詞為動名詞，則之後也需接動名詞才行。

討論他人 | Talk about Others

 MP3 1-03

A: Do you know who is that man dressing in formal wear?

你知道那位穿著正式服裝的男人是誰嗎？

B: He's Tony Yen, a good friend of mine from junior high school.

他是顏湯尼，我國中的好朋友。

A: He's really tall and handsome. What does he do?

他真的又高又帥。他是做什麼的呢？

B: Let me introduce him to you, OK?

我來介紹他給你認識，好嗎？

 Vocabulary **單字**

invitation [ˌɪnvəˈteʃən] ⓝ 邀請函	**celebrate** [ˈsɛləˌbret] ⓥ 慶祝	**cheer** [tʃɪr] ⓥ 歡呼	**invite** [ɪnˈvaɪt] ⓥ 邀請
pour [por] ⓥ 倒（飲料）、傾倒	**prepare** [prɪˈpɛr] ⓥ 準備	**guest** [gɛst] ⓝ 賓客	**socialize** [ˈsoʃəˌlaɪz] ⓥ 交際
balloon [bəˈlun] ⓝ 氣球	**confetti** [kənˈfɛtɪ] ⓝ 五彩碎紙	**ornament** [ˈɔrnəmənt] ⓝ 裝飾品	**steamer** [ˈstimɚ] ⓝ 垂掛式彩帶
noisemaker [ˈnɔɪzˌmekɚ] ⓝ 趣味鳴笛	**champagne** [ʃæmˈpen] ⓝ 香檳	**organize** [ˈɔrgəˌnaɪz] ⓥ 籌畫	**gatecrasher** [ˈgetˌkræʃɚ] ⓝ 不速之客
host [host] ⓝ（男）主人	**hostess** [ˈhostɪs] ⓝ（女）主人	**drunk** [drʌŋk] ⓐ 喝醉的	**hangover** [ˈhæŋˌovɚ] ⓐ 宿醉的

 Sentence Pattern **萬用句型** ｜只要掌握句型並替換關鍵字，討論他人也有多種說法｜

- **Do you know…?** 你知道…嗎？

Do you know where my tuxedo is? 你知道我的燕尾服在哪裡嗎？

- **be in front of…** 在…的前面

There's a handsome man standing in front of the window.
有位英俊的男士佇立在窗戶前。

會話　| 討論他人時還會聽到、說到的會話 |

- John looks a little drunk.　約翰看起來有點醉了。

- Have you got a terrible hangover this morning?　今早你有嚴重的宿醉嗎？

- I think Kevin is sloshed now.　我想凱文現在喝得爛醉了。
  　　　　　　　　　　喝醉的

- Does Joseph look kind of stoned?　喬瑟夫看起來很醉嗎？
  　　　　　　　　酩酊大醉的

- Look at him, he is pounding back the drinks tonight.　瞧瞧他，他今晚喝酒喝得很快。
  　　　　　　　重擊

- We've brought a case of beer to this party.　我們已經買一箱的啤酒到派對了。

- They feel like getting down and partying this weekend.
  他們感覺好像準備好這週末的派對了。

- Have you ever seen Tim go wild like this before?
  你以前曾經看過提姆像這樣發狂嗎？
  　　　　　　　　瘋狂的

- Did Ivan get my invitation?　艾凡有收到我的邀請函嗎？

- I wonder why Judy didn't invite you to her party.
  我納悶為何茱蒂沒有邀請你到她的派對。

- Perry wasn't invited, but he crashed the party with his friends.
  派瑞沒有被邀請，但他和他的朋友們卻不請自來。

- Are you still available?　你還是單身嗎？
  　　　　可得到的、有空的

- Do you guys know each other?　你們兩人認識嗎？

- Have you two been introduced?　已經介紹過你們兩位了嗎？

- Thanks for inviting us to the party. We really had a ball.
  也可以說 have fun
  或是 have a good time
  謝謝邀請我們來這場派對。我們真的很開心。

ⓘ 會話補充重點 ——

- look 當作感官動詞使用時，其後除了可以接動名詞表達動作的進行、原形動詞來表達事情的事實之外，也可以使用形容詞來修飾主詞。

- beer 為不可數名詞，因此要描述啤酒數量的時候，必須使用「單位量詞」，如同例句中用 a case of（一箱）來形容啤酒的數量。

- crash 若為口語用法，可以解釋為「闖入、無票進入…」的意思，因此片語 crash the party 就可以衍伸為「不請自來參加派對」的意思。

- available 除了有「可利用的、可得到的」之意外，亦和 single 有著同樣的意思，可以解釋為「有空的、單身的」。

聊天 | Have a Chat

 MP3 1-04

A: Let's go to the street-side café and have a cup of coffee together.

我們一起去露天咖啡座喝杯咖啡吧。

B: Sounds like a good idea and this is by far the best café downtown.

聽起來不錯，而且這是市區裡最棒的咖啡。

A: You can say that again. Would you like something to eat? It's my treat.

我完全同意。你想要吃點東西嗎？我請客。

B: Sure, why not? Thanks! I think I'm dying for a piece of brownie.

當然好啊！謝啦！我想要吃一塊布朗尼。

 **Vocabulary** 單字

parasol [`pærə͵sɔl] ⓝ 陽傘	**lid** [lɪd] ⓝ 杯蓋	**cup** [kʌp] ⓝ 杯子	**saucer** [`sɔsɚ] ⓝ 碟子
stirrer [`stɝɚ] ⓝ 攪拌棒	**sugar** [`ʃʊgɚ] ⓝ 糖	**cinnamon** [`sɪnəmən] ⓝ 肉桂	**cream** [krim] ⓝ 奶油
regular [`rɛgjəlɚ] ⓐ 一般的、標準的	**decaffeinated** [dɪ`kæfɪ͵netɪd] ⓐ 低咖啡因的	**caramel** [`kærəm̩] ⓝ 焦糖	**dry** [draɪ] ⓝ 多奶泡、少牛奶
wet [wɛt] ⓝ 少奶泡、多牛奶	**menu** [`mɛnju] ⓝ 菜單	**table** [`tebl̩] ⓝ 桌子	**chair** [tʃɛr] ⓝ 椅子
ashtray [`æʃ͵tre] ⓝ 菸灰缸	**tray** [tre] ⓝ 托盤	**refill** [`rifɪl] ⓝ 續杯	**recommend** [͵rɛkə`mɛnd] ⓥ 推薦

 **Sentence Pattern** 萬用句型 | 只要掌握句型並替換關鍵字，和人聊天也有多種說法 |

● **by far...** 顯然…

This amusement park is by far the best.　這座遊樂園顯然是最好的。

● **Would you like to + V...?** 你想要…嗎？、你喜歡…嗎？

Would you like to hang out with me tonight?　今晚你想要和我出去嗎？

● **Why not + V...?** 為何不？

Why not stay home and watch some DVDs?　為何不待在家，看些 DVD 影片呢？

會話 ｜和人聊天時還會聽到、說到的會話｜

- How was your day?　過得如何啊？
- So far, so good.　目前還不錯。
- Wanna go grab a drink?　要去喝一杯嗎？
  <small>抓取、奪取</small>
- Have you heard the news?　你聽說了嗎？
- Stop beating around the bush.　別拐彎抹角，說重點。
- I heard that you are doing well.　聽說你過得還不錯。
- How's everything been at work recently?　最近工作如何？
  <small>最近、近來</small>
- What's the latest?　有什麼新鮮事嗎？
- Do you have any special plans for this weekend?　這週末你有安排什麼活動嗎？
  <small>特別的、特殊的</small>
- Let me treat you to a cup of coffee!　我請你喝杯咖啡吧！
- You're on!　好啊！
  <small>也可以代換成「OK.」、「All right.」或是「Why not?」</small>
- Got any gossip to share with me?　最近有什麼八卦嗎？
  <small>八卦、閒話</small>
- Excuse me. I have to go because I need to be somewhere.
  不好意思，我有事先離開了。
- Let's get together again!　改天再聚聚吧！
- So that's it. See you.　就這麼決定了。再見。
- You can say that again. The steak in that restaurant is really tasty.
  你說得對極了。那家餐廳的牛排真的非常美味可口。
- Are you dying for a bowl of hot soup?
  你想要喝一碗熱湯嗎？

會話補充重點

- wanna 意思相當於 want to 的用法，為美國人生活常用的非正式口語英文，其類似用字還有 gotta (= got to)、gonna (= going to)。
- beat around the bush 為片語，解釋為「拐彎抹角」的意思，其中的 around 也可以代換成 about。
- stop 解釋為「停止」的意思，但其後動詞若為 V-ing 形式，解釋為「立刻停止做…」，因此之後所接的動詞 beat 需改為 beating。
- latest 本身可以當作形容詞，解釋為「最新的、最遲的」之意；當作副詞，解釋為「最遲地、最近地」之意；但句中為 the + latest 時，當作名詞使用，解釋為「最新的事物或消息」之意。

介紹台灣 | Introduce Taiwan

 MP3 1-05

A: It's so boring. Why not do something?
好無聊喔！為何不做點什麼事呢？

B: How about watching the performances of Double Tenth Day.
來看國慶日的表演如何呢？

A: What's the special on?
有什麼特別的嗎？

B: We can see a variety of shows, such as float parades, reviewing troops and so on.
我們可以看到不同的表演，像是花車遊行、閱兵等。

Vocabulary 單字

president [ˋprɛzədənt] ❶ 總統	vice-president [vaɪsˋprɛzədənt] ❶ 副總統	overseas [ˋovɚˋsiz] 🔛 / ❷ 在海外（的）、在國外（的）	independence [͵ɪndɪˋpɛndəns] ❶ 獨立、自主
army [ˋɑrmɪ] ❶ 陸軍	airforce [ˋɛrͺfɔrs] ❶ 空軍	navy [ˋnevɪ] ❶ 海軍	escort [ˋɛskɔrt] ❶ 儀隊、護衛隊
national [ˋnæʃənḷ] ❷ 全國性的、國家的	anthem [ˋænθəm] ❶ 國歌	celebration [͵sɛləˋbreʃən] ❶ 慶祝	rehearse [rɪˋhɝs] ❹ 彩排
colony [ˋkɑlənɪ] ❶ 殖民地、僑民、僑居地	statehood [ˋstethʊd] ❶ 國家地位	official [əˋfɪʃəl] ❶ 官員、公務員	media [ˋmidɪə] ❶ 媒體
commercial [kəˋmɝʃəl] ❶ 商業廣告 ❷ 商業廣告性的	anniversary [͵ænəˋvɝsɪrɪ] ❶ 週年紀念日 ❷ 週年的、週年紀念的	schedule [ˋskɛdʒul] ❶ 行程、日程安排表	broadcast [ˋbrɔdͺkæst] ❹ 播出、播送 ❷ 廣播的 ❶ 廣播、廣播節目

Sentence Pattern 萬用句型 │只要掌握句型並替換關鍵字，介紹台灣也有多種說法│

● **why not + V…** 為何不…

Why not attend the national ceremony early in the morning?
為何不一大早去參加國慶典禮呢？

● **how about + V-ing…** 做…如何呢？

How about rejoicing together on the special holiday? 我們一起慶祝這特別的假日如何呢？

會話 | 介紹台灣時還會聽到、說到的會話 |

- What month do you celebrate the National Day in Taiwan?
  台灣是幾月慶祝國慶日呢？

- Double Tenth Day is celebrated on October 10th. 國慶日是在十月十日慶祝。

- Do you plan to attend the flag-raising ceremony on that day?
  旗幟
  你那天會去參加升旗典禮嗎？

- There will be thousands of people gathering to celebrate Double Tenth Day in front of the Office of the President. 將會有上千人聚集在總統府前慶祝國慶日。

- Is there any special celebration on? 有什麼特別的慶祝活動嗎？

- There are a set of glorious and honorable activities on that day.
  光榮的
  那天會有一系列崇高可敬的活動。

- People can also go for a walk to the Chiang Kai-Shek Memorial Hall after the ceremony. 人們在慶典過後也可以到中正紀念堂裡走走。
  意思是…

- Taiwan is also known as Formosa, which means "beautiful island."
  台灣也以福爾摩沙聞名，意思為「美麗的島」。

- In Taiwan, there are kinds of dialects like Taiwanese, Hakka and aboriginal languages. 台灣有多種的方言，像是閩南語、客家話和原住民語。
  民間的、通俗的

- Later, you'll see many traditional folk arts. 等一下，你將會看到很多傳統的民俗表演。

- I can't wait to see the performance. 我等不及要看表演了。

- Singing the Taiwanese National Anthem really makes me so touched.
  唱國歌真是令我感動。
  即時新聞、突發新聞

- The breaking news says that the Honor Guard of the R.O.C. will be on soon.
  即時新聞説中華民國的儀隊表演很快就要開始了。

- Many fireworks are set off in the evening on Double Tenth Day.
  煙火會在國慶日當晚施放。

- Colorful fireworks are going to light the night sky far and near on National Day.
  國慶日那天，五彩煙火到處將會點亮星空。

會話補充重點

- be known as 解釋為「以…為人所知、聞名」的意思，因為 know 為動詞，在此需以過去分詞 known 來表達被動語意。其類似用法還有 be famous for。

- touched 解釋為「受感動的」之意，為情緒動詞中的一種，當在形容人的時候，我們需以過去分詞當作形容詞來表達；反之，若為事或物時，就可以用現在分詞 touching 當形容詞來修飾。

Have Dinner │用餐│
★討論餐廳　★候位　★點餐　★結帳　★抱怨餐點

Dialogue

對話

| 討論餐廳 |
Talk about Restaurant

 1-06

A: My stomach is growling. I need to eat something nutritious.
我的肚子咕嚕咕嚕地叫。我必須吃些有營養的東西。

B: What do you feel like eating?
你想要吃些什麼呢？

A: Look at that restaurant! It's always a crowd of gormandizers in the evening.
看看那家餐廳！晚上總是擠滿了饕客。

B: It's well-known as its family style cuisine. Let's go and pig out!
它以家庭式菜餚有名。我們進去大吃一頓吧！

Vocabulary

單字

restaurant [ˋrɛstərənt] ⓝ 餐廳	western [ˋwɛstən] ⓐ 西方的、西部的 ⓝ 美國西部的人、西方人	Chinese [ˋtʃaɪˋniz] ⓐ 中國的、中文的 ⓝ 中國人、中文	Taiwanese [ˌtaɪwəˋniz] ⓐ 台灣（人）的 ⓝ 台灣人、台灣話
Japanese [ˌdʒæpəˋniz] ⓐ 日本（人）的 ⓝ 日本人、日本話	Cantonese [ˌkæntəˋniz] ⓐ 廣州（人）的 ⓝ 廣東人、廣東話	sushi [ˋsuʃɪ] ⓝ 壽司	theme [θim] ⓐ 主題的 ⓝ 主題、題材
high-end [haɪɛnd] ⓐ 高檔的、高層次的	buffet [buˋfe] ⓝ 自助餐	cafeteria [ˌkæfəˋtɪrɪə] ⓝ 自助餐廳	continental [ˌkɑntəˋnɛntl] ⓐ 歐陸風味的
deli [ˋdɛlɪ] ⓝ 熟食、熟食店	diner [ˋdaɪnə] ⓝ 小飯館	authentic [ɔˋθɛntɪk] ⓐ 道地的	grill [grɪl] ⓥ 炭烤 ⓝ 炭烤類食物
impress [ɪmˋprɛs] ⓥ 讓人印象深刻的	patron [ˋpetrən] ⓝ 老主顧	attractive [əˋtræktɪv] ⓐ 吸引人的	traditional [trəˋdɪʃənl] ⓐ 傳統的

Sentence Pattern

萬用句型

| 只要掌握句型並替換關鍵字，討論餐廳也有多種說法 |

- **strike one's fancy** 合意…、中意…

  Does French Food strike your fancy? 你喜歡法國菜嗎？

- **be a tall order...** …難以做到的事

  Eating in that high-end restaurant is a tall order for me.
  在那家高級的餐廳裡用餐對我而言是件難以做到的事。

Conversation
會話 │討論餐廳時還會聽到、說到的會話│

- Any preferences? 有特別想吃什麼嗎？
　　偏愛的事物（人）

- It's up to you. 你決定就好。

- Let's have something special, like Italian.
　　特別的
我們來吃些特別的，像是義大利菜。

- That restaurant serves high-class continental food. 那家餐廳提供高級的歐式料理。

- What you decide is fine with me. 你選什麼我都接受。

- I'll lose my patience if we have to wait in line for a meal.
　　耐心　　　　　　　　　　　　一餐
如果為了吃飯要我排隊，我會失去耐性。

- That Greek food restaurant is the most famous one nearby.
　　　　　　　　　　　　　　　　　　　　在附近
那家希臘餐廳是附近最有名的餐廳。

- I'm not into Thai food. 我對泰式料理沒有興趣。

- Is there a restaurant that serves good food at reasonable prices?
　　　　　　　　　　　　　　　　　　合理的
有食物好吃又價位公道的的餐廳嗎？

- Have you heard a lot about the Japanese food restaurant at the corner?
　　　　　　　　　　　　　　　　　　　　　　　街角、轉角
你聽說過轉角那間日本料理店嗎？

- In spite that it's a famous restaurant, I don't like to stand in line.
儘管那是家有名的餐廳，我也不喜歡排隊。

- An old Chinese saying goes "For people, food is paramount!". So, let's choose
the nearest one to mount out for dinner.
　　　　　　　　　　　　　　　　　　　　至高無上的
一句古老中國諺語說：「民以食為天！」，所以我們選一家最近的餐廳來享用晚餐吧。

- Does that restaurant get a good review on its food?
　　　　　　　　　　　　　　　　　　評論
那家餐廳在食物上有不錯的評價嗎？

- I'm looking for a family style restaurant without standing in line.
我正在找一家不用排隊的家庭風味料理餐廳。

- What a classy restaurant! 多麼別緻優雅的餐廳啊！
　　別緻的

會話補充重點

- be not into 解釋為「對…沒興趣」的意思，其後可接名詞或是動名詞來當作受詞，也可代換成片語 be not interested in。

- in spite 解釋為「儘管、雖然」的意思，其後可接介系詞 of 再加名詞或是動名詞當作受詞，也可接 that 當作形容詞子句。

- what a... 為感嘆句用法，其後需先加形容詞再接名詞來修飾。即：What + a + Adj. + N!。其用法等同於 How + Adj. + S + Be-V!。

Dialogue 對話 | **候位** | **Wait for a Table**

A: It's difficult to get a seat at this restaurant.
在這家餐廳要有個位子還真困難。

B: Fortunately, I made a reservation beforehand.
幸好我有事先訂位。

A: But how much longer do we have to wait?
但我們還要等多久呢？

B: There are two parties ahead of us. Be patient!
我們前面還有兩組客人。耐心點！

Vocabulary 單字

reservation [ˌrɛzə`veʃən] ⓝ 訂位	**non-smoking** [ˌnɑn`smokɪŋ] ⓐ 不抽菸的、禁止吸菸的	**smoking** [`smokɪŋ] ⓐ 吸菸的	**section** [`sɛkʃən] ⓝ 部分、地區、區域
book [buk] ⓥ 預訂 ⓝ 書本	**add** [æd] ⓥ 添加、增加	**change** [tʃendʒ] ⓥ 改變 ⓝ 零錢	**addition** [ə`dɪʃən] ⓝ 增加的人或物
available [ə`veləbl] ⓐ 空缺的、空位的	**counter** [`kauntə] ⓝ 櫃台	**wait** [wet] ⓥ 等候、等待	**confirm** [kən`fɝm] ⓥ 確定、確認
solid [`sɑlɪd] ⓐ 完全的	**booth** [buθ] ⓝ 包廂	**area** [`ɛrɪə] ⓝ 區域	**maître d'** ⓝ （法）接待人員
occupy [`ɑkjəˌpaɪ] ⓥ 占用	**seat** [sit] ⓝ 座位	**postpone** [post`pon] ⓥ 延後	**beforehand** [bɪ`forˌhænd] ⓐⓓ 事先

Sentence Pattern 萬用句型 | 只要掌握句型並替換關鍵字，餐廳候位也有多種說法 |

● **It's difficult to + V...** 是困難的

It's difficult for me to cook a yummy dish.　對我而言，要烹煮美味菜餚是困難的。

● **make a reservation** 預訂

I'm going to make a reservation in a private room.　我想預約包廂的位子。

● **How much longer + 子句...?** ⋯還要多久呢？

How much longer can we get into the restaurant?　我們還要多久才可以進入餐廳呢？

● **ahead of...** 在⋯之前

There are few customers ahead of you buying those famous sandwiches.
在你前面還有一些顧客在買那些有名的三明治。

會話 Conversation ｜餐廳候位時還會聽到、說到的會話｜

- You have a reservation for six. Will someone be joining you?　▲ 參與、會合
  你是訂六個人的位子。還有人會來嗎？

- Do you have a reservation?　你有訂位嗎？

- I've reserved a booth at seven o'clock.　我已經訂了七點的包廂。
  ▲ 供應（餐點）

- At what time do you serve dinner?　晚餐的用餐時間是幾點呢？

- We have a reservation under Gillian.　我們是以吉利安的名字來訂位。
  ▲ 分鐘

- My friend will be along at any minute.　我朋友馬上就會到了。

- Right this way, please.　這邊請。
  ▲ 窗戶

- It would be better if the table is by the window.　我想要靠窗的位子。
  ▲ 桌子

- Here's your table.　這是你們的位子。

- Please put me on the waiting list.　請把我排在候位名單上。

- We have a table available right now. Follow me, please.
  目前正好有空位。請跟我來。

- Here are your seats.　這是你們的位子。
  ▲ 聯絡、聯繫

- As soon as there are available seats, we'll contact you at once.
  只要一有位子，我們會馬上通知你。

- Miss Lin, party of five, your table is available.
  五位客人的林小姐。你的位子已經空出來了。
  ▲ 相信

- I can't believe we can get a table in a few minutes.　真不敢相信才幾分鐘我們就有位子了。

- I have a reservation under Josephine Lin.　我以喬瑟芬‧林的名字訂位。

！會話補充重點

- have a table for... 解釋為「…個人的座位」，for 後面的數字就依當時用餐人數為主就可以了。

- be along 後面接時間時，解釋為「一會兒到（來）」的意思，此處當作副詞使用。

- put sb. on the waiting list 解釋為「把…排在候補位子上」的意思，其中 put on 並不是可分開的動詞片語，要特別注意。

- as soon as 在副詞子句中，為表示「時間」的附屬連接詞，並解釋為「一…就…」的意思。

- party 當作名詞使用，除了可以解釋為「舞會、派對」的意思之外，在此處則需解釋為「一行人、一團人」的意思，且其後多接介系詞 of。

點餐 | Order

MP3 1-08

A: May I take your order?
可以幫你點餐了嗎？

B: What would you like to recommend?
有什麼推薦的呢？

A: We have smoked salmon with rice and barbecued roasted steak with potatoes.
我們有煙燻鮭魚飯和烤牛排配馬鈴薯。

B: We'll have the roasted steak for the main dish to share. And we'd like it well done, please.
我們要一起吃烤牛排當主餐，牛排要全熟。

Vocabulary
單字

server [`sɝvɚ] ⋒ 領班	**waiter** [`wetɚ] ⋒ （男）服務生	**waitress** [`wetrɪs] ⋒ （女）服務生	**sommelier** [sɑmə`lje] ⋒ 酒侍
vegetarian [ˌvɛdʒə`tɛrɪən] ⋒ 素食者	**menu** [`mɛnju] ⋒ 餐單、菜單	**appetizer** [`æpə.taɪzɚ] ⋒ 前菜、開胃菜	**special** [`spɛʃəl] ⋒ 特餐 ⓐ 特別的
taste [test] ⓥ 品嚐 ⋒ 味道	**portion** [`porʃən] ⋒ （一份的）分量、部分	**overdone** [`ovɚ.dʌn] ⓐ 過熟的	**raw** [rɔ] ⓐ 生的
rare [rɛr] ⓐ （肉的）半熟的、煮得嫩的	**rumble** [`rʌmbl] ⓥ 飢腸轆轆地叫	**gourmet** [`gurme] ⋒ 美食家	**gulp** [gʌlp] ⓥ 狼吞虎嚥
exotic [ɛg`zɑtɪk] ⓐ 異國的	**assorted** [ə`sɔrtɪd] ⓐ 各式各樣的	**entrée** [`ɑntre] ⋒ 主菜	**cuisine** [kwɪ`zin] ⋒ 菜餚

Sentence Pattern
萬用句型 | 只要掌握句型並替換關鍵字，點餐也有多種說法 |

● **take one's order** 為…點餐
I'll take your order right away. 我立刻幫你點餐。

● **Would you like to + V…?** 你想要…？
Would you like to have a double cheeseburger, fries, and a shake?
你想要吃雙層起司堡、薯條和奶昔嗎？

● **have sth....to share** 分享…
Could we have a hot pot to share? 我們可以共吃一鍋火鍋嗎？

- The cuisine here is to die for.　這裡的菜餚非常地美味。

- My mouth is watering just thinking about Filet mignon.　（法）菲力牛排
  光想到菲力牛排我就流口水了。

- Have you placed your order yet?　你點餐了嗎？

- I haven't decided yet.　我還沒有決定好。

- May I order a half portion?　我能點半人份的嗎？

- Did anything strike your fancy?　你喜歡吃什麼呢？　愛好、迷戀

- How would you like your steak?　牛排要幾分熟呢？

- Medium, please.　五分熟，謝謝。

- Would you like to order a meal or a la carte?　你想要點套餐還是單點呢？　單點菜色

- I'd like mashed potatoes.　我想要吃馬鈴薯泥。　馬鈴薯泥、洋芋泥

- Do you have anything that's quick to prepare? We're starving.　挨餓的、飢餓的
  有什麼可以立刻做好的菜嗎？我們餓死了。

- Would you like to have some nachos for an appetizer?　墨西哥脆片
  你想要吃些墨西哥脆片當開胃菜嗎？

- Is there a chef's special that you would recommend to us?
  你推薦哪一道招牌菜呢？

- Your order will be ready in a couple of minutes.　你的餐點幾分鐘後就會好了。

- I'll be back with your drinks in a minute.　我馬上送上你的飲料。

- We'll have a fillet of fish, tossed salad, and a cup of hot tea.
  我們想要吃菲力魚排、蔬菜沙拉和一杯熱茶。

- I have a choice of minestrone.　我要選擇蔬菜濃湯。

會話補充重點

- to die for sth.… 解釋為「為…而死」的意思，此處則是指食物非常的美味，好吃到連生命都可以犧牲的狀況。

- place an order 解釋為「點餐」的意思，其為片語用法，也可代換成字彙 order。

- strike one's fancy 解釋為「愛好」的意思。在這裡就可引用為「喜歡吃…」的意思。

- a couple of 解釋為「一些、幾個」的意思，其後通常接可數名詞。

- in a minute 解釋為「馬上」的意思，其用法相當於 right away、immediately、instantly、at once 等。

結帳 | Pay the Bill

A: Can I have the check, please?
我想要結帳。

B: Would you like to pay with cash or by credit card?
你要付現或是刷卡呢？

A: I'll pay in cash and keep the change.
我要付現，不用找零了。

B: Thank you very much, and we are always at your service.
非常謝謝你，我們很樂意為你服務。

Vocabulary 單字

bill [bɪl] **n** 帳單	**charge** [tʃɑrdʒ] **v** 收費	**tax** [tæks] **n** 稅金	**tip** [tɪp] **n** 小費
cash [kæʃ] **n** 現金	**credit** [ˋkrɛdɪt] **n** 信用、信賴	**change** [tʃendʒ] **n** 零錢	**cost** [kɔst] **v** 花費
check [tʃɛk] **v** 結帳 **n** 支票	**sign** [saɪn] **v** 簽名	**split** [splɪt] **v** 拆	**counter** [ˋkaʊntɚ] **n** 櫃台
separate [ˋsɛpəˌret] **v** 分開	**itemize** [ˋaɪtəmˌaɪz] **v** 分條列述	**include** [ɪnˋklud] **v** 包含	**accept** [əkˋsɛpt] **v** 接受
receipt [rɪˋsit] **n** 收據	**cashier** [kæˋʃɪr] **n** 收銀台	**doggie bag** [ˋdɔgɪ bæg] **n** 打包袋	**altogether** [ˌɔltəˋgɛðɚ] **ad** 全部、合計

Sentence Pattern 萬用句型 | 只要掌握句型並替換關鍵字，結帳也有多種說法 |

- **have the check… 買單**

  We're going to have the check. 我們要買單了。

- **pay with cash 以現金支付**

  I paid with cash for a meal. 我用現金來付餐費。

- **keep the change 不用找錢**

  Please keep the change. 不用找零了。

- **at one's service 樂意服務…**

  You're the most important customer and we are forever at your service.
  你是我們最重要的顧客，我們永遠樂意為你服務。

會話 | 結帳時還會聽到、說到的會話 |

- The bill, please. 買單，謝謝。

- Does the bill include the tip? 帳單有含小費嗎？
  ▲ 服務費

- The tip is included in the service fee. 小費有含在服務費裡了。
  ▲ 分開、劃分

- We'd like to divide the cost. 我們想要分開付款。

- It's on me today. 今天我請客。

- Let's go Dutch! 我們各付各的！

- Could you double-check the bill? It doesn't seem right.
  可以再算一次帳單嗎？好像有錯誤。

- Of course, here is your itemized bill. 沒問題，這是你的帳單明細。
  ▲ 順道一提

- By the way, may I ask for my food to go? 對了，我可以外帶嗎？
  ▲ 無疑地、必定

- Certainly, I'll make a doggie bag for you right away. 當然，我會立刻為你打包。

- Excuse me, how much is the bill? 請問帳單是多少錢？

- There is no charge for the drinks. 飲料不用錢。

- What if I end up maxing out my credit card? 如果最後我的信用卡刷爆，怎麼辦呢？

- Will that be cash or credit card? 請問付現或是刷卡呢？

- It's going to cost me most of my raise for the meal. By the way, could you pack
  ▲ 殘羹剩菜
  up the leftovers for us?
  這一餐快花掉我所有加薪的錢。對了，可以幫我們把剩下的打包嗎？

會話補充重點

- Go Dutch 解釋為「各付各的」之意，其實是暗諷荷蘭人非常吝嗇的英文用法。有時也可以用 share cost 來代替 Go Dutch 的用法。

- ask for one's food to go 解釋為「外帶」的意思，但和 take-out food 不同，前者是指已經吃不下而想要外帶剩下的食物，而後者是一開始就想要外帶，兩者意思稍有不同。

- there is no charge for 解釋為「…不用錢」的意思，但後面可接名詞或是動名詞當作受詞使用。其用法相當於 free charge。

- end up 解釋為「結束」的意思。因為 up 是介系詞，所以後面需接名詞或是動名詞當作受詞使用。

- max out 解釋為「刷爆」的意思。若為 max.，即為 maximum 的縮寫形式，解釋為「最大量、最大數」的時候為名詞用法；解釋為「最大的、極多的」時，為形容詞用法。若寫做大寫形式 Max，則為人名。

｜抱怨餐點｜
Complain about the Dish

MP3 1-10

A: Is there anything wrong with your meal?
請問餐點有任何問題嗎？

B: Excuse me, my steak is almost raw inside.
不好意思，我的牛排內層幾乎是生的。

A: I'll take it back to the kitchen and bring you another one at once.
我立刻把它拿回廚房再換一份給你。

B: No, thanks. The dish is not really to my taste anymore.
不，謝了。這道菜不再合我的口味了。

Vocabulary 單字

busboy [`bʌsˌbɔɪ] ⓝ 餐廳雜役	**server** [`sɜvɚ] ⓝ 領班	**customer** [`kʌstəmɚ] ⓝ 顧客	**salty** [`sɔltɪ] ⓐ 鹹的、有鹽分的
sour [`saʊr] ⓐ 酸的、酸味的	**oily** [`ɔɪlɪ] ⓐ 多油的、油膩的	**taste** [test] ⓝ 口味 ⓥ 品嚐	**succulent** [`sʌkjələnt] ⓐ 鮮嫩多汁的
nutritious [njuˋtrɪʃəs] ⓐ 有營養的	**mild** [maɪld] ⓐ 味淡的、不濃烈的	**undercooked** [`ʌndɚˌkukt] ⓐ 沒煮熟的	**bitter** [`bɪtɚ] ⓐ 苦的、有苦味的
fresh [frɛʃ] ⓐ 新鮮的	**juicy** [`dʒusɪ] ⓐ 多汁的	**consume** [kənˋsjum] ⓥ 吃光、喝光	**discord** [dɪsˋkɔrd] ⓥ 丟棄
chew [tʃu] ⓥ 咀嚼	**bite** [baɪt] ⓥ 咬	**flavor** [`flevɚ] ⓝ 口味	**decayed** [dɪˋked] ⓐ 腐敗的、爛掉的

Sentence Pattern 萬用句型 ｜只要掌握句型並替換關鍵字，抱怨餐點也有多種說法｜

- **anything wrong with...** 有任何問題…

You look at the meal with a frown. Is there anything wrong with it?
你對著餐點皺眉頭。有任何問題嗎？

- **...at once** 立刻…

Could you serve my dish at once? I'm hungry enough to eat a horse.
你可以立刻送上我的餐點嗎？我餓死了。

會話 │抱怨餐點時還會聽到、說到的會話│

- What did the chef put in the soup? 主廚在湯裡放了什麼呢？ （主廚）

- It's really bad-tasting. 真難吃。

- The steak is overdone. 牛排煎得太老了。 （煮過熟）

- Excuse me, the T-bone seems to be undercooked.
  不好意思，這丁骨牛排似乎尚未煮熟。

- How can anyone have this kind of steak with blood? 誰吃得下這帶血的牛排呢？

- I don't think the salmon is fresh enough. 我不認為這鮭魚夠新鮮。

- It's the most disgusting dish that I have ever had. 這是我吃過最難吃的餐點。 （令人作嘔的、十分討厭的）

- I can't help complaining about the terrible dish. 我忍不住抱怨這糟糕的食物。

- The dish is too spicy to eat. 這道菜太辣以致於不能入口。 （辣的）

- May I ask how the dish is cooked? 可以請問這道菜是如何做的嗎？

- The pasta is too plain. I don't like it. 這義大利通心粉沒什麼味道。我不喜歡。 （不摻雜的、簡樸的）

- Your meal is too greasy, it's not advantageous for my health at all. （油膩的）
  你們的餐點太油了，對我的健康一點好處也沒有。

- The meal was made in hell that I've ever eaten. 這道菜餚我吃過最難吃的。

- I'm not picky, but the clam chowder is really salty. （吹毛求疵的、挑剔的）
  我不挑剔，但這蛤蠣濃湯真的太鹹了。

- The shrimp cocktail smells really fishy. 這小蝦冷盤聞起來很腥。 （雞尾酒、（西餐）開胃品）

會話補充重點

- be fresh enough 解釋為「…是夠新鮮的」之意，要注意 enough 當作副詞，用來修飾前面的 fresh 形容詞。

- 當形容詞是兩個音節或是三個音節以上的時候，要變成最高級時需以 the most 來表示，disgusting 為三個音節的形容詞，所以要表示最高級時，就以 the most disgusting 來呈現。

- can't help 解釋為「忍不住、禁不住」的意思，其後需接名詞，其類似用法還有 can't stop。

- too plain 解釋為「平淡無味」的意思，且用程度副詞 too 來修飾後面的形容詞 plain。而 plain 也可以當作名詞使用，解釋為「平原、曠野」的意思。

- made in hell 解釋為「難吃極了」的意思，其相反意思則為 made in heaven，解釋為「美味極了」之意。從字面上解釋，hell 為地獄，heaven 為天堂，食物的可口與否也就不難理解了。

Let's go!

Unit 3

See a Movie | 看電影 |
★買票　★討論電影　★點餐　★服務生帶位　★找電影廳

買票 | Buy the Tickets

 MP3 1-11

A: Let's go to a flick tonight, shall we?
我們今晚去看電影，好嗎？

B: Why not? How about seeing *Skyfall*?
好啊！我們看《007空降危機》好嗎？

A: It's the premiere at fifteen past seven. I think it's worth watching.
這部片七點十五分首映，我想它值得一看。

B: We should hurry to get in line in case the movie tickets will be sold out.
我們要趕快排隊，以免電影票賣光了。

Vocabulary 單字

drama [`dramə] ⓝ 劇情片	**comedy** [`kamədɪ] ⓝ 喜劇片	**romance** [ro`mæns] ⓝ 浪漫愛情片	**artsy** [`ɑrtsɪ] ⓝ 藝術片
alternative [ɔl`tɜnətɪv] ⓐ 另類的	**tragedy** [`trædʒədɪ] ⓝ 悲劇	**documentary** [ˌdɑkjə`mɛntərɪ] ⓝ 紀錄片	**action** [`ækʃən] ⓝ 動作
horror [`hɔrə] ⓝ 恐怖片	**Slasher** [`slæʃə] ⓝ 血淋淋的恐怖片	**animation** [ˌænə`meʃən] ⓝ 動畫片	**sci-fi** [`saɪ`faɪ] ⓝ 科幻片
thriller [`θrɪlə] ⓝ 驚悚片	**flick** [flɪk] ⓝ 電影	**movie** [`muvɪ] ⓝ 電影	**film** [fɪlm] ⓝ 電影
adult [ə`dʌlt] ⓝ 成人 ⓐ 成年人的、成熟的	**concession** [kən`sɛʃən] ⓝ 特價票、特許權	**schedule** [`skɛdʒul] ⓝ 時刻表、課程表	**discount** [`dɪskaunt] ⓝ 折扣

Sentence Pattern 萬用句型 | 只要掌握句型並替換關鍵字，買電影票也有多種說法 |

- **Let's + V, shall we?** 我們⋯，好嗎？

  Let's catch a flick tomorrow night, shall we? 我們明天晚上去看電影，好嗎？

- **go to a flick** 去看電影

  How often do you go to a flick? 你多久去看一次電影呢？

- **be worth + V-ing** 值得⋯

  Is it worth spending money to watch such a suck movie? 花錢看這部爛片，值得嗎？

會話 ｜買電影票時還會聽到、說到的會話｜

- Is there a discount for students? 學生有折扣嗎？

- Students always can get ten percent off. 學生總是有九折優惠。

- Look! I got opening night tickets to *Mission Impossible II*.
  你看！我買到了《不可能的任務 II》的首映票。
  <small>首場演出</small>

- Oh, my God! There's a long line in front of the box office. <small>為「售票處」的意思，因為售票亭形狀多為方盒形，所以有這樣的稱呼</small>
  喔，天哪！售票處前面排了好長的隊伍。

- I have to hurry to get tickets. 我必須趕快去買票。

- Let's get our tickets from the on-line booking ticket collection window!
  <small>網路訂票　　　窗戶，在此為窗口的意思</small>
  我們到網路訂位取票窗口拿票吧！

- Would you like to sit in the front row? 你想要坐在第一排嗎？
  <small>列、排、一排座位</small>

- Let's get back-row seats. 我們坐最後一排吧。

- Do you want to see a sci-fi or a romance? 你要看科幻片還是浪漫片？

- How much is a ticket for an adult? 一張成人票多少錢呢？

- It costs $ 10.00 for an adult. 成人票一張 10 元美金。
  <small>長輩、年長者</small>

- Do you have a senior discount? 你們有老人優待折扣嗎？

- Can I have two tickets to *Skyfall* at the senior's rate, please?
  我要買兩張《007空降危機》的老人優待票。

- What time does the film start? 電影何時開始呢？
  <small>便宜，原形為 cheap</small>

- How about seeing a second-run movie because they are cheaper?
  我們看二輪片好嗎？因為比較便宜。

- I can't even get one more ticket because they were all sold out.
  因為票已經賣光了，我連一張票都買不到。

會話補充重點

- …percent off 解釋為「打…折」的意思，也就是「扣除…百分比」，因此，若在前面加上數字 ten，則為打九折的意思，而不是打一折喔！

- a back-row seat 解釋為「最後一排的座位」之意，若將 back 改為 front，即為第一排的座位。

- the senior's rate 解釋為「老人優待票」的意思，記得，敬老優惠隨處可見，所以要會說 Do you have senior's discounts? 喔！

- second-run movies 解釋為「二輪電影」的意思，其中 run 在這裡並不解釋為「跑步」，而是解釋為「班次、連續演出」的意思。

討論電影
Talk about Movies

 1-12

A: I'm really a fan of detective movies.
我很喜歡看偵探片。

B: Me, too. So, I'm in the mood to see *Sherlock Holmes*.
我也是。所以，我想看《福爾摩斯》。

A: It was a lot of suspense and thrills.
它的劇情懸疑又驚悚。

B: But honestly speaking, the protagonists, Robert Downey Jr. and Jude Law are engaging.
但是坦白說，主角—小勞勃狄尼洛和裘德洛真的很有魅力。

Vocabulary
單字

sequel [`sikwəl] ⓝ 續集	**review** [rɪ`vju] ⓝ 評論	**spoiler** [`spɔɪlə] ⓝ 洩漏劇情者	**general** [`dʒɛnərəl] ⓝ 普通級，簡寫為 G
parental guidance [pə`rɛntl `gaɪdn̩s] ⓝ 輔導級，簡寫為 PG 13	**restricted** [rɪ`strɪktɪd] ⓝ 限制級，簡寫為 R	**producer** [prə`djusə] ⓝ （電影、電視劇）製片人	**director** [də`rɛktə] ⓝ 導演
leading [`lidɪŋ] ⓐ （在電影、戲劇中）飾演主角的	**support** [sə`port] ⓝ 配角、生活費 ⓥ 支撐	**stand-in** [`stænd͵ɪn] ⓝ 替身	**extra** [`ɛkstrə] ⓝ 臨時演員 ⓐ 額外的
rate [ret] ⓝ 等級、分類	**soundtrack** [`saʊnd͵træk] ⓝ 電影原聲帶	**premiere** [prɪ`mjɛr] ⓝ 首映	**blockbuster** [`blɑk͵bʌstə] ⓝ 賣座片，強檔片
junkie [`dʒʌŋkɪ] ⓝ 影迷	**stunt double** [stʌnt `dʌbl̩] ⓝ 替身	**cast** [kæst] ⓝ 班底、演員陣容 ⓥ 投、擲	**backdrop** [`bæk͵drɑp] ⓝ 背景、（戲）背景幕

Sentence Pattern
萬用句型 | 只要掌握句型並替換關鍵字，討論電影也有多種說法 |

● **be a fan of + V** 喜歡…

I'm not a fan of horror movies at all. 我一點也不喜歡看恐怖片。

● **be in the mood to + V** 想…

Are you in the mood to see *Trouble with the Curve*? 你想要看《人生決勝球》嗎？

Conversation
會話　|討論電影時還會聽到、說到的會話|

影片的試映、電視或電影的預告片

- You can't miss the preview.　你不可錯過電影預告。

角色

- There are more and more computer-animated characters in the films.
  電影裡面有愈來愈多的電腦動畫角色。

- There are so many super stars in *Iron Man*. It has a great cast!
  《鋼鐵人》裡有很多的超級巨星。它的演員陣容超棒！

俚語上的意思為爛的、令人討厭的

- What do you think of the film? Did it suck or rock?
  你認為這部電影如何？爛還是棒呢？

是「鑽石、寶石」的俚語稱呼，可以衍生為很棒的意思

- Who will spend money seeing that movie? It doesn't have a good cast.
  誰會花錢看那部電影？它的卡司不強。

- It's really a box-office hit.　它的票房極佳。

俚語上的意思為令人厭倦的事物

- The movie is such a drag.
  這電影真難看。

be based on 解釋為「根據」的意思，多為被動語態的型式

- The movie is based on a famous science fiction novel
  這部電影是根據科幻小說而改編的。

- The soundtrack to the movie really made me touched.
  這電影原聲帶真是令我感動。

- Does that movie have several A-list actors in it?　那部電影有很多一線明星嗎？

- The blockbuster was a total bomb.　那部鉅片太好看了。

叫座的、受歡迎的

- I've heard the movie made a lot of money at the box-office.
  我聽說這部電影票房大賣。

電影預告片、預告節目

- Have you seen the trailer yet?　你看過預告片嗎？

- That movie did nothing for me at all.　那部電影完全沒有引起我的興趣。

會話補充重點

- preview 可當作動詞和名詞使用，皆可解釋為「預習、試映、預展」的意思，但在本單元中是解釋為「預告、試映」的意思，其用字也可代換成 trailer 或是 coming attractions。

- have a great cast 解釋為「演員陣容堅強」的意思。其中，我們常聽到的「卡司」就是 cast 這個英文單字，也是在電影的片頭或是片尾演員班底會秀出的字幕。

- blockbuster 原本是一種破壞性特強的炸彈，後來被引用為「強片、超級大賣片」的意思，且 Blockbuster 也是美國最大的錄影帶連鎖出租店，也就是在台灣街區轉角可見的「百事達」。

- do nothing for... 解釋為「對…無法引起共鳴、無法引起興趣」的意思，不管是對電影、興趣、感情上都可以這樣回應。

對話 Dialogue | 點餐 | Order

 MP3 1-13

A: How may I help you?
我能為你服務嗎？

B: Yeah. We'd like to wash the popcorn down with drinks.
是的，我們想要吃爆米花配飲料。

A: Sure, but we're out of Coke. You can have either Sprite or black tea.
當然可以，但是我們可樂賣光了，你可以選擇雪碧或紅茶。

B: Alright. We'll have two large Sprites, please.
好吧，請給我們兩杯大雪碧。

munchies [`mʌntʃɪz] **n** 零嘴	**popcorn** [`pap͵kɔrn] **n** 爆米花	**snack** [snæk] **n** 點心	**drink** [drɪŋk] **n** 飲料
spill [spɪl] **v** 弄翻	**coupon** [`kupan] **n** 折價券	**voucher** [`vautʃɚ] **n** 兌換券	**cola** [`kolə] **n** 可樂
Coke [kok] **n** 可樂	**nachos** [`nætʃoz] **n** 烤玉米片	**iced** [aɪst] **a** 冰的	**hot dog** [hat dɔg] **n** 熱狗
bottle [`batl̩] **n** 瓶（子）	**ketchup** [`kɛtʃəp] **n** 番茄醬	**mustard** [`mʌstɚd] **n** 芥末醬	**gum** [gʌm] **n** 口香糖
concession [kən`sɛʃəl] **n**（指定地點）營業權、商場使用權、營業場所	**stand** [stænd] **n** 攤販、小販賣部 **v** 站立、經得起	**soft drink** [sɔft drɪŋk] **n** 不含酒精飲料（尤指汽水）	**water** [`wɔtɚ] **n** 水

萬用句型 Sentence Pattern | 只要掌握句型並替換關鍵字，電影院點餐也有多種說法 |

● **wash sth. (down) with a drink** 吃⋯配飲料
Would you mind washing chicken nuggets with a drink? 你介意吃雞塊配飲料嗎？

● **be out of + N / V-ing** ⋯賣完、⋯用光
I'm afraid that we are out of popcorn. 很抱歉，爆米花賣完了。

● **either A or B** 不是 A 就是 B
I'll have either lemonade or mineral water when I catch a flick.
看電影的時候，我不是喝檸檬水就是喝礦泉水。

會話 | 電影院點餐時還會聽到、說到的會話 |

- Let's get some snacks!　我們去買些點心來吃吧！

- I've changed my mind to have Coke instead.　我改變心意，想要換喝可樂了。
  ↑ 作為替代

- I'll check out in a second.　我馬上就結好帳。

- Eating popcorn to watch a movie is the best.　看電影吃爆米花是最棒的了。
  ↑ 餐巾、小毛巾

- Where can I get some napkins?　餐巾紙在哪裡呢？

- The popcorn becomes a staple at movie theaters.　爆米花變成電影院裡的主要商品。

- You can buy one get one free with the coupon.　用優待券可以買一送一喔。

- Should I go for some Coke?　我該買可樂嗎？
  ↑ 渴望獲得、熱切想要，原形為 crave

- I'm craving potato chips.
  我好想吃洋芋片喔！

- Would you like some popcorn from the snack bar?
  你要不要販賣部的一些爆米花呢？

- I would rather have nachos than popcorn.　我寧願要烤玉米脆片也不要爆米花。
  ↑ 不寒而慄的

- I'd prefer hot tea because the air-conditioner is enough to make me creepy.
  我比較想要熱茶，因為冷氣太冷會讓我起雞皮疙瘩。
  ↑ 甜的　　　　　　　↑ 有鹽分的、鹹的

- Sweet popcorn is tastier than salty popcorn.
  甜爆米花比鹹爆米花更好吃。

- It's our turn to buy some snacks to eat.　輪到我們買點心了。
  ↑ 在口語表現上，為「美味的、可口」的意思

- All the snacks in the concession stand look tasty.　販賣部的點心看起來都好可口。

- Do you often snack on doughnuts while watching movies?
  你們看電影時通常會吃甜甜圈當點心嗎？

會話補充重點

- change one's mind 解釋為「改變心意」的意思，但其用法和 would you mind + V-ing 不同，而 change one's mind 之後需加不定詞 to 來銜接。

- in a second 解釋為「馬上、立刻」的意思，其用法相當於 at once、right away、immediately 的意思。

- buy one get one free 解釋為「買一送一」的意思，這是在賣場上常常看到的標語，我們也可以將數字改變，例如：buy five get two free，就是「買五送二」的意思囉！

- rather...than... 解釋為「寧可…而不願…」的意思，其後需接對等一致性的型式。

- movie theater 為「電影院」的意思，還可以替換成 cinema 或是 theater。

服務生帶位 | Be Led

 MP3 1-14

A: The theater is packed with people. How could we search for our seats?

電影院裡有好多人。我們要如何尋找我們的座位呢？

B: Don't worry. We can ask an usher to help us.

不用太擔心，我們可以請求帶位員幫助我們。

A: Excuse me. Here are our ticket stubs. But we haven't completely figured out where they are.

打擾一下，這是我們的票根。但是我們完全不知道在哪裡。

C: Go straight, and you'll see the emergency light on your right side. Your seats are over there.

直走，然後會看到緊急照明燈在你的右邊。你們的座位就在那裡。

Vocabulary 單字

usher [`ʌʃɚ] ⓝ 帶位員、引座員	**aisle** [aɪl] ⓝ 走道、通道	**emergency** [ɪ`mɝdʒənsɪ] ⓝ 緊急情況、突發事件	**exit** [`ɛksɪt] ⓝ 出口、太平門
evacuation [ɪˌvækju`eʃən] ⓝ 撤退、逃生	**route** [rut] ⓝ 路線、途徑	**enter** [`ɛntɚ] ⓥ 進入、使進入	**begin** [bɪ`gɪn] ⓥ 開始、著手
ticket stub [`tɪkɪt stʌb] ⓝ 票根、存根	**seat** [sit] ⓝ 座位 ⓥ 使就坐	**flashlight** [`flæʃˌlaɪt] ⓝ 手電筒	**washroom** [`waʃˌrum] ⓝ 洗手間、廁所
toilet [`tɔɪlɪt] ⓝ 洗手間、廁所	**dark** [dɑrk] ⓐ 黑暗的、暗的	**torch** [tɔrtʃ] ⓝ 手電筒、火把	**search** [sɝtʃ] ⓥ 尋找、在…中搜尋
dodge [dɑdʒ] ⓥ / ⓝ 閃避、躲開	**nod** [nɑd] ⓥ / ⓝ 點頭	**shrug** [ʃrʌg] ⓥ / ⓝ 聳肩	**sneak** [snik] ⓥ 偷偷地走 ⓝ 告狀者

Sentence Pattern 萬用句型 | 只要掌握句型並替換關鍵字，服務生帶位也有多種說法 |

- **be packed with…** 好多…

The premiere of *SkyFall* is packed with people in the cinema.
電影院裡《007空降危機》的首映會有好多人喔。

- **figure out…** 知道…

Do you figure out where our seats are? 你知道我們的座位在哪裡嗎？

Conversation
會話 ｜服務生帶位時還會聽到、說到的會話｜

為「票根」的意思，是英式用語，相當於 stub

● Could you please show me your counterfoils?　可以出示一下票根嗎？

● Do you know where our seats are?　你知道我們的位置在哪裡嗎？

詢問
● Let's inquire with the staff about the seats.　我們去問一下工作人員吧。

● I have difficulties finding our seats.　我找不到我們的位置。

● Can you lead us to our seats?　你可以帶我們去座位嗎？

● The seats are in the front middle area according to the seat numbers.
根據座位號碼，你們的位置在前方中間的區域。

● Oh, your seats were in a row.　喔，你們的位置是連在一起的。

入口、門口、進入
● Your seats are just right in front of the entrance.　你們的位置就在入口前方。

為…領路、帶領、引導
● Let me guide you to your seats.　讓我帶你們到座位。

● Please follow me to the seats.　請跟我來。

● Here are your seats, 36 D and 37 D.　這就是你們的座位，36 D 和 37 D。

● Thanks for leading us to the right position.　謝謝你帶我們到座位。

猶豫、躊躇
● Please don't hesitate to call me when you have any problems.
有問題可以隨時叫我。

● Enjoy the movie!　祝你們看電影愉快！

分鐘
● The movie will start in five minutes.　電影將在五分鐘後放映。

● Without the usher's help, we couldn't have found our seats.
要是沒有帶位員的幫忙，我們就沒有辦法找到我們的座位了。

● We found our seats sooner than expected.
我們比預期的還要早就找到我們的座位。

💡會話補充重點

● inquire 解釋為「詢問」的意思，相當於 ask 和 question 的用法，但 ask 不能當名詞，只能有動詞用法。

● row 解釋為「一排、一列」的意思，片語 in a row 則引申為「座位連號、連座」的用法了。

● lead 解釋為「引導、領路」的意思，其用法為 lead sb. to...，也可以代換成 guide 字詞來呈現，其用法亦為 guide sb. to...。

● hesitate 解釋為「有疑慮、不願意」的意思，但若用在否定句裡，則為「毫不猶豫」的意思，也就引申為「隨時」之用法了。

找電影廳 | Find the Hall

 1-15

A: Excuse me. Could you show me the way to our screening room, please?

不好意思，你可以告訴我到我們電影廳要怎麼走嗎？

B: Let me see your ticket. *Jack Reacher*? It's on the third floor.

讓我瞧瞧你的電影票。《神隱任務》？在三樓。

A: Thank you, anyway. Has it started already?

謝謝你！開始播了嗎？

B: Not yet. It's playing the trailers now. You can take your time.

還沒有，現在是在放映預告片。你可以慢慢來。

screening room [ˋskrinɪŋ rum] ⓝ 放映廳	**running time** [ˋrʌnɪŋ taɪm] ⓝ 放映時間	**showtime** [ʃotaɪm] ⓝ 電視節目播放時間	**pamphlet** [ˋpæmflɪt] ⓝ 小冊子
linger [ˋlɪŋgə] ⓥ 徘徊、繼續逗留	**screen** [skrin] ⓝ 螢幕	**second-run** [ˋsɛkəndrʌn] ⓝ 二輪片	**on theater** [ɑn ˋθɪətə] ⓝ 院線片
subtitle [ˋsʌbˌtaɪtl] ⓝ 字幕	**imagemaximum** [ˋɪmɪdʒˈmæksəməm] ⓝ 最大影像（IMAX）	**commercial** [kəˋmɝʃəl] ⓝ 商業廣告 ⓐ 商業的、 由廣告收入支付的	**film credit** [fɪlm ˋkrɛdɪt] ⓝ 感謝名單
trailer [ˋtrelə] ⓝ 預告片	**voice-over** [vɔɪsˈovə] ⓝ 旁白	**bonus** [ˋbonəs] ⓝ 獎金	**stroll** [strol] ⓥ / ⓝ 漫步、閒逛
thrust [θrʌst] ⓥ 猛推 ⓝ 用力推	**tumble** [ˋtʌmbl] ⓥ 摔跤 ⓝ 墜落	**wander** [ˋwɑndə] ⓥ 徘徊、漫步 ⓝ 漫遊	**gesture** [ˋdʒɛstʃə] ⓥ 打手勢 ⓝ 手勢

只要掌握句型並替換關鍵字，找電影廳也有多種說法

● **show sb. the way to...** 指路給…

I got confused of the direction. Could you show me the way to my screening room?
我搞混了方向，你可以告訴我怎麼到放映廳嗎？

● **Take one's time.** 慢慢來。

Take your time. The movie will be played within a couple of minutes.
慢慢來，電影在幾分鐘之內才會開演。

Conversation
會話 | 找電影廳時還會聽到、說到的會話 |

- Let's ask the attendant for help. 　我們去跟服務人員求救吧。
  服務生

- Is there anything I can do for you? 　我可以幫上什麼忙嗎？

- Excuse me, can you tell me where this movie was playing?
  你可以告訴我這部電影在哪裡放映嗎？

- Where is the movie going to be played? 　電影會在哪裡播放啊？

- This movie theater is too big to find the screening room.
  這間電影院大到讓人找不到放映廳。

- That's because this is the biggest theater in the city. 　因為這是市裡最大的電影院。
  樓梯、梯級

- Just take the stairs, and it is on your right hand side. 　上樓梯，它就在你的右手邊。
  走廊、門廳、大廳

- Walk along the hall, and turn left at the second corner.
  沿著走廊，然後在第二個轉角左轉。

- The screening room is on the third floor. 　放映廳在三樓。
  電梯、升降梯

- Take the elevator to the fifth floor; it is right in front of the elevator.
  搭電梯到五樓，面對電梯的那間便是。

- The movie is playing in Room B. 　這部電影在 B 室放映。
  方向、指示

- Thanks a lot for your direction. 　十分感謝你的引導。

- You're welcome. It's my honor to serve you. 　不客氣，為你服務是我的榮幸。

- Hurry up, the movie is going to start. 　我們快走吧，電影快開始了。
  在本句中，當作名詞使用，解釋為「分、秒」

- I can't wait for one more second to see the movie. 　我等不及要看那場電影了。

會話補充重點 ────

- play 除了解釋為「玩耍」之外，也可以當作電影或是節目的「上演」的意思，且因為電影不會主動播放，所以才會使用被動語態。

- big 解釋為「大的、巨大的」之意，在形成最高級形容詞之前，因為符合「子音 + 短母音 + 子音」的結構，須先重複字尾再加上 est。即：big → bigger → the biggest。

- 要表示「樓層」的字詞，除了 floor 之外，還有 story 可以代換，後者為美式用法，切記，這裡不當作「故事」了喔。

- 樓層的表示方法須以序數來呈現，但要注意拼法，除了有規則可循在字尾加上「th」之外，還得特別注意數字 20 ~ 90 的序數變化，則須「去掉字尾 y + ieth」。即：twenty → twentieth，其餘以此類推。

Shopping Time｜逛街｜
★詢問不同產品 ★試穿 ★殺價 ★結帳 ★退換貨

｜詢問不同產品｜
Look for Goods

MP3 1-16

A: May I try on those white sneakers on the rack?
我可以試穿架上的白色球鞋嗎？

B: Of course, and the soles of them are very flexible. What is your size?
當然可以，那雙鞋子的鞋底非常有彈性喔。你的尺寸大小是什麼呢？

A: It's a size six and a half, please.
我穿六號半的。

B: OK. Let me get them for you.
好的，我去拿給你。

Vocabulary
單字

shoelace [`ʃuˌles] ⓝ 鞋帶	**side-zip** [saɪdzɪp] ⓐ 拉鍊設計的	**limited edition** [`lɪmɪtɪd ɪ`dɪʃən] ⓝ 限量版	**sneakers** [`snikɚs] ⓝ 球鞋
loafers [`lofɚs] ⓝ 帆船鞋	**shoe horn** [ʃu hɔrn] ⓝ 鞋拔	**Velcro** [`vɛlkro] ⓝ 魔鬼氈	**vamp** [væmp] ⓝ 鞋面
sole [sol] ⓝ 鞋底	**insole** [`ɪnˌsol] ⓝ 鞋底	**tight** [taɪt] ⓐ 緊的	**loose** [lus] ⓐ 鬆的
blister [`blɪstɚ] ⓝ 水泡 ⓥ 起水泡	**corn** [kɔrn] ⓝ 雞眼	**heel** [hil] ⓝ 腳後跟	**pinch** [pɪntʃ] ⓥ 夾腳、掐痛、擠痛
scuff [skʌf] ⓥ 磨出痕跡 ⓝ 磨損	**callus** [`kæləs] ⓝ 硬皮、繭 ⓥ 生老繭、長硬皮	**flat feet** [flæt fit] ⓝ 扁平足	**wiggle** [`wɪɡl] ⓥ 擺動、扭動

Sentence Pattern
萬用句型 ｜只要掌握句型並替換關鍵字，詢問產品也有多種說法｜

- **try on + N...** 試穿…

  Is that possible to try on these pairs of shoes? 我可以穿那雙鞋子嗎？

- **get sth. for sb....** 拿（東西）給（人）

  Could you get those red shoes for me, please? 請拿那雙紅鞋給我好嗎？

- **have sth. in one's size...** 有…的尺寸

  We only have black shoes in your size. 我們只有黑色鞋子有你的尺寸。

會話 ｜詢問產品時還會聽到、說到的會話｜

- Hi, can I help you find anything? 你好，可以幫你找你要的東西嗎？

- I'm just looking, thanks. 謝謝，我只是看看而已。

- Do you have anything like sport shoes with Velcro? 你們有魔鬼氈的運動鞋嗎？

- What is your size, please? 尺寸 請問你的尺寸是多少？

- I need a pair of shoes which are on sale. 我需要一雙特價中的鞋子。

- What size of shoes do you wear? 你穿幾號的鞋子呢？

- This pair of shoes just fits my size. 適當、適合 這雙鞋子我穿起來剛好。

- What style do you prefer? 你喜歡哪種款式呢？

- I don't prefer sneakers with straps. 帶子、皮帶、布帶 我不喜歡有綁鞋帶的球鞋。

- You can lace up your sneakers and walk around again.
  你可以繫上球鞋的鞋帶，再走一次看看。

- These are too loose in front. 腳尖部分太鬆了。

- How about putting insoles in your shoes? 幫你放鞋墊進去好嗎？

- They fit fine and I'll take these. 帶走、取走、花費 它們剛好合腳，我要買這雙。

- I'll go get a couple of pairs in some different colors. 不同的、不一樣的
  我去拿幾雙不同顏色的鞋子。

- I'm not a brand-name enthusiast. 對…熱衷的人 我對品牌沒有特別的熱衷。

- Are the animal prints in this year? 今年流行動物圖案嗎？

會話補充重點

- a pair of 解釋為「一雙、一對」的意思，屬於單位量詞，通常用來修飾成雙成對的物品，pair 若當作名詞，也可以用來解釋為「夫妻、情侶」喔。

- lace up 解釋為「繫上…的鞋帶」的意思，lace 當作名詞使用時，解釋為「鞋帶」的意思，此處為動詞形式，要記住 lace 之後接介系詞 up 才有「用帶子繫上…」的意思，若接 with 即為「加酒於…」的意思，若接 into 即為「抨擊、斥責」的意思。

- a couple of 解釋為「一雙、一對」的意思，couple 本身也可當作「夫婦、未婚夫妻」的意思。口語上也當作「幾個」的意思。

- brand-name 和 brand-new 兩者意義不同，前者解釋為「名牌」的意思，猶如 LOUIS VUITTON（LV）；後者解釋為「全新的、嶄新的」意思，兩者不可混為一談喔。

- be on sale 表示「拍賣中」，sale 本身就有「廉價出售、賤賣」的意思，，買到的東西是否物美價廉就依品質而定了。

對話 Dialogue | 試穿 | Try on

A: Is this style all the rage at the moment?
現在這種款式很流行嗎？

B: It seems that it was tailored to your shape.
它似乎是為你量身訂做的。

A: Does it come in my size?
它有我的尺寸嗎？

B: Yes. Would you like to try it on in the dressing room?
有的。要不要到試衣間試穿看看呢？

Vocabulary 單字

top [tɑp] ⓝ 上衣	**shirt** [ʃɜt] ⓝ 襯衫	**cardigan** [`kɑrdɪgən] ⓝ 羊毛衫	**camisole** [`kæmə.sol] ⓝ 細肩帶上衣
blouse [blauz] ⓝ 女用短衫、罩衫	**tank-top** [tæŋk tɑp] ⓝ 坦克背心	**hoodie** [`hudɪ] ⓝ 連帽衫	**sweater** [`swɛtɚ] ⓝ 毛衣
turtleneck [`tɝtl.nɛk] ⓝ 高領上衣	**halter** [`hɔltɚ] ⓝ 肚兜背心	**bottom** [`bɑtəm] ⓝ 下半身	**skirt** [skɝt] ⓝ 裙子
leggings [`lɛgɪŋs] ⓝ 內搭褲	**shorts** [ʃɔrts] ⓝ 短褲	**sagging pants** [`sægɪŋ pænts] ⓝ 垮褲	**trousers** [`trauzɚz] ⓝ 長褲
jeans [dʒinz] ⓝ 牛仔褲	**pants** [pænts] ⓝ 褲子	**overalls** [`ovɚ.ɔlz] ⓝ 連身工作服	**batwing sleeves** [`bætwɪŋ slivs] ⓝ 飛鼠褲

Sentence Pattern 萬用句型 | 只要掌握句型並替換關鍵字，試穿也有多種說法 |

● **all the rage** 風行一時
Batwing sleeves are all the rage last season. 上一季，飛鼠褲風行一時。

● **it seems that…** 似乎…
It seems that you are look great on the dressing. 妳穿這件洋裝很好看。

● **be tailored to one's shape** 為…量身訂做
The pair of jeans are tailored to your shape. 這件牛仔褲是為你量身訂做的。

● **look right on + sb….** 適合…
That straight skirt doesn't look right on you. 那件緊身裙不適合妳。

會話 | 試穿時還會聽到、說到的會話 |

- Excuse me, is there a fitting room where I can try these on?
  請問，哪裡有試衣間可以讓我試穿這些衣服呢？

- The fitting room this way, please. 試衣間在這裡。

- Are there any other colors? 有其它的顏色嗎？

- Are you looking for a particular color? 你有特別想要的顏色嗎？

- I prefer a skirt in ivory or burgundy. 我喜歡象牙色或是酒紅色的裙子。

- These jeans are too small. Do you have a larger size?
  這件牛仔褲太小了。你有大一點的尺寸嗎？

- I'm sorry, but a larger size is out of stock. 不好意思，但是大號的尺寸缺貨中。

- What are those blazers made of? 那些運動上衣是用什麼材質做的呢？
  色彩鮮艷的運動上衣

- They are all made of natural materials.
  它們都是用天然材質做成的。
  原料、素材、織物

- How do I look in the long-sleeved frill blouse?
  我穿長袖荷葉邊上衣好看嗎？
  衣服的波形摺邊

- I feel like they were made for you. 我覺得它們是為你量身訂做的。

- You look totally glamorous. 妳穿起來太漂亮了。
  富有魅力的

- Don't you think the leggings make my hips look a little bit big?
  你不認為內搭褲讓我的臀部看起來有點大嗎？
  臀部、屁股

- I'm looking for something in season. 我在找當季的衣服。

- The pants will make you look tall and slim. 這褲子會讓你看起來又高又苗條。
  苗條的

會話補充重點

- fitting room 解釋為「試衣間」的意思，若在國外看不到這個標示，另一個說法你一定要記起來，就是「dressing room」。

- be made of... 解釋為「由…製造」的意思，通常是屬於「物理變化」的製造，即材質不變且仍看得到成分的製作方式。

- be out of stock 解釋為「缺貨中」的意思，也可以代換成 run out of stock 的用法。

- in season 解釋為「當季、應時」的意思，不僅可描述衣物的流行程度，也可廣泛用在蔬菜、水果、髮型等。

- 服飾中常會用花草、食物…等原本的顏色，來比擬服飾的顏色，例如常聽到的薰衣草紫、天空藍、玫瑰紅…等等，上面例句中的 ivory 指的是像象牙的乳白色，而 burgundy 原本指的是勃艮地葡萄酒，在此便是用酒的顏色來形容衣服的顏色。

殺價 | Bargaining

A: All of these handbags are half off.
這些手提包都半價出售。

B: But they still cost a fortune. Could you knock off 10%?
但還是很貴。你可以再降一折嗎？

A: Sorry, this is my rock-bottom price.
不好意思，這是我的最低價了。

B: Isn't there any room for negotiation?
沒有可以議價的空間了嗎？

Vocabulary 單字

bargain [`bɑrgɪn] **v** 殺價、討價還價 **n** 便宜貨、特價商品	**haggle** [`hæg!] **v** 砍價格 **n** 論價、討價還價	**dicker** [`dɪkə] **v** 討價還價 **n** 談判、議價	**seller** [`sɛlə] **n** 銷售員
sale [sel] **n** 大特價	**budget** [`bʌdʒɪt] **n** 預算	**vendor** [`vɛndə] **n** 小販	**clearance** [`klɪrəns] **n** 清倉大拍賣
shopaholic [.ʃɑpə`hɑlɪk] **n** 購物狂	**merchant** [`mɝtʃənt] **n** 商人、零售商	**retailer** [`ritelə] **n** 零售商、零售店	**wholesale** [`hol.sel] **n** 批發、躉貨 **a** 批發的、成批出售的
costly [`kɔstlɪ] **a** 昂貴的、奢華的	**price** [praɪs] **n** 價格、價位	**lower** [`loə] **v** 降低 **a** 較低的、下降的	**regular** [`rɛgjələ] **n** 老顧客、老客戶 **a** 定時的、習慣性的
passerby [`pæsə`baɪ] **n** 過路客	**fair** [fɛr] **a** 公道的、公正的 **n** 美女、情人	**reasonable** [`riznəbl] **a** 合理的、公道的	**negotiation** [nɪ.goʃɪ`eʃən] **n** 談判、協商

Sentence Pattern 萬用句型 | 只要掌握句型並替換關鍵字，殺價也有多種說法 |

- **...be half off** 半價出售

Do you know all the stuffs are half off in the department store?
你知道百貨公司所有的東西都在半價促銷嗎？

- **...cost a fortune** 花一筆錢

Wow, the brand-new watch really costs me a fortune. 哇，這支新錶真的花了我很多錢。

- **be a rock-bottom price** 最低價格

Is that skirt a rock-bottom price on sale? 那件裙子是特價中的最低價格嗎？

會話 │殺價時還會聽到、說到的會話│

- Will you give me a 20% discount?　可以給我打八折優惠嗎？
  ▲ 折扣、打折扣（在此為名詞用法）

- Sorry, ma'am. We don't give any discounts.　不好意思，小姐。我們不打折的。

- How much discount do you give?　你的折扣是多少呢？

- Our prices are generally lower when compared with others.
  ▲ 比較的、對照的
  我們的價格和別人比較起來，一般來說都更便宜。

- The brand-name bag costs an arm and a leg. I'll take it if you give me a discount.
  ▲ 名牌的
  這名牌包真的非常昂貴，如果打折我就買。

- How much are you willing to pay?　你願意付多少錢呢？

- Is there a discount for two?　買兩個能算便宜點嗎？

- I think these prices are quite reasonable.
  我覺得這些價格很公道。

- How about splitting the difference?　我們各讓一步好嗎？
  ▲ 切開、分開

- The price depends on the quality.　一分錢一分貨。

- Is that your best quote?　你最低只能賣這個價格嗎？
  ▲ 報價、引述

- It's the standard price.　這是公定的價格。
  ▲ 標準、規格、規範

- You'll find our prices are competitive.
  ▲ 競爭的、競爭性的
  你會發現我們價格具有競爭力。（絕對不會比別家貴的意思）

- That's a real bargain.　真的是撿到便宜了。
  ▲ 解釋為「吃虧」的意思，其後需接名詞或是動名詞

- You can't be wrong on three hundred dollars, ma'am.
  小姐，三百元的價格絕對不會吃虧的。

會話補充重點

- an arm and a leg 解釋為「非常昂貴的價錢」的意思，想想看：用一隻手和一條腿的代價來換取的物品，必定是有所犧牲且超乎平常的價位，才會有此用法。

- be willing to 解釋為「有意願來做…」的意思，其中 willing 當作形容詞時，即有「願意的、樂意的」之意，特別要注意的是片語中的 to 為不定詞，其後需接原形動詞喔。

- split the difference 解釋為「各讓一步」的意思，從字面上來看，difference 為「差異、不合」的意思，而 split 為「把…劃分」的意思，引此將不合劃分開來，也就引申為各退一步的意思了。

- depend on 為「依靠、信賴」的意思，其中 on 為介系詞，其後需接名詞或是動名詞。

結帳 | Pay the Bill

MP3 1-19

A: How much does that come to?
總共要多少錢呢？

B: The total is one hundred dollars. How would you like to pay for that?
總共是一百美元。請問要如何付款呢？

A: I'll use a coupon to pay for it, won't I?
我要用優惠券付款，可以嗎？

B: Surely, and you can return it within a week if it has a tear or defect.
當然可以，如果有破損或瑕疵，你可以在一星期內退還。

Vocabulary 單字

till [tɪl] ⓝ 櫃檯裝錢的抽屜	**freebie** [ˋfribi] ⓝ 贈品	**co-brand** [ˋkobrænd] ⓐ 聯名的	**invoice** [ˋɪnvɔɪs] ⓝ 發票
impolite [ˏɪmpəˋlaɪt] ⓐ 無禮的、沒有禮貌的	**kind** [kaɪnd] ⓐ 親切的	**lousy** [ˋlauzi] ⓐ 差勁的	**patient** [ˋpeʃənt] ⓐ 有耐心的
polite [pəˋlaɪt] ⓐ 有禮貌的	**voucher** [ˋvautʃɚ] ⓝ 禮券	**bar code** [bar kod] ⓝ 條碼	**scanner** [ˋskænɚ] ⓝ 掃描器
counterfeit [ˋkauntɚˏfɪt] ⓐ 偽造的、假冒的	**note** [not] ⓝ 紙幣	**coin** [kɔɪn] ⓝ 硬幣	**divide** [dəˋvaɪd] ⓥ 劃分、分開
membership [ˋmɛmbɚˏʃɪp] ⓝ 會員	**cart** [kart] ⓝ 小車、小推車	**installment** [ɪnˋstɔlmənt] ⓝ 分期	**locker** [ˋlakɚ] ⓝ 寄物櫃

Sentence Pattern 萬用句型 | 只要掌握句型並替換關鍵字，結帳也有多種說法 |

- **How much...come to?** 總共…元？

  How much does that scarf come to? 那條圍巾多少元呢？

- **pay $ for + N...** 為…付錢

  I'll pay three hundred dollars for those beautiful high heels.
  我要付三百美元買那雙美麗的高跟鞋。

- **check out** 結帳

  Where can I check out for these stuffs? 這些物品我要在哪裡結帳呢？

Conversation 會話 | 結帳時還會聽到、說到的會話 |

- Will that be cash or credit?　付現或是刷卡？

- Do you take plastic?　你收信用卡嗎？

- We only accept Master Card.　我們只接受萬事達卡。
  （接受、承認）

- Can I pay in installments?　我可以分期付款嗎？

- Of course, how many installments would you like?　當然可以，你想要分幾期呢？

- Can you ring up these clothes for me?　可以幫我結這些衣服的錢嗎？
  （索價、課（稅））

- Please charge them on my credit card.　我要用信用卡付錢。
  （簽名）

- No problem. Can you sign here, please?　沒問題。請在這裡簽名。

- Will those be all for you today?　今天就買這些東西嗎？
  （把手、柄狀物）

- May I have a bag with a handle?　可以給我手提袋嗎？

- Would you like the invoice in the bag?　發票要放在袋子裡嗎？
  （不正確的、錯誤的）

- I think that you might have given me incorrect change.　我想你找錯錢了。
  （婉拒）

- Sorry, your card has been declined.　不好意思，你的卡不能使用。
  （包、裹）

- Could you gift-wrap that for me?　可以幫我包裝起來嗎？

- How much is it after the discount?　打完折後是多少錢呢？

- I will give you a note of NT $1000 dollars.　我要給你一張新台幣一千元的紙鈔。

- I can take NT $10 off.　我會少算新台幣十元。

會話補充重點

- plastic 當作名詞時，解釋為「信用卡」的意思，我們還得瞭解當作形容詞時，解釋為「塑造的、塑膠製的」之意，且信用卡皆為塑膠製品，才會有此引用用法。

- Master Card 為常見的信用卡種類之一，其他還有 Visa（威士卡）、Diners Club（大來卡）、JCB 卡（Japan Credit Bureau）和美國運通卡（American Express）。

- ring up 解釋為「結帳、付錢」的意思，為什麼會用到 ring 這個字呢？原因是每當收銀機打開的時候，都會發出響亮的「鈴」的聲音，才會有此用法出現。

- sign 當作動詞形式的用法，也可以代換成名詞 signature 的用法，即 have a signature on... 的用法。

- gift-wrap 當作動詞形式，解釋為「用包裝紙包裝」的意思，也可以用 wrap 的動詞形式，但之後需接介系詞 up 或是 in，才會形成包裝的意思。

Dialogue 對話

退換貨
Return and Change Goods

A: I noticed that this dress had a stain after I bought it. I'd like to return this.
我買回去後發現這件洋裝有汙漬，我想要退貨。

B: I'm afraid we don't give cash refunds.
恐怕我們不能退還現金。

A: Could I exchange it for another model, then?
那麼，我可以更換別的東西嗎？

B: Of course, you can change to another one of the same price.
當然可以，你可以更換一件同等價位的衣服。

Vocabulary 單字

rebate [`ribet] **n** 部分退款、貼現 **v** 退還部分付款	**refund** [rɪ`fʌnd] [`ri.fʌnd] **n** / **v** 退款	**non-refundable** [.nɑnrɪ`fʌndəbl̩] **n** 無法退回現金	**guarantee** [.gærən`ti] **n** 保證書、保證人
warranty [`wɔrəntɪ] **n** 保固	**return** [rɪ`tɜn] **n** 退貨 **v** 退還	**exchange** [ɪks`tʃendʒ] **v** 更換	**redeem** [rɪ`dim] **v** 兌換
item [`aɪtəm] **n** 物品	**defect** [dɪ`fɛkt] **n** 瑕疵	**rip** [rɪp] **n** 裂縫	**shrink** [ʃrɪŋk] **v** 縮小
expire [ɪk`spaɪr] **v** 期滿、期限終止	**right** [raɪt] **n** 權利	**stitch** [stɪtʃ] **n** 縫線	**frazzle** [`fræzl̩] **n** 磨損 **v** 使…磨損、使…穿破
fading [`fedɪŋ] **n** 褪色、凋謝	**damaged** [`dæmɪdʒ] **a** 破損的	**stain** [sten] **n** 汙漬	**defective** [dɪ`fɛktɪv] **a** 瑕疵的 **n** 瑕疵品

Sentence Pattern 萬用句型

| 只要掌握句型並替換關鍵字，退換貨也有多種說法 |

- **I noticed that...** 我發現…

  I noticed that there's a defect on the bag. 我發現這個包包有瑕疵。

- **exchange A for B** 把 A 換成 B

  You can exchange one pair of sneakers for two pairs of slippers.
  你可以將一雙球鞋換成兩雙拖鞋。

- **back out...** 反悔…、取消…

  Excuse me, I backed out of the deal. 對不起，我要取消交易。

會話 | 退換貨時還會聽到、說到的會話 |

- I want a refund on this item.　我這個東西想要退費。

- I'm afraid that sale items can't be returned.　恐怕賣出的物品一概不能退費。

- I'd like a refund, please. Here's my receipt.　我想要退費，這是我的收據。
  ▲ 收據、發票

- We can offer an exchange on this, not a refund.　我們只能讓你換貨而無法退費。

- Do you accept returns?　可以退貨嗎？

- Sure, but I should check the commodity first.　當然可以，但我要先檢查一下商品。
  ▲ 商品、日用品

- Could I exchange it for one that fits?　我可以換另一件尺寸合適的衣服嗎？

- Do you have your receipt with you?　你有帶收據嗎？

- I would like a cash refund, please.　我要退現金。

- I'll be right back with your money.　我馬上退錢給你。
  ▲ 用舊的

- It's a little outworn here. We can't take the damaged goods.
  這裡有點穿破了。我們無法更換被損壞的商品。

- Can you give me a rebate? The stiches are coming off.
  能給我部分退款嗎？這縫線鬆了。

- We'll credit the amount of your refund to your account.
  我們會將退款匯入你的帳戶。
  ▲ 商品、貨物

- We can't exchange the discounted goods, sorry.
  對不起，我們打折商品是不能退換的。
  ▲ 不能的、沒有辦法的

- We are unable to refund you without a receipt.　沒有收據我們是不能退錢的。

會話補充重點

- sale items can't be refund 解釋為「貨物既出，概不退換。」的意思，這是部分店家櫃台後方會貼上的標語，要認識喔！

- commodity 解釋為「商品、日用品」的意思，相同字詞還有 ware、product、goods、necessary 等。

- come off 解釋為「脫離」的意思，用在衣物上也可以解釋為「鬆脫的、鬆開的」之意，等同於 loose 的用法。

- the amount of 解釋為「…的總數」，為單位量詞，其後可接可數名詞或是不可數名詞，用法和 the sum of 相同。

- be unable to 解釋為「不能、不可能」的意思，其用法和 can 或是 could 相同。若 be-V 為現在式 (am, are, is)，則可以代換成 can 的用法；若 be-V 為過去式 (was, were)，則可代換成 could 的用法。

Unit 5

Let's go !

In the Bar ｜酒吧｜

★點酒　★搭訕　★跳舞　★查看證件　★排隊

點酒 | Order

 MP3 1-21

A: What do you want to drink?
你想要喝點什麼？

B: I'm in the mood for a shot. How about you?
我想要喝杯烈酒。你呢？

A: Wow, that's too strong for me. I think I'll just have a draft beer.
哇，對我來說太烈了。我想我還是喝生啤酒。

B: Smart! The first refill is free in this pub.
真聰明！這間酒吧裡的第一次續杯是不收費的。

Vocabulary
單字

nightclub [ˋnaɪtˌklʌb] **n** 夜店	**bar** [bɑr] **n** 酒吧	**pub** [pʌb] **n** 酒吧	**bartender** [ˋbɑrˌtɛndɚ] **n** 酒保、調酒師
cocktail [ˋkɑkˌtel] **n** 雞尾酒	**wine** [waɪn] **v** 酒	**mix** [mɪks] **v** 混合	**mint wine** [mɪnt waɪn] **n** 薄荷酒
soda [ˋsodə] **n** 汽水	**bar counter** [bɑr ˋkaʊntɚ] **n** 吧檯	**shaker** [ˋʃekɚ] **n** 搖杯	**shot glass** [ʃɑt glæs] **n** 盎斯杯
stein [staɪn] **n** 啤酒杯	**alcoholic** [ˌælkəˋhɔlɪk] **n** 酒鬼	**champagne** [ʃæmˋpen] **n** 香檳	**soft drink** [sɔft drɪŋk] **n** 無酒精飲料
alcohol [ˋælkəˌhɔl] **n** 酒精	**liquor** [ˋlɪkɚ] **n** 烈酒	**beer** [bɪr] **n** 啤酒	**drunk** [drʌŋk] **a** 喝醉的

Sentence Pattern
萬用句型 ｜只要掌握句型並替換關鍵字，點酒也有多種說法｜

- **be in the mood for...** 有想要…的心情
  Are you in the mood for something to drink? 你想要喝點什麼嗎？

- **hang out...** 外出…、去…
  Do you like to hang out in bars on weekends? 你週末喜歡去酒吧嗎？

- **go for a drink** 喝一杯
  Let's go for a drink tonight. 我們今晚去喝一杯吧。

Conversation 會話 | 點酒時還會聽到、說到的會話 |

- I like to let loose once a week in that lounge bar.
  我喜歡一星期到沙發酒吧放鬆一次。

- Pour me a Long Island Ice Tea. ▲長島冰茶 請給我一杯長島冰茶。

- I'll drink my face off tonight. 今晚我要喝個痛快。
  ▲在此為名詞用法，表示飲料

- Don't pound back the drinks. Are you in a bad mood?
  喝酒不要喝得太快。你心情不好嗎？

- What can I get you, Sir? 先生，請問你要喝點什麼？

- I don't drink alcohol. Do you offer me some soda? 我不喝酒。可以給我一些汽水嗎？

- Would you like to try some hard liquor? Here is the list.
  你要喝點烈酒嗎？這裡有清單。
  ▲straight 為純粹的、筆直的意思，straight up 若使用在點酒上，則表示不加冰塊

- Scotch, straight up, please. 來杯純的蘇格蘭酒，謝謝。

- Do you have any promotion? 你們有促銷活動嗎？

- Buy any kind of cocktail, and then get the second glass 50% off.
  買任一種雞尾酒，那麼第二杯半價。

- Bartender, I'd like whisky on the rocks. 酒保，我想要一杯加冰塊的威士忌。
  ▲適度地、有節制地

- You're drunk as a fish. Drink moderately. 你喝得爛醉如泥。喝酒要適可而止。
  ▲馬丁尼，也可以寫作 Martini

- I'll have a martini, please. 我要一杯馬丁尼，謝謝。

- It tastes pretty smooth. 喝起來很順口。
  ▲在口語中是「宿醉」的意思

- You drank too much. You'll get a terrible hangover tomorrow.
  你喝太多了，你明天宿醉會很嚴重。

❶會話補充重點

- drink one's face off 解釋為「狂喝、痛飲」的意思。要特別注意片語中的 one's 為所有格用法，須依照主詞來對相對應的變化。

- pound back the drinks 解釋為「喝酒喝得很快」的意思。其用法和 drink quickly 相同，但這裡用 pound 當作動詞。

- on the rocks 解釋為「加冰塊」的意思，此處的 rocks 不當作「岩石」解釋，而是相當於 ice cube 的用法。

- drunk like a fish 解釋為「爛醉如泥」的意思，還可以代換成 as drunk as a fish、to be dead drunk。

- hangover 解釋為「宿醉」的意思，此為口語用法。要注意的是，此單字不可拆成 hang over 兩個單字，後者為「延續、威脅」的意思，書寫時不得不注意。

Dialogue 對話 | 搭訕 | Conversing with Strangers

 1-22

A: Hey, may I buy you a drink?
嘿，我可以請你喝杯酒嗎？

B: What for? Have we met before?
為什麼？我們見過嗎？

A: Actually, we haven't met each other. You just look like a friend of mine.
事實上，我們彼此不曾見過面。你只是看起來像是我的朋友而已。

B: Interesting, but… my boyfriend is on the way.
真有趣，但…我男朋友就快到了。

Vocabulary 單字

accost [ə`kɔst] ⓥ 搭訕、和不認識的人攀談	**carouse** [kə`rauz] ⓥ 狂飲、痛飲 ⓝ 酒宴	**harass** [`hærəs] ⓥ 不斷騷擾、使煩惱	**seduce** [sɪ`djus] ⓥ 引誘、誘惑
stagger [`stægɚ] ⓥ 蹣跚而行、搖搖晃晃	**bar stool** [`bar ˌstul] ⓝ 吧檯高腳椅	**hot girl** [`hɑt ˌgɝl] ⓝ 辣妹	**dashing guy** [`dæʃɪŋ gaɪ] ⓝ 帥哥
chick [tʃɪk] ⓝ 辣妹	**tease** [tiz] ⓥ 挑逗、戲弄 ⓥ 挑逗者	**flirt** [flɝt] ⓥ 調情、賣俏 ⓝ 調情者	**dark** [dɑrk] ⓐ 黑暗的 ⓝ 暗處
noisy [`nɔɪzɪ] ⓐ 吵雜的、吵鬧的	**alone** [ə`lon] ⓐ 單獨的、獨自的 ⓐⓓ 獨自地、單獨地	**company** [`kʌmpənɪ] ⓝ 伴侶、同伴	**gorgeous** [`gɔrdʒəs] ⓐ 漂亮的、華麗的
hunk [hʌŋk] ⓐ 帥氣的 ⓝ 英俊且性感的男人	**chance** [tʃæns] ⓝ 機會	**humorous** [`hjumərəs] ⓐ 詼諧的、幽默的	**comical** [`kɑmɪkl] ⓐ 詼諧的、滑稽的

Sentence Pattern 萬用句型

| 只要掌握句型並替換關鍵字，搭訕也有多種說法 |

● **buy sb. a drink** 請…喝酒

It's my pleasure to buy you a drink. 請你喝酒是我的榮幸。

● **What for…?** 為什麼…？

What for inviting me to the pub? 為什麼要邀請我到酒吧呢？

● **look like…** 看起來像…

You look like my junior high school classmate, honestly speaking.
老實說，你看起來像我的國中同學。

會話 | 搭訕時還會聽到、說到的會話 |

- Excuse me, is this seat taken?　不好意思，這個位置有人坐嗎？

- No, go ahead. Would you like to hang out with me?
  不，請坐。你想要和我聊聊天嗎？

  ▲ 招待、請客
- Sorry, I'm waiting for my friends. Let me treat you another glass of wine.
  不好意思，我正在等我的朋友們。讓我請你再喝一杯酒吧。

  ▲ 巧合、符合
- What a coincidence! Are you my classmate from high school?
  真巧！你是我的高中同學嗎？

  ▲ 幾乎不⋯
- I think I barely know you.　我想我不認識你。

- I don't think so. It's obvious that I'm not drunk at all.
  不好吧。我很明顯一點也沒有喝醉喔。

- Hi, my name is Alex. I've never seen you before.
  嗨，我是艾力克斯。以前我沒有見過你耶。

  ▲ 喝醉的、微醉的
- Thanks, but I feel a little tipsy.　謝謝，但我有點微醺了。

- Sir, the lady's bill is on me.　先生，我來付這位小姐的帳單。

- It's my first time to be here. I'm Cathy.　這是我第一次來這裡。我叫凱西。

  ▲ 你認為⋯怎麼樣？
- How about drinking some beer?　喝點啤酒好嗎？

  ▲ 推薦
- What brand would you recommend?　你推薦哪種牌子呢？

- I think light beer would be your choice.　我想你可以選擇淡啤酒。

  ▲ 好看的、漂亮的
- What's a good-looking girl like you doing in a pub?
  像你這樣的美女怎麼會出現在酒吧裡呢？

- In the bar, I only have eyes for you.　在這酒吧裡，我只注意到你。

會話補充重點

- go ahead 除了可以解釋為「請便。」之外，還有「去做吧！」的意思，皆是默許他人去做某件事的用法。

- What a coincidence! 解釋為「巧合、真巧」的意思，也可以代換成 Such a coincidence!，都是表示「不期而遇」的意味。

- be on sb.... 解釋為「⋯請客」的意思，「the lady's bill is on me」是表示將女士的帳單算在男士身上，也就引申為「買單、請客」的意思。只是若受詞為人稱代名詞的時候，須以受格形式來呈現。

- would be one's choice 解釋為「可以是⋯的選擇」的意思，其中 one's 須以所有格來表示。

對話 | 跳舞 | Dance

 1-23

A: Let's hit the dance floor.
我們進舞池裡跳舞吧。

B: But I have two left feet when I dance.
但是我跳舞笨手笨腳的。

A: It can't be that bad. Just follow my lead and bust a move.
不會那麼糟啦！只要跟著我盡情跳舞就好了。

B: Awesome! I'm getting the hang of it.
太棒了！我已經抓到訣竅了。

club [klʌb] ⓝ 俱樂部、夜總會	**disco** [`dɪsko] ⓝ 迪斯可舞廳	**Latin** [`lætɪn] ⓝ 拉丁舞、拉丁人 ⓐ 拉丁的、拉丁人的	**mirrored disco ball** [`mɪrəd `dɪsko bɔl] ⓝ 迪斯可燈球
dancer [`dænsɚ] ⓝ 舞者	**dry ice machine** [draɪ aɪs mə`ʃin] ⓝ 乾冰機	**smoke machine** [smok mə`ʃin] ⓝ 煙霧機	**dance** [dæns] ⓥ 跳舞 ⓝ 舞會、跳舞、舞曲
music [`mjuzɪk] ⓝ 音樂	**DJ booth** [didʒe buθ] ⓝ DJ台	**disc jockey** [dɪsk `dʒɑkɪ] ⓝ 播放唱片員 (= DJ)	**modern** [`mɑdɚn] ⓝ 現代舞 ⓐ 現代的、時髦的
dance floor [dæns flor] ⓝ 舞池	**boogie** [`bugi] ⓝ 搖滾樂 ⓥ 跳舞	**rhythm** [`rɪðəm] ⓝ 節奏	**beat** [bit] ⓝ 節拍 ⓥ 打、擊、敲
turntable [`tɝn͵tebḷ] ⓝ 唱盤	**mixer** [`mɪksɚ] ⓝ 混音器	**tune** [tjun] ⓝ 曲調、旋律	**step** [stɛp] ⓝ 舞步 ⓥ 跳舞

| 只要掌握句型並替換關鍵字，跳舞也有多種說法 |

- **hit the dance floor** 到舞池裡跳舞

  How about hitting the dance floor for a while? 我們到舞池裡跳一下舞好嗎？

- **follow one's lead** 跟隨…跳舞

  Please follow my lead to dance the locking. 請跟著我跳鎖舞吧。

- **bust a move** 盡情跳舞

  Don't be shy. Let's bust a move in the dance floor.
  不要害羞。就讓我們在舞池裡盡情跳舞吧。

會話 | 跳舞時還會聽到、說到的會話 |

- It's playing a slow song. Come to dance with me?
  〔慢歌〕
  現在正在放慢歌。要和我一起跳舞嗎？

- No, thank you. I'm going to sit this one out.　不用了，謝謝。我現在不想跳。

- This is a great song to dance to!　這首歌非常適合跳舞！

- You're an excellent dancer.　你真是個舞林高手。
  〔出色的、傑出的〕

- I don't know how to dance.　我不知道要怎樣跳舞。

- Don't worry, just move your feet to the beat.
  不要擔心，只要跟著節拍移動腳步就可以了。
  〔為「有膽做…」的意思，其後接的動詞須以動名詞來呈現〕

- Do you have some nerve hitting the dance floor with me?
  你有膽和我一起到舞池裡跳舞嗎？

- Why not? I can't wait to dance now.　有何不敢？我現在等不及要跳舞了。

- I like disco; however, I don't know how to dance.
  我喜歡狄斯可，可是，我不知道怎麼跳舞。
  〔簡單的〕

- It's easy, just follow my lead.　很簡單，只要跟著我跳就可以了。

- Ouch! You stepped on my feet. I may not be much of a dancer.
  好痛喔！你踩到我的腳了。也許我不擅長跳舞吧。
  〔插隊，如果是跟正在跳舞的兩個人講，則有想要換舞伴的意思〕

- Excuse me, may I cut in?　不好意思，我可以和你的舞伴跳舞嗎？

- I want to ask the DJ to put on a slow song.　我要請 DJ 播放慢歌。
  〔風格、作風〕

- You really rocked the house with your style of dance.
  你跳舞的風格真是轟動全場啊。

- It's time to get down and boogie.　該下去跳舞了。

會話補充重點

- sit out 解釋為「不參加跳舞」的意思，就像是一直坐在舞池外圍而未進場跳舞，才會有此引申用法。

- move one's feet to the beat 解釋為「跟隨節拍移動腳步」的意思，其中 one's 為所有格，需稍加留意。

- put on 在此解釋為「播放」的意思，其後所接之名詞以音樂、電影類型為主；其另有他意，即「穿戴、穿著」的意思。

- rock the house 解釋為「讓全場轟動」的意思，rock 為口語用法，為「在某方面很出色」之意，而 house 又有「建築物、劇場」的意思，因此在這場所裡表現很出色，也就引申為讓氣氛變得熱烈、歡聲雷動的意思了。

Dialogue 對話 | 查看證件 | Check ID

1-24

A: May I see your ID, please? Wow! You look ten years under your age.
我可以看你的身分證件嗎？哇！你看起來比實際年齡還要年輕十歲。

B: Thanks for your compliment!
謝謝你的讚美。

A: Anyway, have a blast yourself.
祝你玩得盡興囉。

B: I will. Thanks.
我會的，謝謝。

Vocabulary 單字

chaperone [`ʃæpəˌron] 伴護、監督人	**bodyguard** [`badɪˌgard] ⓝ 保鑣、護衛隊	**allow** [ə`laʊ] ⓥ 允許、准許	**minor** [`maɪnə] ⓝ 未成年人 ⓐ 未成年的
teenager [`tinˌedʒə] ⓝ 青少年、十幾歲的青少年	**juvenile** [`dʒuvənḷ] ⓝ 少年、青少年 ⓐ 少年的	**adult** [ə`dʌlt] ⓝ 成年人 ⓐ 成年人的、成熟的	**restrict** [rɪ`strɪkt] ⓥ 限制、約束
security [sɪ`kjurətɪ] ⓝ 安全、防備	**age** [edʒ] ⓝ 年齡 ⓥ 使變老	**identification** [aɪˌdɛntəfə`keʃən] ⓝ 身分證（＝ID）	**grown-up** [`gronˌʌp] [`gronˌʌp] ⓝ 成年人 ⓐ 成年人的、成熟的
youth [juθ] ⓝ 年輕人、青春時代	**female** [`fimel] ⓝ 女子 ⓐ 女性的	**male** [mel] ⓝ 男子 ⓐ 男性的	**lady** [`ledɪ] ⓝ 女士、夫人、小姐
gentleman [`dʒɛntḷmən] ⓝ 紳士、先生	**dangerous** [`dendʒərəs] ⓐ 危險的、不安全的	**safe** [sef] ⓐ 安全的、保險的	**check** [tʃɛk] ⓥ 檢查、查驗

Sentence Pattern 萬用句型 | 只要掌握句型並替換關鍵字，查看證件也有多種說法 |

● **under one's age** 在…的實際年齡之下

Are you really fifty? You look twenty under your age.
你真的五十歲嗎？你看起來比實際年齡小二十歲。

● **thanks for + N** 感謝…

Thanks for your invitation. I really have a good time.　謝謝你的邀請。我真的玩得很開心。

會話 | 查看證件時還會聽到、說到的會話 |

此處為名詞用法，表示「證明書、執照」
- Please show your certificate to the security guards before entering.
  進入前請向保全出示證件。

- Please wait a moment before entering the bar.　進入酒吧前請稍待片刻。

  顧客
- We have to check our customers' identity based on the law.
  依法律規定，我們必須檢查顧客的證件。

- What if I forgot to bring my ID card?　如果我沒帶身分證的話要怎麼辦？

  證明、證實、查驗
- You could just show me any certificate that can prove your age.
  你只要出示任何可以證明年齡的證件即可。

- May I have your ID, please?　可以讓我看一下你的身分證嗎？

- Can you show me your ID card?　你能出示身分證嗎？

  合作、協助
- Please cooperate with the security guard for checking certificates.
  請配合保全執行檢查證件。

  禁止、阻止，動詞原形為 forbid
- People who are younger than 18 years old were forbidden to enter the bar.
  十八歲以下的人禁止進入酒吧。

- Here is my identity card.　這是我的身分證。

- The photo on your certificate is not similar to what you look like.
  證件上的照片和你本人長得不太像。

  最近的、進來的
- Oh, that's because I have been losing weight in recent months.
  喔，那是因為我這幾個月持續地在減重。

- Okay, you can enter the bar.　好的，你可以進入酒吧了。

  合作
- Thanks for your cooperation.　感謝你的配合。

- Hope you have a fantastic night.　祝福你有個愉快的夜晚。

會話補充重點

- what if 為疑問詞，解釋為「假使…？、若是…又怎樣呢？」之意，其後所接之句子應為肯定直述句。

- be younger than 18 years old 解釋為「比十八歲更年輕」之意，也可以代換成 be under age 18 來表示。

- be-V + forbidden to + V 為「禁止做…」的意思，同樣具有這樣語氣的用法還有 be-V + not + allowed to + V。

- lose weights 解釋為「減重」的意思，和其相反的用法為 put on weights，解釋為「增重」的意思。

排隊 | Standing in Line

 MP3 1-25

A: How long will it be until our turn to get into the bar? I can't stand waiting.

還要多久才輪到我們進入酒吧呢？我等得不耐煩了。

B: You know there is a popular live band playing tonight. And everyone will be expecting them.

你知道今晚有個很受歡迎的現場樂團要表演，每個人都期待他們的到來。

A: If you say so, words fail me. Let us keep waiting in line.

你都這麼說了，我也就無話可說。我們就繼續排隊吧。

B: See? The line is moving. We can get into the bar right now.

看到了嗎？隊伍在移動了，我們現在可以進入酒吧了。

Vocabulary 單字

saloon [sə`lun] ⓝ 酒吧、酒店	**alternate** [`ɔltə·nɪt] ⓥ 交替、使輪流 ⓐ 輪流的	**assemble** [ə`sɛmbl] ⓥ 集合、聚集	**detain** [dɪ`ten] ⓥ 留住、耽擱
ensure [ɪn`ʃur] ⓥ 確保、保護	**escort** [`ɛskɔrt] ⓥ 護送 ⓝ 護衛者	**exclaim** [ɪks`klem] ⓥ 驚叫、叫喊著說出	**extend** [ɪk`stɛnd] ⓥ 延長、擴展
hospitable [`hɑspɪtəbl] ⓐ 熱情友好的、招待周到的	**improper** [ɪm`prɑpə·] ⓐ 不正確的、不適當的	**beyond** [bɪ`jɑnd] ⓟ 超越、越過	**expectation** [ˌɛkspɛk`teʃən] ⓔ 預期、預料
blush [blʌʃ] ⓥ 臉紅、感到羞愧	**rebarbative** [rɪ`bɑrbətɪv] ⓐ 令人討厭的、難看的	**long-awaited** [`lɔŋəˌwetɪd] ⓐ 被期待已久的	**fascination** [ˌfæsn̩`eʃən] ⓝ 魅力、魔力
heed [hid] ⓥ / ⓝ 注意、留心	**grateful** [`gretfəl] ⓐ 感謝的、令人愉快的	**warmly** [`wɔrmlɪ] ⓐ 熱情的、親切的	**favorable** [`fevərəbl] ⓐ 贊成的、討人喜歡的

Sentence Pattern

萬用句型 | 只要掌握句型並替換關鍵字，排隊也有多種說法 |

● **sb. + didn't expect to + V** 某人不期待…

I didn't expect to get into the pub in an hour. 我並不期待一小時內能進入酒吧。

● **sb. asked me to + V** 某人要我…

The bodyguard asked me to show him my identity. 保鑣要我給他看我的身分證件。

Conversation

會話 |排隊時還會聽到、說到的會話|

> 表示「隊伍」，除了 line 之外，也可以替換成 queue

- Please wait in line to enter the bar.　請排隊依序進場。

　　無禮的

- It's very impolite to cut in queue.　插隊是很不禮貌的行為。

> 排隊、排齊，動詞原形為 line

- There are so many people lining up in front of us.
  我們前面有好多人在排隊。

- Just be patient, it's gonna be our turn very soon.
  耐心等候，很快就輪到我們了。

> 流行的、時尚的　　　髮型

- The girl standing there has a fashionable hairstyle.　那個女生的髮型好時尚。

- Yep, I hope that I can dance with her later.　是啊，希望待會能和她跳支舞。

> 燦爛的、華麗的

- We're going to have a gorgeous time tonight.　今晚將會是個美好的時光。

- I can't wait to enter the bar.　我等不及要進場了。

> 表演、演出、演奏

- It is said that a famous band would come to perform tonight.
  聽說今晚有個知名的樂團要來表演。

- I'm quite looking forward to the performance and activities.
  我好期待今晚的演出和活動。

- What are you going to drink later?　你等一下有沒有想喝什麼？

- Maybe a little cocktail or something else.　我想喝雞尾酒之類的吧。

> 推擠、忙碌

- It's going to be hustle and bustle tonight.　今晚將會非常熱鬧。

> 鬧哄哄地、忙碌

- I do hope we can have a great time in the bar.　希望我們在酒吧能有愉快的時光。

> 此為名詞用法，表示「人群、一堆、許多」

- There are huge crowds of people coming to the bar on weekends.
  週末的酒吧真是人山人海。

- Words fail me that you are willing to wait in such a long line.
  你甘願在這麼長的隊伍中等待，我無話可說了。

會話補充重點

- impolite 為「不禮貌的、無禮的」之意，具有相同意思的字詞還有 rude、ill-mannered、insolent 等。其相反詞為 polite，解釋為「有禮貌的」。

- it is said that...，解釋為「據說」的意思，為客觀的報導，除了 say 之外，和其相同用法的字詞還有 think、believe、consider、report 等。當然這樣的報導句其後須接 that 引導的子句；也可將 that 子句中的主詞移到句首，成為主要句子的主詞，但動詞須改為不定詞 to V 的形式。

- hustle and bustle 解釋為「熱鬧的」之意，也可以代換成 boisterous，解釋為「喧鬧的、歡樂的」之意。

❶ **May I have your name, please?**
能告訴我你的名字嗎？

❷ **It's wonderful to meet you.**
很高興見到你。

❸ **You really have a good fashion sense. The shoes are stylish.**
你真的很有時尚眼光。這雙鞋子很時髦。

❹ **Honestly speaking, I prefer not to see a movie with you.**
坦白說，我寧願不要和你一起去看電影。

❺ **I give the *Sound of Music* a thumb up.**
我覺得《真善美》太棒了!

❻ **Thanks for inviting me to have dinner with you. I couldn't ask for a better meal in this restaurant.**
謝謝你邀請我和你共享晚餐。這間餐廳的餐點真好吃。

❼ **The movie is on. Let's hurry to grab a bite to eat!**
影片播映了，我們快點隨便找些吃的吧!

❽ **It's so dark in the screening room. We need a flashlight to search for our seats.**
放映廳裡好暗喔，我們需要手電筒來尋找我們的座位。

❾ **Easy does it. We've got plenty of time to walk into our screening room.**
慢慢來，我們有很多時間走進放映廳。

Must Know!! 一定要知道的小知識 !!

★這裡用到的句型★

【第 1 句的句型】**May I have one's name?** 能告訴我…的名字嗎？
【第 2 句的句型】**It's wonderful to...** 很開心…
【第 4 句的句型】**honestly speaking...** 坦白說…
【第 5 句的句型】**give...a thumb up...** 很棒
【第 7 句的句型】**grab a bite to eat** 隨便找些吃的
【第 8 句的句型】**search for...** 尋找…
【第 9 句的句型】**Easy does it.** 慢慢來。
【第 11 句的句型】**be on the way to...** 正在…途中
【第 12 句的句型】**wait for...** 等待…

⑩ Don't be frustrated. Try to study hard, then you can get good grades next time.

不要氣餒。試著用功點，下次一定會得到好成績的。

⑪ We are on the way to the bar we are going to celebrate Annie's birthday.

我們正在去酒吧的途中，我們要慶祝安妮的生日。

⑫ Who are you waiting for now?

你此刻在等誰呢？

⑬ You must do the chores every day. The kitchen is as clean as a whistle.

你一定每天做家事，廚房裡非常地乾淨。

⑭ I can sympathize that you are under a lot of pressure recently. Let's go to the pub and have some drinks.

我可以瞭解你最近的壓力很大。我們去酒吧喝一杯吧！

⑮ Be positive a little. Things are not that bad.

樂觀點。事情沒有那麼糟。

⑯ You look so sad. Do you need a shoulder to cry on?

你看起來很難過。要靠在我的肩膀哭一下嗎？

⑰ I hate his guts. He always talk about the gossips of others.

我真討厭他。他總是在說別人的閒話。

⑱ You never know what will happen. Just take it easy will be better.

世事變幻無常。輕鬆點會比較好。

★問了顯得很失禮的問題★

在西方文化中，詢問他人年齡、收入、婚姻…等私人問題是不禮貌的，因為這些都是屬於個人隱私。也許對方會因為你是外國人而原諒你的失禮，但談話的氣氛可能已經搞僵了。

近幾年每到過年或是畢業季，網路上都會流傳最常被問的 10 個問題，例如：「打算什麼時候結婚呢？」、「打算什麼時候生小孩呢？」、「你念的這個科系畢業可以賺多少錢呢？」…等問題，這種看似關心，但卻涉及個人隱私的問題，是開啟新話題的地雷，千萬不要誤入了。

對於歐美人士，談論天氣是比較安全也不會冒犯他人的話題，尤其對方是剛認識還不是非常熟悉的人，想要避免敏感的話題的話，天氣是個不錯的選項，切忌不要從私人問題、政治、社會事件…等話題切入。

❶ **In a rush hour, I hardly get a seat but get packed like sardines.**
尖峰期間，我幾乎沒有座位，反倒是被擠扁了。

❷ **I'm here to celebrate my birthday with my friends.**
我來這裡和朋友們慶祝我的生日。

❸ **Here's to your 45-year-old birthday.**
為你的四十五歲生日而乾杯。

❹ **It's not right to cut in line for entering the bar.**
因為要進入酒吧而插隊是不對的。

❺ **I'm going to break up with my boyfriend who stood me up last night.**
我要和昨晚放我鴿子的男朋友分手。

❻ **This is a great bar. Wish you have a blast!**
這是間很棒的酒吧，祝你玩得愉快！

❼ **Take out your IDs. We should check them up before entering.**
出示你們的證件，我們要在入場前檢查證件。

❽ **You'd better not put me in a dilemma. I couldn't lend you any money.**
你最好不要讓我左右為難。我不能借你錢。

❾ **You look miserable. What's the matter?**
你看起來很不舒服。怎麼了嗎？

Must Know!! 一定要知道的小知識！！

★這裡用到的句型★

【第 2 句的句型】**sb. here to + V** 我來這裡是為了…
【第 3 句的句型】**here's to...** 為…而乾杯
【第 4 句的句型】**it's not right to + V** 做…是不對的
【第 6 句的句型】**have a blast** 狂歡
【第 7 句的句型】**check up** 檢查
【第 11 句的句型】**propose a toast to...** 向…舉杯慶祝
【第 13 句的句型】**let loose** 盡情、放鬆、放縱
【第 14 句的句型】**a variety of** 各種各樣的、多樣性的
【第 17 句的句型】**take sth. back** 把…拿回
【第 18 句的句型】**catch up on sb....** 跟上…

⑩ **Take medicine regularly, then you'll get well as soon as possible.**
規律地服藥，那麼你很快便會康復的。

⑪ **I'd like to propose a toast to you all.**
我想要向你們大家舉杯慶祝。

⑫ **Peggy is a knockout. May I hang her out for a dinner?**
佩姬是個大美女。我可以約她外出吃晚餐嗎？

⑬ **I wish that all you guys could let loose in the party.**
希望你們所有人都可以在派對裡盡情地放鬆。

⑭ **A variety of activities are held in various parts of country.**
全國各地都在舉行各式各樣的活動。

⑮ **Many people , such as compatriots, expatriates, and foreigners will celebrate the National Day together.**
許多人像是國人、僑胞和外國人都將會一起慶祝國慶日。

⑯ **Should I study abroad to improve my language ability?**
我應該要出國讀書來增進我的語言能力嗎？

⑰ **The waiter took the wrong dish back to the kitchen.**
服務生把錯誤的餐點拿回廚房。

⑱ **Wait for me. I couldn't catch up on your footsteps.**
等等我，我無法跟上你的步伐。

★美國家庭最重要的活動－生日派對★
生日派對是美國家庭的重要活動，孩子的生日派對通常在家裡度過，會邀請許多朋友或是小丑表演…等來家裡慶祝，是小孩子的社會必修課，也有點像美國文化的縮影。

★豐富的夜生活－酒吧★
酒吧的英文為 bar，原本指的是販賣酒精飲料的長型櫃台，而在現代城市中，酒吧是夜生活的獨特景觀，各種不同風格的酒吧因應而生，有可以看比賽的運動酒吧、融合日本文化的女僕酒吧…等。bar 通常指的是美式酒吧，或者是有特定主題風格的酒吧，而 pub 或 tavern 則是英式，以買酒為主的酒吧。

Chapter 2

·　·　·　·　· - - - - - - - - - - - - - - - - - - - Let's Go! - - - - - - -

Before Travel │旅行前置作業│
★詢問行程　★報名　★整理行李　★申請護照或簽證　★訂機票或飯店

詢問行程

Inquiring about a Journey

 2-01

A: What's the destination of your trip?
你們要去哪裡旅行呢？

B: We've always longed for Australia, but we are on a limited budget.
我們想到澳洲，但是我們的預算有限。

A: Don't worry. We're just gotten a package tour about it for a week.
別擔心。我們剛好有到澳洲一星期的套裝旅行。

B: I could go for that. And tell us the detailed information, please.
這提議不錯。請告訴我們細節吧。

Vocabulary
單字

travel [`trævl] ⓝ 旅行、遊歷 ⓥ 旅行	**route** [rut] ⓝ 路線	**local** [`lokl] ⓐ 當地的、本地的	**multinational** [`mʌltɪ`næʃənl] ⓐ 跨國的
arrange [ə`rendʒ] ⓥ 安排	**promote** [prə`mot] ⓥ 推銷	**safari** [sə`farɪ] ⓝ 狩獵旅行	**cruise** [kruz] ⓝ 遊艇旅行
attraction [ə`trækʃən] ⓝ 觀光景點	**accommodation** [ə,kamə`deʃən] ⓝ 住宿	**itinerary** [aɪ`tɪnə,rɛrɪ] ⓐ 旅行的、旅程的 ⓝ 旅程、旅行計劃	**agency** [`edʒənsɪ] ⓝ 代辦處、經銷處、 仲介、代理
trustworthy [`trʌst,wɝðɪ] ⓐ 值得信賴的	**include** [ɪn`klud] ⓥ 包含	**exclude** [ɪk`sklud] ⓥ 不含	**off-season** [`ɔf`sizn] ⓝ 淡季
high-season [`haɪ`sizn] ⓝ 旺季	**guide book** [gaɪd buk] ⓝ 旅遊指南	**vacation** [ve`keʃən] ⓝ 假期 ⓥ 度假	**honeymoon** [`hʌnɪ,mun] ⓝ 蜜月

Sentence Pattern
萬用句型

| 只要掌握句型並替換關鍵字，詢問行程也有多種說法 |

- **long for...** 想要⋯、渴望⋯

I heard that you've long for a chance to visit Paris for a long time.
我聽說你一直渴望到巴黎旅遊。

- **be on a limited budget** 預算有限

Because we are on a limited budget, we just travel to Korea instead of Egypt.
因為我們預算有限，只好去韓國旅行來取代到埃及旅行。

Conversation
會話 ｜詢問行程時還會聽到、說到的會話｜

● Do you prefer a long-range tour or a short-range tour?
你喜歡長程旅行還是短程旅行呢？

　　　　　　　　　▲ 預算、經費
● I'm doing a budget travel to India next month.　下個月，我想要去印度來趟經濟旅行。

　　　　　　　　　　　　　▲ 套裝行程
● I've heard that many of the packaged tours are shopping tours.
我聽説很多套裝行程都是購物旅行團。

　　　　　　　　　　　　▲ 目的、目標
● What's your favorite travel destination in the world?
你在這世界上最喜歡的旅遊景點是哪裡呢？

　　　　　　　　　▲ 印象深刻的
● I guess Paris is more impressive in real life.　我想巴黎是我印象較深刻的地方。

● Could you introduce me to some information about the UK?
你可以介紹一些關於英國的資訊嗎？

● Are you interested in seeing the major attractions, such as Shakespeare's home, Stonehenge, and Big Ben?
你對參觀主要景點有興趣嗎，像是莎士比亞的家、巨石陣和大笨鐘？

● Are all the meals included, too?　三餐有包含在內嗎？

　　　　　　　　　　　　▲ 提供
● A continental breakfast is provided, but you are on your own for lunch and dinner.
有提供歐式早餐，但你必須自行負責午餐和晚餐。

　　　▲ 小費、給小費，在此為名詞用法
● Tips are not included in the package.　小費不包含在套裝旅行費用內。

　　　　　　▲ 以低價所買來的東西
● It's not a real steal.　這並不優惠啊！

● We have some suggestions to take a trip to Egypt.
我們有一些到埃及旅行的建議。

　　　　　　▲ 為「好吧，既然你都這麼説了。」的意思，是接受對方的建議，並給予認可的回應方式
● Well, when you put it that way, maybe we can take a second honeymoon there.
好吧，既然你都這麼説了，或許我們可以到那裡度二次蜜月。

會話補充重點

● do a budget travel 解釋為「來趟經濟旅行」的意思，這裡使用的動詞為 do，而非 make，要特別注意。

● in real life 解釋為「親眼見到」的意思，雖然字面上是為真實的生活，但可引申為親身經歷、眼見為憑的感受。

● introduce 解釋為「介紹」的意思，為授予動詞一種，其後模式可為 introduce + sb. + sth.... 或是 introduce + sth. + to + sb.... 兩種，特別注意的是介系詞需為 to。

● such as 解釋為「例如」的意思，是含有「舉例」的意味存在。雖然和 like 當作介系詞時，同樣有「像是、如」的意思，但後者是用在比較上，兩者需加以區分。

報名 | Sign up

MP3 2-02

A: I'd like a ski tour in the Canadian Rockies.
我想參加到加拿大落磯山的滑雪團。

B: When would you like to head there?
你想要什麼時候出發呢？

A: Probably at Christmas. Could you reserve this package tour for two of us?
可能是在聖誕節期間。你可以幫我預留兩個參加這個套裝行程的名額嗎？

B: No problem. We'll give you the itinerary of your trip later.
沒問題，我們稍晚將給你旅遊行程表。

Vocabulary
單字

domestic [də`mɛstɪk] ⓐ 國內的	**overseas** [`ovə`siz] ⓐ 國外的	**trip** [trɪp] ⓝ 旅行、行程 ⓥ 旅行、遠足	**journey** [`dʒɝnɪ] ⓝ / ⓥ 旅行
tour [tur] ⓝ / ⓥ 旅行、旅遊	**insurance** [ɪn`ʃurəns] ⓝ 保險	**travel fare** [`trævl̩ fɛr] ⓝ 團費	**low-priced** [`lo`praɪst] ⓐ 低價的
high-priced [`haɪ`praɪst] ⓐ 高價的	**inexpensive** [ˌɪnɪk`spɛnsɪv] ⓐ 便宜的	**brochure** [bro`ʃur] ⓝ 小冊子	**tour guide** [tur `gaɪd] ⓝ 導遊
tour conductor [tur ˌkən`dʌktɚ] ⓝ 導遊	**tourist** [`turɪst] ⓝ 遊客	**sightseeing** [`saɪt.siɪŋ] ⓝ 觀光	**full-day** [ful`de] ⓐ 全日的
half-day [hæf`de] ⓐ 半日的	**pamphlet** [`pæmflɪt] ⓝ 簡介	**flier** [`flaɪə] ⓝ 單張傳單	**leaflet** [`liflɪt] ⓝ 折疊式單張廣告單

Sentence Pattern
萬用句型 ｜只要掌握句型並替換關鍵字，報名旅行團也有多種說法｜

- **head for...** 動身前往…、出發去…

Because of business, Dad headed for Japan three hours ago.
因為生意的關係，爸爸三小時前動身前往日本。

- **No problem.** 沒問題。

No problem. I'll check the package tour to South Africa for you right away.
沒問題。我立刻為你查去南非的套裝行程。

Conversation 會話 ｜報名旅行團時還會聽到、說到的會話｜

- We're interested in the tour for Las Vegas and the Grand Canyon.
  我們覺得拉斯維加斯和大峽谷的旅行行程似乎不錯。

- It'll be a high-season charge.　這會以旺季的費用收費。
  ▲ 旺季

- I think backpacking would be best for my budget.
  ▲（背背包的）徒步旅行　　　　　　　▲ 預算
  我想我的預算來趟自助旅行會是最好的。

- What dates would you like to travel? We still can help you with the plane reservation.
  ▲ 預定、保留
  你哪幾天要去旅行呢？我們還是可以幫你訂機票。

- We want to go backpacking through Europe this summer.
  今年夏天，我們想要到歐洲自助旅行。

- Going on a cruise to Alaska is exciting.　搭乘遊艇到阿拉斯加遊玩很刺激。
  ▲ 巡航、航遊

- How many of you are going?　有幾位一起前往呢？

- Independent vacation packages typically consist of air and hotel.
  ▲ 典型地
  自助旅行套裝行程通常包含機票和飯店費用。

- Do you need a pick-up service?　你需要接送服務嗎？

- Most package tours include transfers to and from the airport.
  大多數的套裝旅遊包含機場來回接送。

- Is there a discount for six people who register together?　六人同行有優惠嗎？
  ▲ 登記、註冊、報名

- If five people sign up, a sixth one can come in for free.
  如果五人同行，第六個人可以免費。

- Where does the tour go?　這個旅行團會到哪些地方呢？

- It goes to all the important sights.　這個旅行團會到所有重要的景點。

- Is there any time for individual activities?　有自由活動的時間嗎？
  ▲ 個人的、個別的
  ▼ 活動，單數為 activity

會話補充重點

- **go backpacking** 解釋為「自助旅行」的意思，**go** 後面若是接從事娛樂活動的字詞時，必須以動名詞的形式呈現。

- **consist of** 解釋為「由…構成、由…組成」的意思，因為旅行費用通常會囊括機票和飯店的費用，所以用此片語來表達，還可以 **include** 來替換。

- **to and from** 解釋為「往返於…、來往於…」的意思，也可以代換成 **ply between** 的用法，但後者是指「定期的往返兩地」，意思稍有不同，要多加注意。

- **come in for** 解釋為「接受」的意思，是對方給予肯定的答案，認可意見時可以使用的片語。

整理行李 | Arrange Luggage

 2-03

A: You shouldn't wait until the last minute to pack.
你不應該等到最後一分鐘才打包的。

B: Oh, man! Look at my luggage, it's going to fall apart.
天啊！看看我的行李，它快要裂開了。

A: What on earth did you put inside? Clothes, shoes and etc.?
你究竟在裡面放了什麼東西？衣服、鞋子…等等嗎？

B: They're all in my luggage, along with my toiletry kit.
它們都在行李箱裡了，還有我的盥洗用具。

Vocabulary 單字

luggage [ˋlʌgɪdʒ] **n** 行李	**baggage** [ˋbægɪdʒ] **n** 行李	**suitcase** [ˋsut͵kes] **n** 手提箱、小型旅行箱	**backpack** [ˋbæk͵pæk] **n** 背包、遠足用的背包
purse [pɝs] **n** 女用皮夾、女用手提包	**cellphone** [ˋsɛlfon] **n** 手機、攜帶式電話	**credit card** [ˋkrɛdɪt kɑrd] **n** 信用卡	**wallet** [ˋwɑlɪt] **n** 皮夾、錢包
passport [ˋpæs͵port] **n** 護照、通行證	**sunglasses** [ˋsʌn͵glæsɪz] **n** 太陽眼鏡	**toiletries** [ˋtɔɪlɪtrɪs] **n** 盥洗包、化妝用具	**digital camera** [ˋdɪdʒɪt! ˋkæmərə] **n** 數位照相機
traveler's check [ˋtrævlɚz ˋtʃɛk] **n** 旅行支票	**medicine** [ˋmɛdəsn] **n** 藥品、內服藥	**driver's license** [ˋdraɪvɚz ˋlaɪsn̩s] **n** 駕駛執照	**adapter** [əˋdæptɚ] **n** 轉接器、轉接頭
pack [pæk] **n** 背包、包裹 **v** 把…裝入行李、包裝	**space** [spes] **n** 空間	**reconfirm** [͵rikənˋfɝm] **v** 再次確認	**memory stick** [ˋmɛmərɪ͵stɪk] **n** 記憶卡

Sentence Pattern 萬用句型 | 只要掌握句型並替換關鍵字，整理行李也有多種說法 |

- **not...until...** 直到…才…

  I can't pack my suitcase until midnight. 我直到半夜才打包我的行李。

- **fall apart...** 分開…、散開…

  Don't put all stuff in your bag, it's about to fall apart.
  不要把所有東西都放到袋子裡，它快要裂開了。

Chapter 2

會話 | 整理行李時還會聽到、說到的會話 |

- Don't forget to bring your passport and some extra cash.
  額外的、外加的
  不要忘記攜帶你的護照和一些額外的現金。

- What a mess your bedroom is! It's just a relaxing itinerary.
  混亂的、骯髒的　　　　　　　　　　　　　　　令人放鬆的、輕鬆愉悅的
  你的房間真亂！這只是一個輕鬆的行程而已。

- Remember, there is a limit on your luggage weight.　記住，行李重量是有限制的。

- I'm in deep water to pack my suitcase.　對我來說，打包行李真是大麻煩。

- Make a list of the items you need to take with you.　列出你所需要攜帶的物品清單。
  目錄、清單

- In order to save space, I prefer to wear my coat on the plane.
  為了節省空間，我在飛機上要穿著外套。

- Do we need an adapter when traveling in Europe?
  當我們到歐洲旅行的時候，我們需要帶轉接頭嗎？

- How many suitcases are you going to bring on the trip?
  在這趟旅程，你要帶幾個行李箱呢？

- Should we bring umbrellas or raincoats?　我們要帶雨傘或是雨衣嗎？
  雨傘　　　　　　　　　　　　　　　　　雨衣

- I think we can buy everything there when we get there.
  我想我們到那裡可以買到任何想要的東西。

- It's not a long trip, so you only need three or five changes of clothes.
  這不是長途旅行，所以你只需要帶三到五件的換洗衣物。

- My luggage weighs a lot.　我的行李好重。
  為「記得、切記」的意思，用法和 remember to + V 的用法相同
- Be sure to bring medications.
  記得要攜帶藥品。

會話補充重點

- forget to 解釋為「忘了要做⋯」的意思，且為尚未著手做某件事的時候。若是 forget 後面接動名詞時，則需解釋為「忘了做過⋯」的意思。remember to 解釋為「記得要做⋯」的意思，且為記得要去做尚未著手的事情。若其後接動名詞時，則需解釋為「忘了做過⋯」的意思。需加以區分清楚。

- be in deep water 解釋為「陷入困境、麻煩大了」的意思，通常用來比喻問題或是麻煩之事有如水流一樣將人淹沒，且難以逃脫。

- in order to 解釋為「為了⋯」的意思，其後通常接原形動詞，且相同用法還有 so as to、with an eye to 和 with a view to，只是後兩者的 to 並不是不定詞的概念，而是作為介系詞用，因此需以動名詞來呈現。

申請護照或簽證
Apply for Passport and Visa

MP3 2-04

A: It's my first time to take a trip in Australia. I'm not sure what type of visa I should apply for.
這是我第一次到澳洲旅行，我不確定要申請哪一種簽證。

B: Check the expiration date of your passport first, then you have to apply for a tourist visa.
先檢查護照的到期日，然後你必須要申請觀光簽證。

A: I've got my passport renewed.
我已經更新我的護照了。

B: All right. Fill out this form in initial and line up for an interview.
好的。請以大寫填上這張表格，再排隊等著面試。

Vocabulary 單字

passport [`pæs͵port] **n** 護照	**visa** [`vizə] **n** 簽證	**application** [͵æplə`keʃən] **n** 申請、申請書	**authority** [ə`θɔrətɪ] **n** 發照機關
Ministry of Foreign Affairs [`mɪnɪstrɪ ɑv `fɔrɪn ə`fɛrs] **n** 外交部	**consulate** [`kɑnsl͵ɪt] **n** 領事館	**embassy** [`ɛmbəsɪ] **n** 大使館	**working holiday visa** [`wɜkɪŋ `hɑlə͵de `vizə] **n** 打工度假簽證
working visa [`wɜkɪŋ `vizə] **n** 工作簽證	**business visa** [`bɪznɪs `vizə] **n** 商務簽證	**tourist visa** [`turɪst `vizə] **n** 旅遊簽證	**resident visa** [`rɛzədənt `vizə] **n** 居民簽證
diplomatic visa [͵dɪplə`mætɪk `vizə] **n** 外交簽證	**expire** [ɪk`spaɪr] **v** 過期	**valid** [`vælɪd] **a** 有效期限	**date of issue** [det ɑv `ɪʃju] **n** 發照日期
nationality [͵næʃə`nælətɪ] **n** 國籍	**renew** [rɪ`nju] **v** 更新、換新	**first name** [fɝst nem] **n** 名	**last name** [læst nem] **n** 姓

Sentence Pattern 萬用句型 ｜只要掌握句型並替換關鍵字，申請護照或簽證也有多種說法｜

- **apply for...** 申請⋯

Could you tell me how to apply for a working holiday visa to Australia?
你可以告訴我如何申請到澳洲的打工度假簽證嗎？

- **fill out...** 填滿⋯、填寫⋯

Please fill out this application form first. 請先填好這張申請表格。

會話 Conversation ｜申請護照或簽證時還會聽到、說到的會話｜

- Do I need a visa to go to Europe?　到歐洲需要簽證嗎？

- You need to apply for the European Schengen Visa.　你需要申請歐洲的深根簽證。
  （申請）

- How much does it cost to apply for an American Visa?
  申請一張美國簽證需要多少錢呢？

- American Visa was about NT$5000 before, but it's visa-waiver after October 2nd, 2012.　以前美簽大約是新台幣五千元整，但二〇一二年十月二日之後就免簽證了。
  （放棄、棄權證書）

- If your passport is expired, you won't be able to go abroad.
  如果你的護照過期了，你就不可以出國。

- How long will it take to receive my passport after I renew it?
  在更新護照之後，要多久才會收到我的護照呢？

- The processing time for the visa is usually five to seven business days.
  簽證處理時間通常是五到七個工作天。

- Do I need two visas while I want to work and study abroad?
  當我在國外半工半讀時，我需要兩張簽證嗎？

- Could you tell me how to apply for permanent residency?
  你可以告訴我如何申請永久居留嗎？
  （永久的、永遠的）（定居）

- What documents do I need to apply for a student visa?
  申請學生簽證需要什麼資料呢？
  （文件、資料）

- How long will my new passport be valid for?　我的新護照有效期限是多久呢？

- Visa application can be done through the mail as well.　簽證也可以通過郵件申請。
  （也、同樣地）

- The visa-waiver program is much more convenient for tourists who can visit America within 90 days.　免簽證對於旅客而言更加方便，且可以在美國停留九十天。

- A valid passport is very important.　一本有效的護照是非常重要的。

會話補充重點

- be able to 解釋為「可以、能」的意思，可以單獨存在，若在現在式中，則 be-V 需以 am、are、is 來替代，且等同於助動詞 can 的用法；若在過去式中，則 be-V 需以 was、were 來替代，且等同於助動詞 could 的用法。但若句中同時出現兩個助動詞時，則會將後者改為 be able to 的用法。

- 疑問詞 how、what、who、which、where 後常接 to V，用來代替原先含有「應該」或是「能夠」意義的子句，且為名詞片語，也可還原成完整句子的寫法，即 how + S + aux. + V… 的句型。

訂機票或飯店
Book Tickets and Hotels

MP3 2-05

A: Hello, I'd like to book two round-trip tickets to Chicago, please.

你好,我想要訂兩張到芝加哥的來回機票。

B: No problem. When will be your departure and arrival date?

沒問題,出發時間和回程時間是什麼時候呢?

A: I'd like to leave on December 16th and return on January 15th next year.

我想要在十二月十六日出發,然後明年一月十五日回國。

B: Let me check. There's a direct flight stopping at Nagoya only for a short time

我查詢一下。有一班只在名古屋稍停片刻的直達飛機。

Vocabulary 單字

flight [flaɪt] ⓝ 班次、航程	direct flight [də`rɛkt flaɪt] ⓝ 直航	nonstop flight [nɑn`stɑp flaɪt] ⓝ 不轉機班次	red-eye flight [`rɛd.aɪ flaɪt] ⓝ 夜間航班
connecting flight [kə`nɛktɪŋ flaɪt] ⓝ 轉機航班	return ticket [rɪ`tɜn `tɪkɪt] ⓝ 回程機票	one-way ticket [`wʌn.we `tɪkɪt] ⓝ 單程票	round-trip ticket [`raʊnd.trɪp `tɪkɪt] ⓝ 來回票
transit [`trænsɪt] ⓥ 轉機	first class [fɜst klæs] ⓝ 頭等艙	business class [`bɪznɪs klæs] ⓝ 商務艙	economic class [.ikə`nɑmɪk klæs] ⓝ 經濟艙
fare [fɛr] ⓝ 票價	layover [`le.ovə] ⓝ 中途停留	coach [kotʃ] ⓝ 普通旅客車廂	itinerary [aɪ`tɪnə.rɛrɪ] ⓝ 旅程
booking number [`bʊkɪŋ `nʌmbə] ⓝ 訂位代碼	aircraft [`ɛr.kræft] ⓝ 飛機(機型)	class [klæs] ⓝ 艙等	status [`stetəs] ⓝ 訂位狀況

Sentence Pattern 萬用句型 | 只要掌握句型並替換關鍵字,訂機票或飯店也有多種說法 |

- **stop for a short time** 稍做停留、稍停片刻

Would you mind stopping for a short time at the duty-free shops?
你介意在免稅商店稍做停留嗎?

- **work out...** 決定…

We haven't worked out where to travel. 我們還沒有決定要去哪裡旅行。

會話 │訂機票或飯店時還會聽到、說到的會話│

- I'd like to make a reservation for a flight to New York tomorrow.
  我想要預訂明天到紐約的班機。

  為「完全地、徹底地」的意思，也可替換成fully

- I'm sorry that the seats are completely booked at this moment.
  很抱歉目前機位全部額滿。

  候補名單

- Can you put me on the waiting list?　你可以安排我在後補名單上嗎？

  幾個、一對

- I'll scout around for a seat and get back to you in a couple of minutes.
  我會幫你查詢座位並在幾分鐘之內回覆你。

- Excuse me, I'd like to change my return flight to Hong Kong on January 15th.
  不好意思，我想更改一月十五日飛香港的回程班機。

- Let me check your reservation first, sir. OK, there doesn't seem to be any problem.
  先生，我先幫你查詢訂位狀況。好的，應該沒有問題。

  座位、使就座，在此為名詞用法

- Are any executive class seats available?　商務艙還有空位嗎？

  升級、提高

- Can I upgrade to business class?　我可以升等到商務艙嗎？

  具備必要條件的、合格的

- Let me check. Yes, ma'am. You are qualified to upgrade.
  讓我查詢一下。可以的，小姐，你符合升等資格。

- Can I buy an open return ticket?　我可以買不限回程時間的機票嗎？

  最早的時間（early 的最高級）

- I'd like to reserve a seat for the earliest flight to Korea tomorrow morning.
  我想要訂明天早上前往韓國的最早航班。

- May I have your full name and passport number, please?
  請給我你的全名和護照號碼。

  在此為動詞用法，原形為 book，是預訂的意思

- Your ticket has been booked, sir.　先生，你的機票已經訂購完成。

- Please leave the return ticket open.　回程機票先不限定班次時間，謝謝。

會話補充重點

- scout around for 解釋為「到處尋找、查詢出」的意思，不僅可以用在搜尋資料上，也可以尋找物品或是人身上。其用法相當於 look for 或是 search for。

- 商務艙的用法除了 business class 之外，也可以用 executive class 來代替，因為 executive 本身就有「高級享受的」之意。

- be qualified to 解釋為「符合…資格」的意思，此處的 qualified 在句中並非為被動語態用法，而是當作形容詞使用，解釋為「具備必要條件的、合格的」之意，且其後需接不定詞 to + V 的形式呈現。

- get back to 解釋為「回到、恢復工作」的意思，但在會話中可解釋為「再與…說話」的意思，通常為電話用語中的回應方式，引伸為「回覆、回報」的意思。

At the Airport｜機場｜
★登機　★行李托運　★海關出入境　★免稅店　★領取行李

登機 | Check in

MP3 2-06

A: Hi, I'd like to check in for my flight, please.
嗨，我想要辦理登機，謝謝。

B: May I see your ticket and passport, please?
請給我你的機票和護照。

A: Yes, here you are. And I'd like a window seat closer to the front if possible.
好的，在這裡。如果可以的話，我想要前面一點的靠窗位置。

B: No problem. Let me check. OK, there is one more window seat available.
沒問題。我來查一下。好的，還有一個靠窗的空位。

Vocabulary
單字

terminal [ˋtɝmənl] ⓝ 航廈、航空站	**curbside check in** [ˋkɝbˏsaɪd ˋtʃɛk ˏɪn] ⓝ 路邊快速登記	**ticket agent** [ˋtɪkɪt ˋedʒənt] ⓝ 票務人員	**ticket dispenser** [ˋtɪkɪt dɪˋspɛnsɚ] ⓝ 自動售票機
currency exchange [ˋkɝənsɪks ˋtʃɛndʒ] ⓝ 外幣兌換處	**check-in counter** [ˋtʃɛkˏɪn ˋkaʊntɚ] ⓝ 登機報到櫃台	**passenger** [ˋpæsndʒɚ] ⓝ 旅客、乘客	**airline attendant** [ˋɛrˏlaɪn əˋtɛndnt] ⓝ 航空公司櫃檯人員
concourse [ˋkɑnkors] ⓝ （車站、機場）中央大廳	**control towel** [kənˋtrol ˋtaʊəl] ⓝ 塔台	**runway** [ˋrʌnˏwe] ⓝ 跑道	**airport apron** [ˋɛrˏport ˋeprən] ⓝ 停機坪
service counter [ˋsɝvɪs ˋkaʊntɚ] ⓝ 服務櫃台	**shuttle bus** [ˋʃʌtl̩ bʌs] ⓝ 機場巴士、接駁車	**boarding pass** [ˋbordɪŋ pæs] ⓝ 登機證	**boarding gate** [ˋbordɪŋ get] ⓝ 登機門
waiting area [ˋwetɪŋ ˏɛrɪə] ⓝ 等候區	**flight information monitor** [flaɪt ˏɪnfɚˋmeʃən ˋmɑnətɚ] ⓝ 班機資訊看板	**security guard** [sɪˋkjʊrətɪ gɑrd] ⓝ 警衛	**airline** [ˋɛrˏlaɪn] ⓝ 航空公司、 （飛機的）航線

Sentence Pattern
萬用句型 | 只要掌握句型並替換關鍵字，登機也有多種說法 |

● **hand over...** 遞出…、遞交…

Hand over your boarding pass, please.　請遞出你的登機證，謝謝。

● **on time** 準時

Is flight No. 886 leaving on time?　八八六號班機會準時起飛嗎？

- I'd like to check in for flight No.500.　我要辦理五○○班次的登機手續。
- Could I have an aisle seat, please?　可以給我走道的位置嗎？
  > 通道、走道

- Passengers should check in at least two hours before departure.
  > 離開、出發、啟程

  乘客應該至少在起飛前兩個小時辦理登機手續。

- You only have to show your passport to get your boarding pass, if you check in with an e-ticket.　如果你是持有電子機票，你只需要出示護照就可以領取登機證了。

- Is there an aisle seat available?　還有靠走道的位置嗎？

- I don't see your reservation on my computer. Did you remember to reconfirm your ticket?
  > 再確認

  我的電腦裡沒有看到你的預約，你有記得再次確認你的機票嗎？

- Do I check-in for Flight 888 to Rome here?
  到羅馬的八八八號班機是在這裡辦理登機手續嗎？
  > 備用的

- Don't worry, I'll put you on standby for the next flight.
  不要擔心。我會把你放在下個班機的候補位上。
  > 臨時滯留

- Are you on Flight 333 to Chicago with a layover in San Francisco, Miss Lin?
  林小姐，你搭乘的是班機三三三，前往芝加哥並在中途停留舊金山嗎？

- Do you have any seat preference?　你比較喜歡哪裡的座位呢？

- Could I get a seat close to the back?　可不可以給我靠後面的座位呢？
  > 廁所、洗手間

- Could I get a seat away from the lavatory?　可以給我遠離廁所的座位嗎？

- Here are your boarding pass and passport.　這是你的登機證和護照。
  > 在此作形容詞使用，為「完成的、結束的」之意，其後通常會接介系詞 with

- Am I through here?
  手續都辦完了嗎？

會話補充重點

- at least 解釋為「至少、起碼」的意思，其為形容詞 little 的最高級型態，且為不規則變化，即形容詞三級為：little（少、小）→ less（較少）→ least（最少）。

- reconfirm 解釋為「再確認、再證實、再確定」的意思，其字源為 confirm（確認），等同 make sure；在字首加上了「re」就有「再…」的意思。要注意的是，一般人常會將此字念做 conform，其意思為「遵照、遵守、符合、相一致」的意思，兩者意思明顯不同喔。

- away from 為「遠離」的意思，其後通常會接地點，且介系詞 from 不可以省略。

- be in order 解釋為「就緒、完成」的意思，in order 本身有「按順序」之意，登機手續皆按照步驟依序完成，才有此引申用法。

行李托運 | Transport Luggage

MP3 2-07

A: These are my check-in bags.
這些是我要托運的行李。

B: Please put them on the scale.
請將它們放在磅秤上。

A: Are they over the baggage allowance?
有超過行李的重量限制嗎?

B: I'm afraid there will be an overweight-luggage charge of thirty dollars, sir.
先生,恐怕要向你收取行李超重費用美金三十元整。

Vocabulary
單字

skycap [`skaɪˌkæp] ❶ 機場行李搬運員	**x-ray machine** [`ɛks`re mə`ʃin] ❶ X光檢測機	**baggage tag** [`bægɪdʒ tæg] ❶ 行李標籤	**scale** [skel] ❶ 磅秤
weigh [we] ❷ 秤重、秤⋯的重量	**carry-on** [`kærɪˌɑn] ❶ 隨身行李	**fragile** [`frædʒəl] ❸ 易碎的、脆的	**delicate** [`dɛləkət] ❸ 脆的、易碎的
liquid [`lɪkwɪd] ❶ 液狀物	**flammable** [`flæməbl] ❸ 易燃的	**material** [mə`tɪrɪəl] ❶ 物品	**handy** [`hændɪ] ❸ 手提的、手拿的
pack [pæk] ❷ 打包、把⋯裝入行李 ❶ 背包、袋	**excess baggage** [ɪk`sɛs `bægɪdʒ] ❶ 超重行李	**baggage allowance** [`bægɪdʒ ə`lauəns] ❶ 免費行李	**overweight** [`ovɚˌwet] ❶ 超重 ❸ 超重的、過重的
monitor [`mɑnətɚ] ❶ 顯示器、螢幕	**piece** [pis] ❶ 件數(單位詞)	**baggage handler** [`bægɪdʒ `hændlɚ] ❶ 行李員	**affix** [ə`fɪks] ❷ 貼上

Sentence Pattern
萬用句型 | 只要掌握句型並替換關鍵字,行李托運也有多種說法 |

- **have difficulty (in) + V-ing…** 費了勁才⋯

I had much difficulty in carrying such a heavy luggage to the scale.
我費了好大的勁才把這麼重的行李箱放在磅秤上。

- **result from…** 起因、由於

You'll pay the extra fee result from the excess baggage.
由於行李超重,你將要多付費用。

85

- How many bags will you be checking in today? 今天你要托運的行李有幾件呢？

- I have to check-in a luggage and one carry-on bag.
我要托運一個行李箱和一個隨身行李。

- Airlines have special restrictions on carry-on bags. 航空公司對隨身行李有特別限制。
（限制、規定）

- Your luggage is too heavy, you have to pay excess baggage charge.
你的行李太重，必須要付行李超重的費用。

- What is the free baggage allowance? 免費的行李限制重量是多少呢？
（分配額、允許額、津貼）

- Each passenger is allowed a total of 20 kilos on Economy, 30 kilos on business, and 40 kilos on first class.
每位乘客的行李限重是：經濟艙二十公斤，商務艙三十公斤和頭等艙四十公斤。

- Do you have any liquids or gels in your carry-on?
你的隨身行李有任何的液狀物或是膠狀物嗎？
（膠體、凝膠）

- Will the baggage be checked to my destination? 行李會直接托運到我的目的地嗎？
（目的地）

- These are baggage tags, One goes on your luggage and the other is the baggage claim tag. 這些是行李貼條。一個貼在你的行李上，另一個是認領行李貼條。

- Can I take this bag on as a carry-on baggage? 這個包包可以當隨身行李嗎？

- Do you have any unaccompanied baggage? 請問你有其他要拖運的行李嗎？

- Did you pack the luggage yourself without leaving your sight at any time?
你自己打包行李且任何時間都沒有離開你的視線嗎？
（視線、視界、視力）

- Are you carrying any liquids or flammable materials in your bags?
你的行李裡有攜帶任何液狀物或是易燃物品嗎？

- How much do I have to pay for overloading? 超重費用是多少呢？
（超載、超出負荷）

會話補充重點

- liquid 和 gel 可以當作不可數名詞和可數名詞，若當作可數名詞使用，即為液狀物和膠狀物，此時前面可以使用單位量詞來形容數量的多寡，也可直接在字尾加上「s」當作複數。

- pay 解釋為「支付、付款給…」的意思，其後所接之受詞若為「人」，則介系詞須為 to；但所接之受詞若為「事物」時，則介系詞須為 for。

- unaccompanied 當作形容詞使用，解釋為「無伴隨的」之意，放在行李箱上，即可引用為「尚未托運的行李」的意思。

- Have a nice flight! 為祝福用語，其中 nice 也可代換成其他正面的形容詞，如：great、excellent、marvelous 等字詞，而 flight 也可代換成其他名詞，如：day、weekend 等字。

海關出入境
Immigration and Customs

 MP3 2-08

A: Do you have anything to declare ma'am?
小姐，你有東西需要申報嗎？

B: No, I don't. These are my personal belongings and clothes.
不，沒有東西要申報。這些是我私人物品和衣物。

A: What is the purpose of your visit?
此行目的是什麼呢？

B: I'm going to be my best friend's bridesmaid. Here is the invitation.
我要當我最好朋友的伴娘，這是邀請函。

 Vocabulary 單字

metal detector [`mɛtldɪ `tɛktɚ] **n** 金屬探測器	**immigration officer** [ˌɪmə`greʃən `ɔfəsɚ] **n** 移民局官員	**declaration** [ˌdɛklə`reʃən] **n** 聲明、(納稅品等的) 申報	**product** [`prɑdəkt] **n** 製品、產品
remove [rɪ`muv] **v** 除去、移除	**beep** [bip] **v** 發出嗶嗶聲	**departure** [dɪ`pɑrtʃɚ] **n** 出境、離境、啟程	**arrival** [ə`raɪvl̩] **n** 入境
customs [`kʌstəmz] **n** 海關	**immigration** [ˌɪmə`greʃən] **n** 出入境	**stamp of verification** [stæmp ɑv ˌvɛrɪfɪ`keʃən] **n** 審核章	**ground staff** [graund stæf] **n** 地勤人員
quarantine officer [`kwɔrənˌtin `ɔfəsɚ] **n** 檢疫官	**security checkpoint** [sɪ`kjurətɪ `tʃɛkˌpɔɪnt] **n** 安檢站	**banned item** [bænd `aɪtəm] **n** 違禁品	**customs declaration** [`kʌstəmz ˌdɛklə`reʃən] **n** 海關申報單
inspection [ɪn`spɛkʃən] **n** 檢查、安檢	**inbound gate** [`ɪn`baund ˌget] **n** 入境閘門	**outbound gate** [`aut`baund ˌget] **n** 出境閘門	**frisk** [frɪsk] **v** 搜身

 Sentence Pattern 萬用句型 | 只要掌握句型並替換關鍵字，海關出入境也有多種說法 |

- **expect to...** 希望…

  How long do you <u>expect to</u> stay here?　你希望在此地留多久呢？

- **beef up** 加強、增強

  They've <u>beefed up</u> security since 911.　九一一之後，他們就加強了保安。

87

會話 Conversation | 海關出入境時還會聽到、說到的會話 |

- Your passport, ticket and disembarkation card, please.　↑登陸、上岸
  請出示你的護照、機票和出境紀錄卡。

- What's your purpose for visiting America?　你此行到美國的目的是什麼呢？

- I'm here for visiting my friends.　我來拜訪我的朋友。
  ↑為「想要」的意思，相當於 want to 或 plan to 的用法
- How long do you intend to stay here?　你想要在這裡待多久呢？
  ↑一半、二分之一
- I plan to stay here for half a month and I will be staying at my friend's home.
  我打算在這裡待半個月，而且我會住在我朋友家。

- Welcome to the U.K.. Your papers are all in order. Please go to the next line for your customs inspection.　歡迎來到英國。你的文件都辦好了，請到下一排做海關審查吧。

- Do you have anything expensive with you?　你有攜帶什麼貴重物品嗎？
  ↑申報（納稅品），原形為 declare
- Even bottles of perfume should need to be declared.　即便是香水也需要報稅。
  ↑公開、顯露
- Please disclose this bag.　請打開這個袋子。
  ↑繼續下去
- Let's proceed to the passport inspection area.　我們去護照查驗櫃檯吧。

- Let's walk through the metal detector.　我們走過金屬探測器吧。
  ↑在旁邊、暫時離開
- Step aside, please. We'll have to do a special check on your suitcase.
  請往旁邊站，我們必須檢查你的行李箱。
  ↑安全
- Sorry, Miss. We have to check your bag for the cause of security.
  不好意思，小姐。我們基於安全考量，必須要檢查你的行李。

- Do you have any fruits, vegetables, or animal products?
  你有攜帶任何水果、蔬菜或是動物製品嗎？

- Please give the officer at the exit this declaration form.
  請將這張申報卡交給出口處的官員。

！會話補充重點

- proceed 解釋為「行進、出發」的意思，其後若接 to 時，則有「繼續進行…」的意思，且 to 為不定詞，須以動詞原型為主。

- walk through 解釋為「通過、走過」的意思，其相等於 step through、pass through 和 go through 的用法。

- for the cause of 解釋為「基於…的因素」之意，此處的 cause 也可以改成 reason 或是 motive 來代換。

- exit 解釋為「出口、通道、太平門」的意思，其相反詞為 entrance 解釋為「入口、門口」的意思。要注意的是，前者拼法和 exist（存在）很像，但念法是完全不同喔。

免稅店 | Duty Free Stores

MP3 2-09

A: Any liquor available here?
這裡有賣烈酒嗎？

B: Yes, may I see your boarding pass, please?
是的，可以讓我看看你的登機證嗎？

A: Here it is! Is there a limit on some of the items?
在這裡！部分商品有購買數量的限制嗎？

B: You are limited to purchasing only three bottles of wine or liquor.
你只能購買三瓶葡萄酒或是烈酒。

Vocabulary
單字

mechanical passage [mə`kænɪkl `pæsɪdʒ] **n** 電動步道	surveillance camera [sə`veləns `kæmərə] **n** 監視攝影機	departure lounge [dɪ`partʃə laundʒ] **n** 候機室	VIP lounge [`viaɪpi laundʒ] **n** 機場貴賓室
purchase [`pɜtʃəs] **v** 購買	perfume [`pɜfjum] **n** 香水	chocolate [`tʃakəlɪt] **n** 巧克力	wine [waɪn] **n** 葡萄酒
postcard [`post͵kard] **n** 明信片	gadget [`gædʒɪt] **n** 小東西	cosmetics [kaz`mɛtɪks] **n** 化妝品	cigar [sɪ`gar] **n** 雪茄
cigarette [͵sɪgə`rɛt] **n** 香菸	electronics [ɪlɛk`tranɪks] **n** 電子產品	moisturizer [`mɔɪstʃəraɪzə] **n** 潤膚膏（霜）	jewelry [`dʒuəlrɪ] **n** 珠寶
watch [watʃ] **n** 手錶 **v** 觀賞	duty-free [`djutɪfri] **a** 免稅的	free sample [fri `sæmpl] **n** 試用品	freebie [`fribi] **n** 免費物、贈品

Sentence Pattern
萬用句型 | 只要掌握句型並替換關鍵字，逛免稅店也有多種說法 |

● **take a look** 瞧一瞧、看一看
The cigarettes here are inexpensive. Let's take a look! 這裡的香菸不貴。我們看一看吧！

● **There you go.** 給你。
It's a box of cigar. There you go! 這是一盒雪茄，給你！

● **do...duty free shopping** 購買免稅商品
Would you like to do any duty free shopping? 你喜歡購買免稅商品嗎？

- Before taking off, we have to carry all the duty-free items.
  飛機起飛之前，我們必須拿著所有的免稅物品。

- Let's do some shopping at the duty-free shop.
  我們到免稅店裡購物吧。

  ▲ V-ing 當作主詞時，視為第三人稱單數，其後所接之動詞須為單數
- Buying imported items at the duty-free shop is really cheaper.
  在免稅店裡買進口物品真的很便宜。

  ▲ 小機件、小巧的器具
- You have to pay tax on these neat electronic gadgets.
  這些精緻小電器需要支付額外的稅。

- I can't wait to shop around the duty-free shop in the airport.
  我等不及要在機場的免稅商品店裡購物。

  ▲ 商標、牌子
- Are these two brands of liquor the same price?　這兩個牌子的烈酒價位一樣嗎？

- Does it come to any freebies?　它有贈品嗎？

- What did you buy at the duty-free shop?　你在免稅店裡買了什麼呢？

  ▲ 配額、定量、允許額
- What's my duty-free wine and cigarette allowance?　我能買多少免稅的酒和煙呢？

  ▲ 購買
- Only ticketed passengers can purchase duty-free items.
  只有登機旅客才可以購買免稅商品。

- Are you planning to visit one of the duty-free shops in the airport?
  你想要到機場的任何一家免稅商品店看看嗎？

  ▲ 售貨員、店員
- Remember to show your passport and boarding pass to the salesclerk when you pay.　付錢時，記得要出示你的護照和登機證給銷售員。

  ▲ 把⋯比作
- Duty-free items are much cheaper compared to department stores.
  跟百貨公司比起來，免稅商品便宜很多。

  ▲ 買賣、交易、特價商品
- What a bargain!　真是物超所值！

⬤ 會話補充重點 ────

- take off 解釋為「起飛」的意思，此片語另有多種意思，如：take off the shoes（脫掉鞋子）、take one day off（請一天假）⋯等。

- do some shopping 解釋為「逛一下吧！」的意思，此和 go shopping（購物）、go window shopping（櫥窗購物）的用法雷同。

- cheaper 為形容詞 cheap 的比較級，解釋為「更便宜的」之意，句中除了用 much 來修飾比較級，還可以 very、even 來代替 much。

- buy 為授予動詞的一種，解釋為「買、購買」之意。其後直接以人當作受詞時，須加介系詞 for，即：buy sth. for sb.⋯。

領取行李 | Luggage Claim

 MP3 2-10

A: Look at the screen. It says the bags from our flight will come out on carousel number fifteen.
看一下螢幕。它顯示我們班機的行李會從十五號輸送帶出來。

B: You keep an eye on our luggage, I'll get a baggage cart.
你注意看我們的行李。我去拿行李推車。

A: Your luggage has come out, I'm afraid it is missing.
你的行李已經出來了，我的恐怕不見了。

B: Let's go to the lost-luggage counter and report a lost luggage.
我們到行李掛失櫃台掛失行李吧。

 Vocabulary 單字

trolley [`trɑlɪ] ⓝ 行李推車	**baggage cart** [`bægɪdʒ kɑrt] ⓝ 小型推車	**luggage carousel** [`lʌgɪdʒ ˌkæru`zɛl] ⓝ 行李輸送帶	**baggage claim area** [`bægɪdʒ klem `ɛrɪə] ⓝ 行李認領處
porter [`portɚ] ⓝ 行李服務員	**compensation** [ˌkɑmpən`seʃən] ⓝ 賠償、補償金	**remuneration** [rɪˌmjunə`reʃən] ⓝ 賠償金、償還	**claim** [klem] ⓥ 領取、索取、認領
baggage delivery [`bægɪdʒ dɪ`lɪvərɪ] ⓝ 行李托運處	**lost and found** [lɔst ænd faund] ⓝ 失物招領處	**conveyer belt** [kən`veɚ bɛlt] ⓝ 行李輸送帶	**lost** [lɔst] ⓐ 遺失的
miss [mɪs] ⓥ 不見	**flight display board** [flaɪt dɪ`sple bord] ⓝ 班機告示牌	**lost-luggage counter** [lɔst`lʌgɪdʒ `kauntɚ] ⓝ 行李掛失櫃檯	**baggage claim check** [`bægɪdʒ klem tʃɛk] ⓝ 行李票
retrieve [rɪ`triv] ⓥ 尋回	**broken** [`brokən] ⓐ 破的、損壞的	**reclaim** [rɪ`klem] ⓥ 取回	**report** [rɪ`port] ⓥ 掛失

 Sentence Pattern 萬用句型 | 只要掌握句型並替換關鍵字，領取行李也有多種說法 |

● **look at...** 看…

Please look at the flight display board and make sure where we should get our luggage. 請看班機告示牌並確認我們要在哪裡提領行李。

會話 ｜領取行李時還會聽到、說到的會話｜

- Excuse me, where is the baggage claim area? 不好意思，行李領取處在哪裡呢？

- Go down the elevator at the corner and the baggage claim area is on your right.
  搭乘轉角處的電梯下樓，行李領取處就在你的右手邊。

  ▲ 行李轉盤
- Which carousel is our luggage on? 我們的行李在哪個轉盤上呢？

  ▲ 螢幕、監視器
- You can check the monitor. It'll show the timetable of flights.
  你可以查看螢幕，它會顯示出班機時刻表。

  ▲ 口語上是「認出、發現」的意思
- Have you spotted our luggage yet? I'm afraid one of mine is missing.
  你有認出我們的行李嗎？恐怕我的行李不見了。

- Let's go to the lost baggage counter! 我們到申報行李遺失的櫃檯吧！

  ▲ 損害、損失
- My baggage is broken. You will have to pay compensation for this damage.
  我的行李壞掉了，你們要負責賠償。

  ▲ 有「正確的、右邊的」意思，
- Double-check to make sure you got the right luggage. 在此作「正確的、對的」解釋
  再次確認一下是否拿對行李喔。

- I checked in 2 pieces of baggages, but only this one came out.
  我托運了兩件行李，卻只有出來這一件。

- How will I know where to get my luggage? 我要如何知道要在哪裡領取行李呢？

  ▲（飛機）班次
- You can check the flight display board above each carousel.
  你可以查看每個行李輸送帶上方的班次告示牌。

- I need a hand with my luggage. 我需要人幫我拿行李。

  ▲ 預計…可能發生、預期
- What time can I expect the baggage to arrive? 我能知道行李何時會到達嗎？

會話補充重點

- **be on your right** 解釋為「…就在右手邊」的意思，要特別注意此處的介系詞為 **on**。若要表達在左邊，代換 **left** 就可以了。

- **need a hand** 解釋為「需要幫忙」的意思，這和 **give sb. a hand** 用法類似，只是前者之後的介系詞須為 **with**，才可以接需幫忙的事或物。

- **ask for** 解釋為「要求、請求」的意思，也就是有要求他人幫忙做某件事的用法。但若接 **to** 的話，則為請求准許的「要求」，兩者用法不同，要多注意喔。

- **yet** 解釋為「尚未、還沒」的意思，通常和疑問句或是否定句一起連用，且常在現在完成式中出現。

- **one** 當作不定代名詞時，是用來代替上下文中的名詞或是名詞片語，其用意在於避免用字的重複性。

On the Plane ｜飛機上｜
★找位置　★要求服務　★機上餐點　★機上免稅品　★身體不適

Dialogue

對話 | 找位置 | **Find the Seat**

MP3 2-11

A: Excuse me, I can't find my seat.
不好意思，我找不到我的座位。

B: Are you holding a business or economy class ticket?
你是持有商務艙還是經濟艙的票呢？

A: It's economy and my seat is 26 A.
是經濟艙，我的座位是 26 A。

B: It's close to the emergency exit on your right side.
你的座位靠近緊急出口的右手邊。

Vocabulary
單字

overhead compartment [ˋovɚˏhɛd kəmˋpɑrtmənt] **n** 艙頂置物箱	**seat pocket** [sit ˋpɑkɪt] **n** （椅背）置物袋	**seat belt** [sit bɛlt] **n** 安全帶	**buckle** [ˋbʌkḷ] **n** 安全帶扣
cabin [ˋkæbɪn] **n** 客艙	**device** [dɪˋvaɪs] **n** 裝置	**life jacket** [laɪf ˋdʒækɪt] **n** 救生衣	**lavatory** [ˋlævəˏtorɪ] **n** 盥洗室
flight attendant [flaɪt əˋtɛndənt] **n** 空服員	**emergency exit** [ɪˋmɝdʒənsɪ ˋɛksɪt] **n** 緊急出口	**window blind** [ˋwɪndo ˏblaɪnd] **n** 遮陽板	**captain** [ˋkæptɪn] **n** 機長
copilot [ˋkoˏpaɪlət] **n** 副機長	**fuselage** [ˋfjuzḷɪdʒ] **n** 飛機機身	**jet engine** [dʒɛt ˋɛndʒən] **n** 噴射引擎	**occupied** [ˋɑkjupaɪd] **n** （洗手間）有人使用的
vacant [ˋvekənt] **a** 空著的、未被占用的	**hatch** [hætʃ] **n** 機艙口	**cockpit** [ˋkɑkˏpɪt] **n** 駕駛座、駕駛艙	**aileron** [ˋeləˏrɑn] **n** 副翼

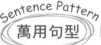

Sentence Pattern
萬用句型 | 只要掌握句型並替換關鍵字，在飛機上找位置也有多種說法 |

● **stretch out** 伸展、展開

I like the seat which has lots of leg room to stretch out.
我喜歡有寬敞的空間可以伸腳的座位。

● **...go out...** 熄滅

When the lights go out, you can unbuckle you seat belt.
當燈熄滅時，你可以解下你的安全帶。

會話 | 在飛機上找位置時還會聽到、說到的會話 |

- Excuse me. Where's my seat, please?　請問我的座位在哪裡呢？

- May I see your boarding pass? I can help you find your seat.
  （登機證）
  可以給我看你的登機證嗎？我可以協助你找座位。

- Excuse me. Could you show me where seat 36 A is?
  不好意思，請問 36 A 的座位在哪裡呢？

- This way, please.　這邊請。

- There are a number of passengers in the cabin. I can hardly find my seat.
  （幾乎不、簡直不）
  這機艙有很多乘客，我幾乎找不到我的座位。

- Your seat is in the rear of the cabin on the left.
  （後部、後面，the rear of 解釋為「後面的」之意，相似的字還有 back，相反用字即為 front。）
  你的座位在機艙左側的後面。

- Excuse me, I'm afraid you are in the wrong seat.　不好意思，恐怕你坐錯位置了。

- Would you mind changing seats?
  （改變，原形為 change）
  你介意和我交換座位嗎？

- Sorry, I prefer an aisle seat!　（通道、走道）對不起，我比較喜歡走道旁的座位。

- Could you show me to seat 18 D?　您可以帶我到 18 D 的座位嗎？

- Your seats are up front there on the right.　你們的座位在右前方。

- We are boarding the economy class right now.　（原形為 board，為「上飛機、上船的意思」）現在是經濟艙在登機。

- Far out! Here we are, twenty-two A and B.　太棒了！我們到了，22 排的 A 和 B 座位。

- May I switch to a seat that's near the emergency exit?
  （交換、改變）
  我可以換到靠近緊急出口的位置嗎？

- I'm sorry, there isn't any vacant seat.　很抱歉，沒有任何空位了。

會話補充重點

- help 解釋為「幫助」的意思，其後可接動詞原形或是不定詞 to V 的形式；但是和助動詞 can 或是 could 連用時，其後僅能接動名詞的形式，解釋為「禁不住、忍不住」的意思。

- a number of 解釋為「很多的」之意，其後須接可數名詞，但若使用 the number of 時，則為 表示某物或某事的總數，在會話句中會較不恰當。

- Far out! 為俚語用法，解釋為「太好了！」的意思。當作形容詞使用時，表示「很棒的」之 意，相當於 great、terrific 和 super 等口語用法。

- switch 解釋為「調換、交換」的意思，為口語用法，其後通常用 to 來銜接。但若是接 on 或 是 off 時，則為電源開、關的動作了。

Dialogue 對話 | 要求服務 | Requiring Help

A: Is there something I can do for you?
有需要我幫忙的地方嗎？

B: Yes, the air conditioner is too cold. May I have one more blanket, please?
是的，冷氣太強了。我可以多拿一條毛毯嗎？

A: Of course, I'll bring it to you right away. Anything else?
當然，我立刻拿來給你。還需要什麼東西嗎？

B: And one more pillow. Thanks!
再給我一個枕頭。謝謝！

Vocabulary 單字

blanket [`blæŋkɪt] **n** 毛毯	footrest [`fut‚rɛst] **n** 踏腳處、擱腳物	headrest [`hɛd‚rɛst] **n** 靠頭處	pillow [`pɪlo] **n** 枕頭
headphone(s) [`hɛd‚fon] **n** 耳機	console [`kɑnsol] **n** 扶手上的按鈕鍵	armrest [`ɑrm‚rɛst] **n** 扶手	air conditioning [ɛr kən`dɪʃənɪŋ] **n** 冷氣
head phone jacket [hɛd fon `dʒækɪt] **n** 耳機插座	volume control [`valjəm kən`trol] **n** 音量控制	attendant button [ə`tɛndənt `bʌtn] **n** 呼叫空服人員按鈕	reclining button [rɪ`klaɪnɪŋ `bʌtn] **n** 把椅子向後傾按鈕
ashtray [`æʃ‚tre] **n** 菸灰缸	reading light [`ridɪŋ laɪt] **n** 閱讀燈	emergency button [ɪ`mɜdʒənsɪ `bʌtn] **n** 緊急按鈕	sanitary napkin [`sænə‚tɛrɪ `næpkɪn] **n** 衛生紙巾
inflight movie [`ɪnflaɪt `muvɪ] **n** 機上電影	crew [kru] **n** 全體機員	eye patch [aɪ pætʃ] **n** 眼罩	earplug [`ɪr‚plʌg] **n** 耳塞

Sentence Pattern 萬用句型 | 只要掌握句型並替換關鍵字，在飛機上要求服務也有多種說法 |

● **bring sth. (to) sb.** 帶（物）給（人）

Could you bring me one more headphone, please?　可以請你多給我一副耳機嗎？

● **Anything else?** 還有…嗎？

I'll bring you a new headset immediately. Anything else?
我會立刻拿新的耳機給你。還有其他需要的東西嗎？

會話 | 在飛機上要求服務時還會聽到、說到的會話 |

- Do you have any Chinese newspapers?　你們有中文報紙嗎？

- This headset is not working, Can I have a new one, please?
  ↗ 雙耳式耳機
  這副耳機壞了。可以給我一副新的嗎？

- Could you give me one more pack of toiletry?　可以多給我一組盥洗用具嗎？
  ↗ 化妝品、盥洗用具

- Shall I bring you a blanket?　要拿一條毯子給你嗎？

- Could you show me how to use the remote control?
  ↗ 遙控器
  可以請你教我如何使用這個遙控器嗎？

- The earphones don't work. Can I get another pair?　耳機壞了。可以給我另一副嗎？
  ↗ 耳機、聽筒

- Are there any free postcards available?　有免費的明信片嗎？

- Something's wrong with my headset.　耳機好像有問題。

- I'll get you a new one. Sorry about that.　我馬上換上新的給你，很抱歉發生這樣的事。

- Could you tell me which the movie channel is?　你可以告訴我電影台是哪一台嗎？

- How do I recline my seat?　我要如何把椅背放下來呢？
  ↗ 使斜倚、使躺下

- Could you please help me get my baggage up there?
  可以請你幫我把行李拿下來嗎？

- Excuse me. When does the inflight movie start?
  請問，機上電影什麼時候開始播放呢？

- You can get that information from our inflight magazine, right there in the seat pocket in front of you.
  ↗ 飛行中的、飛行過程中的
  如果你想進一步瞭解各項資訊，可以參考前面椅袋中的機上雜誌。

- If you need any assistance, please contact the flight attendant.
  如果你需要任何的協助，請與空服人員聯繫。

會話補充重點

- **be out of working** 解釋為「故障、壞掉」的意思，和其類似的片語還有 **be out of order**。

- **in-flight** 當作形容詞使用，解釋為「飛行中的、飛行過程中的」之意，用來修飾後面的名詞 **movie**。若將 **movie** 改成 **meal**，則解釋為「機上餐點」了。

- **recline** 解釋為「使斜倚、使後仰」的意思，所以 **recline the seat** 則引申為「把椅背放下來」之意。此時的 **recline** 不可以代換成 **decline**。

- **available** 解釋為「免費的」之意，和其類似字詞還有 **free** 的用法。

- **flight attendant** 解釋為「空服員」的意思，而 **flight crew** 則是指所有的「飛行人員、機組人員」的意思。

97

機上餐點 | Food on the Plane

 MP3 2-13

A: Excuse me, sir. What would you like for lunch?
請問一下，先生。你午餐想要吃什麼呢？

B: What are my choices for lunch?
午餐有什麼選擇呢？

A: We have chicken with spaghetti and fish with rice. Which one would you like?
我們有雞肉義大利麵和魚排飯。你喜歡哪一個呢？

B: Chicken with spaghetti, please.
雞肉義大利麵，謝謝。

Vocabulary
單字

tray [tre] ⓝ 餐盤	**in-flight meal** [`ɪn`flaɪt mil] ⓝ 機上餐點	**vegetarian food** [ˌvɛdʒə`tɛrɪən fud] ⓝ 素食	**beef** [bif] ⓝ 牛肉
pork [pork] ⓝ 豬肉	**fish** [fɪʃ] ⓝ 魚肉	**bread** [brɛd] ⓝ 麵包	**roll** [rol] ⓝ 麵包
entrée [`antre] ⓝ 主菜	**broiled** [brɔɪld] ⓥ 烤 ⓝ 烤炙食品	**children's meal** [`tʃɪldrəns mil] ⓝ 兒童餐	**kosher** [`koʃɚ] ⓐ 潔淨的
low sodium [lo `sodɪəm] ⓝ 低鹽的	**low cholesterol** [lo kə`lɛstəˌrol] ⓝ 低膽固醇的	**prawn** [prɔn] ⓝ 明蝦	**request** [rɪ`kwɛst] ⓥ 要求、需求
pasta [`pɑstə] ⓝ 義大利麵條總稱	**rice pilaf** [raɪs pɪ`lɑf] ⓝ 肉飯	**delicacy** [`dɛləkəsɪ] ⓝ 精緻餐點	**tableware** [`tebl̩ˌwɛr] ⓝ 餐具

Sentence Pattern
萬用句型 ┃ 只要掌握句型並替換關鍵字，飛機上用餐也有多種說法 ┃

- **tide (one) over** 讓某人撐一下
  I'll have some crackers to tide me over until dinner. 到晚餐前，我可以吃些餅乾充飢。

- **Would you care for...?** 要不要（吃、喝）點…？
  Would you care for something to drink? 想要喝點什麼嗎？

- **be raring to...** 渴望做…
  We are raring to have rice pilaf for dinner. 我們渴望吃肉飯當晚餐。

會話 │飛機上用餐時還會聽到、說到的會話│

- When do you start to serve breakfast? ▲供應飯菜、服務　你們何時開始供應早餐呢？

- We're just getting it ready now. It shouldn't be too long.
  我們現在正在準備，應該不會太久。

- How long before the meal service begins? 請問還要多久才開始供餐呢？

- We'll be serving lunch in a few minutes. ▲幾個、為數不多的　我們稍後即將供應午餐。

- You can see the menu in the pocket in front of you first. ▲為「在…之前」的意思，相反的片語為 in back of
  你可以參考一下你座位前方置物袋中的菜單。

- Today's breakfast choices are omelet and quiche. Which would you like?
  今日早餐是蛋捲和乳蛋餅。你想要哪一個呢？

- Omelet, please. And may I have some more rolls? ▲煎蛋捲
  蛋捲，謝謝。我可以多要些麵包嗎？

- Would you care for something to drink? ▲動詞用法，為「喝」的意思　請問你想要喝些什麼飲料呢？

- What kind of drinks do you have? ▲名詞，作「飲料」解釋　你們有哪些飲料呢？

- I'd like some red wine to go with the chicken. 我想要一些紅酒來搭配雞肉。

- Can I have a soda with lemon chips? 可以給我一杯汽水加檸檬片嗎？

- We have mineral water, juice, soda, beer and wine. ▲礦物（的）
  我們有礦泉水、果汁、汽水、啤酒和葡萄酒。

- One apple juice without ice, please. 一杯蘋果汁不加冰塊，謝謝。

- I've finished, please take the tray away. 我用完餐了，請把餐盤取走。

- I'm still a little hungry. Is there anything I could eat? ▲飢餓的
  我還有點餓，有什麼東西可以吃嗎？

會話補充重點

- quiche 解釋為「乳蛋餅」的意思，但其為法式用詞，為一種加有切碎的火腿、海鮮或是蔬菜等材料在其中。

- roll 當作名詞時，為「麵包捲、捲餅」的意思，為可數名詞，形成複數時，須在字尾加上「s」。但 bread 同樣為麵包的一種，但卻為不可數名詞，所以並沒有複數形態。

- chip 當作名詞時，解釋為「厚片、碎片」的意思，但 chip 還可用在食品上，解釋為「烤馬鈴薯泥、洋芋片」的意思，在工業上則可解釋為「零件、晶片」的意思。一字多義，須記住。

- take away 為動詞片語，解釋為「收拾、取走」的意思，若將兩字用「連字號」連接起來形成 take-away 時，則當作形容詞使用，解釋為「（飯菜）外帶的」之意思，相當於美式用語 take-out 的用法。

機上免稅品 | Duty-free Articles

MP3 2-14

A: Excuse me. How can I purchase things in this catalog?

請問一下。我要如何買這本目錄上的商品？

B: You can order them on the plane or purchase them in the duty-free shops when we land.

你可以在飛機上訂購，或是下飛機後在免稅店裡購買。

A: Do I pay extra tax on them?

我需要付額外的稅嗎？

B: I think no more than the duty-free allowance should be duty-free.

我想沒有超過免稅金額應該是免稅的。

Vocabulary
單字

coveted [`kʌvɪtɪd] ⓐ 渴望得到的、夢寐以求的	**lovable** [`lʌvəbl] ⓐ 可愛的、討人喜愛的	**exquisite** [`ɛkskwɪzɪt] ⓐ 劇烈的、強烈的	**practical** [`præktɪkl] ⓐ 實踐的、實際的
beneficial [ˌbɛnəˈfɪʃəl] ⓐ 有益的、有利的	**brilliant** [`brɪljənt] ⓐ 明亮的、光輝的	**decent** [`brɪljənt] ⓐ 正派的、文雅的	**distinct** [dɪˈstɪŋkt] ⓐ 難得的、有區別的
diverse [daɪˈvɝs] ⓐ 不同的、互異的	**extraordinary** [ɪkˈstrɔrdnˌɛrɪ] ⓐ 獨特的、非凡的	**fabulous** [`fæbjələs] ⓐ 驚人的、難以置信的	**fireproof** [`faɪrˌpruf] ⓐ 防火的、耐火的
waterproof [`faɪrˌpruf] ⓐ 防水的、不透水的	**gorgeous** [`gɔrdʒəs] ⓐ 燦爛的、華麗的	**intact** [`gɔrdʒəs] ⓐ 完整的、未損的	**invaluable** [`gɔrdʒəs] ⓐ 無價的、珍貴的
luxurious [lʌɡˈʒʊrɪəs] ⓐ 奢侈的、豪華的	**memorable** [`mɛmərəbl] ⓐ 難忘的、有名的	**thrifty** [`θrɪftɪ] ⓐ 節儉的、節約的	**memorial** [məˈmorɪəl] ⓝ 紀念館、紀念物

Sentence Pattern
萬用句型 | 只要掌握句型並替換關鍵字，飛機上購買免稅品也有多種說法 |

● **charge sth. on...** 用…購物

May I charge this bottle of perfume on Visa? 我可以用信用卡買這瓶香水嗎？

● **take checks** 接受支票

We don't take checks, sorry about that. 很抱歉，我們不收支票付款。

會話 | 飛機上購買免稅品時還會聽到、說到的會話 |

- 稅、稅金
  Do I have to pay taxes for products sold in this catalog?
  買商品型錄中的商品需要付稅嗎？

- 免稅的
  All things in the catalog are duty-free.　目錄裡都是免稅商品。

- Do you take credit cards, or do I have to pay by cash?
  你們接受信用卡嗎？還是我必須付現？

- Can I pay by traveler's check?　我可以用旅行支票付款嗎？

- We accept both cash and credit cards.　我們接受現金和刷卡。

- 樣品、試用品
  Can you show me the sample of this perfume?　可以給我香水的試用品嗎？

- 瓶子、一瓶的容量
  I want to buy one bottle of body lotion.　我要買一瓶乳液。

- Would you prefer brand A or brand B?　你比較喜歡 A 品牌還是 B 品牌？

- I would like to purchase two watches.　我想要買兩支手錶。

- This is your receipt. Please sign your name here.　這是你的收據，麻煩在下面簽名。

- 目錄、登記、記載
  Can you give me another catalog?　可以給我看另一本型錄嗎？

- 指定、分派
  We would send the product to the assigned address.
  我們將會將商品送往指定地址。

- Thanks for buying the product. May you have a nice flight.
  感謝你的消費，祝你旅途愉快。

- Do you provide wrapping service?　你們有提供包裝服務嗎？

- Yes, we will pack it for you.　有，我們將會為你包裝。

會話補充重點

- 「...for products sold in the catalog」中的 sold，為被動型態的動詞，原句應該是寫成「...for products which are sold in the catalog」才行，但因為其先行詞明確，便可以省略關係代名詞和 be-V，留下過去分詞當被動即可。

- both A and B... 解釋為「A 和 B 兩者…」的意思，為對等連接詞，必須連接相同的字詞、片語或是子句。

- 會話句中的 assigned 並非形容詞用法，而是省略掉關係代名詞和 be-V 留下過去分詞當作被動，用來修飾後面的地址。

- wrapping 在會話句中，並非為現在分詞當作形容詞的用法，而是本身即為名詞使用，解釋為「包裝紙、包裝材料」的意思。

- This is your receipt. 解釋為「這是你的收據。」之意，也可以代換成 Here is your receipt. 的說法。

身體不適 | Feel Uncomfortable

 2-15

A: Why is the plane bouncing so much?
為什麼飛機顛簸的這麼厲害呢？

B: It's just a little turbulence.
只是個輕微的亂流。

A: I feel sick to my stomach.
我的胃很不舒服。

B: Let me ask the flight attendant for some medicine for airsickness.
我來幫你向空服員拿些暈機藥吧。

airsickness bag [`ɛr͵sɪknɪs bæg] **ⓝ** 嘔吐袋	**turbulence** [`tɝbjələns] **ⓝ** 亂流	**airsickness** [`ɛr͵sɪknɪs] **ⓝ** 暈機	**bumpy** [`bʌmpɪ] **ⓐ** 顛簸的
cabin pressure [`kæbɪn `prɛʃɚ] **ⓝ** 艙壓	**jet lag** [dʒɛt læg] **ⓝ** 時差	**hijack** [`haɪ͵dʒæk] **ⓝ** 劫機	**formula** [`fɔrmjələ] **ⓝ** 配方、處方
adjust [ə`dʒʌst] **ⓥ** 調節、改變…以適應…	**hurt** [hɝt] **ⓥ** 痛、受傷	**pop** [pɑp] **ⓥ** 發出爆裂聲	**experience** [ɪk`spɪrɪəns] **ⓥ** 體驗、經歷、遭受 **ⓝ** 經驗
airsick [`ɛr͵sɪk] **ⓐ** 頭暈的	**relax** [rɪ`læks] **ⓥ** 放輕鬆	**dizzy** [`dɪzɪ] **ⓐ** 頭暈的	**breathe** [brið] **ⓥ** 呼吸
upset stomach [ʌp`sɛt `stʌmək] **ⓝ** 胃不舒服	**vomit** [`vɑmɪt] **ⓥ** 嘔吐	**heartburn** [`hɑrt͵bɝn] **ⓝ** 胃灼熱	**precaution** [prɪ`kɔʃən] **ⓝ** 事先預防

只要掌握句型並替換關鍵字，在飛機上身體不適也有多種說法

- **stick to one's stomach…** 腸胃不舒服

  The turbulence makes me stick to my stomach.　亂流使我的腸胃不舒服。

- **in case** 萬一、以免

  Here is an airsickness bag just in case you feel sick.　這裡有嘔吐袋，以免你不舒服想吐。

- **be blocked up** 塞住

My ears are all blocked up now.　我的耳朵都塞住了。

會話 | 在飛機上身體不適時還會聽到、說到的會話 |

- I'm going to get sick.　我開始不舒服了。

- Please pass me the barf bag.　請給我一個嘔吐袋。
  美國俚語的用法，為「嘔吐」的意思，相同用法的字詞還有 ralph、upchuck、vomit 及 throw up

- My ears are ringing.　我耳鳴聽不到。

- My ears are popping.　我耳朵塞住了。

- Try yawning or swallowing, then you'll feel better.
  打哈欠　　吞下、嚥下
  試著打哈欠或是吞一下口水，然後你會感覺好一點。

- I feel sick. Is there any doctor on board?　我感到不舒服。有任何醫生在飛機上嗎？

- I feel like vomiting. Where is the lavatory?　我想要吐，洗手間在哪裡呢？
  廁所、洗手間　　　　　　　　　　　　　　　　　　　　空著的、未
  在使用的、已佔用的　　　　　　　　　　　　　被占用的

- All the lavatories are occupied. The lavatories in the rear of the plane are vacant.
  洗手間目前都有人在使用，飛機後面的洗手間是空的。

- May I have some airsickness medicine?　請問有暈機藥嗎？

- I'll bring you some water right away.　我立刻拿水給你。
  當名詞時為「結」，動詞則為「打結」的意思

- I seem to be airsick. My stomach is in knots.
  我好像暈機了，我的胃都糾結在一起了。
  嘔吐

- I feel like I am going to throw up. Get the airsickness bag ready.
  我好像要吐了，先把嘔吐袋準備好。

- Put your head down, first. Then, I'll call the flight attendant.
  先把頭放低。然後我會請空服員來。
  痛苦、疼痛

- Airsickness is really a pain in the neck.　暈機真的令人頭痛。

- I'll call the flight attendant to check on you.　我立刻請空服員來幫你檢查。

會話補充重點

- pop 解釋為「發出爆裂聲」的意思，若耳朵會發出這樣的聲音時，便是因為飛機內艙壓過高所導致的關係，才會有此引申用法。

- try 解釋為「嘗試」的意思，其後可加不定詞和動名詞的形式。前者為「試圖、想要、設法、努力」去做某一件事情，實際上結果是做成或未做成接須視情況而定。後者則是指實際上真的去「嘗試、試用」且動作真的在進行時，其成敗則須視結果而定。

- ...in knots 解釋為「…糾結在一起」的意思。原本是形容很多結糾在一起，化解不開，後來引申為事件的麻煩或是身體不適的用法。

- a pain on the neck 解釋為「令人頭痛」的意思，原本是脖子扭傷是很痛苦的事，後來引申為「令人頭痛的問題或是人」。

Let's go!

At the Hotel │旅館│

★登記入住　★客房服務－點餐　★客房服務－索取物品　★換房間　★結帳離房

MP3 2-16

A: Good morning. How may I help you?
早安。需要幫忙嗎？

B: Good morning. I made a reservation for two and I'd like to check in. My name is Richard Lin.
早安，我預訂了兩人房且我要登記住宿。我的名字是理察・林。

A: Let's see…Yes, we have you down for five nights. I'll need your credit card, and fill out this form, then sign here, please.
我看一下…是的，我們有你預訂五個晚上的紀錄。我需要你的信用卡、填寫這張表格和在此簽名，謝謝。

B: No problem.
沒問題。

Vocabulary
單字

executive lounge [ɪg`zɛkjutɪv laundʒ] **n** 交誼廳	**doorman** [`dor,mæn] **n** 門房	**bell boy** [bɛl bɔɪ] **n** 行李服務生、行李員	**newspaper** [`njuz,pepɚ] **n** 報紙
registration form [,rɛdʒɪ`streʃən fɔrm] **n** 登記住宿表	**safety-deposit box** [`seftɪdɪ`pazɪt baks] **n** 貴重物品保管箱	**room key** [rum ki] **n** 房間鑰匙	**reception desk** [rɪ`sɛpʃən dɛsk] **n** 接待處
youth hostel [juθ `hastl] **n** 青年旅舍	**hostel** [`hastl] **n** 小旅館、客棧	**motel** [mo`tɛl] **n** 汽車旅館	**inn** [ɪn] **n** 旅社
hotel [ho`tɛl] **n** 旅館	**B&B** [biændbi] **n** 民宿	**resort** [rɪ`zɔrt] **n** 休閒度假村	**boutique hotel** [bu`tik ho`tɛl] **n** 精緻高級旅社
five-star [faɪvstar] **a** 五星級	**capsule hostel** [`kæpsl `hastl] **n** 膠囊旅館	**triple room** [`trɪpl rum] **n** 三人房	**deposit** [dɪ`pazɪt] **n** 訂金

Sentence Pattern
萬用句型 | 只要掌握句型並替換關鍵字，登記入住也有多種說法 |

• **have sb. down** 把（某人）記錄下來、邀請（某人）
We have you down for three nights in our hotel. 你在我們飯店預訂了三個晚上。

• **fill out…** 填寫…
Would you please fill out this registration card? 請填寫這份登記卡好嗎？

- I'd like to check-in, please.　我想要登記住房。

　　　　　　　　　　▲ 預定、預定的房間或座位、保留
- Do you have a reservation?　你有預約嗎？

　　　　　　　　　　　　　　　　　　　　　▲ 確定、批准
- I've made a reservation, but I forget to take my confirmation number.
  我有訂房，但是我忘記帶我的確認號碼了。

- Fortunately, I have your record booking here.　幸好這裡有你的訂房紀錄。

- Excuse me, when can I check in?　請問一下，何時可以辦理登記住房呢？

　　　　　　　　　　　　▲ 在此為動詞用法，為「預約、預定」的意思
- What type of room did you reserve?　你是訂什麼房間呢？

- A double room for three nights.　一間雙人房住三個晚上。

　　　　　　　　　　　　　　　　▲ 細節、詳述
- One moment, please. I'll look for your reservation details.
  請稍等一下，我找一下你的訂房資料。

　　　　　　　▲ 拼寫，動詞原形為 spell
- Do you mind spelling out your last name?　你介意拼出你的姓嗎？

　　　　　　　　　　　　　　　　　　▲ 套房
- I'm sorry, but the only room left is a suite.　很抱歉，只剩下一間套房。

- I'll take a room with a sea view.　我想要一間有海景的房間。

- What name is your reservation under?　你的訂房名字是什麼呢？

- Here are my ID and passport. What is the check out time?
  這是我的身分證和護照。退房時間是幾點呢？

　　　　　　　　　　　　　　　▲ 援助、幫忙　　　　　　　　▲ 服務台職員
- Here are your keys. And if you need any assistance, please see our concierge
  or call the front desk.
  這是你的鑰匙。如果你有任何需要，請洽我們的服務台職員或是打電話到櫃台。

會話補充重點

- booking 當作名詞使用，解釋為「預約、預訂」的意思。和 record 連接在一起使用時，是名詞用法，並非現在分詞當作形容詞使用，要特別注意。

- spell out 解釋為「拼（寫、讀）…出來」的意思，可以表示希望對方將姓氏拼讀出來以做確認的意思。因此得一一拼讀出來，若為 Lin，則須拼讀成 L-I-N。此片語還有另一個「詳加說明」的意思喔。

- last name 解釋為「姓」的意思，first name 則為「名」的意思。外國人還會以祖先或是地位來取名，稱為 middle name。

- assistance 解釋為「援助、幫助」的意思，其後常和介系詞 in 連用，其用法等同於 help 的名詞用法。

- see sb.... 解釋為「去找…、拜訪…」的意思。此處的 see 並非指「看見」之意，而是指「會見…、找…」的意思。所以需要櫃檯人員服務時，就可以用到這個片語。

客房服務—點餐
Room Service-Order

 MP3 2-17

A: I'd like to order two club sandwiches. Could you deliver them right now, please?
我想要點兩份總匯三明治。可以請你現在送來嗎？

B: Of course. Anything to drink?
當然可以，需要飲料嗎？

A: Just a cup of freshly squeezed grapefruit juice and a cup of hot black coffee.
只要一杯現榨葡萄柚汁和一杯熱的黑咖啡。

B: No problem. I'll send then up ASAP.
沒問題，我會盡快送過去。

Vocabulary 單字

service bell [ˋsɝvɪs bɛl] ⓝ 服務鈴	**tap** [tæp] ⓝ 費用	**buffet** [buˋfe] ⓝ 自助餐	**breakfast** [ˋbrɛkfəst] ⓝ 早餐
lunch [lʌntʃ] ⓝ 午餐	**dinner** [ˋdɪnɚ] ⓝ 晚餐	**snack** [snæk] ⓝ 點心、宵夜	**dessert** [dɪˋzɝt] ⓝ 點心、甜點
gratuity [grəˋtjuətɪ] ⓝ 小費	**complimentary breakfast** [ˌkɑmpləˋmɛntərɪ ˋbrɛkfəst] ⓝ 免費早餐	**room service** [rum ˋsɝvɪs] ⓝ 客房服務	**sunny-side up** [ˋsʌnɪsaɪd ʌp] ⓝ 荷包蛋
hash browns [hæʃ braʊns] ⓝ 馬鈴薯煎餅	**nondairy creamer** [nɑnˋdɛrɪ ˋkrimɚ] ⓐ 非乳製品之奶精	**connect** [kəˋnɛkt] ⓝ 轉接	**squeeze** [skwiz] ⓥ 榨、擠、壓
brew [bru] ⓥ 沖泡、煮、釀造	**toast** [tost] ⓝ 吐司 ⓥ 烤麵包	**operator** [ˋɑpəˌretɚ] ⓝ 總機	**dine** [daɪn] ⓥ 用餐

Sentence Pattern 萬用句型
只要掌握句型並替換關鍵字，要求點餐服務也有多種說法

- **right now** 現在
  Can I order a bowl of hot soup for snack right now? 我現在可以點一碗熱湯當點心嗎？

- **send up...** 送上…
  I'll send up your order within fifteen minutes. 我會在十五分鐘內派人送上你的餐點。

107

● How late is room service open?　客房服務最晚是到幾點呢？

● Hello, operator? Please connect me to the room service.
你好，總機嗎？請幫我轉接到客房服務櫃台。

▲情緒、心情
● What kind of food are you in the mood for?　你想要吃哪種食物呢？

▲烤、炙
● This is room 616. Could you bring us a bottle of wine and some roast beef, please?　這是六一六號房。你可以送一瓶葡萄酒和一些烤牛肉給我們嗎？

● Good evening. This is your room service.　晚安。這裡是客房服務。

● Please put me through to room service.　請幫我轉接到客房服務。

▲燻製的
● Could I repeat your order again now? One smoked salmon and a bottle of champagne.　現在我再重複一次你的餐點：一份煙燻鮭魚和一瓶香檳。

● May I have your room number?　請問你的房號是？

▲分鐘、一會兒
● Your order will be served about fifteen minutes later.　餐點約十五分鐘後會幫你送過去。

● Excuse me. I need to change my order.　不好意思，我想要更改我點的東西。

▲增加、添加
● A 10% room service charge is added to the total.
百分之十的服務費會加在總金額裡。

▲最小量、最低限度
● Minimum charge for room service meals: NT$ 200.
客房服務的最低消費是新台幣兩百元整。

● Room service? My order hasn't arrived. It made me wait too long.
客房服務嗎？我的餐點還沒有送到。這讓我等太久了。

● We offer room service twenty-four hours a day.　我們提供二十四小時的客房服務。

▲索價、索費、控告
● You can charge the order to my room.　你可以把點餐的帳記到我的房間。

！會話補充重點

● in the mood for 解釋為「有…的興致」之意，其後可加名詞或是動名詞的型態，字面上雖為「處於…的心情」，在此處則引申為對事物有所興致的意思。其用法和 feel like + V-ing 相同。

● some 解釋為「一些」的意思，其後可接可數名詞或是不可數名詞。若接可數名詞，也可以換成 a lot of、lots of 或 many；若是接不可數名詞，則可以替換成 a lot of、lots of 和 much。

● 「時間 + later」的用法相當於「時間 + from now」的用法，所以句中的 fifteen minutes later 也可以代換成 fifteen minutes from now。

● charge A to B 解釋為「把 A 記帳到 B 上」的意思。此片語中的介系詞若改成 for 則解釋為「對…索費、課稅」的意思，若改成 with 則解釋為「指控」的意思。因此要瞭解句中含意，須先詳加瞭解 charge 所搭配的介系詞用法了。

客房服務－索取物品
Room Service-Ask for Article

 MP3 2-18

A: Hello, front desk?
你好，是櫃檯嗎？

B: Yes. How may I help you?
是的，有什麼需要服務的地方嗎？

A: May I have one more towel and shampoo, please?
我可以多要一條浴巾和洗髮精嗎？

B: Of course, sir. We'll send someone up right away in a minute.
當然可以，先生。我們稍後將會派人送上去。

 Vocabulary 單字

concierge [ˌkɑnsɪˋɛrʒ] ⋒ 服務台人員	**room service** [rum ˋsɝvɪs] ⋒ 客房服務	**maid service** [med ˋsɝvɪs] ⋒ 客房清潔服務	**desk clerk** [ˋdɛsk ˋklɝk] ⋒ 接待人員
housekeeping [ˋhausˌkipɪŋ] ⋒ 房務部	**maintenance** [ˋmentənəns] ⋒ 客房維修	**room maid** [ˋrum ˋmed] ⋒ 房間打掃人員	**facility** [fəˋsɪlətɪ] ⋒ 設施、設備（常用複數型態）
towel [ˋtauəl] ⋒ 毛巾、浴巾	**bathrobe** [ˋbæθˌrob] ⋒ 浴袍	**shower cap** [ˋʃauɚ kæp] ⋒ 浴帽	**hair dryer** [hɛr ˋdraɪɚ] ⋒ 吹風機
conditioner [kənˋdɪʃənɚ] ⋒ 潤絲精	**toilet paper** [ˋtɔɪlɪt ˋpepɚ] ⋒ 衛生紙	**toothpaste** [ˋtuθˌpest] ⋒ 牙膏	**toothbrush** [ˋtuθˌbrʌʃ] ⋒ 牙刷
kettle [ˋkɛtl] ⋒ 水壺	**bed sheet** [ˋbɛd ˋʃit] ⋒ 床單	**pillow** [ˋpɪlo] ⋒ 枕頭	**floss** [flɔs] ⋒ 牙線

 Sentence Pattern 萬用句型 ｜ 只要掌握句型並替換關鍵字，利用客房服務索取物品也有多種說法 ｜

● **in a minute** 稍後

We'll send someone up to clean your room in a minute.　稍後我將派人上去清理你的房間。

● **I was just about to + V** 我剛才正想要…

I was just about to call the front desk for a room service.
我剛才正想要為了客房服務打電話到櫃台。

● **What's worse…** 更糟的是…

What's worse, the faucet is leaking till midnight.　更糟的是，水龍頭一直漏水到半夜。

109

會話 Conversation │利用客房服務索取物品時還會聽到、說到的會話│

- I spilled some coffee on the bed sheet. Could you bring me a clean one? ← 溢出、濺出
  我灑了一些咖啡在床單上。你可以幫我更換一條乾淨的嗎？

- Sure. We'll send a maid up with a linen as soon as she can. ← 亞麻布製的床單、桌巾
  當然可以。我們會盡速派房間清潔人員送乾淨的床單過去。

- Housekeeping. What can I do for you?　客房清潔服務。有需要我服務的地方嗎？

- This is room 215. The sink isn't draining properly.　← 動詞原形為 drain，是「排出液體」的意思，做名詞用時，則指「排水設備」
  這是二一五號房，洗臉台的水不通。

- I'll send a plumber up right away.　← 水管工人　我立刻派水管工人過去。

- Excuse me, this is room 816. May I have two more towels?
  不好意思，這裡是八一六號房。可以再給我兩條毛巾嗎？

- May I have an extra comforter, please? There is something wrong with my ← 被子、棉被
  central air-conditioner.　請多給我一條棉被好嗎？中央空調似乎出了些問題。

- I'll send someone up to fix it at once.　我馬上派人上去修理。

- The night lamp just went out. Please have someone check it.　← 燈
  小夜燈剛熄滅了。可以派人上來查看一下嗎？

- Could you also send some more throw pillows?　可以多送點抱枕上來嗎？

- I'd like to get a safe.　我想要一個保險箱。

- Could you send someone up to help me? Because I forgot my password to the ← 密碼
  safe.　我忘記保險箱的密碼了，可以派人上來幫我嗎？

- May I have more hangers to hang my clothes?　← 衣架、掛勾　可以給我多一點衣架掛衣服嗎？

- The heater is not working properly.　← 暖氣機　暖氣不能正常運作。

- The pillow cases seem to not have been changed.　這些枕頭套似乎沒有換過。

！會話補充重點

- linen 當作不可數名詞，解釋為「被單、桌布、床單 …」的意思，因此用在客房裡，就是指被單、床單等用品，即等同於 bed sheet 的用法。

- drain 當作名詞時，解釋為「排水溝」的意思；當作動詞時，解釋為「排水」的意思，句中則以動詞解釋為主，和否定詞連用，相當於 stuck「阻塞、堵塞」的用法。

- comforter 當作名詞使用，解釋為「棉被」的意思，其他類似用字還有 quilt「被子、被褥」、blanket「毛毯、毯子」。

- go out 解釋為「熄滅」的意思，其用法與 blackout「停電、熄燈、熄滅」意思相同，而非解釋為「外出」的意思喔。

換房間 | Change Rooms

 2-19

A I'll lead you to a room with a view next to this one.
我帶你們到隔壁看得到風景的一間房間去。

B Awesome! But should we take our luggage with us?
太棒了！我們需要拿我們的行李嗎？

A Yes, please. And remember not to leave your personal stuff here.
是的，請記得不要留自己的東西在原本的房間裡。

B All right.
好的。

single room [`sɪŋɡl͵ rum] ⓝ 單人房	**double room** [`dʌbl͵ rum] ⓝ 雙人床房間	**twin room** [twɪn rum] ⓝ 兩張單人床房間	**family room** [`fæməlɪ rum] ⓝ 家庭房
business room [`bɪznɪs rum] ⓝ 商務房間	**deluxe suite** [dɪ`lʌks swit] ⓝ 豪華房間	**non-smoking room** [͵nɑn`smokɪŋ rum] ⓝ 非吸菸房間	**executive suite** [ɪɡ`zɛkjutɪv swit] ⓝ 行政套房
presidential suite [`prɛzədɛnʃəl swit] ⓝ 總統套房	**single bed** [`sɪŋɡl͵ bɛd] ⓝ 單人床	**double bed** [`dʌbl͵ bɛd] ⓝ 雙人床	**queen-size bed** [`kwin͵saɪz bɛd] ⓝ 大號床
king-size bed [`kɪŋ͵saɪz bɛd] ⓝ 特大號床	**handicapped-accessible** [`hændɪ͵kæpt æk`sɛsəbl͵] ⓝ 無殘障設施	**suite** [swit] ⓝ 套房	**view** [vju] ⓝ 景觀
wireless [`waɪrlɪs] ⓝ 無線網路、無線電報	**extra bed** [`ɛkstrə bɛd] ⓝ 加床	**vacancy** [`vekənsɪ] ⓝ 空房	**mattress** [`mætrɪs] ⓝ 床墊

| 只要掌握句型並替換關鍵字，換房間也有多種說法 |

- **opposite to...** 在…的對面

  Please arrange him to live opposite to my room. 請把他安排住在我對面。

- **take A with B** 攜帶…、拿著…

  I think you should take your luggage with yourself. 我想你應該自己攜帶你的行李。

111

- My room faces the street which is too noisy. May I change to a quieter one?
  吵鬧的、喧鬧的
  我的房間面對街道太吵了。我可以換到安靜一點的房間嗎？

- If there are vacant rooms, I'll inform you at once.
  通知、告知
  如果有空房的話，我會立刻通知你。

- This is Mr. Lin in room 666. The room which is opposite of mine is too noisy. I
  為 want to 的口語用法，為「想要」的意思
  wanna change to a quieter one, please.
  這裡是六六六號房的林先生。我對面的房間太吵了，我想要換到安靜一點的房間。

- I'll phone them right away and have them keep it down.
  我會立刻打電話請他們小聲一點。

- The faucet is leaking. The sound of drip-drop makes me not sleep well.
  水龍頭一直在漏水，水滴的聲音讓我睡不好。

- I'll find a spare room for you at once.　我立刻幫你找間空房。

- I'm afraid not, sir. We're fully booked up.　先生，很抱歉沒有辦法。我們已經客滿了。

- I'll check another one for you ASAP.　我會盡快幫你查看另一間房。

- Excuse me, this is room 222. It doesn't smell good. I'd like to change my room.
  嗅、聞
  不好意思，這是二二二號房。房裡空氣不好聞，我想要更換房間。

- Let me check. OK, I'll send someone up to help you change your room.
  我來查看一下。好的，我將派人上去協助你更換房間。

- Please follow me to your new room which has a view of the mountains.
  請跟隨我到看得到山景的新房間。

- We'll going to take the elevator to the fifth floor. That's a room with complete
  電梯
  設備、設施，原形為 facility
  facilities you can use.
  我們將要搭乘電梯到十五樓，你可以使用房間裡的所有設備。

- This way, please. We've upgraded you to the deluxe suite, owing to the problem
  使升級，動詞原形為 upgrade
  with your room.　這邊請。因為你房間的問題，我們已經幫你升級到豪華套房。

會話補充重點

- face 除了可以當名詞使用，當作「臉、面孔」的意思；還可以當作動詞使用，解釋為「面向、正對」的意思。

- inform 當作動詞使用，解釋為「報告、通知」的意思，若其後介系詞為 with 的話，則為「告發、告密」的意思。和 inform 相似用詞還有 notify。

- keep down 為可拆開的動詞片語，解釋為「把聲音降低、小聲點」的意思，若受詞為代名詞，須放在動詞片語的中間。

結帳離房 | Check out

MP3 2-20

A: We'd like to check out, please. Here are the keys of room 888.

我要結帳。這是客房八八八的鑰匙。

B: OK, Here is your bill. There are some extra charges to your bill, including the room service and some pay movies.

好的,這是你的帳單。你的帳單上有些額外的費用,包括客房服務和一些付費電影。

A: That's fine. I'll pay by American Express. By the way, can you call a taxi for us to the airport?

好的,我會以美國運通卡付費。還有,可以請你幫我叫輛計程車到機場嗎?

B: No problem. I'll do that in a second. And the total comes to $450.

沒問題,我馬上幫你安排。總金額是美金四百五十元整。

Vocabulary
單字

mini-bar [`mɪnɪbar] ❶ 迷你吧台	**deposit** [dɪ`pazɪt] ❶ 預付訂金	**reimbursement** [͵riɪm`bɝsmənt] ❶ 退款	**parking fee** [`parkɪŋ `fi] ❶ 停車費
additional [ə`dɪʃənl] ⓐ 額外的	**later** [`letɚ] ⓐ 稍晚的	**earlier** [`ɝlɪr] ⓐ 稍早的	**settle** [`sɛtl̩] ⓥ 安排、安頓
phone bill [`fon `bɪl] ❶ 電話帳單	**local call** [`lokl̩ `kɔl] ❶ 當地電話	**long-distance call** [`lɔŋ`dɪstəns `kɔl] ❶ 長途電話	**oversea call** [`ovɚ`si kɔl] ❶ 國際電話
international call [͵ɪntɚ`næʃənl̩ `kɔl] ❶ 國際電話	**direct call** [də`rɛkt `kɔl] ❶ 直撥電話	**outside call** [`aut`saɪd `kɔl] ❶ 外線電話	**Internet access** [`ɪntɚ͵nɛt `æksɛs] ❶ 網路設備
record [`rɛkɚd] ❶ 紀錄	**fridge** [frɪdʒ] ❶ 冰箱	**itemized** [`aɪtəm͵aɪzd] ⓐ 明細的	**charge slip** [`tʃardʒ `slɪp] ❶ 帳單

Sentence Pattern
萬用句型)) 只要掌握句型並替換關鍵字,結帳離房也有多種說法 |

- **check out** 退房

  Can I check out later? 我可以晚點退房嗎?

- **That's fine!** 沒關係!

  That's fine! You can check out thirty minutes later. 沒關係!你可以晚三十分鐘退房。

- This is room 326. I'd like to check out now, please.
  這是三二六號房，我現在想要退房。

- Did you take anything from the mini-bar? 你有沒有從迷你吧台裡拿任何東西呢？
  ▲ 啤酒

- Yes, we had two beers. We also ordered room service twice.
  是的，我們有拿兩瓶啤酒。我們也有點兩次的客房服務。
  ▲ 支付、結算

- How are you going to settle your account? 你打算如何付款呢？

- May I check the bill? 我可以對一下帳單嗎？
  ▲ 表、目錄

- Sure. Here is the itemized list. 當然可以，這是明細表。

- What is this charge about? I didn't have anything from the mini-bar in the room.
  這筆費用是什麼呢？我沒有動過房裡迷你吧台中的任何東西。

- I'll check for you. Sorry. We have given you the wrong bill.
  我確認一下，對不起，我們給錯帳單了。
  ▲ 安排、準備

- My plane leaves at 6 p.m.. Can I arrange for a late check out?
  我的飛機在晚上六點起飛。我可以晚一點退房嗎？

- We charge an additional fee if you stay more than 2 hours.
  如果你多待兩個小時，我們會額外收費。
  ▲ 額外的、另外收費的

- There are some extra charges on my bill. 我的帳單有幾筆額外的費用。

- If you pay Master card, you can get a 5% discount.
  如果你用萬事達卡付費，可以有百分之五的折扣。
  ▲ 在此為動詞用法，為「簽名」

- Please check the additional charge and sign on the dotted line.
  請核對額外費用的部分，並在虛線上簽名。
  ▼ 有點點的

- Everything seems to be in order. 一切似乎都很順利。
  ▲ 未來、將來

- Thanks for staying. We hope to serve you again in the near future.
  謝謝你住在本飯店，希望很快能有機會能再次為你服務。

會話補充重點

- check out 除了可以解釋為「旅館退房」的意思之外，還可以表示「詳細檢查身體」的意思，相當於 examine 的用法。

- settle one's account 解釋為「算帳、付錢」的意思，也可以用 pay the bill 來代替。

- leave 跟 plane 一起使用時，為「起飛」的意思，相當於 take off 的片語用法。

- in order 解釋為「就緒、正常」的意思，其相反詞為 out of order，即為「處於不正常的狀態或是故障」的意思。

Unit 5

Traffic ｜地面交通｜
★搭公車 　★搭地鐵 　★搭計程車 　★詢問班次 　★買票

搭公車 | Take the Bus

 MP3 2-21

A: Excuse me, how much is the bus fare to Chiang-Kai-Shek Memorial Hall?

請問一下，到中正紀念堂的公車票價是多少呢？

B: It's NT$ 30.

新台幣三十元。

A: Can I pay on the bus? By the way, Can I get change back?

我可以車上付錢嗎？還有，可以找零嗎？

B: Sorry, we don't give change on the bus.

不好意思，公車上是不找零的。

Vocabulary 單字

exact change [ɪgˋzækt ˋtʃɛndʒ] **n** 不找零	**ride** [raɪd] **v** 搭乘 **n** 騎乘、交通工具	**bus stop** [bʌs stɑp] **n** 公車站牌	**bus route** [bʌ srut] **n** 公車路線
bus fare [bʌs fɛr] **n** 票價	**bus station** [bʌs ˋsteʃən] **n** 公車站	**clippie** [ˋklɪpɪ] **n** 女車掌	**conductor** [kənˋdʌktɚ] **n** 男車掌
honk [hɔŋk] **v** 按喇叭 **n** 汽車喇叭聲	**cord** [kɔrd] **n** 下車鈴	**strap** [stræp] **n** 吊帶環	**alight** [əˋlaɪt] **v** 下車
catch [kætʃ] **v** 趕上	**layover** [ˋleˌovɚ] **v** 中途下車	**coach** [kotʃ] **n** 客運	**bench** [bɛntʃ] **n** 長椅
bus bulb [bʌs ˋbʌlb] **n** 公車上車處	**bus stop flag** [bʌs stɑp flæg] **n** 公車站牌	**pole** [pol] **n** 站牌杆	**priority seat** [praɪˋɔrətɪ sit] **n** 博愛座

Sentence Pattern 萬用句型

| 只要掌握句型並替換關鍵字，搭公車也有多種說法 |

- **call at** 停靠

  The bus is going to <u>call at</u> next stop.　公車即將停靠在下一站。

- **drop...off** 讓…下車

  Please <u>drop</u> me <u>off</u> at Taipei Train Station.　請讓我在台北火車站下車。

- **get on...** 上…車

  Be careful the steps when you <u>get on</u> the bus.　當你上公車時要小心階梯。

會話 ｜搭公車時還會聽到、說到的會話｜

- How often do the buses run?　巴士每隔幾分鐘一班呢？

- Every fifteen minutes. And it will come on time.
  每十五分鐘一班，而且公車會準時到達。

- 提前
  Should I buy advance tickets over the phone?　我需要用電話購買預售票嗎？

- 方便的、便利的
  It's more convenient to buy a bus pass or you can use a smart card.
  購買預售票或是使用悠遊卡是更便利的。

- Could you tell me how much the bus fare is?　你可以告訴我車資是多少嗎？？

- 櫃台
  I'm not sure about that. Maybe we can ask about it at the ticket counter.
  我不太確定，或許我們可以到售票處詢問。

- 為「排隊等候」的意思，用法和 line up 類似
  There are a lot of people queuing up for the bus.　有很多人在排隊等候公車。

- I know the monthly pass is cheaper.　我知道月票是比較便宜的。

- Should I get off at the next stop to transfer to Sun-Yat-Sen Memorial Hall?
  請問到國父紀念館是在下一站轉車嗎？

- 擁擠的、擠滿人群的
  Let's take the next bus. It's not very comfortable to stand on a crowded bus.
  我們搭下一班公車吧。站在這樣擁擠的公車上是非常不舒服的。

- 口語用法表示「輕快地上下車」
  The bus is coming towards the stop. Let's hop on the bus.
  公車正朝著車站開過來了。我們上車吧。

- Do you have the exact fare?　你有準備零錢付車資嗎？

- 硬幣、零錢
  Woops, I forget about coins.　糟糕，我忘了帶零錢。

- It depends on the peak time or off-peak time.　要看尖峰時刻還是離峰時刻。

會話補充重點 ——————

- advance 當作名詞使用，解釋為「預付、預付款」的意思，其後接著使用 passer 時，則引申為月票的意思。

- come toward 解釋為「朝…駛來」的意思，且 towards 也可以改成 toward，兩者皆為介系詞，也都有「朝、向」的意思。

- hop on 解釋為「跳上車、上車」的意思，其用法和 get on 是一樣的，其後須接大型的交通工具。相反地，hop off 即解釋為「下車」的意思，也等同於 get off 的用法。

- 要形容交通的壅塞與否，我們可以使用 peak time 來形容交通尖峰時刻，也就是所謂的 rush hour；相反地，離峰時刻的表達，則為 off-peak 當作形容詞，解釋為「非尖峰的」之意，用來修飾 time。

搭地鐵 | Take the Subway

MP3 2-22

A: Look! The subway is approaching the platform.
看！地鐵正在接近月台了。

B: Let's take a step behind the safety line.
我們往候車線後退一步吧。

A: Look at all these people. I bet there's not a single empty seat on board.
看看這些人，我敢打賭車上沒有一個空位了。

B: I can't bear so many people crowded in a cabin. Not only hanging on the overhead grab-bar but also leaning toward the subway door makes me annoyed.
我無法忍受這麼多人擠在一個車廂裡，不管是要抓住頭頂上的吊環，還是倚靠在地鐵車門都會使我感到生氣。

Vocabulary 單字

subway [ˈsʌbˌwe] ⓝ 地下鐵（美式）	**metro** [ˈmɛtro] ⓝ 地下鐵（法式）	**tube** [tjub] ⓝ 地下鐵（英式）	**underground** [ˈʌndɚˌgraʊnd] ⓝ 地下鐵（英式）
express [ɪkˈsprɛs] ⓝ 快車	**commuter** [kəˈmjutɚ] ⓝ 通勤族	**barrier** [ˈbærɪr] ⓝ 柵欄	**handrail** [ˈhændˌrel] ⓝ 扶手
plasma display screen [ˈplæzəmə dɪˈsple skrin] ⓝ 電漿顯示螢幕	**real-time information display** [ˈrilˌtaɪm ˌɪnfɚˈmeʃən dɪˈsple] ⓝ 即時資訊顯示設備	**shatterproof glass** [ˈʃætɚˌpruf glæs] ⓝ 防碎玻璃	**emergency stop button** [ɪˈmɝdʒənsɪ stɑp ˈbʌtn] ⓝ 緊急停止按鈕
commute [kəˈmjut] ⓥ 通勤	**disable area** [dɪsˈebl̩ ˈɛrɪə] ⓝ 無障礙空間	**insert** [ɪnˈsɝt] ⓥ 插入、嵌入	**retract** [rɪˈtrækt] ⓥ（閘門）縮回
receive [rɪˈsiv] ⓥ 接收、接受	**retrieve** [rɪˈtriv] ⓥ 收回、取回	**station staff** [ˈsteʃən stæf] ⓝ 站務員	**platform** [ˈplætˌfɔrm] ⓝ 月台

Sentence Pattern 萬用句型 | 只要掌握句型並替換關鍵字，搭地鐵也有多種說法 |

● **take a step behind...** 往…退一步
Let's take a step behind the safety line in case of danger. 我們往候車線後退一步以免危險。

會話 ｜搭地鐵時還會聽到、說到的會話｜

- I see a train approaching the platform.　我看著列車開進月台。

- We'd better wait behind the yellow line.　我們最好在黃線後等候。

- Ouch! Someone in a hurry to get on the metro stepped on my foot.
  唉喲！有人匆忙地想要搭上地鐵而踩到我的腳。

- Why do those people not stay in the line?　為什麼那些人都不排隊呢？

- Here comes the tube!　地鐵來了！

- Is this the right platform for Tamsui?　這是到淡水的月台嗎？

- <u>猜想、認為</u>
I suppose that we should get to platform 3.　我想我們應該要到第三月台。

- <u>曳步的</u>
Oh, my! I got on the subway by shuffling people aside eventually.
  天啊！我終於擠過人群搭上地鐵了。

- <u>空的、未佔用的</u>
It's not easy to find an empty seat and sit down.　要找到個空位坐下來真不容易。

- <u>傷殘的</u> <u>讓路、服從</u>
I see a disabled person getting on the underground. Let's yield a seat to him!
  我看到一位殘障人士要上地鐵，我們讓位給他吧！

- Look at those young people. Why don't they give up their seats?
  看看那些年輕人。他們怎麼可以不讓位置呢？

- Excuse me, can I get by?　不好意思，讓我過一下好嗎？

- <u>夜市</u>
I missed the tube! What time does the next one for Shi-lin night market come?
  我錯過了地鐵！下班到士林夜市的列車是幾點呢？

- <u>時刻表、時間表</u>
Let me check the timetable.　讓我查一下時刻表。

- Where should we switch to go to Taipei Main Station?
  我們應該要在哪裡換車到台北車站呢？

會話補充重點

- see 為感官動詞的一種，解釋為「看見、見到」的意思，其後所接之動詞須為原形動詞，表達「事實」；或是接動名詞，則表達「動作的進行」。

- step on 解釋為「踩到」的意思。其後所接之介系詞須為 on 才會有此解釋。若介系詞為 out，則為「暫時外出，開始快走」的意思，且不適合運用在這裡的會話中。

- shuffle sb. aside 解釋為「擠過⋯」的意思，通常會是在人群擁擠的場合裡出現，且須把人群推開才可通過的情形。

- yield sth. to sb.... 解釋為「把（物）讓給（人）」的意思，也可引申為「讓位」的意思。

- get by 解釋為「走過去、通過」的意思，相當於 pass by 的用法。但要注意 pass 後若加介系詞 away，則為「去世」之意，要小心使用才行。

119

搭計程車 | Take a Taxi

 2-23

A: Where to, sir?
先生，請問要到哪裡呢？

B: Please take me to the City Hall. And how much is the fare to there?
請帶我到市政府。到那裡的費用是多少呢？

A: It depends on the meter reading.
我們是跳表收費的。

B: All right, but I'm in a hurry. Can you go a little faster?
好的，但是我趕時間。你可以開快一點嗎？

Vocabulary 單字

taxi [`tæksɪ] ⓝ 計程車	**cab** [kæb] ⓝ 計程車	**taxi stand** [`tæksɪ stænd] ⓝ 計程車招呼站	**taxi driver** [`tæksɪ `draɪvɚ] ⓝ 計程車司機
cabbie [`kæbɪ] ⓝ 計程車司機	**valet** [`vælɪt] ⓝ 服務人員	**hail** [hel] ⓥ 用手招來…	**meter** [`mitɚ] ⓝ 跳錶
surcharge [`sɝtʃɑrdʒ] ⓝ 加成、加收	**trunk** [trʌŋk] ⓝ 車廂	**dispatch** [dɪ`spætʃ] ⓥ 派遣、發出	**shortcut** [`ʃɔrtˏkʌt] ⓝ 捷徑
deal [dil] ⓝ 交易 ⓥ 成交	**backseat** [`bækˏsit] ⓝ 後座	**address** [ə`drɛs] ⓝ 地址、住址	**basic fare** [`besɪk fɛr] ⓝ 基本費用
night rate [naɪt ret] ⓝ 夜間費率	**day rate** [de ret] ⓝ 日間費率	**night ride** [naɪt raɪd] ⓝ 夜間搭載	**passenger** [`pæsṇdʒɚ] ⓝ 乘客

Sentence Pattern 萬用句型

| 只要掌握句型並替換關鍵字，搭計程車也有多種說法 |

● **It depend(s) on...** 依照…、要看…

It depends on the mileage to charge.　是依照里程數來收費的。

● **be in a hurry** 趕時間

We are in a hurry to the train station. Could you speed up?
我們趕時間要到車站，可以請你開快一點嗎？

● **get in...** 上車（小型交通工具）

Let's get in the taxi first.　我們先上計程車吧。

會話 │ 搭計程車時還會聽到、說到的會話 │

- Excuse me. Please tell me where I can catch a cab?
  不好意思。可以告訴我哪裡可以搭計程車嗎？

- Please step in, ma'am.　小姐，請上車。

  ▲ 電影攝影棚、電影製片廠、錄音室
- I'll get out at the Universal Studio.　我要在環球影城下車。

  ▲ 趕上、及時趕到
- Please take me to Taipei Train Station. I want to catch a nine p.m. train.
  請帶我到台北火車站，我要趕搭晚上九點的火車。

  ▲ 捷徑、近路
- How long is the ride from here to Taipei Zoo? Could you take a shortcut?
  從這裡搭車到台北動物園要多久？你可以走捷徑嗎？

  ▲ 交通阻塞
- I think you'll make it if we don't get stuck in a traffic jam.
  只要我們沒有遇到塞車，我想你能趕上的。

  ▲ 公里
- How much is the per-kilometer rate?　每一公里是多少錢呢？

- There is a 10 percent surcharge after midnight.
  午夜過後會多加收百分之十的費用。

  ▲ 為「上車」的意思，通常是指小型交通工具，其用法和 get in 用法相同
- Let's hop in the cab and go to the movie theater.
  我們坐計程車去電影院吧。

  ▲ 體育場、體育館
- Please let us out here near the stadium.　請讓我們靠近體育場這裡下車。

- How much do I owe you?　我該付你多少錢呢？

- The meter reads NT$ 250.　照跳錶費用是新台幣兩百五十元整。

  ▲ 尖峰時刻
- It's very difficult to get a taxi during rush hour. Maybe you can call a taxi.
  在尖峰時刻等候計程車是很困難的，或許你可以打電話叫車。

- Could you please open the trunk?　可以請你打開後車廂嗎？

  ▲ 小費
- This is fine. Please stop here. Here's a tip for you.
  這樣就好了，請停在這裡。這是給你的小費。

會話補充重點

- hail the taxi 解釋為「攔計程車」的意思，若在路上遇到朋友要向對方打招呼時，也可以使用 hail 這個單字。

- get out of 有多種意思，在這個情境下中指的是「下車」，且通常為小型交通工具。若為 Get out of here! 時，除了可以解釋為「滾開！」之外，也可以當作「別開玩笑了！」的意思。所以需要依照說話當時的情境或是立場來做出正確的解釋。

- let one out here 解釋「在此下車」的意思，要注意片語中的 one 若為人稱代名詞時，須為受格形式。

詢問班次 | Ask for Schedule

 MP3 2-24

A: Excuse me. Is this the platform for the next MRT to Tamsui?
請問，這是下一班到淡水的月台嗎？

B: I'm afraid not. It's opposite here.
恐怕不是。它是在對面。

A: How do I get there?
我要怎麼到那裡呢？

B: Take the elevator to the first floor, and you'll see the sign to show the way.
搭電梯到一樓後，你就會看見到對面的標誌。

Vocabulary | 單字

turnstile [`tɜn‚staɪl] **n** 十字轉門、旋轉門	**underground passage** [`ʌndə‚graʊnd `pæsɪdʒ] **n** 地下通道、隧道	**circulation** [‚sɜkjə`leʃən] **n** 循環、乘客動線	**Wireless Internet** [`waɪrlɪs `ɪntə‚nɛt] **n** 無線網路、行動上網裝置
carriage [`kærɪdʒ] **n** 車廂、車架	**announcement** [ə`naʊnsmənt] **n** 廣播、通告	**warning sound device** [`wɔrnɪŋ saʊnd dɪ`vaɪs] **n** 警告的聲音設備、關門警示音	**permissible** [pə`mɪsəbl] **a** 可允許的、可容許程度的
chitchat [`tʃɪt‚tʃæt] **v** 閒聊、閒談	**card holder** [`kɑrd ‚holdə] **n** 卡片持有人	**pregnant woman** [`prɛgnənt `wumən] **n** 孕婦、妊婦	**children** [`tʃɪldrən] **n** 兒童
the disabled [ðə dɪs`ebld] **n** 殘障人士、殘疾人士	**the elderly** [ðə `ɛldəlɪ] **n** 老年人、長者	**phase** [fez] **n** 階段、時期	**stow** [sto] **v** 裝載、收藏
procedure [prə`sidʒə] **n** 程序、手續	**random** [`rændəm] **a** 隨機的、無規則的	**remainder** [rɪ`mendə] **n** 剩餘物、其餘的人	**massive** [`mæsɪv] **a** 雄偉的、宏大的

Sentence Pattern | 萬用句型
| 只要掌握句型並替換關鍵字，詢問班次也有多種說法 |

• **get a minute** 有一點時間

Do we get a minute to get to the platform? 我們有時間到達月台嗎？

Conversation
會話 │ 詢問班次時還會聽到、說到的會話 │

- Take the escalator to the B1 level, and you can see the MRT.
  ↑ 地下室、地下
  搭手扶梯到地下一樓，就可以看到捷運了。

- Where would you like to go? 你要去哪裡？

- I don't know where I can take the MRT. 我不知道哪裡可以搭捷運。

- Which line should I take to reach Taipei Zoo? 去台北動物園該搭哪一條線？

- Excuse me. Where are the waiting rooms? 不好意思，請問候車室在哪裡？

- You have to take the Tamshui line. 你要搭淡水線。

- Follow the directions and you can find the right position.
  ↑ 位置、地點、方位
  跟著指標就可以找到對的位置。

- This is the map of the MRT station. 這是捷運站的地圖。

- The scrolling text will provide you with the information. 跑馬燈會提供你乘車資訊。
  ↑ 捲動的

- Don't mistake the train for the MRT. 不要把火車誤認為捷運。
  ↑ 弄錯、誤解

- Can you show me which platform is for the Luzhou line? 哪一個月台可以搭蘆洲線？
  ↑ 月台、平台

- How often does the MRT come? 多久有一班捷運？

- The MRT doesn't have a fixed number of runs. 捷運沒有固定班次。

- The MRT travels back and forth frequently every day. 捷運每天頻繁地來回行駛。
  ↑ 頻繁地、屢次地

- You can go to the first platform to wait for the Xindan line.
  你可以去第一月台等新店線。

- Could you teach me how to top up the smart card?
  你可以教我怎麼儲值悠遊卡嗎？

會話補充重點

- provide 為「提供」的意思，其後若是要表達提供線索、方式的時候，介系詞需為 with。

- take mistake A for B 解釋為「把 A 誤認成 B」的意思。和其類似的片語還有 regard A as B 的用法，但是後者是屬於肯定的用語喔。

- back and forth 解釋為「來來回回」的意思，和其類似的片語還有 toing and froing、to and fro。

- fixed 解釋為「固定的」之意，和其類似的字詞還有 stable、regular 的用法；相反詞則為 flexible，解釋為「有彈性的、易變通的」之意。

- run 當作名詞使用時，解釋為「班次、航程」的意思。

對話 | 買票 | Buy Tickets

 2-25

A: How about purchasing the tickets at the automatic ticket issuing machine?

我們在自動售票機買車票好嗎？

B: But I don't have change. How am I supposed to pay the fare?

但我沒有零錢。我應該如何付錢呢？

A: Don't worry. We can exchange some coins at the change machine first.

別擔心，我們可以先到自動兌幣機換零錢。

B: Oh, wait. I found my smart card. I think I'll top it up first, and that will be a good way.

喔，等一下。我找到我的儲值卡了，我想先儲值會是個好方法。

Vocabulary 單字

stored-value card [stord`væl ju kard] ⓝ 儲值卡	**magnetic stripe card** [mæg`nɛtɪk straɪp kard] ⓝ 磁條卡	**value-adding machine** [`væljuædɪŋ mə`ʃɪn] ⓝ 儲值機	**automatic ticket issuing machine** [ˌɔtə`mætɪk `tɪkɪt `ɪʃjuɪŋ mə`ʃɪn] ⓝ 自動售票機
paid area [ped `ɛrɪə] ⓝ 付費區	**keypad** [`kiˌpæd] ⓝ 小型鍵盤	**touch screen** [tʌtʃ skrin] ⓝ 觸控螢幕	**change machine** [tʃendʒ mə`ʃɪn] ⓝ 自動兌幣機
ticket eject slot [`tɪkɪt ɪ`dʒɛkt slat] ⓝ 車票取出口	**ticket slot** [`tɪkɪt slat] ⓝ 車票投入口	**destination station** [ˌdɛstə`neʃən `steʃən] ⓝ 終點站	**initial station** [ɪ`nɪʃəl `steʃən] ⓝ 起始站
plastic ticket [`plæstɪk `tɪkɪt] ⓝ 塑膠車票	**paper ticket** [`pepɚ `tɪkɪt] ⓝ 紙製車票	**group ticket** [grup `tɪkɪt] ⓝ 團體票	**illuminated ad panel** [ɪ`luməˌnetɪd æd `pænl] ⓝ 燈箱廣告
tariff [`tærɪf] ⓝ 價目表、費用	**cardholder** [`kardˌholdɚ] ⓝ 卡片持有人	**token dispenser** [`tokən dɪ`spɛnsɚ] ⓝ 代幣售票機	**route map** [rut mæp] ⓝ 路線圖

Sentence Pattern 萬用句型

| 只要掌握句型並替換關鍵字，買票也有多種說法 |

● **be supposed to...** 應該…

Am I supposed to get in line to buy the ticket? 我應該要排隊買車票嗎？

124

Conversation 會話 ｜買票時還會聽到、說到的會話｜

● Could you tell me which line is bound for National Taiwan University?
　　前往
可以請你告訴我去台灣大學是哪一條線嗎？

● You can take the red line first, transfer to the green one, and then get off at Gongguan Station.　轉車
你可以先搭乘紅線，轉車到綠線後再從公館站下車。

● I got it. Let's buy the tickets.　我知道了，我們去買票吧。

● How much should I pay?　我要付多少錢呢？

● Just look at the route map, it shows the fare from the initial station to the destination station.　只要看路線圖，它有顯示起始站到終點站的費用。

● How do I know when my ticket is valid till?　有效地　我怎麼知道我的車票可以用到什麼時候？
　　　直到…為止

● I didn't carry any coins with me.　我沒有帶任何的零錢。

● So, where on earth can I change a NT$ 100 bill?　究竟、世界上
所以我究竟要到哪裡換新台幣一百元的鈔票呢？

● You can go to the change machine to get change.
你可以到兌幣機換零錢。
　　為「通過」的意思，用法和 get across 一樣
● Till we pass through the turnstile.　直到我們通過了旋轉門。
　　　感應器

● Do you have a smart card? That way, you don't need to change any coins.
你有儲值卡嗎？這樣一來，你就不需要換零錢了。

● I have a smart card, but it isn't enough to pay the fare. Should I top it up first?
我有儲值卡，但是它不夠付車資。我應該要先儲值嗎？

● You see? There is a line in front the ticket office.
你看，售票處前面有一大排的人。
　　　代幣、標誌
● Wow, it's like a token.　哇，它好像是代幣。
　　　插入、嵌入
● This is a sensor ticket. You don't need to insert it.　這是感應車票，你不需要投進去。

會話補充重點

● bound for 解釋為「準備前往…」的意思。其類似用法還有 head for 和 leave for。

● from...to... 解釋為「從…到…」的意思，此片語可以用在時間或空間的表達，但若是用在時間上，還可以將介系詞 to 改為 through 的用法。

● on earth 解釋為「究竟、到底」的意思，要注意的是，若在中間加入定冠詞 the 時，則解釋為「在世界上」的意思。因此，兩者用法要特別注意。

● I got it! 解釋為「知道了！」的意思，其用法和 I understand. 和 I see. 相同。而句中會使用 got 過去式的動詞，是因為對事情已經理解，才會有 I got it! 的用法。

想要在全世界交朋友，一定要會聽會說的會話句

❶ Why weren't you caught off guard to pack your suitcase?
你為何沒準備好打包你的行李呢？

❷ The expiration date of my passport is less than one week.
我的護照期限剩不到一個星期。

❸ Do you know you can book a flight on the Internet?
你知道可以在網路上訂機票嗎？

❹ Remember to put your money, passport, and tickets in the carry-on bag.
記得要把你的錢、護照和機票放在你的隨身行李內。

❺ The flight No. 666 to Canada will call off because of the heavy storm.
前往加拿大的六六六號班機因為暴風雨將會取消。

❻ Do you want to take the early flight? There are some seats available now.
你想要搭前一班次嗎？現在還有空位。

❼ My luggage is overweight; what's worse, it's broken.
我的行李超重了，更糟的是，它壞了。

❽ Here's the key to the luggage.
這是你行李箱的鑰匙。

❾ Your seat is 36 A, and the flight will begin boarding about 10:30 a.m., at gate 54, on concourse E.
你的座位是 36 A，飛機將會大約在早上十點三十分開始登機，在 E 登機廳的五十四號登機門。

Must Know!! 一定要知道的小知識！！

★這裡用到的句型★

【第 1 句的句型】**be caught off guard...** 某人沒有準備…、防備…
【第 2 句的句型】**be less than...** 剩不到…
【第 3 句的句型】**book a flight** 訂好機票
【第 5 句的句型】**call off** 取消
【第 12 句的句型】**empty out...** 掏光…、清空…
【第 14 句的句型】**spend...vacation** 度過…假期
【第 15 句的句型】**leave for...** 準備前往…

⑩ **Here's your boarding pass, Your flight departs from Gate 26 at 8:30. Have a nice flight.**

這是你的登機證。你的班機是在八點三十分，二十六號登機門起飛。祝你旅途愉快。

⑪ **Take off your earrings. They may set off the metal detector beep.**

摘下你的耳環。它們可能會引起金屬探測器發出嗶嗶響聲。

⑫ **Please empty out your pockets and put all metal objects in this tray.**

請清空你的口袋並將所有金屬物品放在這個托盤裡。

⑬ **I want to buy some duty-free items for my family and friends.**

我想要買些免稅商品給我的家人和朋友。

⑭ **We'd like to spend Chinese New Year vacation abroad next year.**

明年我們想出國度過中國新年的假期。

⑮ **We are planning to leave for Greek next week.**

我們下星期將準備前往希臘。

⑯ **I prefer a one-stop tour.**

我喜歡定點旅行。

⑰ **Are tips for local guides not included in the package?**

套裝旅行裡不包含當地導遊的小費嗎？

⑱ **John is going to get married with Mary next month. What a natural match!**

約翰將要在下個月和瑪莉結婚。他們真是天生一對啊！

★申請簽證需注意的事項★

當前往的國家需要事先辦理簽證的話，記得要提前辦理以免延誤出國的時間。不過現在很多國家都可以免簽證或是以落地簽的方式前往，例如台灣人常去的日本、韓國、英國、加拿大…等地，出國旅遊變得越來越方便。

★訂便宜機票的小撇步★

雖然機票漲價，但還是有一些優惠，例如提早訂機票、訂購時間較差的機票，或是從旅展撿好康。現在有一些廉價航空，雖然機上的用餐、毛毯…等服務都額外計費，但它的機票比較便宜，如果是短途旅程，搭乘廉價航空也是一個省錢的方法。

想要在全世界交朋友，一定要會聽會說的會話句

❶ **In a nutshell, I would like to reserve a suite for two.**
簡而言之，我想要預約兩人的套房。

❷ **I don't want to rain on your parade. But I forget to make a reservation in advance.**
我不想掃你的興。但是我忘記要事先預訂房間了。

❸ **How could I fed up with irresponsible guys like him anymore? He's gone too far this time.**
我怎麼可以再忍受像他那種不負責任的人？這回他太過分了。

❹ **Do you have any vacancies for tonight?**
請問今天晚上還有空房嗎？

❺ **There is no hot water, check another spare room for me, please.**
這間房間沒有熱水，請幫我找另一間空房。

❻ **We specified a room with an ocean view. However, our room doesn't have any view to see.**
我們有指定海景房。但是，我們的房間卻看不到任何的海景。

❼ **Your three-night total comes to two hundred dollars.**
你住三個晚上的費用總額為兩百元美金。

❽ **The room next to mine makes a lot of noise so that I can't sleep well.**
我隔壁的房間製造許多噪音，導致我睡不好。

❾ **Are you used to asking for one more blanket when you stay in the hotel?**
當你住在飯店時，你習慣多要一條毛毯嗎？

Must Know!! 一定要知道的小知識！！

★這裡用到的句型★

【第 1 句的句型】**in a nutshell** 簡而言之
【第 2 句的句型】**to rain on one's parade** 掃…的興
【第 7 句的句型】**come to…**（總額）累計為、達到…
【第 8 句的句型】**next to…** 在…隔壁
【第 9 句的句型】**be used to + V-ing** 現在習慣…
【第 11 句的句型】**be satisfied with…** 對…感到滿意
【第 15 句的句型】**I don't believe (that) …** 我不敢相信…

⑩ **Learn to have a little patience that someone will come up to fix the toilet in the bathroom later.**
學著有耐心一點，稍後就有人上來修理浴室裡的馬桶。

⑪ **I am pretty satisfied with the room service in this hotel.**
我對這家飯店的客房服務感到非常滿意。

⑫ **When does the next bus leave? Do I have to wait long?**
下一班公車什麼時候出發呢？我需要等很久嗎？

⑬ **Let's take the bus to the Louvre Museum which is famous in the world.**
我們搭公車去參觀世界有名的羅浮宮吧！

⑭ **Remember, photography is not allowed in the museum.**
記住，博物館裡是不允許拍照的。

⑮ **I don't believe that we can have such a joyful holiday.**
我真不敢相信可以有這麼快樂的假期。

⑯ **Could you tell me when the next guided tour is?**
你可以告訴我下次導覽是什麼時候嗎？

⑰ **Have you ever been to Taroko National Park in Taiwan? It can compete with the Great Canyon in America.**
你去過台灣的太魯閣國家公園嗎？它足以和美國的大峽谷媲美。

⑱ **We plan to go snorkelling in the Great Barrier Reef.**
我們打算到大堡礁浮潛。

★入住飯店注意事項★
出國旅遊要先知道該國的住宿習慣，有些飯店設施是需要額外收費的，房間入住人數有規定，無法額外加床…等等，客房服務則包括清潔、送洗衣物、morning call、房內用餐…等等，客房服務的餐點通常會比較貴，並且會額外收取服務費。

★十大景點★
出國旅遊能夠擴展自己的視野，以下列舉一些「一生一定要去一次」的景點：巴西的亞馬遜森林、美國的大峽谷、法國的羅浮宮、歐洲的阿爾貝斯山、柬埔寨的吳哥窟、埃及的金字塔、澳洲的烏魯魯巨岩。希望大家能走出台灣，走進全世界！

Chapter 3

Let's Go!

Study abroad ｜ 遊學 ｜
★住宿舍　★上課　★準備考試　★念書　★畢業

住宿舍 | Live in the Dormitory

MP3 3-01

A: Welcome, I'll be your roommate. I'm sure we can be friends.
歡迎，我將是你的室友。我敢保證我們會變成好朋友的。

B: Me, too. And I can't wait to get to know everyone.
我也這麼認為，而且我等不及要認識每個人了。

A: How many credits do you need this semester?
你這學期修了幾個學分呢？

B: I need fifteen. I also sit in many courses, just go easy on me to put behind.
我修了十五個學分。我也旁聽很多課程，以防我會落後。

Vocabulary 單字

dormitory	privacy [ˈpraɪvəsɪ]	roommate	obey [əˈbe]
[ˈdɔrməˌtori]		[ˈrumˌmet] ⓝ 室友	ⓥ 遵守、服從
ⓝ 宿舍、團體寢室	ⓝ 隱私、私密		
night owl	**single-sex**	**coed dorm**	**resident assistant**
[naɪt aʊl]	[ˈsɪŋgl̩ sɛks]	[ˈkoˌɛd dɔrm]	[ˈrɛzədəntə ˈsɪstənt]
ⓝ 夜貓族	ⓐ 單性共宿的	ⓝ 男女合宿的宿舍	ⓝ 舍監
homestay	**on-campus housing**	**off-campus housing**	**common room**
[ˈhomˌste]	[ɑnˈkæmpəs ˈhaʊzɪŋ]	[ɔfˈkæmpəs ˈhaʊzɪŋ]	[ˈkɑmən rum]
ⓝ 家庭寄宿	ⓝ 校內住宿	ⓝ 校外住宿	ⓝ 交誼廳
laundry room	**study lounge**	**personal space**	**bulletin board**
[ˈlɔndrɪ rum]	[ˈstʌdɪ laʊndʒ]	[ˈpɝsn̩l̩ spes]	[ˈbʊlətɪn bord]
ⓝ 洗衣間	ⓝ 自習室	ⓝ 個人空間	ⓝ 布告欄、公布欄
curfew	**hygiene**	**sexual harasser**	**supervise**
[ˈkɝfju]	[ˈhaɪdʒin]	[ˈsɛkʃuəl ˈhærəsɚ]	[ˈsupɚˌvaɪz]
ⓝ 戒嚴、宵禁	ⓝ 衛生	ⓝ 色狼	ⓥ 看守、管理、監督

Sentence Pattern 萬用句型 | 只要掌握句型並替換關鍵字，住宿舍也有多種說法 |

● **I'm positive...** 我保證…

I'm positive that I can get well along with you all. 我敢保證可以和你們相處得很融洽。

● **sit in...** 旁聽…

I've made my mind to sit in Professor Lin's course. 我決定要旁聽林教授的課程。

|住宿舍時還會聽到、說到的會話|

- Welcome to the dormitory.　歡迎搬到宿舍。

- I will be your roommate for four years.　我將是你四年的室友。

- This is my first time in this country.　這是我第一次來到這個國家。

- Why did you carry so much luggages?　你怎麼帶這麼多行李？　〔行李〕

- What is your major subject?　〔主修〕
  你的主修是什麼？

- I major in accounting.　我主修會計。

- One of my minor subjects is educational psychology.　〔心理學、心理〕
  教育心理學是我副修的科目之一。

- This campus is so big that I nearly got lost.　校園大到我快迷路。　〔校園、校區、大學〕

- Maybe we can go out for dinner together.　或許我們可以一起外出吃晚餐。

- I'm willing to be your guide in this city.　我很樂意當你在這座城市的嚮導。

- The view looking out from the window is awesome.　〔驚人的、感到敬畏的〕
  從窗戶往外看的景色好美。

- Does our dormitory have an entrance guard?　我們宿舍有門禁嗎？　〔入口、門口〕

- Students have to come back before 12 a.m..　學生必須在晚上十二點前回宿舍。

- Where are the washing machine and water dispenser?　洗衣機和飲水機在哪裡？　〔分配者〕

- All of the equipment is on the first floor.　所有的設備都在一樓。　〔設備、裝備、器械〕

- I'm a freshman here. I hope I can get to know you soon.
  我是大一新生，希望可以快點認識你們。

會話補充重點

- major in 解釋為「主修⋯」的意思，此為動詞片語用法，也可以代換成名詞用法來表達主修之科目，即：所有格 + major + be-V + 科目。

- minor 解釋為「副修、兼修」的意思，其用法和 major 一樣，可用動詞片語 minor in + 科目，來表示「副修⋯科目」，也可以改為名詞形式，即：所有格 + minor + be-V + 科目。

- so...that + 子句的用法，解釋為「太⋯以致於⋯」的意思，其肯定用法可以改為 be-V + adj. + enough to + V...；若為否定用法，則可以改為 be-V + too + adj. + to V...。

- entrance guard 解釋為「門禁」的意思，而被家長處罰禁足的說法則為 be grounded。

- first floor 為美式用語的「一樓」說法；而英式用語的「一樓」則為 ground floor。

對話 Dialogue | 上課 | Go to Class

 MP3 3-02

A: Why are you in a hurry?

你為何如此匆忙呢？

B Miss Lin is a hard marker. And she likes to call the roll, remember?

林老師很嚴格，而且她很喜歡點名，記得嗎？

A: I know. But it's all Greek to me. I wish I could drop it.

我知道。但她的課我完全聽不懂，我真希望可以退掉它。

B: Hang in there! I can lend you my notebook and you can have a look.

堅持下去吧！我可以借你看我的筆記。

Vocabulary 單字

attendance [ə`tɛndəns] ❶ 到場、出席	**lecture** [`lɛktʃə] ❶ / ❷ 授課、演講	**concentrate** [`kɑnsɛnˌtret] ❶ 專心、全神貫注	**podium** [`podɪəm] ❶ 講台
textbook [`tɛkstˌbuk] ❶ 教科書、課本	**instructor** [ɪn`strʌktə] ❶ 導師	**roll call** [rol kɔl] ❶ 點名	**whiteboard** [`hwaɪtbord] ❶ 白板
overhead projector [`ovəˌhɛd prə`dʒɛktə] ❶ 投影機	**dismiss** [dɪs`mɪs] ❷ 下課、解散	**analyze** [`ænlˌaɪz] ❷ 分析、解析	**observe** [əb`zɝv] ❷ 觀察、注意
theme [θim] ❶ 主題、題材	**skip** [skɪp] ❷ 翹課、不出席	**calculate** [`kælkjəˌlet] ❷ 計算、估計	**discuss** [dɪ`skʌs] ❷ 討論、商討
seminar [`sɛməˌnɑr] ❶ 研討班、專題討論會	**conclude** [kən`klud] ❷ 結論、達成協議	**semester** [sə`mɛstə] ❶ 學期、半學期	**audit** [`ɔdɪt] ❷ 旁聽、審核

Sentence Pattern 萬用句型

| 只要掌握句型並替換關鍵字，在校園上課也有多種說法 |

- **call the roll** 點名

  Professor Hu always <u>calls the roll</u> while the class begins.　胡教授總是在課程開始時點名。

- **It's all Greek to me.** 我完全聽不懂。

  Can you imagine that Spanish is really hard? <u>It's all Greek to me.</u>
  你可以想像西班牙語真的很難嗎？我完全聽不懂。

| 在校園上課時還會聽到、說到的會話 |

- Hurry up! We're going to be late.　快一點！我們要遲到了。

- What is your next class?　你下一堂課是什麼？

  ↗ 攜帶
- Why do you carry so many textbooks with you?　你怎麼帶這麼多課本？

- My class schedule is full today.　我今天的課表很滿。

  ↗ 突然出現、突然發生
- There is going to be a pop quiz in class today.　今天課堂上將會有隨堂測驗。

  ↘ 測驗、提問
- I have a lesson in the laboratory today.
  我今天有實驗課。　↘ 實驗室、研究室，也可以使用口語化的 lab

  ↗ 公司的部門、大學的系
- Our department is far from the dormitory.
  我們的學院離宿舍好遠。

- Maybe we can come here by bike next time.　下次我們可以騎腳踏車。

- I forgot to bring my textbook.　我忘記帶課本了。

- How is your professor's lecture?　教授的教學如何？

  ↗ 熱心的、積極的
- He is a zealous educator.　他是一位熱心的教育者。

  ↘ 教師、教育家
- I learned a lot of precious knowledge in class.　我在課堂上學到很多寶貴知識。

  ↗ 把…借給、提供
- Can you lend me your notebooks?　可以借我你的筆記嗎？

- How about having lunch together after class?　下課後要不要一起吃午餐？

  ↗ 禁止，動詞原形為 ban
- Having meals is banned in the classroom.　教室裡面禁止飲食。

- Let's have a look at these key points. Maybe they'll be useful.
  我們看看這些重點吧！或許會有用處。

會話補充重點

- be far from 為「遠離…」，還可作「完全不…」解釋，例如：far from satisfactory，從字面上可以有「遠離滿意」的解釋，也就能引申為「完全不滿意」的意思。

- 「by + 交通工具」的用法，還可以代換成「take + a / an / the + 交通工具」來表示。但要注意的是，若交通工具為腳踏車、摩托車時，動詞便須以 ride 來呈現。

- zealous 解釋為「熱心的、積極的」之意，其後若接動詞，須使用介系詞 to；若為名詞，則須使用介系詞 for 或是 in 了。

- ban 解釋為「禁止、禁令」的意思，其後所接之介系詞可為 on 或是 against。可以代換成 forbid，但後面所接之動詞須為動名詞；也可以代換成 prohibit，此時則須先接介系詞 from 後才可接動名詞。

準備考試 | Prepare Exams

3-03

A: Wow, it's so unusual to meet you in the library. What for?

哇,真難得在圖書館裡見到你。怎麼會來呢?

B: I've made my exam study schedule for the mid-term test.

我已經為期中考定好讀書計畫表。

A: But exams are a week away. Are you anxious that you'll throw in the towel?

但還有一個星期才考試耶,你擔心會考不好嗎?

B: Of course I am. However, I don't want to put all-night before the test. I've learned the lesson.

我當然會擔心。但我不想在考試前開夜車,我已經學到教訓了。

Vocabulary
單字

open-book exam [`opənbuk ɪgˋzæm] ⓝ 開卷式考試	**grade** [gred] ⓝ 成績、評分	**relief** [rɪˋlif] ⓝ 減輕、緩和	**pressure** [ˋprɛʃɚ] ⓝ 壓力 ⓥ 對…施加壓力
question [ˋkwɛstʃən] ⓝ 問題、考題	**cram** [kræm] ⓥ 惡補死記、填鴨式地教 ⓝ 死記硬背	**ace** [es] ⓥ 得高分 ⓐ 第一流的、突出的	**mid-term** [mɪdtɝm] ⓝ 期中考
final term [ˋfaɪnltɝm] ⓝ 期末考	**cheat** [tʃit] ⓥ / ⓝ 作弊、欺騙	**term report** [tɝm rɪˋport] ⓝ 期末報告	**peep** [pip] ⓥ 偷看、偷窺
invigilate [ɪnˋvɪdʒəˌlet] ⓥ 監考	**flunk** [flʌŋk] ⓥ 失敗、不及格、當掉 ⓝ 失敗、不及格	**pass** [pæs] ⓥ 通過、合格 ⓝ 及格、及格分數	**oral presentation** [ˋorəl ˌprɪzɛnˋteʃən] ⓝ 口頭報告
ban [bæn] ⓥ 禁止、禁令	**transfer exam** [trænsˋfɝ ɪgˋzæm] ⓝ 轉學插班考	**guess** [gɛs] ⓥ 猜測、猜中	**solve** [salv] ⓥ 解決、解題

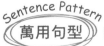

Sentence Pattern
萬用句型 | 只要掌握句型並替換關鍵字,準備考試也有多種說法 |

● **What for?** 為什麼呢?

You look so exhausted. What for? 你看起來好疲累。為什麼呢?

● **be + 時間 + away...** 還有…之久

The oral presentation is a week away. 口頭報告還有一個星期。

Conversation 會話 | 準備考試時還會聽到、說到的會話 |

- ↗ 巧合、巧事
- What a coincidence! You also came to the library. 　好巧！你也來圖書館。

- This is the first time you came to the library. 　這是你第一次來圖書館。

- I've come to search for some books. 　我來找一些書。

- ↗ 借入、借東西
- What genre of books are you going to borrow? 　你要借哪一類的書籍？

- ↗ 吸收、理解、汲取
- I want to absorb some extracurricular information.
  我想要吸收一些課外的知識。

- ↗ 為「有關⋯」的意思，也可以改成 about 或 concerning
- I need some books related to geography.
  我需要一些關於地理的書。

- I have some trouble finding the books I want. 　我找不到想借的書。

- ↗ 圖書館員
- You can ask the librarian to help you. 　你可以請圖書館員幫你。

- Perhaps you can turn to the computer for help.
  或許你可以查詢一下電腦。

- ↗ 字典、辭典，原形為 dictionary
- The dictionaries are not to be borrowed. 　字典是不外借的。

- This library does have a large collection of books.
  圖書館有大量的藏書。

- ↗ 處⋯以罰金，動詞原形為 fine
- You'll be fined if you don't return the books on time.
  如果逾期歸還，你將會被罰錢。

- Each student ID card can borrow ten books.
  每張學生證可借閱十本書。

- ↗ 使滿足、使滿意
- The library is a place where can satisfy our desire to have knowledge.
  圖書館是一個可以滿足求知慾的地方。　↘ 渴望、慾望

會話補充重點

- search for 解釋為「尋找」的意思，若是用在網路上，也可用 browse 來表示「瀏覽」之意。

- extracurricular 解釋為「課外的、業餘的」之意，其為複合字詞，即 extra 和 curricular 兩字合併形成形容詞用法。

- have trouble (in) + V-ing⋯ 解釋為「在⋯有困難」的意思，在上面的會話句中為「在找書上有困難」時，也就可以引申為「找不到書了」。其中的介系詞 in 是可以省略的，但要注意動詞須為 V-ing 喔。

- turn to⋯for help 解釋為「求助於⋯」的意思，其實 turn to 本身就有求助的意思，因此其後所接之 for help 也可以省略。

念書 | Study

3-04

A: I stayed up two nights preparing for my finals.

我熬夜兩天準備我的期末考試。

B: I think burning the midnight oil for tests is a terrible way to study. That'll make you not clean your head during the test.

我想為了考試而熬夜是個恐怖的讀書方式。那會使你在考試期間不能保持頭腦清醒。

A: Then, what should I do now? I'm afraid that I'll be flunked.

那麼，我現在要怎麼做？我很怕會被當掉。

B: If you listened in class, you should find tests easy. Now, let's review the key points together and hope we can come out on top.

如果你認真上課，你會發現考試很簡單。現在，我們一起複習重點並希望我們可以名列前茅。

Vocabulary
單字

library [ˋlaɪˌbrɛrɪ] **n** 圖書館、書庫	**preview** [ˋpriˌvju] **v** / **n** 預習、預看	**review** [rɪˋvju] **v** / **n** 複習、溫習	**recite** [rɪˋsaɪt] **v** 背誦、朗誦
assignment [əˋsaɪnmənt] **n** 課外作業、功課	**homework** [ˋhomˌwɜk] **n** 功課、家庭作業	**dictionary** [ˋdɪkʃənˌɛrɪ] **n** 字典、辭典	**essay** [ˋɛse] **n** 文章、短文
revise [rɪˋvaɪz] **v** 修改、校訂	**reference** [ˋrɛfərəns] **n** 參考資料、參考文獻	**post-it** [ˋpostɪt] **n** 便利貼	**extension** [ɪkˋstɛnʃən] **n** 範圍
thesis [ˋθisɪs] **n** 論文、畢業論文	**outline** [ˋautˌlaɪn] **n** 大綱、概要	**plagiarize** [ˋpledʒəˌraɪz] **v** 剽竊、抄襲	**quote** [kwot] **v** 引用、引述 **n** 引文
tension [ˋtɛnʃən] **n** （精神上的）緊張	**stress** [strɛs] **n** 壓力、緊張	**release** [rɪˋlis] **v** 釋放、放鬆	**meditation** [ˌmɛdəˋteʃən] **n** 冥想、沉思

Sentence Pattern
萬用句型 | 只要掌握句型並替換關鍵字，認真念書也有多種說法 |

- **stay up** 熬夜

Don't stay up too late; otherwise, you can't get up early.
不要熬夜太晚，否則你會無法早起。

Conversation
會話 | 認真念書時還會聽到、說到的會話 |

- I am preparing for my mid-term exam.　我正在準備期中考試。

- I've been working hard on my final project for months.
這幾個月以來，我都在準備期末報告。

　　　　　　　　　　　　　　　　　　↑ 集中、聚集、全神貫注
- I could only concentrate on textbooks in the library.　我只有在圖書館才能專心唸書。

- I cannot figure out how to solve this math problem.　我不會算這題數學。

- You have to keep your voice down in the library.　在圖書館講話時要降低音量。

　　　　　　　　　↑ 轉換　　　　　　　　　　↑ 震動，動詞原形為 vibrate
- Don't forget to switch your phone to vibrating or silence mode.
別忘了把手機調成震動或靜音模式。

- I am very nervous about the final exam.　期末考使我感到非常緊張。

- I hope I can get a good grade on the test.　我希望考試能有好成績。

- Take it easy, you have to trust yourself.　放輕鬆，要相信自己的能力。

　　　↑ 原本的、原作的
- The original version is hard to understand.　原文書好難懂。
　　　　　　　　　↓ （作品的）版本
- You could use the translated version to aid you.　你可以拿譯本來幫助學習。

- Don't forget to take a rest after studying for a long time.
苦讀那麼久，記得休息一下。

- Could you please lend me your translation machine?　你可以借我翻譯機嗎？

　　　　↑ 氣氛　　　　　　　　　　　↑ 刺激、激勵
- The atmosphere in the reading room stimulates me to study harder.
閱覽室裡的氣氛激勵我更努力念書。

- Preview and review are the key to success. And you'll find tests are easy.
預習和複習是成功的關鍵。而且你會發覺考試很簡單。

- Your hard work will finally pay off.　你的努力將會有所回報。

會話補充重點

- figure out 解釋為「算出、理解」的意思，若是當作「理解」時，還可以用 make out 的片語來代替。

- keep one's voice down 解釋為「降低…的音量」之意；反之，要對方大聲一點就可以將 down 改為 up。

- aid 當作動詞時，解釋為「幫助、支援」的意思，若後面有接方式或是方法的話，則可用介系詞 in 或是 with。也可以代換成 help 的用法。

- pay off 除了可以解釋成「清償」的意思，在最後一句會話中，則有「取得成功」的意思，也就是所謂的「有所回報」之意。

畢業 | Graduation

 3-05

A: I can't believe that I'm finally going to graduate.
真不敢相信，我終於要畢業了。

B: Me, neither. I thought you'd never make it. Because you always failed and attended the make-ups.
我也不敢相信。我以為你永遠畢不了業，因為你總是考不及格且要補考。

A: Hey, there's no need rub it in.
嘿，不需要在我傷口上灑鹽吧！

B: Anyway, congratulations that we did it.
不管怎樣，恭喜我們都順利畢業了。

Vocabulary 單字

academic dress [ˌækəˈdɛmɪk drɛs] n 學士服	**graduate** [ˈgrædʒuˌet] [ˈgrædʒuɪt] v 畢業 n 畢業生	**diploma** [dɪˈplomə] n 畢業文憑、學業證書	**graduate examination** [ˈgrædʒuɪt ɪgˌzæməˈneʃən] n 畢業考試
ceremony [ˈsɛrəˌmonɪ] n 典禮	**certification** [ˌsɜtɪfəˈkeʃən] n 證書	**year photo** [jɪr ˈfoto] n 畢業照	**year book** [jɪr buk] n 畢業紀念冊
graduation essay [ˌgrædʒuˈeʃən ˈɛse] n 畢業論文	**auditorium** [ˌɔdəˈtorɪəm] n 禮堂	**education** [ˌɛdʒuˈkeʃən] n 教育	**graduate school** [ˈgrædʒuɪt skul] n 研究所
graduate trip [ˈgrædʒuɪt trɪp] n 畢業旅行	**life plan** [laɪf plæn] n 人生規劃	**drop out** [drɑp aut] n 肄業	**freshman** [ˈfrɛʃmən] n 社會新鮮人
bright future [braɪt ˈfjutʃə] n 前途光明	**prom** [prɑm] n 畢業舞會	**career consulting** [kəˈrɪr kənˈsʌltɪŋ] n 就業諮詢	**unemployment rate** [ˌʌnɪmˈplɔɪmənt ret] n 失業率

Sentence Pattern 萬用句型 | 只要掌握句型並替換關鍵字，畢業也有多種說法 |

● **attend a make-up** 參加補考

Don't fool around anymore, or you'll attend the make-up again.
不要再遊手好閒，否則你又要參加補考了。

| 畢業時還會聽到、說到的會話 |

- We are going to graduate from university. 　我們就要從大學畢業了。
  　　　　　　　　　　大學

- I'm so glad that I finally got my Bachelor's degree.
  　　　　　　　　　　　　　學士　　　　　學位
  真高興我終於拿到學士學位了。

- The graduation ceremony is going to start. 　畢業典禮即將開始。

- It's my honor to be the graduate representative.
  能當畢業生代表著實是我的榮幸。

- Don't forget to keep in touch after graduation.
  　　　　　　　　　　　　　　為「保持連絡」的意思，其後若接受詞時，須以介系詞 with 來連接
  畢業後也要記得保持連絡。

- I wish that someone would present flowers to me later. 　真希望待會有人獻花給我。

- Do you have any future plans? 　你對未來有什麼計畫嗎？

- I am going to pursue further education.
  我將會繼續深造。

- I'm going to have an interview with an international company.
  　　　　　　　　　　面試、面談　　　　　　國際性的、國際間的
  我將去一家跨國企業面試。

- All of my family members attended the ceremony. 　全家人都來參加我的畢業典禮。

- You look handsome in the graduation gown. 　你穿學士服看起來真帥。
  　　　　　　英俊的

- Let's take some pictures! 　我們來拍照吧！

- Thanks for taking good care of me during these years. 　謝謝你這幾年的照顧。

- Our memories will remain in my mind forever. 　我們的回憶會永遠保留在我心中。
  　記憶、回憶，原形為 memory

- I wish you a bright future. 　祝你前程似錦！

會話補充重點

- graduate 解釋為「畢業」的意思，其後若接介系詞 from 時，為「畢業於…」之意；若接介系詞 as 時，則為「取得資格」之意。

- 大學裡四個年級的說法都不同，大一生為 freshman，大二生為 sophomore，大三生為 junior，大四生為 senior。完成了大學四年的學業之後所取得的學位，我們稱之為學士學位，也就是 Bachelor's degree，且 bachelor 還可當作「單身漢」的意思。

- it's one's honor to + V... 解釋為「…是某人的榮幸」的意思，其中的 honor 也可以代換成 pleasure。

- present 本身有多種詞性，當作形容詞時，解釋為「現在的、當前的、出席的」之意；當作名詞時，解釋為「禮物、目前」之意，當作動詞時，解釋為「贈送、呈獻」的意思，其後若接受詞，須先加介系詞 to。

Working Holiday｜**打工度假**｜
★農場打工　★跟雇主談話　★跟同事談話　★跟當地人談話　★當地生活

農場打工 | At the Farm

 3-06

A: Why did these horses finish eating the grass so quickly?
為什麼這些馬這麼快就吃完青草呢？

B: I think they are really hungry after training.
我想在訓練過後，牠們真的很餓了。

A: Watch out! Don't stand behind the horse, it'll kick you.
小心！不要站在馬後面，牠會踢你的。

B: Thanks to you! I'll play it safe when I feed them next time.
幸虧有你！我下次餵牠們時，我會謹慎小心。

mow [mo] ⓥ 割草	breed [brid] ⓥ 飼養	graze [grez] ⓥ 放牧	meadow [ˈmɛdo] ⓝ 草地
shear [ʃɪr] ⓥ 剪羊毛	chicken coop [ˈtʃɪkɪn kup] ⓝ 雞舍	feed [fid] ⓥ 飼料	fence [fɛns] ⓝ 籬笆
grass [græs] ⓝ 青草	haystack [ˈheˌstæk] ⓝ 乾草堆	stable [ˈstebl̩] ⓝ 馬廄	trough [trɔf] ⓝ 飼料槽
wheelbarrow [ˈhwilˌbæro] ⓝ 推車	fertilize [ˈfɝtl̩ˌaɪz] ⓥ 施肥	harvest [ˈhɑrvɪst] ⓝ 收成	plant [plænt] ⓥ 種植 ⓝ 植物
prune [prun] ⓥ 修剪	brew [bru] ⓥ 釀造	cultivate [ˈkʌltəˌvet] ⓥ 栽培	shovel [ˈʃʌvl̩] ⓝ 鏟子

 | 只要掌握句型並替換關鍵字，在農場打工也有多種說法 |

● **finish + V-ing** 完成…

Do you finish feeding the horses in the stable?　你餵完馬廄裡的馬匹了嗎？

● **I think...** 我認為…

I think I can help you to feed animals on the farm this weekend.
我想這週末我可以幫你餵農場的動物。

● **watch out...** 小心…

You'd better watch out to get along with those animals.　你和那些動物相處最好小心。

Conversation
會話 | 在農場打工時還會聽到、說到的會話 |

- The farm has herds of sheep and horses. 農場有好多羊和馬。
  > 為「畜群、牧群」的意思，多用來形容牛隻、馬匹等的單位量詞

- Let's take some grass to feed the horses. 我們拿一些牧草餵馬吧。

- We also have to feed the sheep after feeding the horses.
  在餵完馬後，我們還要去餵綿羊。

- Today's grass looks fresh and clean. 今天的牧草看起來很新鮮乾淨。
  > 新鮮的

- The horses seem to have little appetite for grass on hot summer days.
  這麼熱的夏日，馬匹似乎沒什麼胃口。
  > 胃口、食慾

- Let's give the horses a bath to cool them. 我們來幫馬兒洗澡降溫。
  > 在此作動詞使用，為「冷卻、涼快」的意思

- That white horse becomes more shining after being washed.
  那匹白馬在刷洗完後更加閃亮。

- I can't help but associate the horses with Prince Charming in fairy tales.
  我不知不覺把馬和童話故事中的白馬王子聯想在一起。
  > 白馬王子、理想情人
  > 童話、神話故事

- I wish I could ride it. 我希望能騎一下馬。

- I didn't see true horses until I came to the farm.
  來這座農場之前，我沒看過真正的馬。

- Why there are so many tourists over there? 那裡怎麼會有這麼多觀光客啊？
  > 觀光者、旅遊者

- They are waiting for an exciting performance. 他們在等一個精彩的表演。

- There is going to be a shearing show later. 等等會有剪羊毛秀登場。

- The sheep are going to be shorn. 綿羊們的毛就要被剃掉了。

- The wool plays an important role in the textile industry.
  羊毛在紡織業具有舉足輕重的地位。
  > 紡織品、紡織原料
  > 工業、企業

會話補充重點

- sheep 為集合名詞，解釋為「綿羊」的意思，屬於單複數同形的名詞。因此，複數僅以 sheep 來呈現，若是單數則以 a sheep 來呈現。

- have a appetite for... 解釋為「有…的胃口」之意，此處用 little 來形容胃口不佳、沒什麼胃口的的意思。

- give...a bath 解釋為「幫…洗澡」的意思，此處 bath 為名詞，也可以代換成動詞 bathe 的用法來改寫此句。即 bathe the horse。

- associate...with... 解釋為「把…聯想在一起」的意思。此片語除了有前者意思之外，還可以解釋為「交往、結交」的意思。

跟雇主談話 | Talk to Employers

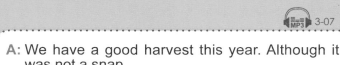

MP3 3-07

A: We have a good harvest this year. Although it was not a snap.

今年我們真是大豐收，雖然這工作不輕鬆。

B: Tell me about it. Fortunately, we didn't experience frostbite.

那還用說。幸運的是，我們沒有遇到霜害。

A: And the temperatures rose to ripen the fruits more quickly.

而且溫度上升使得水果成熟地更快。

B: So, we should hurry to pack them into the crates and make a good fortune.

所以我們應該趕快把它們裝箱並大賺一筆。

Vocabulary 單字

compost [`kampost] ⓝ 堆肥、混合物 ⓥ 施堆肥	**cultivate** [`kʌltə،vet] ⓥ 栽培、耕種	**irrigate** [`ɪrə،get] ⓥ 灌溉、滋潤	**sow** [so] ⓥ 播種
weed [wid] ⓝ 雜草、野草 ⓥ 除…雜草	**barn** [barn] ⓝ 穀倉、牛舍	**fertilizer** [`fɝtḷ،aɪzɚ] ⓝ 肥料	**insecticide** [ɪn`sɛktə،saɪd] ⓝ 農藥、殺蟲劑
pickup truck [`pɪk،ʌp trʌk] ⓝ 小貨車	**hoe** [ho] ⓝ 鋤頭 ⓥ 鋤草、鋤地	**tractor** [`træktɚ] ⓝ 拖拉機、牽引機	**watermill** [`wɔtɚ،mɪl] ⓝ 磨坊水車、水力磨粉機
landowner [`lænd،onɚ] ⓝ 地主、土地所有者	**farmhand** [`farm،hænd] ⓝ 農場工人	**orchardist** [`ɔrtʃɚdɪst] ⓝ 果園經營者	**pesticide** [`pɛstɪ،saɪd] ⓝ 農藥、殺蟲劑
ladder [`lædɚ] ⓝ 樓梯、梯子	**greenhouse** [`grin،haʊs] ⓝ 溫室、暖房	**crate** [kret] ⓝ 板條箱 ⓥ 將…裝入大板條箱	**ripen** [`raɪpən] ⓥ 使成熟、變鮮美

Sentence Pattern 萬用句型 | 只要掌握句型並替換關鍵字，跟雇主談話時也有多種說法 |

● **Tell me about it.** 那還用說。

Tell me about it. Those farmhands will get a raise in such a good harvest.
那還用說。在這樣豐收的時刻，那些農場工人將會加薪。

會話 | 跟雇主談話時還會聽到、說到的會話 |

- How to deal with the fruit after picking them?　水果摘下來後要怎麼處理？

- You have to pack the box with fruits.　你需要把水果裝箱。
  　　　　　　　　　　↖ 裝箱、包裝

- Move the boxes to the truck after packing them.　裝箱後要把箱子搬到貨車上。
  　　↖ 紀錄、登記

- Don't forget to record the amount of boxes.　別忘了紀錄箱子的數量。

- The truck will arrive here in ten minutes.　貨車會在十分鐘內抵達。

- Be careful not to bruise the fruit.　小心不要碰傷水果。
  　　　　　↖ 運送、運輸

- I have to transport the fruit to its destination by tomorrow.
  明天前我必須把水果運到目的地。
  　　　　　　　　　　　↖ 效率高地、有效地

- So, you have to work more efficiently.　所以你們必須更有效率地工作。

- I'll give you a pay raise if you finish picking up all the fruits.
  水果都採收完後，我會幫你們加薪。

- You really did a good job.　你做的真好。

- You learned new skills very quickly.　你很快就學會新技巧。
  　　　　　　↖ 確認、確實、加強

- Thanks for confirming my ability.
  感謝你肯定我的能力。
  　　↖ 遭遇、碰到（困難或危險）

- Have you encountered any problems so far?　到目前為止有遇到任何困難嗎？

- Everything has gone smoothly.　一切都很順利。

- If something happens, just come to my office.　有什麼事的話，就來我的辦公室。

- Let's hurry to weed on the farm.
  我們趕快去除掉農場的雜草吧！

- Every fruit grower wishes that they'll have an excellent harvest.
  每位果園經營者都希望能夠有個大豐收。

會話補充重點

- deal with 解釋為「處理」的意思，其用法和 cope with、handle 的用法相同。

- raise 當作名詞使用，解釋為「加薪、加薪額」的意思，所以要求加薪就可以用 ask for a raise 來呈現。

- by 為表示時間的介系詞，解釋為「在…之前、不遲於…」的意思。

- bruise 當作名詞或是動詞時，都可以解釋為水果等的「碰傷」。

- so far 解釋為「到目前為止」的意思，所以通常會以完成式來呈現。

跟同事談話 | Talk to Coworkers

MP3 3-08

A: How long have you stayed here to take over this job?

你接管這項工作多久了呢？

B: It's been about a month.

大約一個月了。

A: Don't you think we should be responsible for this much workload a day?

你不認為我們一天要負責很多的工作量嗎？

B: Despite it's an exhausting job, I still can put up with it. On the other hand, I can train my patience as well.

儘管這是件累人的工作，我還是可以忍受。換句話說，我也可以訓練我的耐心。

Vocabulary 單字

colleague [`kɑlig] ⓝ 同事、同僚	further education [`fɝðɚ ˏɛdʒʊ`keʃən] ⓝ 進修	proposal [prə`pozl] ⓝ 提案、計畫	opinion [ə`pɪnjən] ⓝ 意見、見解
argue [`ɑrgju] ⓥ 爭論、爭吵	vote [vot] ⓥ 投票表決	notify [`notəˏfaɪ] ⓥ 通知、報告	mentally [`mɛntlɪ] ⓐ 精神上地、心理上地
constantly [`kɑnstəntlɪ] ⓐ 不間斷地、時常地	mood [mud] ⓝ 心情、心境	superhuman [ˏsupɚ`hjumən] ⓐ 超乎常人的、神力的	withhold [wɪð`hold] ⓥ 扣留、不給
fulfill [fʊl`fɪl] ⓥ 履行、完成	motivate [`motəˏvet] ⓥ 激發、促使	energetic [ˏɛnɚ`dʒɛtɪk] ⓐ 充滿活力的、精力充沛的	exhausting [ɪg`zɔstɪŋ] ⓐ 累人的、令人疲乏的
careless [`kɛrlɪs] ⓐ 粗心的、疏忽的	sweat [swɛt] ⓥ 流汗 ⓝ 汗水	heat [hit] ⓝ 暑熱、高溫	mild [maɪld] ⓐ 溫暖的、暖和的

Sentence Pattern 萬用句型 | 只要掌握句型並替換關鍵字，跟同事談話時也有多種說法 |

- **take over...** 接管…、接任…

Would you mind taking over my job for a week? 你介意接管我的工作一個星期嗎？

- **be responsible for...** 對…負責

I'm responsible for picking the dates. 我負責採收棗子。

會話 Conversation ｜跟同事談話時還會聽到、說到的會話｜

- Time flies, this is already our last week working here.
  時光飛逝，這已經是我們最後一個禮拜在這裡工作。
  ↖ 累人的、令人疲倦的
- It's tiring but fun to work in the orchard. 在果園工作很累卻很好玩。
- I acquire much useful knowledge about fruits from working here.
  在這裡工作，我學到很多和水果相關的實用知識。
- How did you get the information for working part-time here?
  你是如何得知這裡的打工資訊呢？
  ↖ 果樹、果園
- I got on the Internet and saw the orchard owner's offering of jobs.
  我從網路上看到果園主人提供的職缺。
  ↖ 廣告、宣傳
- I saw the help-wanted advertisement in the magazine. 我在雜誌裡看到徵人啟事。
- Do you like the working environment so far? 你還喜歡這裡的工作環境嗎？
- The fruit trees abound with fruits. 果樹上結了好多果實。
- We have to take more baskets to use. 我們必須拿更多籃子來裝水果。
  ↖ 收穫、收穫季節、收成
- There will be a good harvest this season.
  這季一定會大豐收。
  ↖ 嫩的、柔軟的

- The fruits look quite fresh and tender. 水果看起來都好鮮嫩。
- I cannot help taking a bite. 我忍不住想咬一口了。
- It's not easy to work on such a hot summer day. 在這麼熱的夏日工作真是不容易。
  ↖ 擊、忽然發作
- We have to drink some water to avoid heat stroke. 我們必須要喝些水來預防中暑。
- Let's stop to have lunch. 我們停下來吃午餐吧。
- Despite it's hot in summer, we still work on the farm.
  儘管夏天天氣很熱，我們仍要在農場上工作。

❗會話補充重點

- Time flies. 為「時光飛逝」的意思，為成語用法，和 Time flies like an arrow. 相同。

- abound with 解釋為「充滿、多產」的意思，用在水果上，就可以引申為結實纍纍了。

- take a bite 解釋為「咬一口、嚐一口」的意思，而 grab a bite 則是指「抓⋯來吃」的意思，前者有細細品嚐的意味，後者則有滿足口腹之慾而抓些東西來吃的意味。

- avoid 解釋為「避免」的意思，其後若接動詞時，須以動名詞來呈現。

- heat stroke 解釋為「中暑」的意思，但其為名詞形式；也可以代換成 get heatstroke 的用法。

跟當地人談話 | Talk to Locals

MP3 3-09

A: It's a quiet town. What do you all do in your spare time?

這是個安靜的城鎮。你們閒暇時間都在做什麼呢？

B: Some will stay in the bar, and others will play chess with friends.

有些人會待在酒吧，也有人會和朋友下棋。

A: I got it! We have a high quality of grapes this year. What else can you do with them in addition to selling them?

瞭解！今年我們有高品質的葡萄。除了販賣之外，你們還會怎麼做呢？

B: We'll ferment grape juice, and we'll celebrate with all the villagers.

我們會發酵葡萄汁成酒，並和所有村民一起慶祝。

Vocabulary
單字

adapt [ə`dæpt] ⓥ 使適應、使適合	**leisure** [`liʒə] ⓝ 閒暇時間 ⓐ 空閒的、業餘的	**pastime** [`pæs͵taɪm] ⓝ 消遣、娛樂	**cowherd** [`kau͵hɜd] ⓝ 牧羊人、牧羊者
cowboy [`kau͵bɔɪ] ⓝ 牛仔、牧童	**rancher** [`ræntʃə] ⓝ 大牧場主人	**extensive farming** [ɪk`stɛnsɪv `farmɪŋ] ⓝ 粗放式農業	**intensive farming** [ɪn`tɛnsɪv `farmɪŋ] ⓝ 集約式農業
vertical farming [`vɜtɪkl̩ `farmɪŋ] ⓝ 垂直耕作	**eco-friendly farming** [`iko͵frɛndlɪ `farmɪŋ] ⓝ 環保化耕作	**mechanized farming** [`mɛkə͵naɪzɪd `farmɪŋ] ⓝ 機械化耕作	**slash-and-burn** [slæʃæ`ndbɜn] ⓝ 火耕法
terroir [`tɛrɪə] ⓝ 風土條件（法文）	**ferment** [`fɜmɛnt] ⓝ 發酵 ⓥ 使發酵	**villager** [`vɪlɪdʒə] ⓝ 村民、鄉村居民	**winding** [`waɪndɪŋ] ⓐ 蜿蜒的、曲折的
puddle [`pʌdl̩] ⓝ 小水窪、水坑	**muddy** [`mʌdɪ] ⓐ 泥濘的 ⓥ 使成爛泥	**dusty** [`dʌstɪ] ⓐ 滿是灰塵的、灰塵覆蓋的	**breeze** [briz] ⓝ 微風、和風

Sentence Pattern
萬用句型 | 只要掌握句型並替換關鍵字，跟當地人談話也有多種說法 |

● **in one's spare time** 在某人空閒時間

My father always goes fishing with my friends in his spare time.
我爸爸總是在他的空閒時間和朋友去釣魚。

149

- Where do you come from?　你來自哪裡？

- I'm from Asia.　我來自亞洲。
    亞洲

- Have you adapted to the environment yet?　你適應這邊的環境了嗎？

- Everything is new and fresh to me.　一切對我來說都很新鮮。

- What's the most difference between your country and here?
    國家、故鄉
  這裡和你家鄉的最大差別是什麼？

- The weather is the most obvious difference.　最明顯的不同是氣候。
    天氣、氣候

- Would you be homesick during your stay?　你這段時間會想家嗎？

- Sometimes I miss my hometown very much.　有時候我很想念我的家鄉。
    故鄉、家鄉

- Why did you come here to take a part-time job?　你怎麼會想來這邊打工？

- I want to broaden my international view.　我想要拓展我的國際觀。
    變寬、變大

- The things I learned from working in the orchard are very precious.
  我在果園工作所學到的一切都很寶貴。

- The town's beautiful scenery attracts my attention a lot.
    風景、景色
  這個小鎮的美麗風景使我深深著迷。

- I especially enjoy the fresh air and the starry sky here.
    為「喜歡、享受」的意思，其後可接名詞或是動名詞
  我最喜歡這裡的新鮮空氣和閃耀的星空。

- Would you come here again after going home?　你回家後還會再來這裡嗎？

- I desperately hope that I can come back here again next summer vacation.
    拼命地、不顧一切地
  我非常希望明年暑假還能回到這裡。

會話補充重點

- adapt 解釋為「適應、使適合」的意思，其後所接之介系詞須為 to；若為 with，則為「改造、編寫」的意思。

- attract one's attention 解釋為「深深著迷、吸引注意」的意思。其中 attract 就含有「引起注意或興趣」之意，才會有此片語用法。

- be homesick 解釋為「想家」的意思，其中 homesick 當作形容詞，即有「思家的、犯思鄉病的」之意，其中 be 也可以改成 become 連綴動詞的用法。

- hope 解釋為「希望、盼望」的意思，其後所接之子句當作受詞時，可以用現在式表示未來的時間；也可以用未來式表示未來的時間。而 wish 相同解釋為「希望」之意，但其之後所接的子句通常為假設語氣一種，含有願望不大可能實現之意，受詞子句中的助動詞便須以過去式為主了。

當地生活 | Local Life

 MP3 3-10

A: Hey, where are you heading for?
嘿，你要到哪裡去啊？

B: I'm going to go biking. Do you want to go with me?
我正要騎腳踏車兜風。要和我一起去嗎？

A: I'ed love to, but you always ride like the wind.
我想，但你總是騎得很快。

B: I just wanna feel the breeze blow in my face. So, let's hit the road!
我只是想感受微風吹拂在我臉上。那麼，我們上路吧！

Vocabulary
單字

gazebo [gə`zibo] n 涼亭、瞭望台	**arcade** [ɑr`ked] n 拱廊、騎樓	**bench** [bɛntʃ] n 板凳、長椅	**passer** [`pæsɚ] n 旅客、過路人
vendor [`vɛndɚ] n 小販	**vegetable stand** [`vɛdʒətəbl stænd] n 菜販	**beggar** [`bɛgɚ] n 乞丐、乞討者	**grocery store** [`grosərɪ stor] n 雜貨店
statue [`stætʃu] n 雕像、塑像	**traditional market** [trə`dɪʃənl `mɑrkɪt] n 傳統市場	**flea market** [fli `mɑrkɪt] n 跳蚤市場	**open market** [`opən `mɑrkɪt] n 市集
monument [`mɑnjəmənt] n 紀念碑、遺址	**pigeon** [`pɪdʒɪn] n 鴿子	**fountain** [`fauntɪn] n 噴泉、人造噴水池	**mountain bike** [`mauntn baɪk] n 登山自行車
racing bike [resɪŋ baɪk] n 越野自行車	**biking** [baɪkɪŋ] n 騎腳踏車兜風	**recreational** [ˌrɛkrɪ`eʃənl] a 娛樂的、消遣的	**landscape** [`lændˌskep] n （陸上）風景、景色

Sentence Pattern
萬用句型 | 只要掌握句型並替換關鍵字，當地生活也有多種說法 |

● **head for...** 前往⋯

I've heard that Jack is heading for Tokyo this evening.　我聽說傑克今晚要前往東京。

● **ride like the wind** 騎得很快

Wait! I couldn't catch up with you who always ride like the wind.
等一下！你騎好快，我每次都追不上。

會話 Conversation ｜當地生活時還會聽到、說到的會話｜

● How was work today?　今天工作得如何？

● We were busy picking plenty of fruits today.　大家都忙著採收水果。

　　　　　　　完全、全部地
● We spent totally seven days finishing the work although there were many workers.
即使有很多工人，我們還是花了整整七天才摘完所有的水果。

● Where are you going with your bicycle?　你要騎腳踏車去哪裡？
　　　　　　　　　為「參加」的意思，可以替換成 join、participate in
● I am going to take part in an activity held by the church.
我要去參加教會舉辦的活動。
　　　　　　　　　釣魚、捕魚
● I plan to go fishing by the river side with my cousins.　我準備和我表兄弟去溪邊釣魚。

● One of my colleagues invited me to have dinner with his family.
一位同事邀我去他家吃晚餐。

● Would you like to join us?　你要一起來嗎？
　　　　　　　　休息、休養
● No, thanks, I need to take a rest after working all day long.
不，謝謝。工作了一天，我想好好休息。

● All I want to do is relaxing myself at home.　我現在只想在家好好放鬆。
　　　　　　精疲力竭的、耗盡的
● I was too exhausted to take one more step.
我已經累到無法再多走一步了。
　　　　　　　　　　參加、參與　　　　　活動，原形為 activity
● What a pity that you cannot participate in our activities.　真可惜你無法一起來。
　　　　　　　　　　　　　　　　　　週末、週末的休假
● That's okay. We could hang out together on weekends.
沒關係，我們週末可以一起出去玩。

● Alright, I gotta go leave. Bye.　好吧，那我先走了，拜拜。

● Bye. Have fun!　拜拜，祝你玩得愉快！

! 會話補充重點

● plenty of 解釋為「大量、很多」的意思，且為單位量詞的一種，其後可接可數名詞和不可數名詞。其相同用法還有 a great deal of。

● spend 解釋為「花費（時間或金錢）」時，其主詞須為「人」，且其後可接名詞或是動名詞兩種形式。即：S + spend(s) + 時間／金錢 + 名詞／動名詞。

● All I want to do... 解釋為「我現在只想要做…」的意思，且指的是「一件事情」，因此，其後所接之動詞須以單數為主。

● alright 解釋為「沒問題」的意思，可當作形容詞或是副詞。和 all right、Okay、O.K. 的用法相同。

Party Time │派對│
★準備食物　★邀請參加派對　★朋友聚會　★生日派對　★歡送派對

對話 | 準備食物 | Preparing Food

 3-11

A: Could you pass me some dinner plates?
可以拿一些盤子給我嗎？

B: Sure, but I have no idea where they are.
沒問題，但我不知道在哪裡。

A: They are to the right of the cabinet.
它們在櫥櫃的右邊。

B: I see. And then I'm going to set the table.
我知道了，接下來我去擺放碗筷。

Vocabulary 單字

dining room [`daɪnɪŋ rum] ⓝ 餐廳、飯廳	**kitchen** [`kɪtʃɪn] ⓝ 廚房	**food processor** [fud `prɑsɛsɚ] ⓝ 食物調理機	**blender** [`blɛndɚ] ⓝ 攪拌器、混合器
microwave [`maɪkroˌwev] ⓝ 微波爐、微波	**toaster** [`tostɚ] ⓝ 烤麵包器、烤爐	**coffee grinder** [`kɔfɪ `graɪndɚ] ⓝ 咖啡磨豆機	**appliance** [ə`plaɪəns] ⓝ 器具、用具
fragment [`frægmənt] ⓝ 碎片、斷片	**broil** [brɔɪl] ⓥ 烤灼、激動	**fry** [fraɪ] ⓥ 油炸、油煎	**cookware** [`kuk`wɛr] ⓝ 廚房用具
simmer [`sɪmɚ] ⓥ 煨、燉	**scorch** [skɔrtʃ] ⓝ 焦痕、燒焦	**saute** [so`te] ⓥ 嫩煎、香煎	**oriental** [ˌorɪ`ɛntl] ⓐⓓ 東方的、亞洲的
western food [`wɛstɚn fud] ⓝ 西方的食物、美式料理	**seasoning** [`siznɪŋ] ⓝ 調味、調味料	**anticipate** [æn`tɪsəˌpet] ⓥ 預期、期望	**tempting** [`tɛmptɪŋ] ⓐ 誘人的、吸引人的

Sentence Pattern 萬用句型 | 只要掌握句型並替換關鍵字，準備食物也有多種說法 |

- **organize a party** 準備派對

Can you help me organize a party together for this night?
你可以幫我一起準備今晚的派對嗎？

- **set the table** 擺放碗筷

I give Mom a hand to set the table in the dining room every evening.
我每天晚上幫媽媽擺放餐廳裡的碗筷。

154

Conversation 會話 │準備食物時還會聽到、說到的會話│

- Could you please fix some sandwiches and cookies for the birthday party tonight?
  可以請你準備今天晚上生日派對的三明治跟餅乾嗎？

- Sure, but I need to set the table first.　沒問題，但我要先整理桌子。
  需要、需求

- After that, I will start to cook some pumpkin soup in the kitchen.
  南瓜
  然後，我就要到廚房開始煮一些南瓜湯。

- I know you are good at cooking.　我知道你很擅長烹飪。

- I love inviting friends to our house all the time.　我一直都很喜歡邀請朋友來家裡做客。

- I think the guests will begin to arrive one after another at around five o'clock in
  大約、在…附近
  the afternoon.　我想客人在大約下午五點的時候就會陸續抵達。

- Betty is outside the house with her children.　貝蒂跟她的小孩在屋外了。

- Did you cook the pumpkin soup? It's really nice.
  湯
  這個南瓜湯是你自己煮的嗎？真的很棒。

- Thank you. You can try the cookies which were made by George.
  謝謝，你可以試一下喬治做的餅乾。

- The cookies taste so great as well.　這些餅乾也很好吃。

- Do we prepare well to cook for our guests?
  我們充分準備好煮東西給我們的賓客了嗎？
  用文火慢慢地煮
- Let the soup simmer for a while.　將湯小火慢熬一下。

- I'd like to cook some Chinese dishes for my friends tonight.
  今晚我想為我的朋友們煮些中國菜。

- Just call me if you need me!　你需要時就叫我吧！

！會話補充重點

- fix sth.… 解釋為「準備…」的意思，其中 fix 也可以代換成 prepare。

- be good at + N / V-ing 解釋為「擅長於…」的意思，所以如果後面接的是動詞 cook，所以必須改以動名詞 cooking。

- guest 解釋為「賓客」的意思，而 customer 則是專指到店家裡有消費行為的賓客。和後者相同意思的字詞還有 patron，但是指規律性地到某一店家消費的「老主顧」。

- one and after 解釋為「陸續」的意思，和其類似用法的字詞或是片語還有 continually 或是 in succession。

- get 可以當作一般動詞使用，也可以當作連綴動詞來表示。get cold 是連綴動詞的用法，其後可接形容詞，解釋為「變得…」的意思。

邀請參加派對
Invite to Attend a Party

MP3 3-12

A: Hey, what's in your hand? It looks like a present.
嘿，你手上拿的是什麼？看起來像是禮物。

B: Got it! I'm going to attend Sandy's potluck. Want to go?
答對了！我正要參加珊蒂的一人一菜派對。要和我一起去嗎？

A: Sure. Count me in. But are you positive she won't mind?
好啊。算我在內。但你確定她不會在意嗎？

B: Not at all. The more the merrier.
不會啦，人愈多愈好。

Vocabulary
單字

sociable [`soʃəbl] ⓐ 擅長社交的、交際的	officiate [ə`fiʃɪet] ⓥ 行使、擔任	socialise [`soʃəlaɪz] ⓥ 參與社交、交際	potluck [`pɑtlʌk] ⓝ 百樂餐、帶菜派對
kegger [`kɛgə] ⓝ 啤酒聚會	bachelor party [`bætʃələ `pɑrtɪ] ⓝ 單身派對	bridal party [`braɪdl `pɑrtɪ] ⓝ 新娘婚前派對	housewarming party [`haʊs,wɔrmɪŋ `pɑrtɪ] ⓝ 喬遷派對
baby shower [`bebɪ `ʃaʊə] ⓝ 新生兒派對	anniversary party [,ænə`vɝsərɪ `pɑrtɪ] ⓝ 週年慶派對	open house party [`opən haʊs `pɑrtɪ] ⓝ 開放式派對	mansion [`mænʃən] ⓝ 大廈、宅第
manner [`mænə] ⓝ 禮儀、禮貌	sycophantic [,sɪkə`fæntɪk] ⓐ 說奉承話的、 阿諛奉承的	appropriate [ə`proprɪet] ⓐ 適當的、恰當的	recipient [rɪ`sɪpɪənt] ⓝ 接受者、受領者
touching [tʌtʃɪŋ] ⓐ 動人的、感人的	taboo [tə`bu] ⓝ 禁忌、戒律	relationship [rɪ`leʃən`ʃɪp] ⓝ 關係、人際關係	interposal [,ɪntə`pozl] ⓥ 人與人之間的、人際的

Sentence Pattern
萬用句型 | 只要掌握句型並替換關鍵字，邀請參加派對也有多種說法 |

- **invite sb. for + N** 邀請某人去…

  She didn't invite me for her housewarming party. 她沒有邀請我到她的喬遷派對。

- **turn down one's invitation** 拒絕…的邀約

  I'm afraid that I have to turn down your invitation. 很抱歉，我得拒絕你的邀約。

會話 ｜邀請參加派對時還會聽到、說到的會話｜

- What do you have with you?　你手上拿的是什麼東西？

- I am going to a party. This is a present for my girlfriend.
  我要去一個派對，這是要給我女朋友的禮物。

  陪同、伴隨
- Would you like to accompany me?　你想跟我一起去嗎？

- My pleasure. Where does she have the party?
  這是我的榮幸，派對在哪裡舉辦的呢？

  診所
- Walking two blocks across the clinic, it's in the Holiday Inn.
  走兩個路口，診所對面的假日旅館。

- Before the party, I should buy some party balloons in the store.
  去派對前我應該要先去商店買一些派對用的汽球。

- There is a store selling lots of party supplies.　那裡有一家店賣很多派對用品。

  富有色彩的、鮮豔的
- There are many kinds of colorful balloons in this store.
  這家店有好多種的彩色氣球。

  長頸鹿
- I love that blue giraffe balloon hanging on the wall.
  我喜歡掛在牆上的那一個藍色長頸鹿氣球。

- I've been there once, that's quite a nice place.　我有去過一次，那裡很棒。

  烤肉，在此為名詞用法
- There is a swimming pool and we can have barbecue there.
  它有游泳池，我們還可以在那裡烤肉。

- I can't wait for the party.　我等不及要去這場派對了。

會話補充重點

- accompany 解釋為「陪伴、伴隨」的意思，且當作及物動詞使用時，不需要加任何的介系詞就可以銜接受詞。也可以用口語用法的 wanna go with me 的方式來呈現。

- have a party 解釋為「開派對」的意思，在 party 前面可以加上不同類型的派對名稱，也就是說，若要表達開烤肉派對的話，就可以寫成 have a barbecue party 來表達。

- supplies 解釋為「生活用品、補給品」的意思時，恆為複數型態。若在前面加上 party，則為派對用品，若在前面加上 office，則為辦公用品。

- 會話句「…hanging on the wall」中的 hang 不可以和後面的地方介系詞片語 on the wall 看做是一個主體，否則便會失去「掛在牆上」的意思。因為 hang on 連在一起，解釋為「堅持下去、不掛斷」的意思，明顯和句意不同。

- get 為連綴動詞的一種，若和進行式連用，則可以解釋為「越來越…」的意思，所以 it's getting late 才會解釋為「越來越晚」的意思，且時間的主詞永遠是用 it 喔。

對話 Dialogue | 朋友聚會 | Get Together

A: What a wonderful party! I was glad to be here tonight.

好棒的派對！真高興今晚我有來參加。

B: I'm glad you like it. Is that Rhonda? It's been a long time we've never seen her.

很高興你喜歡。那是蘭達嗎？我們已經有好長一段時間沒有見到她了。

A: She's more beautiful than before.

她比以前更漂亮了。

B: Let's have a chat with her.

我們去和她聊聊天吧！

Vocabulary 單字

goblet [`ɡɑblɪt] ⋒ 高腳杯、酒杯	**punch bowl** [`pʌntʃ bol] ⋒ 調酒碗	**stuff** [stʌf] ⋔ 材料、原料	**keg** [kɛɡ] ⋒ 桶裝啤酒
ice bucket [aɪs `bʌkɪt] ⋒ 冰桶	**flavor** [`flevɚ] ⋒ 味、味道	**delicacy** [`dɛləkəsɪ] ⓐ 精緻的、精美的	**appetite** [`æpə,taɪt] ⋒ 食慾、胃口
tasty [`testɪ] ⓐ 美味的、可口的	**appetizing** [`æpə,taɪzɪŋ] ⓐ 開胃的、刺激食慾的	**foodie** [fudɪ] ⋒ 美食家、美食主義者	**finger licking** [`fɪŋɚ `lɪkɪŋ] ⋒ 吮指回味
interaction [,ɪntɚ`rækʃən] ⋔ 互動、互相影響	**cohesion** [ko`hiʒən] ⋒ 凝聚力、聚合力	**skill** [`skɪl] ⋒ 技術、技能	**volume** [`vɑljəm] ⋒ 音量、體積
talkative [`tɔkətɪv] ⓐ 喜歡說話的、健談的	**murmur** [`mɝmɚ] ⓐ 低語的、小聲說話的	**nonsense** [`nɑnsɛns] ⋒ 胡言亂語、胡鬧	**technique** [tɛk`nik] ⋒ 技術、技巧

Sentence Pattern 萬用句型 | 只要掌握句型並替換關鍵字，跟朋友聚會也有多種說法 |

● **come with sb. to the party** 和…一起來參加派對

Do you come with Richard to the party tonight? 你今晚是和理查一起來參加派對的嗎？

● **would like A to meet B** 想把B介紹給A

I would like you to meet my roommate, Jennifer. 我想向你介紹我的室友，珍妮佛。

Conversation 會話 ｜朋友聚會時還會聽到、說到的會話｜

- We're going to have a party this weekend.　我們這個週末要開派對。

- Do you invite everyone to join in the fun?　你會邀請大家來同樂嗎？

- 瘋狂
  Why don't we get together and go crazy?　我們何不聚一聚，狂歡一下呢？

- You haven't changed at all, even though ten years have passed.
  儘管十年過去了，你卻完全沒有變。

- 友誼、友好
  I would like to make a toast to our friendship. Cheers to you all.
  為了我們的友誼舉杯，大家乾杯。

- How often do you go to parties?　你多常參加派對呢？

- 社交性的、好交際的
  I'm not a very sociable person. It's my first time.
  我是個不擅長社交的人，這是我的第一次。

- 機會
  How can you miss the opportunity to know each other?
  你怎麼可以錯過認識彼此的機會呢？

- Do you know most of the guests?　大部分的客人你都認識嗎？

- I love all the dishes. They are too much to my liking.
  我喜歡所有的菜，它們都很合我的口味。

- 安排、組織，動詞原形為 organize
  Thanks for organizing the party.　謝謝你籌畫這個派對。

- I'm positive we're going to have a great time tonight.
  我保證今晚我們會有一個愉快的夜晚。

- Thank you for the party and great food.　謝謝你的派對和美味的食物。

- Let's enjoy ourselves!　大家開心地玩吧！

- Bottoms up!　乾杯！

ⓘ 會話補充重點

- make a toast 解釋為「乾杯」的意思，其中 toast 並非當作「吐司麵包」來解釋，而是當作可數名詞使用，為「敬酒、祝酒」的意思。

- join in the fun 解釋為「同樂」的意思，但少了介系詞 in，寫作 join the fun 時，則為「湊熱鬧」的意思。

- too much to my liking 中的 too...to... 並不當作「太…以至於不能…」的意思來解釋，而是得獨立做解釋。即：too much 和 to my liking 個別獨立解釋。且 liking 為名詞形式，當作「喜好、愛好」的意思。

- bottom 解釋為「底部」的意思，而要表示「乾杯」之意時，一定要使用複數型態，即為 bottoms up。顧名思義，乾杯時不會自己一人乾杯，而是與眾人一起飲酒，才會恆用複數喔。

生日派對 | Birthday Party

MP3 3-14

A: I've come to wish you a happy birthday.
我是來祝你生日快樂的。

B: Thanks for coming to my birthday party.
謝謝你來參加我的生日派對。

A: Make a wish and blow out the candles, please.
許個願並吹熄蠟燭吧！

B: Oh, thanks to God that I have such good friends like you.
喔，感謝上帝讓我擁有像你們這樣的好朋友。

Vocabulary
單字

greet [grit] ⓥ 問候、招待	**cheer** [tʃɪr] ⓥ 歡呼、喝采	**birthday party** [`bɝθ,de `partɪ] ⓝ 生日派對	**surprise** [sə`praɪz] ⓝ 驚奇、驚喜
candle [`kændḷ] ⓝ 蠟燭、燭光	**family** [`fæməlɪ] ⓝ 家、家庭	**friend** [frɛnd] ⓝ 朋友、同伴	**birthday greeting** [`bɝθ,de `gritɪŋ] ⓝ 生日祝福
birthday cake [`bɝθ,de kek] ⓝ 生日蛋糕	**sponge cake** [spʌndʒ kek] ⓝ 海綿蛋糕	**filling** [`fɪlɪŋ] ⓝ 內餡、餡料	**icing** [`aɪsɪŋ] ⓝ 糖衣、糖霜
artificial flavoring [ˌɑrtə`fɪʃəl `flevrɪŋ] ⓝ 人造調味料	**upside-down cake** [`ʌp,saɪd`daun kek] ⓝ 烤壞的蛋糕	**agreeable** [ə`griəbḷ] ⓐ 令人愉快的、宜人的	**deed** [did] ⓝ 行為、行動
commemorate [kə`mɛmə,ret] ⓥ 紀念、慶祝	**belated** [bɪ`letɪd] ⓝ 遲來的祝賀	**elaborate** [ɪ`læbərɪt] ⓐ 精心的	**emphatic** [ɪm`fætɪk] ⓐ 引人注目的

Sentence Pattern
萬用句型 | 只要掌握句型並替換關鍵字，生日派對也有多種說法 |

● **congratulations on...** 恭喜…

Congratulations on your birthday! 祝你生日快樂！

● **make a wish** 許願

Make a wish first before you blow out candles. 在吹熄蠟燭之前，先許個願吧！

Conversation 會話 | 在生日派對時還會聽到、說到的會話 |

- Thanks for inviting me to your birthday party.
  謝謝你邀請我參加你的生日派對。

- 極好的、精彩的
  Hope you have a wonderful birthday.　祝你有個很棒的生日。

- Here is a bouquet of flowers for you.　這是送你的一束花。

- Birthday only comes around once a year. I'm going to throw a party to celebrate it.　生日一年只有一次，我要舉辦派對來慶生。

- 高興的、快樂的
  We are delighted to accept your invitation.　我們很高興接受你的邀請。

- Here is the present that Henry and I prepared for you.
  這是我和亨利準備給你的禮物。

- 百萬
  This is the best birthday present I've ever gotten. Thanks a million!
  這是我收過最棒的禮物，非常謝謝你！

- How many candles should I put on the cake?　我應該在蛋糕上插幾根蠟燭呢？

- What a magnificent birthday party!　多麼豪華的生日派對啊！

- 屋頂、車頂、住家
  All of my friends are getting together to celebrate my birthday under the same roof.　我所有的朋友都聚在一個屋簷下替我慶生。

- It's a bustling birthday party I've ever seen.　這是我見過最熱鬧的生日派對。

- Let's start your birthday celebration!　我們開始你的生日派對吧！

- May your birthday be filled with joy.　祝你生日過得快樂。

- 特殊的、特別的
  Wishing this particular day will bring you a lot of happiness.
  希望這個特別的日子能為你帶來很多的歡樂。

- May all your dreams come true.　祝你所有的夢想都能實現。

① 會話補充重點

- bouquet 解釋為「花束、一束花」的意思，和其類似字詞還有 bunch 的用法。只是要特別注意前者的尾音 t 是不用發音的，且重音落在第二音節上，即 [bu`ke]。

- throw a party 解釋為「舉辦派對」的意思，和其類似片語還有 give a party 的用法。

- prepare 解釋為「準備」的意思，且為授與動詞，在銜接間接受詞前，須加介系詞 for。

- be filled with 解釋為「充滿」的意思，和其類似片語還有 be full of 的用法，要特別注意兩者之後所接的介系詞截然不同，需加以釐清。

- particular 解釋為「特別的」之意，和其類似字詞還有 special、exceptional 的用法。

歡送派對 | Farewell Meeting

MP3 3-15

A: We'll be thinking about you while you study abroad.
當你出國唸書時，我們會掛念你的。

B: Me, too. Wish me the best of luck!
我也是。祝我好運吧！

A: Bon voyage! By the way, take good care of yourself.
一路順風！還有，要好好照顧你自己。

B: Thanks, I will. Keep in touch all the time!
謝謝，我會的，保持連絡喔！

Vocabulary
單字

organize [ˈɔrgə͵naɪz] ⓥ 籌畫、安排	**silly string** [ˈsɪlɪ strɪŋ] ⓝ 泡沫噴劑	**farewell party** [ˈfɛr`wɛl ˈpɑrtɪ] ⓝ 歡送會、餞行會	**welcome party** [ˈwɛlkəm ˈpɑrtɪ] ⓝ 迎新派對、歡迎會
companion [kəmˈpænjən] ⓝ 同伴、伴侶	**companionship** [kəmˈpænjən͵ʃɪp] ⓝ 交往、友誼	**comrade** [ˈkɑmræd] ⓝ 夥伴、同事	**pal** [pæl] ⓝ 夥伴、好友
gratitude [ˈgrætə͵tjud] ⓝ 感恩之情、感恩	**humorous** [ˈhjumərəs] ⓐ 幽默的、詼諧的	**meaningful** [ˈminɪŋfəl] ⓐ 意味深長的、有意義的	**consequent** [ˈkɑnsə͵kwɛnt] ⓐ 必然的、當然的
conventional [kənˈvɛnʃənl] ⓐ 習慣的、慣例的	**imaginable** [ɪˈmædʒɪnəbl] ⓐ 可想像的、可能的	**amiable** [ˈemɪəbl] ⓐ 厚道的、友好的	**astonish** [əˈstɑnɪʃ] ⓥ 使驚訝、使吃驚
cherish [ˈtʃɛrɪʃ] ⓥ 珍愛、愛護	**emotional** [ɪˈmoʃənl] ⓐ 感情上的、情緒的	**grieve** [griv] ⓥ 悲傷、使悲傷	**sentimental** [͵sɛntəˈmɛntl] ⓐ 情深的、易感動的

Sentence Pattern
萬用句型 | 只要掌握句型並替換關鍵字，歡送派對也有多種說法 |

- **improve one's foreign language skills** 提升某人的外語能力

  Studying abroad will improve my foreign language skills.
  出國念書將會提升我的外語能力。

- **sign up for...** 報名⋯、登記⋯、註冊⋯

  Have you signed up for your class? 你已經報名課程了嗎？

Conversation
會話 | 歡送派對時還會聽到、說到的會話 |

- When are you going to leave for America to study?
  你什麼時候要前往美國讀書呢？

- Did you open a checking account?　你有開活期存款嗎？

- I've connected with my host family, they are really thoughtful.　　　貼心的、體貼的
  我已經連絡上我的寄宿家庭，他們真的很體貼。

- Why did you decide to study abroad?　你為什麼決定要出國念書呢？
  改進、改善
- I want to improve my language skills.　我想要增進我的語言能力。
  時間的長短、期間
- What's your anticipated length of study in America?　你預計要在美國念多久的書呢？

- I plan to stay there for my doctor's program. It lasts for two years.
  我計畫為我的博士學位在那裡待兩年，它的修業時間是兩年。
  財產
- I'm not interested in looking for an apartment. Because it costs a lot of fortune.
  我不想找公寓住，因為那會花很多錢。

- Would you mind that I see you off at the airport?　你介意我到機場為你送行嗎？

- Despite you are going to study abroad, we should keep in touch with each other.　儘管你將到國外念書，我們還是要保持聯絡。

- Hope everything goes well.　希望你一切順利。

- Thanks for hosting a farewell party for me.　謝謝你幫我舉辦歡送派對。

- All of the arrangements are set for my studies.　所有讀書的事情都已經安排好了。
  （知識、經驗）的視野、地平線
- Studying abroad can broaden your horizons.　出國讀書會擴展我的視野。

- I think you'll be bound to make it.　我想你一定會成功的。

會話補充重點

- see sb. off... 解釋為「為某人送行」的意思，通常會將受詞擺在動詞片語中間。而 send-off party 則解釋為「歡送會」的意思，和 farewell 具有相同的用法。

- get there 解釋為「達成目標」的意思，和其類似的字詞或是片語還有 attain、achieve 或是 get somewhere 的用法，相反意味的用法則為 get nowhere。

- farewell 當作名詞時，解釋為「歡送會」的意思，也就是所謂的「餞行」了。同樣地，它也可以當作感嘆詞使用，則解釋為「再見！」的意思。

- set for... 解釋為「安排好…、準備好…」的意思，其後需接名詞、若要接動詞，則需以 to 來銜接。要注意的是，set 的動詞三態為 set → set → set。

- be bound to + V 解釋為「一定會…」的意思，和其類似片語還有 be very likely to、be obliged to。

Let's go!

Unit 4

Festivities | 節日慶典 |
★聖誕節　★萬聖節　★感恩節　★母親節　★遊行慶典

聖誕節 | Christmas

 MP3 3-16

A: Look at these gifts under the Christmas tree.
看看這些在聖誕樹下的禮物。

B: I wonder what are in those small boxes.
不知道那些盒子裡面裝了什麼。

A: But as people say "good things come in small packages."
但有句話不是說「好東西都是包得小小的」。

B: You are right. I'm anxious to open them right now.
你說對了，我真想現在就打開它們。

Vocabulary
單字

snowflake [`sno͵flek] 🄝 雪花、雪片	chimney [`tʃɪmnɪ] 🄝 煙囪	mistletoe [`mɪsḷ͵to] 🄝 槲寄生	ornament [`ɔrnəmənt] 🄝 （聖誕樹上的）裝飾品
Christmas stocking [`krɪsməs `stakɪŋ] 🄝 聖誕襪	Santa Claus [`sæntə klɔs] 🄝 聖誕老人	moose [mus] 🄝 北美麋鹿、麋鹿	gingerbread house [`dʒɪndʒə͵brɛd haʊs] 🄝 薑餅屋
wreath [riθ] 🄝 花圈	candy cane [`kændɪ ken] 🄝 拐杖糖	reunion [ri`junjən] 🄝 團聚	Jesus [`dʒizəs] 🄝 耶穌
church [tʃɜtʃ] 🄝 教堂	Catholic [`kæθəlɪk] 🄝 天主教徒 🄐 天主教徒的	Christian [`krɪstʃən] 🄝 基督徒 🄐 基督徒的	Cardinal [`kardnəl] 🄝 樞機主教
Christmas Carol [`krɪsməs `kærəl] 🄝 聖誕歌	Christmas wait [`krɪsməs wet] 🄝 報佳音	Christmas eve [`krɪsməs iv] 🄝 聖誕夜	Mass [mæs] 🄝 彌撒

Sentence Pattern
萬用句型 | 只要掌握句型並替換關鍵字，聖誕節也有多種說法 |

● **I wonder...** 不知道…

I wonder what gifts I'll get this Christmas. 不知道這個聖誕節我會得到什麼禮物。

● **be anxious to...** 渴望做…

Are you anxious to celebrate the birth of Jesus this Christmas?
今年聖誕節你想要慶祝耶穌的誕生嗎？

165

Conversation 會話 | 聖誕節時還會聽到、說到的會話 |

- Christmas is around the corner.　聖誕節就要到了。

- How about decorating the Christmas tree with ornaments and tinsel?　鑲有閃光金屬絲的織物、金屬箔
用裝飾品和金箔彩帶裝飾聖誕樹好嗎？

- Go get all the gifts first and put them under the tree.　先把禮物拿來放到樹下。

- Are you going to go to Mass on Christmas Eve?　在聖誕夜你要去望彌撒嗎？

- You can open the gifts till we've had the huge Christmas feast.
直到吃完聖誕大餐，你才可以打開禮物。

- Take a guess. What's inside the box?　在內部、在裡面　猜猜看，盒子裡是什麼呢？

- I can't wait to open my gifts.　我等不及要打開我的禮物了。

- You'll have to wait till Christmas morning.　直到聖誕節早上才可以打開禮物。

- You'll see what's in your Christmas stocking.　你會發現聖誕襪裡裝的是什麼。

- It's time to unwrap the presents!　打開禮物的時間到了！
　　　　　　　　　　　　　　　　包裝紙、包裝材料
- The wrapping is so beautiful.　這包裝紙真美。
　　　　　　　　撕、破、劃破
- Don't rip the wrapping paper. We can reuse it.
不要撕破包裝紙，我們可以再回收使用。

- What did you get?　你收到什麼呢？

- Most families choose to go away for the holidays at Christmas.
大部分的家庭會選擇在聖誕期間渡假。
　　　　　　　　　　出人意外的、令人驚異的
- It's more surprising than I expected~ a new i-phone.
是一支新的 i-phone 手機，比我預期地還要令人驚喜。

- This is the best gift anyone's ever given to me.　這是我收過最棒的禮物了。

❗會話補充重點

- around the corner 除了可以解釋為「在街角」的意思之外，用在節慶上，便可以引申為「即將來臨」的意思，原句可以代換成 Christmas is upcoming.。

- tinsel 當作名詞使用時，為不可數名詞，所以不可以在字尾加上「s」形成複數型態。

- Mass 當作名詞使用，解釋為「彌撒」的意思，若要表達「望彌撒」則是說 go to Mass。

- Take a guess. 解釋為「猜猜看。」之意，要注意其中 guess 並非當作動詞使用，而是當作名詞，解釋為「猜測、猜想」的意思。

- unwrap 字面上看起來是 un + wrap，即「不包裝」的意思，也就引申為「打開、解開」的意思，也可以代換成 open。

Dialogue 對話 | 萬聖節 | Halloween

 3-17

A: Are you excited about Halloween?
你對萬聖節感到興奮嗎？

B: Yes, I am. I love to take part in costume parties.
是啊，我喜歡參加化妝派對。

A: So do I. What are you going to be at the costume party?
我也是，你在化妝派對裡要扮什麼呢？

B: I can't think of what to wear yet.
我還想不出來要扮什麼。

Vocabulary 單字

Halloween [ˌhælo`in] ⓝ 萬聖節	**superstitious** [ˌsupə`stɪʃəs] ⓐ 迷信的、因迷信而形成的	**spooky** [`spukɪ] ⓐ 令人毛骨悚然的	**haunt** [hɔnt] ⓥ 鬼魂出沒的
frighten [`fraɪtn] ⓥ 使害怕、害怕	**mummy** [`mʌmɪ] ⓝ 木乃伊、（大自然的）不腐屍體	**vampire** [`væmpaɪr] ⓝ 吸血鬼、吸血蝙蝠	**witch** [wɪtʃ] ⓝ 巫婆、女巫
devil [`dɛvl] ⓝ 惡魔、魔鬼	**ghost** [gost] ⓝ 鬼魂、幽靈	**Satan** [`setn] ⓝ 撒旦、魔鬼	**werewolf** [`wɪrˌwulf] ⓝ 狼人、（神話中）變成狼的人
grim reaper [grɪm `ripə] ⓝ 死神、持鐮刀收割者	**pumpkin** [`pʌmpkɪn] ⓝ 南瓜、南瓜藤	**jack-o-lantern** [`dʒækəˌlæntən] ⓝ 南瓜燈	**costume** [`kɑstjum] ⓝ 服裝、裝束
haunted house [hɔntɪd haus] ⓝ 鬼屋	**trick-or-treat** [`trɪkə`trit] ⓥ 不給糖就搗蛋	**bad omen** [bæd `omən] ⓝ 惡兆、凶兆	**floating** [`flotɪŋ] ⓐ 漂浮的、移動的

Sentence Pattern 萬用句型 | 只要掌握句型並替換關鍵字，萬聖節也有多種說法 |

● **be excited about...** 對…感到興奮

I'm so excited about being a witch on Halloween.　我對在萬聖節上要扮女巫感到興奮。

● **so do I** 我也是

You say that you're going as a mummy. So do I.　你說你要扮木乃伊，我也是。

167

Conversation

會話 | 萬聖節時還會聽到、說到的會話 |

- Are you going to dress like a goblin? （醜陋的）小精靈　你要裝扮成小妖精嗎？

- I'm not going as anything.　我不會扮成任何東西。

- I prefer to be a scary witch with blood.　我比較想用血扮成恐怖的女巫。

- Could you go as a skeleton or a vampire instead? 骸骨、骨瘦如柴的人
  你可以改扮成骷髏或是吸血鬼嗎？

- I'll give in on the Casper.　電影《鬼馬小精靈》裡的小精靈　我妥協扮成小精靈好了。

- I haven't decided what I am going to be at the costume party.
  我還沒有決定好在化妝舞會裡要扮成什麼。

- What are you wearing for Halloween?　你萬聖節要穿什麼呢？

- I have faith in you. Your costume will be the scariest one at the party.
  我對你有信心，你的服裝一定會是在派對裡最恐怖的。

- How about wrapping toilet paper around your entire body? 包、裹、纏繞，動詞原形為 wrap
  用衛生紙包住全身如何？

- What kind of costume are you going to wear?　你要穿什麼服裝呢？

- Don't count me in. I'm a fraidy-cat, do you remember?
  別把我算在內。我是個容易受驚嚇的人，記得嗎？

- We're going to the Halloween party as monsters. 怪物、妖怪
  我們要在萬聖節派對裡裝扮成怪物。

- We love to hand out candy to the kids.　我們喜歡分發糖果給孩子們。

- Let's go trick-or-treating on Halloween.　我們在萬聖節去「不給糖就搗蛋」吧！

- I ran out of costume ideas for this Halloween.　我不知道今年萬聖節要裝扮成什麼。

會話補充重點

- give in 解釋為「讓步」的意思，和其類似的片語還有 make a concession 的用法。

- fraidy-cat 解釋為「膽小鬼、懦夫」的意思，和其類似的字詞還有 chicken、craven、coward 等用法。

- hang out 解釋為「分發、交出」的意思，和其類似的片語還有 give away 的用法。

- trick-or-treat 可以當作名詞，也可以當作動詞使用。在會話句中，因為「不給糖就搗蛋」是屬於一種活動，所以在 go 後面需以動名詞來呈現。

- have faith in... 解釋為「對…有信心」的意思，要特別注意片語中的介系詞需為 in，而非 on 喔！

感恩節 | Thanksgiving Day

 MP3 3-18

A: Wow! What a huge turkey!
哇！好大的火雞啊！

B: Yes, it is. The dark meat looks so yummy.
是啊，真的很大。腿肉看起來很好吃。

A: The stuffing also smells good. I'm positive that I could eat a horse.
填充料聞起來也很香，我相信我會吃很多。

B: Hey, remember to save some room for dessert.
嘿，記得要留些胃口吃點心喔。

 Vocabulary  單字

Thanksgiving [ˌθæŋks`gɪvɪŋ] ⋒ 感恩節	**significance** [sɪg`nɪfəkəns] ⋒ 重要性、意義	**Indian** [`ɪndɪən] ⋒ 印地安、印地安人	**Native American** [`netɪv ə`mɛrɪkən] ⋒ 美洲原住民
pilgrim [`pɪlgrɪm] ⋒ 清教徒	**colonist** [`kɑlənɪst] ⋒ 殖民者	**turkey** [`tɝkɪ] ⋒ 火雞、火雞肉	**Mayflower** [`me`flauɚ] ⋒ 五月花號
corn bread [kɔrn brɛd] ⋒ 玉米麵包	**sweet potato** [swit pə`teto] ⋒ 番薯	**cranberry** [`krænˌbɛrɪ] ⋒ 蔓越莓	**creamed onion** [`krimɚd `ʌnjən] ⋒ 奶油洋蔥
cornmeal [`kɔrnˌmil] ⋒ 玉米粉	**wild** [waɪld] ⓐ 野生的、野外的	**domesticated** [də`mɛstəˌketɪd] ⓐ 飼養的	**gather** [`gæðɚ] ⓥ 聚集、集合
stuffing [`stʌfɪŋ] ⋒ 填充料、用來填充火雞的材料	**baste** [best] ⓥ 為烤肉塗油	**gravy** [`grevɪ] ⋒ 肉汁、肉湯	**carve** [kɑrv] ⓥ 切

Sentence Pattern 萬用句型 | 只要掌握句型並替換關鍵字，感恩節也有多種說法 |

- **I'm positive that...** 我確定…

  I'm positive that I can roast a turkey well. 我確定我會把火雞烤得很好。

- **save some room for...** 留點胃口吃…

  Remember to save some room for the pumpkin pie. 記得留些胃口吃南瓜派。

- **invite...over...for** 請…到…家過…

  Mom is going to invite our relatives over to our house for Thanksgiving.
  媽媽將邀請我們的親戚到我們家過感恩節。

Conversation 會話 ｜感恩節時還會聽到、說到的會話｜

- Welcome to our Thanksgiving party. Just make yourself at home. ▲為「不要客氣」的意思，也可以代換成 be free to
歡迎到我們的感恩節派對。不要客氣喔！

- What are the side dishes along with the roasted turkey? 搭配火雞的配料是什麼呢？

- Taste the cranberry sauce and gravy for the turkey. ▲醬汁
嚐嚐和火雞搭配吃的蔓越莓醬和肉汁吧！

- How long does it take to roast the turkey? 烤一隻火雞要多久的時間呢？

- Oh man! The turkey is tough and dry. 天哪！這火雞又老又乾。

- The roasted turkey looks so juicy that I wouldn't miss it for the world to have a bite. 這隻烤火雞看起來真多汁，無論如何我都不會錯過要嚐一口的。

- Who takes charge of carving the turkey this time? 這一次誰要負責切火雞呢？

- I starved myself for a day for this feast. ▲挨餓、餓死，原形為 starve　我餓一整天就為了這頓大餐。

- Have some stuffing, will you? 吃些火雞填充料，好嗎？

- Let's try the pumpkin pie with some whipped cream. ▲生奶油
我們來試試加些鮮奶油的南瓜派吧！

- Thanksgiving is a time for tradition and sharing. 感恩節是傳承與分享的時間。

- Before eating the feast, we should say grace what we have to be thankful for this year. ▲在此為「飯前或飯後的感恩禱告」的意思　在吃大餐之前，我們要先禱告今年我們需要感謝的事物。

- I'd like to give thanks for this dinner with such a wonderful family.
我要感謝可以和這麼棒的家人一起吃飯。

- Do you know the American President pardons a turkey and sends it to a petting zoo every year? 你知道美國總統每年都會釋放一隻火雞並送到動物園裡嗎？

- I'm so stuffed that I couldn't eat anymore. ▲塞滿；填滿　我太撐了，無法再吃任何東西了。

⓵ 會話補充重點

- not…for the world 解釋為「無論如何都不…」的意思，相當於 for anything 的用法。要特別注意的是，for the world 若是用在肯定句中，則解釋為「全面地、完全地」之意。

- turkey 解釋為「火雞、火雞肉」的意思，但也可以用來引申為「傻瓜、笨蛋」的意思。若要形容某人太遜的時候，就可以說 What a turkey! 另外，turkey 若將字首給予大寫成 Turkey 成為國家名，即：「土耳其」，位於歐、亞交接處。

- 在對話裡，若是聽不清楚且想要對方重新再說一遍時，最常用的不外乎是 Pardon? 或是 I beg your pardon.。但別忘了，它本身的意思即含有「原諒、赦免」的意思。

- give thanks for… 解釋為「為…表達感謝之意」的意思。其中表達謝意的 thanks 恆為複數喔！

母親節 | Mother's Day

 3-19

A: Good morning, Mom. Here is your breakfast that we made it for you.
媽咪，早安。這是我們做給你吃的早餐。

B: Wow! Tuna sandwich and warm milk, my favorites.
哇！我的最愛－鮪魚三明治和溫牛奶。

A: We'll give you the day off on the special day. So you can sleep in to get enough rest.
我們在這特別的日子裡要放你一天假，所以你可以晚點起床多休息。

B: All you are so sweet.
你們真是太貼心了。

Vocabulary
單字

appreciation [ə͵priʃɪ`eʃən] **n** 感謝、欣賞	**mother figure** [`mʌðɚ `fɪgjɚ] **n** 母親形象	**mother-to-be** [͵mʌðɚtu`bi] **n** 孕婦	**pamper** [`pæmpɚ] **v** 溺愛、縱容
stepmother [stɛp͵mʌðɚ] **n** 繼母、後母	**mother-in-low** [`mʌðɚɪn͵lɔ] **n** 岳母、婆婆	**filial duty** [`fɪljəl `djutɪ] **n** 孝道	**filial piety** [`fɪljəl `paɪətɪ] **n** 孝順
mother [`mʌðɚ] **n** 母親、媽媽	**filial** [`fɪljəl] **a** 子女的、兒女的	**piety** [`paɪətɪ] **n** 虔誠、孝順	**campaign** [kæm`pen] **n** 活動、運動
carnation [kar`neʃən] **n** 康乃馨、淡紅色	**endurance** [ɪn`djurəns] **n** 耐心、忍耐	**chore** [tʃor] **n** 家庭雜物、工作	**obedient** [ə`bidjənt] **a** 順從聽話的、孝順的
bundle [`bʌndl] **n** 束、捆	**florist** [`florɪst] **n** 花店、花商	**kiss** [kɪs] **v** / **n** 親吻	**hug** [hʌg] **v** / **n** 擁抱

Sentence Pattern
萬用句型 | 只要掌握句型並替換關鍵字，母親節也有多種說法 |

- **give sb. the day off** 讓⋯休假一天

  It's Mother's Day. Let's give Mom the day off.　今天是母親節。我們讓媽媽休息一天吧！

- **sleep in** 晚點起床

  You can sleep in to take more rest after doing a lot of chores.
  在做了這麼多家事後，你可以晚點起床多休息。

- ▲ 盛宴、筵席

- Let's cook the big feast for Mom on Mother's Day!
  在母親節這一天，我們來為媽媽做個大餐吧！

- Each mom is always putting their kids first. 每個母親總是把孩子們放在第一位。
  ▲ 感恩、感謝、感激之情
- A hug is a good way to express our gratitude to Mom. 擁抱是表達感謝母親的好方法。

- We really appreciate you that you always take care of us well.
  我們真的很感謝你總是把我們照顧得無微不至。
  ▲ 欣賞、賞識
- We have to let her know how much we appreciate her.
  我們必須要讓她知道我們有多麼地感謝她。

- I'm going to buy a huge bundle of red carnations to show her my love.
  為了表示我的愛意，我要買一大束紅色康乃馨給她。

- Today is Mother's Day. I'll give her a kiss to show my appreciation.
  今天是母親節，我要親吻她來表示我的感謝。

- Thank you for being the best mom in the world. 謝謝你是全世界最棒的母親。

- We'll do the chores for you. 我們會幫你做家事。

- What luck that I have you as my mom. 我很幸運有你當我的媽媽。
  ▲ 誠實地、公正地
- Honestly speaking, thank you for bringing me into the world, Mom.
  老實說，媽媽，謝謝你帶我到這個世界上。

- I'll take care of you forever and ever. 我會永遠照顧你的。
  ▲ 為「開始行動」的意思，也可以代換成 get started
- Let's get moving to be better kids from now on!
  從現在開始，我們開始當個乖小孩吧！

- Mother's Day is on the second Sunday of May every year.
  每年母親節都是在五月的第二個星期日。

ⓘ 會話補充重點 ——————

- express one's gratitude to... 解釋為「對…表達感謝」的意思，和其類似的片語還有 show one's appreciation 的用法。

- show 解釋為「表示、表現」的意思，為授予動詞，其用法有 show + sb. + sth. 和 show + sth. + to + sb. 兩種。所以會話句中的 show her my love 也可以代換成 show my love to her。

- honestly speaking 解釋為「老實說」的意思，此結構為 adv. + speaking 的用法有很多種，例如：frankly speaking 坦白說、generally speaking 一般來說…等。

- forever and ever 解釋為「永遠」的意思，和其類似的片語還有 in perpetuity、once and for all 的用法。

遊行慶典 | Parade

MP3 3-20

A: I go in for watching the parade, even though it's too crowed.
即便遊行很擁擠，我還是想去看。

B: Look. The air is full of confetti and streamers.
你看，天空中佈滿了五彩碎紙和彩帶。

A: Wow! They're going to set off fireworks.
哇！要放煙火了。

B: What an amazing parade!
多麼驚人的遊行啊！

Vocabulary
單字

helium balloon [ˈhiliəm bəˈlun] ⓝ 氦氣球	**float** [flot] ⓝ 遊行花車	**parade** [pəˈred] ⓝ 遊行 ⓥ 在…遊行	**carnival** [ˈkɑrnəvl] ⓝ 嘉年華、流動遊藝團
clown [klaʊn] ⓝ 小丑、丑角	**magician** [məˈdʒɪʃən] ⓝ 魔術師、變戲法的人	**firecracker** [ˈfaɪrˌkrækɚ] ⓝ 爆竹、鞭炮	**banner** [ˈbænɚ] ⓝ 布條、旗幟
festival [ˈfɛstəvl] ⓝ 節日、節慶	**streamer** [ˈstrimɚ] ⓝ 彩帶、橫幅	**confetti** [kənˈfɛtɪ] ⓝ 五彩碎紙	**party popper** [ˈpɑrtɪ ˈpɑpɚ] ⓝ 拉炮
noisemaker [ˈnɔɪzˌmekɚ] ⓝ （可以發出聲音的）哨子	**novelty** [ˈnɑvltɪ] ⓝ 嶄新、新奇的東西	**firework** [ˈfaɪrˌwɝk] ⓝ 煙火、煙火大會	**joyful** [ˈdʒɔɪfəl] ⓐ 快樂的、充滿喜悅的
amazing [əˈmezɪŋ] ⓐ 驚人的、令人吃驚的	**packed** [pækt] ⓐ 擁擠的、塞得滿滿的	**broadcast** [ˈbrɔdˌkæst] ⓥ 轉播、廣播	**lawn chair** [lɔn tʃɛr] ⓝ 戶外椅子

Sentence Pattern
萬用句型 | 只要掌握句型並替換關鍵字，遊行慶典也有多種說法 |

● **go in for...** 對…有興趣

Do you go in for doing the final countdown on New Year's Eve?
你對在跨年夜的倒數計時有興趣嗎？

● **set off...** 燃放…、施放…

The city government is going to set off fireworks every year. 市政府每年都會施放煙火。

173

- There are a variety of floats on the street.　街上有各式各樣的花車。
  　　　　　　　　　　　▲ 遊行時用的花車

- It is going to be packed while the parade starts.　當遊行開始時將會很擁擠。

- Let's got a nice spot to watch it!　我們找個好位子來看遊行吧！

- The theme of this float is about "Transformers."　這台花車的主題是「變形金剛」。
  　　　　▲ 主題、題材、話題

- Look at the Snow White and seven dwarfs. They are spinning on the float.
  　　　　　　　　　　　　　　　　　　　　　　　　▲ 旋轉，動詞原形為 spin
  看看白雪公主和七個小矮人，他們在花車上旋轉著。

- Kinda amazing how everyone comes together to watch the parade.
  這麼多人一起來看遊行，真令人吃驚啊！

- I'm looking forward to watching the fireworks display.　我很期待要看煙火秀。

- The escort show really attracts my eyes a lot.　這場儀隊表演真的非常吸引我。
  　　　▲ 護送、為…護航、陪同

- I wonder how long the parade lasts.　不知道這遊行要持續多久。

- It's a 2-hour parade held every year.　這是每年都會舉行的兩小時的遊行活動。

- Look! Clowns are approaching. They make all kinds of funny balloons for kids.
  您看！小丑要接近了。他們做了一些有趣的氣球給小朋友們。

- There are vendors selling various novelty stuff all over the place.
  　　　　　　　　　　　　　▲ 新穎、新奇
  到處都有小販在賣各式各樣有趣新奇的玩具。

- It's bustling far and near.　到處都很熱鬧。
  　　▲ 活躍的、奔忙的

- Thank you for talking me into watching the parade. I'll keep it in my mind.
  謝謝你說服我來看遊行，我會記在心裡的。

- This is the best parade I've ever seen.　這是我見過最棒的遊行了。

會話補充重點

- packed 解釋為「擁擠的」之意，和其類似用法的字詞還有 crowded、teeming 和 multitudinous 的用法。

- a nice spot 解釋為「好位子」的意思，其中 spot 還可以代換成 place、position 和 location 的字詞用法。

- kinda 解釋為「有點、相當」的意思，為口語用法，是 kind of 的縮寫。

- all over the place 解釋為「到處」的意思，和其類似的片語或是字詞還有 far and near、far and wide 和 everywhere 的用法。

- talk into 解釋為「說服」的意思，和其類似的字還有 convince。

Road Trip │公路旅行│

★租車　★加油　★休息站　★拍照　★買紀念品

租車 | Rent a Car

MP3 3-21

A: Good morning, sir. May I help you?
先生，早安。有需要服務的地方嗎？

B: I want to rent an RV with air-conditioning.
我想要租一輛有冷氣的休旅車。

A: Glad to be at your service. What's your price range?
很高興能為你服務，你的預算是多少呢？

B: A moderate one will be OK. Is there any discount if I rent it for a three-day package?
一般價位就可以了。如果我租三天的話會有折扣嗎？

Vocabulary 單字

hood [hud] ⓝ 車蓋、引擎蓋	**rental fee** [`rɛntḷ fi] ⓝ 租金	**bumper** [`bʌmpɚ] ⓝ 保險桿、減震物	**rental agreement** [`rɛntḷ ə`grimənt] ⓝ 租車合約
equip [ɪ`kwɪp] ⓝ 配備、裝備	**manual car** [`mænjuəl kɑr] ⓝ 手排車	**automatic car** [ˌɔtə`mætɪk kɑr] ⓝ 自排車	**van** [væn] ⓝ 廂型車
recreational vehicle [ˌrɛkrɪ`eʃənḷ `viɪkḷ] ⓝ 休旅車	**full-size car** [fulsaɪz kɑr] ⓝ 大型車	**mid-size car** [mɪdsaɪz kɑr] ⓝ 中型車	**compact** [kəm`pækt] ⓝ 小型車、基本型車
low protection [lo prə`tɛkʃən] ⓝ 強制險	**full-insurance** [ful ɪn`ʃurəns] ⓝ 全險	**theft protection** [θɛft prə`tɛkʃən] ⓝ 竊盜險	**mileage** [`maɪlɪdʒ] ⓝ 里程數、英哩數
speed limit [spid `lɪmɪt] ⓝ 速限	**lease** [lis] ⓥ 出租 ⓝ 租約、契約	**coverage** [`kʌvərɪdʒ] ⓝ 項目、範圍	**scrape** [skrep] ⓝ 刮痕 ⓥ 擦、刮

Sentence Pattern 萬用句型 | 只要掌握句型並替換關鍵字，租車也有多種說法 |

● **be at one's service** 為…服務

Welcome to Uncle Tom's car. I'm pleasure to be at your service.
歡迎來到湯姆叔叔的租車公司，很高興能為你服務。

● **in advance** 事先

Hi, my name's Tiffany Wang. I called in advance about renting a car for a week.
你好，我是蒂芬妮‧王。我有先打電話說要租一星期的車子。

| 租車時還會聽到、說到的會話 |

- What kind of car would you want to rent?　你想租哪一種車子？

- I have no idea. What's your recommendation?　我沒有想法，可以推薦一下嗎？

- I want to rent a jeep.　吉普車　我想租一台吉普車。

- I need a car which can go on mountain roads.　我需要一輛適合走山路的車。

- We have to check whether you have a driver's license or not.　許可證、執照
我們必須確認你是否有駕照。

- This is your car key.　這是你的車鑰匙。
- Don't exceed the speed limit.　超出、勝過　不要超速。
- Remember to abide by the traffic rules.　遵守、信守　記得遵守交通規則。

- How do you charge the rental fee?　租金如何計價？

- We charge the fee by day.　以天計價。

- Remember to return the car by Wednesday noon.　正午、中午　記得星期三中午前要還車。

- You can dial the service number when you have any problems.
有任何問題可以打服務專線。

- May you have a lovely journey!　祝你旅途愉快！

- The car-rental service is great.　這家租車的服務真好。
- Our company aims to rent our customers the most suitable car.　致力、旨在，其後接介系詞 at，即形成「以…為宗旨」的含意
我們公司以租給客人最好的車為宗旨

- Please sign on the rental agreement with your initials here.
請在租約這裡用姓名縮寫簽名。

- We'll set up the car for you.　我們將為你安排好車子。

- What sort of cars do you have?　你們有哪些種類的車子呢？

會話補充重點

- apply 解釋為「申請」的意思，但其後所接之介系詞須為 for。若接 to，則解釋為「和…有關聯」之意，因此，介系詞的運用要非常注意。

- whether…or not 解釋為「是否」，通常用來引導名詞子句，or not 也可省略。

- by 在會話句中有多重意思，依據所接之受詞而有不同解釋，如：charge by day 中的 by，即解釋為「以、用」的意思，用來表達「方法」；在 return the car by Wednesday noon 中的 by，即解釋為「在…時間之前」的意思，用來表達「期限」。

加油 | Fuel up

MP3 3-22

A: Fill it up, please.
加滿油，謝謝。

B: What kind of gas do you want?
你要加哪一種油呢？

A: Unleaded, please, And how much is that?
無鉛汽油，謝謝。多少錢呢？

B: It comes to NT$ 1000.
總共是新台幣一千元整。

Vocabulary 單字

gas station [gæs `steʃən] ⓝ 加油站	**gas gauge** [gæs gedʒ] ⓝ 油表	**gasoline** [`gæsə‚lin] ⓝ 汽油	**regular** [`rɛgjələ‚] ⓝ 普通汽油
unleaded [ʌn`lɛdɪd] ⓝ 無鉛汽油	**premium** [`primɪəm] ⓝ 高級汽油	**diesel** [`dizl] ⓝ 柴油	**gas pump** [gæs pʌmp] ⓝ 加油機
gas pump nozzle [gæs pʌmp `nazl] ⓝ 油槍	**gas tank door** [gæstæŋkdor] ⓝ 油槍門	**gas tank cap** [gæs tæŋk kæp] ⓝ 油箱蓋	**gas tank** [gæs tæŋk] ⓝ 油箱
dispense [dɪ`spɛns] ⓥ 加油	**oil** [ɔɪl] ⓝ 機油	**gallon** [`gælən] ⓝ 加侖	**spill** [spɪl] ⓥ 溢出、濺出
operation manual [‚apə`reʃən `mænjuəl] ⓝ 使用說明	**self-service gas station** [sɛlf`sɝvɪs gæs`steʃən] ⓝ 自助加油站	**cash price** [kæʃ praɪs] ⓝ 現金價	**refuel** [ri`fjuəl] ⓥ 給…補給燃料

Sentence Pattern

萬用句型 | 只要掌握句型並替換關鍵字，加油也有多種說法 |

● **a tank of...** 一油箱的…

The car heads to be back with a full tank of gas. 還車時須把油箱加滿。

● **run out of...** 用完…、耗盡…

We're going to run out of gas. 我們的油快要沒有了。

● **pull up** 拉一下（拉桿）

Pull up a lever beside you seat, it'll pop open. 拉一下你座位旁的拉桿，它會砰一聲打開。

會話 ｜加油時還會聽到、說到的會話｜

- Please turn off the engine. →發動機、引擎　請熄火。

- Drive a little forward, please. 再往前開一點。

- How may I help you? 請問有什麼需要？

- I want a 98 fill-up. 98 加滿。

- Please open the lid of the gas tank. →蓋子　請打開油箱蓋。

- We have a car-washing service, too. 我們也有提供洗車服務。

- I think I have to inflate the tires later. →使充氣、使膨脹　我想我等下該為輪胎打氣。

- This is your invoice. →發票、發貨單　這是你的發票。

- Do you have a membership card? 請問你有會員卡嗎？

- You have accumulated 3000 bonus points. →累積、積聚　→獎金、紅利　你已經累積三千點的紅利。

- Just keep the change. 不用找錢了。

- The tissue is a give-away. →當名詞使用時，為「贈品」的意思，也可以替換成 freebie
  面紙是贈品。

- Why did I get less gas for the same price? 為何一樣的錢，但油量變少了？

- Gas prices have been rising recently. 最近油價一直漲。

- Can you show me where the toilet is? →廁所、洗手間、盥洗室　可以告訴我洗手間在哪裡嗎？

- How far is the nearest gas station? 最近的加油站有多遠呢？

- Please fill it up with premium.
  請加滿高級汽油。

- I'll queue up to pay for our snacks.
  我要排隊來付零食費用了。

會話補充重點

- forward 解釋為「向前」的意思，當作副詞使用，其相反詞為 backward。

- tank 一詞用在軍事武力上，解釋為「坦克、戰車」的意思；用在交通工具上，則解釋為「油箱」的意思。

- inflate 在會話句中除了可以當作「打氣、充氣」之外，也可以當作「漲價」之意。

- 要表達從過去到現在這個時間點為止，某件事一直持續在進行或是發生的話，通常會以完成進行式來呈現，所以如果要說明油價一直上漲的話，就必須運用完成進行式。

休息站 | Gas Station

 MP3 3-23

A: In case of hunger, we should buy something to eat on our journey.

為了怕餓，我們應該要買些東西在路上吃。

B: I favor handmade cookies and Coke.

我偏愛手工餅乾和可樂。

A: I know its famous specialty is croissants. Do you want some?

我知道這裡的名產是牛角麵包。你要買一些嗎？

B: Sounds yummy! Let's buy a box and some mineral water.

聽起來很好吃！我們就買一盒和一些礦泉水吧！

Vocabulary
單字

parking space [`parkɪŋ spes] ⓝ 停車位	**parking lot** [`parkɪŋ lat] ⓝ 停車場	**detour** [`ditur] ⓥ 繞道 ⓝ 繞行的路	**U-turn** [`ju,tɝn] ⓝ 迴轉
janitorial staff [,dʒænə`torɪəl stæf] ⓝ 清潔人員	**ready-to-eat food** [`rɛdɪtuit fud] ⓝ 即食食物	**specialty** [`spɛʃəltɪ] ⓝ 名產、特產	**nursery room** [`nɝsərɪ rum] ⓝ 育嬰室
handicapped [`hændɪ,kæpt] ⓐ 殘障的、有生理缺陷的	**authorized vehicle** [`ɔθə,raɪzd `viɪkl] ⓝ 有授權的車輛	**tortilla chip** [tɔr`tijat ʃɪp] ⓝ （墨式）玉米片	**meal box** [mil baks] ⓝ 餐盒
business traveler [`bɪznɪs `trævlɚ] ⓝ 商務旅客	**convenience store** [kən`vinjəns stor] ⓝ 便利商店	**vending machine** [vɛndɪŋ mə`ʃin] ⓝ 販賣機	**deli** [`dɛlɪ] ⓝ 熟食
bottled water [`batld `wɔtɚ] ⓝ 礦泉水	**hesitate** [`hɛzə,tet] ⓥ 猶豫不決、躊躇	**pit stop** [pɪt stap] ⓝ （旅行）休息站	**rest area** [rɛst `ɛrɪə] ⓝ （高速公路旁的）休息站

Sentence Pattern
萬用句型 |只要掌握句型並替換關鍵字，在休息站也有多種說法|

● **drive in...** 駛進⋯、開進⋯

Let's drive in the nearest rest area to grab something to eat!
我們開進最近的休息站來吃些東西吧！

|會話| 在休息站時還會聽到、說到的會話 |

- You must be tired and hungry after driving for hours.
  開了好幾個小時的車，你一定又累又餓。

  eaten 為 eat（吃）的過去分詞，drunk 為 drink（喝）的過去分詞
- I haven't eaten or drunk water for several hours.
  我已經好幾個小時沒吃東西或喝水了。

- There will be a rest area in fifty meters.　再五十公尺會有一間休息站。

- I will park my car before going shopping.　我先停好車再去買東西。

- I cannot believe that there are so many kinds of food in the rest area.
  我不敢相信休息站有賣這麼多東西。

  take a rest 是片語，為「休息」的意思，也可以換成 take a break
- Let's take a rest and buy something to eat.
  我們休息一下，買些東西吃。

  高速公路
- Is there any store on the freeway?　高速公路上有商店嗎？

- I want to buy some potato chips.　我想買一些洋芋片。

- I would like to drink orange juice and soda.　我想喝柳橙汁和汽水。

  薄脆餅乾
- We can also get some crackers to put in the car.　我們可以買一些餅乾到車上吃。

- You can eat some cookies while driving.　你可以邊開車邊吃餅乾。

- Which do you want to eat, popcorn or French fries?　你要吃爆米花還是薯條？

  熱狗
- Today's hotdogs are buy two get one free.　今天熱狗買二送一。

- All of the goods are 20% off today.　今日商品全面八折。

  繼續、持續
- Let's continue our journey.　我們繼續旅程吧。

- You look so tired. Go to the rest room and touch up.
  妳看起來很累。到洗手間裡補個妝吧!

- He lights up a cigarette to relax.　他點一根菸，放鬆一下。

會話補充重點

- for 當作介系詞使用，解釋為「達、計」的意思，通常用來表示「一段時間」之意，且後面須接與數詞連用的名詞。但若是當作連接詞使用，則解釋為「因為、由於」的意思。

- park 當作名詞使用時，為「公園、遊樂場」；當動詞使用則為「停放車輛」的意思。

- which 疑問副詞所引導的疑問句，具有選擇之意，且有對等連接詞 or 來銜接兩個或是多個相同的詞性、片語或是句子以便回應者做選擇。

- continue 解釋為「繼續」的意思，其後可接不定詞 to V 的句子，表示繼續去做某件事情；若是接動名詞的句子，則表示為繼續在做某件事情。

對話 Dialogue | 拍照 | Take Photos

MP3 3-24

A: Look at that mascot, it's so lovely.
瞧瞧那隻吉祥物，真是可愛。

B: Let me take a picture for you.
我來幫你照張相吧！

A: It's so nice of you. Please give me the mascot for the background.
你真好。請以吉祥物為背景吧！

B: OK, I will. So, make a smiling face.
好的，笑一個。

Vocabulary 單字

digital camera [`dɪdʒɪt!`kæmərə] **n** 數位相機	video camera [`vɪdɪo`kæmərə] **n** 攝影機	compact camera [kəm`pækt`kæmərə] **n** 傻瓜相機	single-lens reflex camera [`sɪŋg!lɛnz`riflɛks`kæmərə] **n** 單眼相機
photograph [`fotə,græf] **n** 照片 **v** 為…拍照	pixel [`pɪksəl] **n** 像素、映像點	shutter [`ʃʌtɚ] **n** （相機的）快門	flash [flæʃ] **n** 閃光燈、閃光攝影術
lens [lɛnz] **n** 鏡頭、鏡片	zoom lens [zum lɛnz] **n** 變焦鏡頭	film [fɪlm] **n** 底片、膠卷	memory card [`mɛmərɪ kɑrd] **n** 記憶卡
aperture [`æpɚtʃɚ] **n** 光圈	tripod [`traɪpɑd] **n** 腳架、三腳架	battery [`bætərɪ] **n** 電池、蓄電池	battery charger [`bætərɪ`tʃɑrdʒɚ] **n** 充電器
button [`bʌtn] **n** 按鈕 **v** 扣住	mascot [`mæskət] **n** 吉祥物	press [prɛs] **v** 按、壓	user friendly [`juzɚ`frɛndlɪ] **n** 好操作的、好使用的

Sentence Pattern 萬用句型 | 只要掌握句型並替換關鍵字，拍照也有多種說法 |

• **take a picture** 照相

Could you take a picture of me? 你可以照一張我的照片嗎？

• **it's + nice + of + sb.** …真好

It's so nice of you to take picture for us. 你人真好，幫我們照相。

會話 | 拍照時還會聽到、說到的會話 |

- That is the most famous mascot in this city.　這是城市中最有名的吉祥物。
- Wow! The dolphin mascot over there looks so cute.
  哇！那裡的海豚吉祥物好可愛。
- I want to take pictures with that mascot.　我想跟那個吉祥物拍照。
- Look at the camera, say cheese!　看鏡頭，笑一個！
- What is the statue over there?　那邊是什麼雕像啊？
- That statue is one of the town's landmarks.　這個雕像是這個城鎮的地標之一。
- This picture is very perfect.　這張照片拍得真棒。
- There are other mascots near the park.　公園附近有其他的吉祥物。
- The capacity of the memory card is not enough.　記憶卡的容量已經不敷使用。
- We have taken hundreds of pictures.　我們已經拍了好幾百張相片。
- Can you help us take a picture?　你可以幫我們拍張照片嗎？
- Pictures could preserve our lovely memory.　照片可以保留美好的回憶。
- The battery of the camera is exhausted.　相機的電池沒電了。
- People take turns taking pictures with the mascot.　人們排隊與吉祥物合照。
- Taking pictures is one of the journey's schedules.　拍照是旅行的行程之一。
- Please give us the landscape of the mountains for the background.
  請用山景幫我們作背景。
- Could you give me a try to take photos?　可以讓我試拍嗎？

會話補充重點

- famous 當作形容詞使用，解釋為「有名的、出名的」之意，且符合兩個或是三個音節以上的字詞，在形成最高級形容詞前須先加上 the most。
- hundreds of 為單位量詞用法，解釋為「數以百計」的意思，其後所接之名詞應為複數型態。
- exhausted 當作形容詞使用，用在形容「人」身上，可以解釋為「疲累的、精疲力竭的」之意；但用在「電池」上，則可解釋為「耗盡的、用完的」之意。
- turn 當作名詞使用，解釋為「（依序輪流的）一次機會」之意，片語用法為 take a turn，可做「輪流」的意思；take one's turn 則解釋為「輪到…」的意思。
- capacity 當作名詞使用，解釋為「容量、容積」的意思，a capacity of 為其單位量詞用法，可接可數名詞或是不可數名詞。

買紀念品 | Buy Souvenirs

A: Hey, let's buy some souvenirs for our friends as gifts.

嘿，我們買些紀念品給我們的朋友們當作禮物吧。

B: We have so many choices. Could you give me a few ideas?

我們有好多的選擇。你可以給我一些意見嗎？

A: How about these stuffed toys? They can glow in the dark.

這些填充玩偶如何呢？它們會在黑暗中閃閃發亮。

B: I wish they would be inexpensive for me.

希望它們對我來說不會太貴。

Vocabulary
單字

selection [sə`lɛkʃən] **n** 選擇、挑選	**characteristic** [͵kærəktə`rɪstɪk] **n** 特性 **a** 獨特的、特有的	**ethnic** [`ɛθnɪk] **a** 種族的	**fabric** [`fæbrɪk] **n** 材質、織物
polyester [͵palɪ`ɛstɚ] **n** 聚酯纖維	**high-quality** [haɪ`kwalətɪ] **a** 高級的、高檔的	**cotton** [`katṇ] **n** 棉花	**trademark** [`tred͵mark] **n** 商標
logo [`lago] **n** 標語	**artwork** [`art͵wɜk] **n** 藝術品	**souvenir** [`suvə͵nɪr] **n** 紀念品	**sticker** [`stɪkɚ] **n** 貼紙
handmade product [`hænd͵med `pradəkt] **n** 手工製品	**display unit** [dɪ`sple `junɪt] **n** 展示區	**stuffed toy** [stʌfd tɔɪ] **n** 填充玩偶	**photo frame** [`foto frem] **n** 相框
coupon [`kupan] **n** 折價券	**negotiable** [nɪ`goʃɪəbl] **a** 可協商的	**wind chime** [wɪnd tʃaɪm] **n** 風鈴	**memo slip** [`mɛmo slɪp] **n** 便條紙

Sentence Pattern
萬用句型 | 只要掌握句型並替換關鍵字，買紀念品也有多種說法 |

● **buy sth. for sb.** 買（物）給（人）

Do you plan to buy some souvenirs for your family? 你打算買些紀念品給你的家人嗎？

● **give sb. an idea** 給（人）意見

Could you give me a few ideas what would makes good souvenirs?
你可以給我一些關於好紀念品的意見嗎？

Conversation 會話 ｜買紀念品時還會聽到、說到的會話｜

- ↗ 商品，還可以換成 goods、product 和 merchandise
There are so many kinds of commodities in the stores.　店裡有好多商品。

- The necklace is so eye-catching.　那條項鍊真耀眼。

- ↗ 挑選、選擇
It is not easy to choose souvenirs.　挑紀念品真不是件容易的事。

- I have no idea about what I can buy for my parents.　我不知道要送什麼給我父母。

- I want to buy some souvenirs for my friends.　我要買一些紀念品給我的朋友們。

- ↗ 明信片
We can send these postcards to our teachers.
我們可以寄這些明信片給我們的老師們。

- Do I have to pay extra money for wrapping services?　包裝需要另外付費嗎？

- Does this hanging decoration have other colors?　這個吊飾有其他顏色嗎？

- ↗ 水晶（的）、水晶製（的）
The dolphin crystal ball may be a good souvenir.　海豚水晶球會是個很棒的紀念品。

- My sister would be very glad to receive my gift.　我妹妹收到我的禮物一定會很開心。

- This doll is for my niece.　這個洋娃娃是給我姪女的。

- ↗ 主顧、老顧客、贊助者
Each patron can get a free gift with a one-thousand-dollar purchase.
每位老顧客消費滿千即贈送一份禮物。

- Lets' go Dutch!　我們分開結帳吧！

- ↗ 惠顧、光顧、贊助
Thanks for your patronage.　謝謝惠顧。

- Let's pay the bill!　我們去結帳吧！

- These small things glow in the dark. How shiny they are!
這些小東西會在黑暗中發亮。多麼閃亮啊！

- It cost me a lot of fortune to buy these local goods as souvenirs.
買這些當地物品當作紀念品花了我很多錢。

會話補充重點

- eye-catching 為口語用法，解釋為「引人注目的、顯著的」之意，而引人注目的東西便可以寫成 eye-catcher。

- 要表達「不知道。」的英文句子，除了 I have no idea. 之外，還可以代換成 I don't know.、I don't understand.、I don't have any clue. 等的用法。

- 會話句中大量使用到授予動詞的字詞用法，但要特別注意後面所搭配的介系詞。例如：buy（物）for（人）、send（物）to（人）、pay（錢）for（人）。

- niece 解釋為「姪女、外甥女」的意思，其相反詞為 nephew，解釋為「姪子、外甥」的意思。

想要在全世界交朋友，一定要會聽會說的會話句

❶ Do you want to engage in the study group?
你要參加讀書會嗎？

❷ Study in the library stresses me out. I prefer to study alone in the dormitory.
在圖書館裡讀書使我倍感壓力。我比較喜歡自己一個人在宿舍裡讀書。

❸ Excuse me, Professor Lin. I haven't been able to finish my paper yet. Can I get an extension?
不好意思，林教授。我還沒有完成我的論文。我可以延期繳交嗎？

❹ Teacher, please don't flunked algebra. Could you give me the chance to take the make-up exam?
老師，請不要當掉我的代數。可以給我一個機會補考嗎？

❺ I have to burn the midnight oil to get ready for the tests.
我必須要熬夜來準備我的考試。

❻ How could you clean your head without enough sleeping?
沒有充足的睡眠，你要如何保持頭腦清醒呢？

❼ Woops! I forgot to do my homework.
糟了！我忘記做作業了。

❽ I don't know why she gets into having tests.
我不懂她為何喜歡考試。

❾ You will get a detention for cheating.
你將會因為作弊而留校察看。

Must Know!! 一定要知道的小知識 !!

★這裡用到的句型★
【第 1 句的句型】**engage in...** 參與…
【第 2 句的句型】**stress sb. out** 使某人倍感壓力
【第 5 句的句型】**burn the midnight oil** 熬夜
【第 6 句的句型】**clean one's head** 使某人頭腦清醒
【第 8 句的句型】**get into...** 喜歡…
【第 10 句的句型】**I can't believe...** 我不敢相信…
【第 11 句的句型】**there's no need + V** 沒有必要…、不需要…
【第 12 句的句型】**rub it in** 在傷口上灑鹽、雪上加霜
【第 13 句的句型】**be proud of...** 為…驕傲

⑩ **I can't believe that you made it.**
我真不敢相信你順利畢業了。

⑪ **There's no needs be worried about the future. As long as hard-working, we finally can make it.**
沒有必要擔心未來。只要我們努力，我們最後會成功的。

⑫ **Don't rub it in. I've decided to have an educational retardation.**
不要在我傷口上灑鹽了，我已經決定要延畢了。

⑬ **My parents are proud of me that I graduate from National Taiwan University.**
我父母親以我從台灣大學畢業為榮。

⑭ **I think I can't stay over a while longer.**
我想我不能待很久。

⑮ **Is it my pleasure to come over to your place?**
我有這個榮幸到你家拜訪嗎？

⑯ **I think your girlfriend would prefer the orange-red one.**
我想你女朋友會比較喜歡橘紅色的那一個。

⑰ **I've been dying to meet you for a long time.**
我一直很想見你。

⑱ **I don't feel well today. May I ask for a sick leave?**
我今天不舒服。我可以請病假嗎？

★開放式的學習環境★
美國的大學多半沒有圍牆和大門，從校園環境可以看出各校的人文精神和特色，各大學普遍都秉持開放式的教育精神，鼓勵學生能夠發表自己的觀點、訓練邏輯與獨立思考的能力。教育理念的不同，剛到歐美國家大學就讀的台灣學生可能會不大習慣，建議可以先多蒐集資料、詢問學長姊，上課時不僅認真聽講更能踴躍發表，如此在學業上必能得到好的成績。

★美國大學的畢業典禮★
畢業典禮是人生的里程碑，學校、學生、家長都會非常重視，學校也會邀請社會名流、知名人士、傑出校友…等來為畢業生演講。例如：蘋果的創辦人賈伯斯在史丹佛大學畢業典禮上的演講，便在網路上不斷地流傳。

想要在全世界交朋友，
一定要會聽會說的會話句

❶ **Have you made a decision to go biking or go hiking?**
你決定是要騎腳踏車還是去健行呢？

❷ **You must hit the books while choose to go abroad for further study.**
當你決定要出國深造，你必須要非常認真地讀書。

❸ **Excuse me. Is the lineup for the band club?**
請問一下。這是樂團社排隊的地方嗎？

❹ **I have no idea what club I'm going to join.**
我不知道要加入哪一個社團。

❺ **There is a club fair in front of the library. Let's get some brochures first.**
圖書館前有個社團博覽會。我們去拿些小冊子吧。

❻ **Hope that I can't be expelled from school.**
希望我不會被開除學籍。

❼ **The members of the classical music club are going to elect a new president next Saturday.**
古典音樂社的團員們下週六將要選個新社長。

❽ **How long are you going to study at a university overseas?**
你在國外念大學要多久的時間呢？

❾ **How often do the members attend a club meeting?**
社員多常要參加社團會議？

Must Know!! 一定要知道的小知識 !!

★這裡用到的句型★
【第 1 句的句型】**make a decision** 做決定
【第 2 句的句型】**hit the books** 讀書
【第 4 句的句型】**I have no idea...** 我不知道…
【第 6 句的句型】**be expelled from school** 被開除學籍
【第 8 句的句型】**study at a university overseas** 在國外念大學
【第 12 句的句型】**put up with...** 忍受…
【第 13 句的句型】**on the other hand** 換句話說
【第 15 句的句型】**May I know...?** 我可以知道…嗎？
【第 17 句的句型】**invite sb. to...** 邀請某人做…
【第 18 句的句型】**hit the road** 上路

⑩ **Excuse me. Is it possible for me to get an interview?**
請問，我有機會參加面試嗎？

⑪ **What kind of professional training do you have for the employees?**
你們會為員工提供什麼樣的專業培訓呢？

⑫ **I couldn't put up with the heavy workload anymore.**
我再也無法忍受這繁重的工作量。

⑬ **On the other hand, we can make good friends in such a working area.**
換句話說，我們可以在這樣的工作環境裡交到不錯的朋友。

⑭ **Is my major task dealing with customer complaints and feedback?**
我的工作是負責處理客戶的投訴和回饋嗎？

⑮ **May I know about the benefits of employee?**
我可以知道員工福利有哪些嗎？

⑯ **Do I get overtime pay as well?**
我也可以有加班費嗎？

⑰ **Willy invites all of us to have dinner at Thanksgiving at his place.**
威利邀請我們大家在感恩節到他家吃晚餐。

⑱ **Whatever you say, let's hit the road and arrive at our destination as soon as possible.**
不管你說什麼，我們上路吧，並盡快達到我們的目的地。

★ 截然不同的宿舍文化 ★

出國就是要體驗不同的風俗民情，在美國大學每一間宿舍都各自有自己的文化，也有我們常在電影裡看到的「兄弟會」、「姐妹會」，例如比較久以前的片子《白雪新鮮人（*Sydney White*）》、《女郎我最兔（*Sydney White*）》就把大學校園裡學生之間的角力關係描述的非常生動，但是電影劇情並不一定會在現實生活中上演，電影中瘋狂的派對場面也許只存在在電影中喔！

一般大學都有不同的宿舍供學生選擇，最常見的是單人房和雙人房，通常衛浴設備是每層樓共同使用的。宿舍也多會設有聯誼室，方便學生互相交流，雖然美國大學的宿舍看是比台灣的開放許多，但還是有不少明文規定，每一間宿舍也都會有舍監管理，如果學生違反規定的話，宿舍管理委員會也是有權利勒令學生退宿的。

Chapter 4

Let's Go!

Get Sick ｜ 生病 ｜
★掛號　★看醫生　★拿藥　★手術　★住院

掛號 | Register

MP3 4-01

A: Excuse me. I'm going to register for my stomachache.
不好意思，我胃痛要掛號。

B: Please show me your NHI card and fill out this form.
請給我健保卡並填寫這張表格。

A: OK. Here they are. How long should I wait for my turn?
好的，在這裡。多久才輪到我呢？

B: Just a couple of minutes. You can sit there and wait to be called.
只要幾分鐘就好了。你可以坐在那裡等候叫號。

Vocabulary 單字

register [ˋrɛdʒɪstɚ] ⓥ 掛號、註冊	**registration** [ˌrɛdʒɪˋstreʃən] ⓝ 掛號、註冊	**registration counter** [ˌrɛdʒɪˋstreʃən ˋkauntɚ] ⓝ 掛號櫃台	**sign-up sheet** [saɪnʌp ʃit] ⓝ 登記表格
NHI card [ɛnetʃaɪ kɑrd] ⓝ 健保卡	**medical history** [ˋmɛdɪkl̩ ˋhɪstərɪ] ⓝ 病史	**medical record unit** [ˋmɛdɪkl̩ ˋrɛkɚd ˋjunɪt] ⓝ 病歷室	**number display panel** [ˋnʌmbɚ dɪˋsple ˋpænl̩] ⓝ 號碼顯示器
aside [əˋsaɪd] ⓐ 在旁邊、向旁邊	**stomachache** [ˋstʌmək͵ek] ⓝ 胃痛	**crouch** [ˋkrautʃ] ⓥ 蜷縮、蹲蜷	**stomach** [ˋstʌmək] ⓝ 胃
tummy [ˋtʌmɪ] ⓝ 肚子、胃	**diarrhea** [ˌdaɪəˋriə] ⓝ 拉肚子、腹瀉	**constipation** [ˌkɑnstəˋpeʃən] ⓝ 便秘	**hemorrhage** [ˋhɛmərɪdʒ] ⓝ 內出血
colicky pain [ˋkɑlɪkɪ pen] ⓝ 絞痛	**distended pain** [dɪˋstɛndɪŋ pen] ⓝ 腹痛	**cramping pain** [kræmpɪŋ pen] ⓝ 抽筋	**gastric drug** [ˋgæstrɪk drʌg] ⓝ 胃藥

Sentence Pattern 萬用句型 | 只要掌握句型並替換關鍵字，掛號也有多種說法 |

- **have an upset stomach** 胃不舒服

  Eating too much junk food will make you have an upset stomach.
  吃太多的垃圾食物會讓你的胃不舒服。

- **suffer from + N** 蒙受…之苦

My dad suffers from abdominal pain for many years. 我爸爸蒙受十二指腸潰瘍好多年了。

會話 | 掛號時還會聽到、說到的會話 |

- Is this your first time coming to this hospital?　你是第一次到這間醫院嗎？

- You have a slight GI infection.　你有輕微的腸胃炎。
（傳染）

- Please fill out this information form.　請填寫一下資本資料。

- I need your National Health Insurance card.　我需要你的健保卡。

- I feel that my stomach is squeezed.　我覺得我胃絞痛。
（擠壓、壓縮、壓榨）

- I would like to make a registration.　我想要掛號。

- I have an appointment with Dr. Yang of the Gastroenterology Department.
（doctor 的縮寫，為醫生的意思）
我有掛楊醫師的腸胃科門診。

- I want to make an appointment with gastroenterology.　我想要掛腸胃科。
（腸胃病學）

- Which doctor is on duty today?　今天是哪位醫生看診？

- The registration fee is NT$150 dollars.　掛號費新台幣一百五十元。

- Where is the consulting room?　診療室在哪裡？
（專門診視的）

- My stomach aches badly.　我的胃好痛。
（（持續地）疼痛）

- My tummy is killing me.　我的肚子好痛。

- I have a stomachache.　我胃痛。

- Please sit there to wait until you are called.　請坐在那邊等候叫號。

- Don't drink too much alcohol. Otherwise, you'll have a stomach ulcer.
（潰瘍）
不要喝太多的酒，要不然你會有胃潰瘍。

- Fortunately, we have an early detection to cure your stomach cancer.
幸運的是，我們及早發現來治療你的胃癌。

會話補充重點

- **fill out** 解釋為「填寫、寫出」的意思，也可以代換成 **fill in**，但是 **fill in** 是指填寫表格中的幾個特定的空格部分；而 **fill out** 則是填滿表格中所有的資料。

- **make one's registration** 解釋為「掛號」的意思，其為片語用法，也可以代換 **register** 的字詞用法。

- **make an appointment** 解釋為「預約」的意思，此種預約通常是和專業人士，如：醫生、律師、諮詢師等的預約用法。

- **be on duty** 解釋為「執勤、上班」的意思。字面上 **duty** 是做「責任」解釋，在醫院也就引申為「看診」了。

- **wait for** 解釋為「等候」的意思，因為 **for** 是介系詞，所以其後應接名詞或是動名詞的形式。

看醫生 | See a Doctor

MP3 4-02

A: What's going on with your eyes?

你的眼睛怎麼了呢?

B: I think soft contact lenses may cause infection. I feel bad now.

我想軟式隱形眼鏡可能造成感染,我現在很不舒服。

A: Let me check your eyes. Oh…The infection is very serious. It will result in intense pain and even blindness.

我來看看你的眼睛。喔…感染的非常嚴重。它可能會導致劇烈疼痛,甚至會失明。

B: Do I need long-term treatment of eye medicine and an operation?

我需要長期使用眼睛藥物,甚至開刀治療嗎?

Vocabulary 單字

symptom [`sɪmptəm] **n** 症狀、癥候	astigmatism [ə`stɪgmə,tɪzəm] **n** 散光	myopia [maɪ`opɪə] **n** 近視	hyperopia [,haɪpə`ropɪə] **n** 遠視
presbyopia [,prɛzbɪ`opɪə] **n** 老花	amblyopia [,æmblɪ`opɪə] **n** 弱視	cataract [`kætə,rækt] **n** 白內障	glaucoma [glɔ`komə] **n** 青光眼
night blindness [naɪt `blaɪndnɪs] **n** 夜盲症	color blind [`kʌlə blaɪnd] **n** 色盲	sty [staɪ] **n** 針眼	trachoma [trə`komə] **n** 砂眼
conjunctivitis [kən,dʒʌŋktə`vaɪtɪs] **n** 結膜炎	keratitis [,kɛrə`taɪtɪs] **n** 角膜炎	vision [`vɪʒən] **n** 視力	illusion [ɪ`ljuʒən] **n** 幻覺
infection [ɪn`fɛkʃən] **n** 感染	eye floater [aɪ `flotə] **n** 飛蚊症	examine [ɪg`zæmɪn] **v** 檢查	ophthalmologist [,afθæl`malədʒɪst] **n** 眼科醫生

Sentence Pattern 萬用句型 | 只要掌握句型並替換關鍵字,看醫生也有多種說法 |

● **apply some ointment to…** 在…塗上藥膏

The ophthalmologist said to apply some ointment to my skin around my right eye.
眼科醫生說要塗點藥膏在我的右眼周圍的皮膚上。

會話 | 看醫生時還會聽到、說到的會話 |

- My eyes hurt a lot.　我的眼睛好痛。

- Let me check your eyes with this apparatus.　讓我用儀器檢查你的眼睛。
  　　　　　　　　　　　　　　　　↑ 機械、儀器

- Your eyes inflamed.　你的眼睛發炎了。
  　　　　↑ 發炎、變紅腫

- Remember to go to bed earlier.　記得要早一點睡覺。

- How long have you had the symptoms?　這個症狀持續多久了？

- It has hurt for two weeks.　已經痛兩個星期了。

- You are diagnosed with a sty.　你長針眼了。
  　　　　　↑ 診斷

- How long does it take to recover?　要多久才會好？
  　　　　　　　　　　　↑ 恢復健康、恢復原狀

- Generally speaking, it takes a few days.　大致上來說，需要幾天才會好。

- You have to take good care of your eyes.　你要好好照顧你的眼睛。

- Don't eat spicy food.　不要吃辣的東西。

- Is there anything I have to pay attention to?　有什麼我需要注意的地方嗎？

- Don't forget to apply the eye drops four times a day.　別忘了一天要點四次眼藥水。
  　　　　　　　　　　　　　　↑ 點藥水、滴劑、一滴

- The inflammation is caused by bacteria.　發炎是由細菌感染引起的。
  　　　　↑ 發炎

- More rest will shorten the recovery process.　多休息就可以早一點康復。

- Without proper treatment, the serious symptoms may lead toblindness.
  沒有適當的治療，這個嚴重的症狀可能會導致失明。

- Because of the trachoma, my eyes are gummed up and watery.
  因為砂眼，我的眼睛睜不開也會分泌淚液。

會話補充重點

- apparatus 解釋為「儀器、設備」的意思，還可以代換成 instrument，但要特別注意的是，後者還可以當作「樂器」來解釋喔。

- last 一般知道的意思都是為形容詞「最後的、最新的」之意；或者是當做副詞「最後地」之意。但在本會話單元中，last 是當作動詞使用，解釋為「持續」的意思。

- 要表達「次數」的用法，除了「一次」使用 once、「兩次」使用 twice 之外，其餘的都是用「次數 + times」來呈現。

- bacteria 當作名詞使用，解釋為「細菌」的意思，其複數變化為不規則變化，且當字尾是「ia」結尾的名詞，其複數型態便需改為「um」。也就是：bacterium。

- hurt 解釋為「疼痛」的意思，其動詞三態為不規則變化，即：hurt → hurt → hurt。

拿藥 | Take Medicine

 4-03

A: Here is your prescription and medicine.
這是你的處方箋和藥品。

B: Is there something that I have to notice?
有什麼是我必須要注意的呢？

A: Never exceed the recommended dosage.
不要服用超過建議的藥量就可以了。

B: I won't and I'll take the medicine regularly.
我不會的，而且我會按時地吃藥。

Vocabulary 單字

prescription [prɪ`skrɪpʃən] **n** 處方箋	**pharmacy** [`fɑrməsɪ] **n** 藥房	**pharmacist** [`fɑrməsɪst] **n** 藥師	**suppressant** [sə`prɛsənt] **n** 抑制藥
painkiller [`pen͵kɪlə] **n** 鎮痛劑	**side effect** [saɪd ɪ`fɛkt] **n** 副作用	**antibiotics** [͵æntɪbaɪ`ɑtɪks] **n** 抗生素	**pill** [pɪl] **n** 藥丸
capsule [`kæpsl] **n** 膠囊	**medical** [`mɛdɪkl] **a** 醫療的、醫術的	**tablet** [`tæblɪt] **n** 藥片	**effective** [ɪ`fɛktɪv] **a** 有效的、起作用的
medicine [`mɛdəsn] **n** 藥物	**stock** [stɑk] **v** 庫存	**per** [pə] **p** 每	**powder** [`paudə] **n** 藥粉
drug [drʌg] **n** 藥	**liquid medicine** [`lɪkwɪd `mɛdəsn] **n** 藥水	**dose** [dos] **n** 一劑藥量 **v** 服藥	**steroid** [`stɪrɔɪd] **n** 類固醇

Sentence Pattern 萬用句型 | 只要掌握句型並替換關鍵字，拿藥也有多種說法 |

- **leave one's stomach empty** 保持空腹

Remember to leave your stomach empty before you take medicine.
記得在吃藥前要保持空腹。

- **account for...** 說明⋯

Let me account for the prescription. 我來說明處方箋。

- **do the trick** 達到想要的結果、奏效

Take four pills per day after each meal. It will do the trick.
每天飯後四粒藥丸。這個藥的藥效很好。

Chapter 4

會話 | 拿藥時還會聽到、說到的會話 |

- I would like to make sure the name on the medicine bag is correct.
  我必須確認藥袋上的名字是正確的。

- Take the medicine after each meal.　每餐飯後服藥。

- Take two tablets twice a day with warm water.　一天吃兩次，每次兩顆，配溫開水。

- Don't take medicine with alcohol.　不要用酒精飲料配藥。
  ⤴ 指示、用法説明

- Let me tell you some directions for taking medicine.
  讓我告訴你一些用藥的注意事項。

- What are the side effects of the medicine?　這個藥有哪些副作用？

- You may feel sleepy after taking this medicine.　服藥後可能會嗜睡。
  ⤴ 嘔吐，動詞原形為 vomit

- You will feel like vomiting after taking this drug.　你吃藥後可能會想吐。
  ⤴ 中止、干擾

- The medicine should be taken consistently without interruption.
  服藥必須持續不能中斷。

- The effect will last for three hours.　藥效持續三小時。
  ⤴ 發燒、發熱

- Take one more dose if you get a fever.　如果發燒就再多服一劑。

- You had better avoid driving after taking this medicine.　服藥後請避免駕駛。
  ⤴ 藥膏、軟膏

- Apply the ointment to the wounded part when it hurts.　疼痛時請將藥膏塗抹於患處。

- I hope you recover from the illness as soon as possible.　祝你早日康復。

- This is a three-day prescription.　這是三天份的處方藥。

- At present, you should give rest top priority.　目前你應該把休息列為第一優先才是。

- The pharmacist goes over my prescription again and again.
  藥劑師一次又一次地檢查我的處方箋。

會話補充重點

- make sure 解釋為「確認」的意思，和其類似用法還有 confirm。

- medicine 解釋為「藥、內服藥」的意思，其動詞用法需為 take，而非 eat 或是 taste。畢竟「藥物」不是用來慢慢品嘗的喔。

- feel 為感官動詞的一種，其後可接形容詞、動名詞或是原形動詞。

- get a fever 解釋為「發燒」的意思，也可以將改為 have a fever 或是 have got a fever 的用法。

- three-day 為形容詞用法，其文法結構為 a + three-day + N。所以在表示「三天的處方箋」時，便用到了形容詞的前位修飾法，用來修飾後面的名詞，即：a three-day prescription。

手術 | Surgery

MP3 4-04

A: Are we going to the operating room now?
我們現在要進手術室了嗎？

B: Yes, we are. Don't be nervous. Dr. Lin is the professional in the surgery field.
是的，不要緊張，林醫師是外科界的權威。

A: Yeah! Just hope that everything will be OK.
是啊！我只是希望一切順利。

B: It will be. And you'll recover soon as well.
會的，而且你也會很快就康復了。

Vocabulary
單字

surgery [ˋsɝdʒərɪ] n 手術	**blood pressure** [blʌd ˋprɛʃɚ] n 血壓	**pulse** [pʌls] n 脈搏	**blood sugar** [blʌd ˋʃugɚ] n 血糖
inject [ɪnˋdʒɛkt] v 注射	**bistoury** [ˋbɪsturɪ] n 外科手術小刀	**operate** [ˋɑpəˏret] v 動手術	**soothe** [suð] v 安撫
sew [so] v 縫合	**stanch** [stæntʃ] v 出血	**stick** [stɪk] v 沾黏	**surgeon** [ˋsɝdʒən] n 外科醫生
bandage [ˋbændɪdʒ] n 繃帶	**cotton wool** [ˋkɑtn wul] n 棉花	**forceps** [ˋfɔrsəps] n 鑷子	**gauze** [gɔz] n 紗布
surgical suit [ˋsɝdʒɪkl sut] n 手術衣	**syringe** [ˋsɪrɪndʒ] n 針筒	**tourniquet** [ˋturnɪˏkɛt] n 止血帶	**clamp** [klæmp] n 止血鉗

Sentence Pattern
萬用句型 | 只要掌握句型並替換關鍵字，手術也有多種說法 |

- **stop the bleeding** 止血

The interns assist the doctor in stopping the bleeding from the patient.
實習醫生們協助醫生幫病患止血。

- **get surgery** 接受手術

Have you heard that Mr. Chen got surgery on his heart last week?
你聽說陳先生上星期接受了心臟手術嗎？

- **get sb. x-rayed** 讓某人照 X 光

Before you undergo surgery, the nurse will get you x-rayed.
在你動手術之前，護士會先幫你照X光。

Conversation
會話 | 手術時還會聽到、說到的會話 |

過敏的，片語用法為 be allergic to + N
- Are you allergic to any drugs?　你有對任何藥物過敏嗎？

蛋白質
- I'm allergic to protein.　我對蛋白質過敏。

- Can you tell me your medical history?　可以告訴我你的病史嗎？

- Don't worry. Everything will be alright.　別擔心，一切都會沒事的。

麻醉師
- The anesthesiologist will anaesthetize you later.　麻醉師等下將幫你麻醉。

麻醉的
- You will feel like falling asleep after being anaesthetized
  麻醉後，你會像睡著一樣。

腫瘤、腫塊
- Your tumor is going to be removed.　你的腫瘤將被移除。

切結、具結
- Your father has signed the operational recognizance.
  你的父親已經簽了手術切結書。

- Your family are waiting outside the operating room.　你的家人正在手術室外等候。

舒服的、舒適的
- I don't feel comfortable in the operating gown.　手術衣讓我覺得不舒服。

- Are you ready for the operation?　你準備好要動手術了嗎？

- Dr. White is going to perform an operation on you.　懷特醫師將會為你動手術。

- Have you felt any discomfortable so far?　到目前為止有任何不舒服的嗎？

- Please do not eat anything or drink water before the operation.
  在開刀前請不要吃任何東西和喝水。

腫瘤科醫生
- Stay calm and Dr. Lin is a professional oncologist.
  保持冷靜，林醫師是位專業的腫瘤科醫生。

- The medical team is performing an operation about lung cancer in the operating
  room.　醫療團隊正在手術室裡進行關於肺癌的手術。

會話補充重點

- fall asleep 解釋為「熟睡」的意思。其中 asleep 當做副詞使用，解釋為「進入睡眠狀態」之意，動詞 fall 為「掉落」之意，單就字詞解釋為「掉落進睡眠狀態」，也就引申出「熟睡」之意。

- in 解釋為「穿著、戴著」之意，是用來表達外在的衣物、配件等所使用的介系詞用法。也可以代換成 wear 或是 put on 的字詞或是片語用法，只是前者為穿著的狀態，後者為穿著的動作。

- perform an operation 解釋為「施行手術」之意，要接受詞之前必須先加介系詞 on。

- stay calm 解釋為「保持冷靜」的意思，其中 stay 為「保持」之意，也可以代換成 keep、maintain 等字詞用法。

Dialogue 對話 | 住院 | Hospitalize

A: Hi, there. How's it going after the operation?
哈囉，手術過後一切都還好吧？

B: Everything seems to be alright.
一切似乎都還不錯。

A: Here are some fruits and vitamins for you. Hope you get well soon.
這些是給你的水果和維他命。希望你早日康復。

B: Thanks. Could you lift up my bed, please? I can hardly move because of the intravenous drip.
可以幫我升起病床嗎？因為打點滴，我幾乎無法動。

Vocabulary 單字

hospitalize [`hɑspɪtḷͺaɪz] ⓥ 住院、就醫	**wound** [wund] ⓝ 傷口	**normal ward** [`nɔrmḷ wɔrd] ⓝ 普通病房	**inpatient** [`ɪnͺpeʃənt] ⓝ 住院病人
hospitalization [ͺhɑspɪtḷɪ`zeʃən] ⓝ 住院	**intravenous drip** [ͺɪntrə`vinəs drɪp] ⓝ 靜脈點滴	**ward round** [wɔrd raund] ⓝ 醫師查訪	**intense care unit** [ɪn`tɛns kɛr `junɪt] ⓝ 加護病房 （縮寫為ICU）
discharge [dɪs`tʃɑrdʒ] ⓥ 出院	**head nurse** [hɛd nɝs] ⓝ 護理長	**chronic** [`krɑnɪk] ⓐ 慢性病的、長期的	**contagious** [kən`tedʒəs] ⓐ 傳染的
disable [dɪs`ebl] ⓥ 使傷殘、使無能力	**healthful** [`hɛlθfəl] ⓐ 有益健康的	**immune** [ɪ`mjun] ⓐ 免疫的	**dressing cart** [`drɛsɪŋ ɑrt] ⓝ 換藥車
call button [kɔl `bʌtn̩] ⓝ 呼叫鈴	**scar** [skɑr] ⓝ 傷痕 ⓥ 使留下疤痕	**diagnose** [`daɪəgnoz] ⓥ 診斷	**germ** [dʒɝm] ⓝ 細菌

Sentence Pattern 萬用句型 | 只要掌握句型並替換關鍵字，住院也有多種說法 |

● **be in the hospital** 住院

My grandfather has been in the hospital with cancer for a few months.
我祖父因為癌症已經住院幾個月了。

● **it's a bad time for + sb....** 心情不好

I know it's a bad time for you that you need be in the hospital.
我知道住院對你來說，讓你心情不好。

會話 | 住院時還會聽到、說到的會話 |

- How do you feel now?　現在覺得如何？
  - 在醫療方面，指的是手術，平時則有「操作、經營、作用」…等意思
- Did the operation go well?　手術還順利嗎？

- What do you want to eat for lunch?　你午餐想吃什麼？
  - 削去…的皮、剝掉…的殼
- Let me peel apples for you.　我來幫你削蘋果。

- I'm thirsty. I would like to drink some water.　我渴了，想喝點水。
  - 拜訪、探望，動詞原形為 visit
- Thanks for visiting me.　謝謝你來探望我。

- I'll see you someday. Bye.　改天再來看你，拜拜。

- When can you be discharged from the hospital?　你什麼時候可以出院？

- Doctor said I have to be in the hospital for about 2 weeks.
  醫生說我要住院兩星期。

- What else do you lack?　你還有缺什麼東西嗎？
  - 陽光、晴天
- I want to go outside to enjoy the sunshine.　我想要到戶外享受陽光。

- It's time to take medicine.　該吃藥了。
  - 花束、一束花
- The card and bouquet are for you.　卡片和花束是給你的。

- Every classmate longs to see you again.　班上每位同學都很想趕快見到你。
  - 在美國，為止痛藥的口語說法
- I take pain-killers to ease the pain.　我藉由止痛藥來減輕痛苦。

- I feel drained after the operation.　手術過後，我全身沒有力氣。

- Dr. Wang examines every patient carefully so that it takes a long time.
  王醫生仔細地檢查每個病患，所以花了很久的時間。

會話補充重點 —————

- go well 解釋為「順利」的意思，也可以代換成 smoothly、successfully 和 favorably 等字詞，同樣具有「順利」之意。

- someday 解釋為「將來有一天、有朝一日」的意思，通常用在未來式的句型。也可以代換成 one day，但其同時具有「過去某一天」和「將來某一天」的意思，因此需依句意要求做適當的時態變化。

- discharge 解釋為「允許…離開」的意思，須先接介系詞 from 後再接名詞。和類似片語還有 release from。

- it's time to + V 解釋為「是…的時候」之意，也可以代換成 it's time for + N 的用法，即：it's time for medicine。

- long 解釋為「渴望」的意思時，其後需接不定詞 to。類似片語還有 yearn for。

Car Accident ｜車禍｜
★撞別人　★被別人撞　★目擊者　★報案　★幫助傷患

撞別人 | Crash

MP3 4-06

A: You shouldn't drive quickly in the slow lane, sir.
先生，你不應該在慢車道開這麼快。

B: I'm sorry that the heavy rain blurred my eyes.
很抱歉，大雨模糊了我的視線。

A: Make sure you keep your eyes on the road, OK?
你必須確定注意路況，好嗎？

B: I'll be in a charge of it. Please accept my apology again.
我會負責的，請再次接受我的道歉。

Vocabulary 單字

car crash [kar kræʃ] **n** 車禍	**overtake** [ˏovɚˋtek] **v** 經過、超過	**proceed** [prəˋsid] **v** 行進	**tailgate** [ˋtel⸴get] **v** 緊跟著前車行駛
automobile [ˋɔtəmə⸴bɪl] **n** 汽車	**motorist** [ˋmotərɪst] **n** 開汽車的人	**milepost** [ˋmaɪl⸴post] **n** 里程標誌	**speed camera** [spid ˋkæmərə] **n** 測速照相機
taillight [ˋtel⸴laɪt] **n** 車尾燈	**tailstock box** [ˋtel⸴stak baks] **n** 車尾置物箱	**cyclist** [ˋsaɪklɪst] **n** 騎腳踏車的人	**motorcyclist** [ˋmotɚ⸴saɪklɪst] **n** 騎摩托車的人
traffic violator [ˋtræfɪk ˋvaɪə⸴letɚ] **n** 交通違規者	**drunk driving** [drʌŋk ˋdraɪvɪŋ] **n** 酒醉駕車	**compensation** [⸴kampənˋseʃən] **n** 賠償	**breath test** [brɛθtɛst] **n** 酒測
fatigue [fəˋtig] **n** 疲累、勞累 **v** 使疲勞	**air bag** [ˋɛr ⸴bæg] **n** 安全氣囊	**guardrail** [ˋgard⸴rel] **n** 護欄、欄杆	**apologize** [əˋpalə⸴dʒaɪz] **v** 道歉、致歉

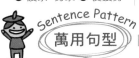

Sentence Pattern 萬用句型 | 只要掌握句型並替換關鍵字，撞別人也有多種說法 |

● **I'm sorry that...** 很抱歉…

I'm sorry that I hit you. Let me call the police and the ambulance.
很抱歉我撞到你，我來打電話叫警察和救護車。

● **keep one's eyes on...** 注意…

It's very important to keep your eyes on the road while you are driving.
當你開車時，注意路況是很重要的。

逆、對著、反對、違反
- Why did you ride against the traffic? 為什麼你要逆向騎車呢？

- Didn't you see the red light? 你沒看到紅燈嗎？

弄壞、毀壞，break 的過去分詞
- My driving light is broken. 我的車頭燈壞了。

- My headstock was seriously damaged. 我的車頭嚴重損毀。

police 當作警察解釋，也可換成 police officer 和 cop（口語用法）
- I have to call the police. 我必須報警。

- How can you talk on the phone while driving? 你怎麼可以邊講電話邊開車呢？

公尺、米
- We have to put warning signals in forty meters.
  我們必須在四十公尺外放置警告標誌。

- How come you sent text messages when you rode your motorcycle?
  你怎麼邊騎車邊傳簡訊？

- Are you alright, Mister? 先生，你還好嗎？

- Did you get hurt or something? 你有受傷還是怎麼樣嗎？

- Help me call my sister. 幫我打給我姊姊。

補償、賠償
- You have to compensate for my loss. 你必須賠償我的損失。

粗劣的、貧乏的、不充足的
- You do have poor driving skills. 你的開車技術真差。

- Oh my! I just bought this car last week. 喔，不！我上禮拜才剛買這台車的。

- Why do I have such a bad luck? 我怎麼這麼倒楣啊？

- Are you under the weather now? 你現在有不舒服嗎？

- Are you in charge of the upkeep of my car? 你要負責我車子的修理費嗎？

- To my knowledge, you violated the traffic regulations. 就我所知，你違反了交通規則。

- The car accident resulted from careless driving. 這場車禍起因於粗心駕駛。

會話補充重點

- against 當作介系詞使用，解釋為「逆、對著」的意思，所以用在交通 the traffic 上，就具有逆向行駛的意思了。

- how come 解釋為「為什麼…、何以會…」的意思，屬於口語用法，其後直接使用直述句來表達就可以了；也能以 why 所引導的疑問句為首。

- compensate 解釋為「賠償、補償」的意思，須先接介系詞 for 後才能接受詞。

- 要表達「倒楣」之意，除了會話句中的 be in a bad luck 之外，也可以代換成 be out of luck。

被別人撞 | Accidents

MP3 4-07

A: Don't you know running a red light is very dangerous?
你不知道闖紅燈是非常危險的嗎？

B: I do, and I'm really sorry. Are you OK now?
我知道，我很抱歉。你現在還好嗎？

A: I think I just got a little hurt. But, please abide by the traffic signals next time.
我想我只有一點點受傷。但是，下次請遵守交通號誌。

B: Thanks a bunch, I will.
非常感謝你，我會遵守的。

Vocabulary
單字

interchange [`ɪntɚˌtʃendʒ] ⓝ 交流道	**speeder** [`spidɚ] ⓝ 超速行車者	**centerline** [`sɛntɚˌlaɪn] ⓝ 中線	**posted speed limit** [postɪd spid `lɪmɪt] ⓝ 速限標誌
helmet [`hɛlmɪt] ⓝ 安全帽	**floorboard** [`florˌbord] ⓝ 踏板平台	**headlamp** [`hɛdˌlæmp] ⓝ 車前燈	**saddle** [`sædl] ⓝ 車座
turn signal [tɝn `sɪgnl] ⓝ 方向燈	**bike commuter** [baɪk kə`mjutɚ] ⓝ 騎腳踏車的通勤族	**scooter commuter** [`skutɚ kə`mjutɚ] ⓝ 騎摩托車的通勤族	**jaywalk** [`dʒeˌwɔk] ⓝ 行人亂穿越馬路
emergency triangle [ɪ`mɝdʒənsɪ `traɪæŋgl] ⓝ 三角警告標誌	**blind spot** [blaɪnd spat] ⓝ 視線死角	**char** [tʃar] ⓥ 燒焦 ⓝ 焦炭物	**sidewalk** [`saɪdˌwɔk] ⓝ 人行道
collision [kə`lɪʒən] ⓝ 碰撞、相撞	**oncoming** [`anˌkʌmɪŋ] ⓐ 迎面而來的、接近的	**intersection** [ˌɪntɚ`sɛkʃən] ⓝ 十字路口、道路交叉口	**fender-bender** [`fɛndɚ`bɛndɚ] ⓝ 小車禍、擦撞

Sentence Pattern
萬用句型 ｜只要掌握句型並替換關鍵字，被別人撞也有多種說法｜

● **It doesn't matter…** …不成問題

It's doesn't matter how serious my wound is. Just remember to abide by the traffic rules .
我的傷勢有多嚴重不是問題，你只要記得要遵守交通規則。

有斑馬條紋的人行道，為英式用法

- Hey! You are riding on the zebra crossing.　嘿！你騎到斑馬線上了。

人行道、鋪過的道路

- It's safer to walk on the pavement.　走人行道比較安全。

- I wonder how you got your license　我很懷疑你怎麼考到駕照的。

- Why do you ride at such a high speed?　你為什麼騎這麼快？

- You should have paid attention to the traffic.　你應該要注意交通的。

在此為名詞，表示「入迷的人、有癮的人」

- Smart phone addicts are more likely to be hit by vehicles.
智慧型手機成癮者（低頭族）比較容易被車撞。

- Sorry, I am going to be late for work.　抱歉，我上班快遲到了。

危險的、冒險的，也可換成 dangerous

- It's perilous to drive at a high speed at the intersection.
在十字路口高速騎車很危險的。

- I feel very dizzy now.　我現在頭好暈。

- I apologize for my carelessness.　我為我的粗心感到抱歉。

痛苦；不幸

- Misery loves company. My cellphone is broken, too.　禍不單行，我的手機也壞掉了。

- How about letting me take you to the hospital?　不如我載你去醫院吧？

- That's okay. I'm fine.　沒關係，我沒事。

- Can anyone give me a hand?　有人可以幫忙嗎？

- Help me collect my books. They're all over the road.　幫我撿散落一地的書本。

- It would be better to keep the safety distance while you are driving.
當你開車時保持安全距離可能會比較好。

ⓘ 會話補充重點

- ride 解釋為「騎、騎乘」的意思，一般用在腳踏車、摩托車或是馬匹上，在會話句中使用完成式的時態，其動詞三態為不規則變化，即：ride → rode → ridden。

- pavement 解釋為「人行道」的意思，和其相同用法的字詞還有 sidewalk，且走在人行道上之介系詞應為 on。

- addict 除了可以當作動詞使用，解釋為「使成迷、使成癮」的意思；也可以當作名詞使用，解釋為「入迷的人、有癮的人」之意，而時下流行的智慧型手機造成的低頭族現象，就可以用 smart phone addicts 來表示了。

- Misery loves company. 為諺語，是「禍不單行」的意思。而此處的 company 並非指「公司」而言，而是當作「一群」之意，言下之意就是指倒楣的事情會接踵而來。同樣地，我們也可以代換成 Misfortunes never come singly. 的諺語用法。

對話 | 目擊者 | Witness

A: There's a car accident ahead.
前方有一起車禍。

B: Oh, man! Two cars collided head on here.
我的天哪！兩部車正面對撞。

A: As you know, reckless driving is one of the causes of many accidents.
如你所知，魯莽開車是造成眾多意外的原因之一。

B: And it not only makes the traffic have come to a dead stop but also makes victims got hurt or dead.
而且不僅造成交通癱瘓，也會造成受害者受傷或死亡。

Vocabulary 單字

witness [`wɪtnɪs] ⓝ 目擊者、目擊證人	encounter [ɪn`kauntɚ] ⓥ 遭逢、遭遇	rollover [`rol͵ovɚ] ⓝ 翻車	flee [fli] ⓥ 逃走、逃離
hit-and-run [hɪtændrʌn] ⓝ 肇事逃逸	involve [ɪn`valv] ⓥ 捲入、牽涉	fault [fɔlt] ⓝ 錯誤、（過失的）責任	identify [aɪ`dɛntə͵faɪ] ⓥ 辨識、辨認
conduct [kən`dʌkt] ⓥ 指揮、處理	jackknife [`dʒæk͵naɪf] ⓥ 折彎、把…折攏	oncoming traffic [`an͵kʌmɪŋ`træfɪk] ⓝ 逆向來車	pileup [`paɪl͵ʌp] ⓝ 相撞
pothole [`pat͵hol] ⓝ 坑洞	swipe [swaɪp] ⓥ 碰撞、猛擊	scene [sin] ⓝ 現場	skid [skɪd] ⓥ 打滑、滑行 ⓝ 打滑
reckless driving [`rɛklɪs `draɪvɪŋ] ⓝ 魯莽的開車	broadside [`brɔd͵saɪd] ⓐⓓ 以側面對著、側面地	chain-reaction accident [͵tʃen rɪ`ækʃən `æksədənt] ⓝ 連環車禍	unforgettable [͵ʌnfɚ`gɛtəbl] ⓐ 無法忘記的、難以忘懷的

Sentence Pattern 萬用句型
| 只要掌握句型並替換關鍵字，目擊者也有多種說法 |

● **have problems (in) + V-ing** 費了勁才…

The police have problems dealing with the truth of the car crash.
警方費了很大的勁在找尋車禍的真相。

● **have + sth. + p.p.** 使某物被…

The police have the wreck of the crash towed away as soon as they can.
警察盡快將車禍殘骸拖吊離開。

- There are always a lot of car accidents during rush hours.
  尖峰時刻總會發生很多車禍。

- That pedestrian was badly hurt. 那位行人傷的很嚴重。
  行人、步行者

- We have to obey the traffic rules. 我們必須遵守交通規則。

- Drivers should concentrate. 駕駛人必須專心。
  集中精神、全神貫注

- Pedestrians had better take the pedestrian bridge. 行人最好能走天橋。

- I think the design of the traffic signal is so weird. 我覺得交通號誌的設計很奇怪。
  怪誕的、鬼怪似的

- It turns out that the driver doesn't have a license. 結果那個駕駛者根本是無照駕駛。

- More haste, less speed. 欲速則不達。

- It is worthless to lose your life for driving carelessly. 因粗心駕駛而喪命真不值得。
  粗心大意地、草率地、漫不經心地

- Traffic jam is become more serious after several accidents.
  幾起車禍後，交通變得更加壅塞了。

- The car is nearly destroyed. 車子幾乎全毀。

- The pileup is very horrible. 那場連環車禍好可怕。

- People have to be cautious of traffic. 人們必須注意交通狀況。
  為「十分小心的」之意，其後可接名詞或是動名詞

- There are lots of accidents taking place in this area. 這個地區很容易發生車禍。

- The policemen finally arrived. 警察終於到了。

- How could you be so careless as to not keep your eyes on the road?
  你怎麼可以這麼粗心而沒有注意路況呢？

- We put down the vehicle identification number so asto search out the traffic offender. 我們為了能夠找到肇事者而記下車牌號碼。

⚠️ 會話補充重點 ——

- turn out that 為片語用法，解釋為「結果是…」的意思，其後須接子句來說明句意。

- for 可以當作介系詞或是連接詞時，都具有「因為、由於」的意思，當作介系詞時，其後所接受詞可為名詞或是動名詞；若為連接詞，則須連接完整的子句。

- become 解釋為「變得、開始變成」的意思，為連綴動詞，後面可以接形容詞來修飾主詞。

- policeman 解釋為「警察」的意思，為不規則變化的名詞形式，其複數型態為 policemen。發音也須多加注意，前者須發 shaw 懶母音 [ə]，後者須發短母音 [ɛ]。

報案 | Call 911

 4-09

A: Did someone report a car accident?
有人報案嗎？

B: Yes, I did. Because we had a fender-bender at the corner.
是我報案的。因為我們在街角有擦撞事故。

A: OK, got it. We are going to investigate who was at fault in the accident. Please show me your licenses and registration first.
好的，知道了。我們會進行調查誰是這場車禍的肇事者。請先給我你們的駕照和行照。

B: Sure, here they are.
當然，拿去吧。

Vocabulary
單字

car broken sign [kɑr `brokən saɪn] n 汽車故障標誌	**traffic cop** [`træfɪk kɑp] n 交通警察	**road sign** [rodsaɪn] n 路標	**speed bump** [spid bʌmp] n 減速丘
police cruise [pə`lis kruz] n 警察巡邏車	**suspend** [sə`spɛnd] v 吊銷、使中止	**tow truck** [to trʌk] n 拖吊車	**settlement** [`sɛtlmənt] n 和解、解決
interrogation record [ɪnˌtɛrə`geʃən `rɛkəd] n 筆錄	**cordon** [`kɔrdn] n 封鎖線 v 包圍隔離	**low visibility** [lo ˌvɪzə`bɪlətɪ] n 能見度差	**negligence** [`nɛglɪdʒəns] n 人為過失
skid mark [skɪd mɑrk] n 煞車痕跡	**speeding** [`spidɪŋ] n 超速行車 a 快速行駛的	**unlicensed driving** [ʌn`laɪsənst `draɪvɪŋ] n 無照駕駛	**emergency measure** [ɪ`mɝdʒənsɪ `mɛʒə·ɪ] n 應變措施
detain [dɪ`ten] v 扣留、扣押	**investigate** [ɪn`vɛstəˌget] v 調查、研究	**violate** [`vaɪəˌlet] v 違反、違犯	**report** [rɪ`port] v 報案、告發

Sentence Pattern
萬用句型 | 只要掌握句型並替換關鍵字，報案也有多種說法 |

• **need + V-ing** 需要被…（表示被動）
The traffic offender <u>needs</u> punishing. 這名肇事者需要受罰。

- It is against the law to turn left at a red light.　紅燈左轉是違法的。

- You have to decelerate on the street corner.　轉彎處你必須減速。
  減速、降低速度

- You had already exceeded the speed limit.　你已經超速了。

- Do you have any witness to prove your innocence?　有目擊者能證明你的清白嗎？
  無罪、清白

- Please cooperate with the police.　請配合警方。
  合作、協作

- Don't interfere with the investigation.　不要妨礙調查。

- Please show me your driving license.　請出示駕照。

- Tell us the situation in detail.　詳述當時的情況。

- We are going to give you an alcohol test.　我們要執行酒測。
  酒精

- Drunken driving is very risky.　酒醉駕駛很危險。
  酒醉的、酒醉引起的

- What was your riding speed when you were riding a scooter?
  你剛才騎車的時速多少？

- He crashed my motorcycle at a high speed.　他以高速衝撞我的摩托車。

- He had tried to overtake me.　他曾試圖超車。
  追上、趕上、超過

- I didn't see his indication light.　我沒有看到他打方向燈。
  指示、徵兆

- You two come with me to make a report for the accident.
  你們兩個過來做車禍的筆錄。

- Do you know when the accident took place?　你知道車禍是何時發生的嗎？

- I'd like you to describe the details of the accident.　我希望你可以說明車禍的細節。

！會話補充重點

- be against the law 解釋為「違法」的意思，為片語用法，也可代換成 offend the law、break the law 或是 violate the law 等片語。

- cooperate 解釋為「合作、協作」的意思，其受詞為人時，所接之介系詞須為 with；若是要配合事務時，則以不定詞 to + V 來呈現。

- interfere with 解釋為「妨礙、阻礙」的意思，也可以代換成 hinder from 和 retard 的用法。

- 騎車交通工具的方式，除了可以使用「by + 交通工具」之外，也可以用「ride + a + 交通工具」的方式來呈現。

- with 當作介系詞時，有多重意思，但在會話句中是引用「以、用…的方法或手段」之意來形容高速行駛而造成衝撞的局面。

對話 幫助傷患 | **Helping the Wounded**

A: Are you OK, ma'am?
小姐，你還好嗎？

B: It's so terrible that I'm going to pass out.
太可怕了，我快昏倒了。

A: Don't worry. I've got the plate number. Let me help you to wait until the ambulance comes.
別擔心。我已經記下車牌號碼。我陪你到救護車來為止。

B: It's so kind of you. You really do me a big favor.
你人真好。你真的幫我很多的忙。

bystander [`baɪˌstændɚ] ⓝ 圍觀者	**paramedic** [ˌpærə`mɛdɪk] ⓝ 醫護人員	**pulse** [pʌls] ⓝ 脈搏	**unconscious** [ʌn`kanʃəs] ⓐ 喪失意識的、不省人事的
rescue [`rɛskju] ⓥ 救援、營救	**sprain** [spren] ⓝ 扭傷 ⓥ 扭傷、扭	**survive** [sɚ`vaɪv] ⓥ 生還、從…中逃生	**transport** [træns`pɔrt] ⓥ 運送、搬運
trap [træp] ⓥ 受困、堵塞 ⓝ 陷阱	**nausea** [`nɔʃɪə] ⓝ 噁心、作嘔	**hypoxia** [haɪ`paksɪə] ⓝ 缺氧	**coma** [`komə] ⓝ 昏迷、昏睡
lift [lɪft] ⓥ 抬、舉起	**electrocardiogram** [ɪˌlɛktro`kardɪəˌgræm] ⓝ 心電圖（簡稱為 EKG）	**injury** [`ɪndʒərɪ] ⓝ 傷患、損壞	**bleeding** [`blidɪŋ] ⓐ 流血的、出血的 ⓝ 流血、出血
ambulance [`æmbjələns] ⓝ 救護車	**first-aid personnel** [`fɝst`ed ˌpɝsn̩`ɛl] ⓝ 急救人員	**stretcher** [`strɛtʃɚ] ⓝ 擔架、撐具	**wheelchair** [`hwil`tʃɛr] ⓝ 輪椅

| 只要掌握句型並替換關鍵字，幫助傷患也有多種說法 |

● **sb. + be-V + trying to + V** 某人正努力…

The first-aid personnel are trying to save the victim's life.
急救人員正在努力拯救這名傷患的生命。

● **What caused...?** 什麼原因造成…？

What caused that terrible car accident to occur?　是什麼原因造成那場恐怖車禍呢？

Conversation 會話 | 幫助傷患時還會聽到、說到的會話 |

- Are you okay?　你還好嗎？

- My elbows got bruised.　我的手肘瘀青了。
  （受瘀傷、使青腫）

- I have trouble standing on my feet.　我完全站不起來。

- My legs are bleeding.　我的小腿在流血。

- What else can I do for you?　我還能幫你什麼忙？

- It's kind of you to help a stranger.　你願意幫助陌生人真是善良。

- I don't know how to express my appreciation.　我不知道該如何表達我的感激。
  （欣賞、鑑賞）

- The ambulance is going to arrive in ten minutes.　救護車十分鐘後抵達。

- Thanks for your help.　謝謝你的幫忙。

- I will pay your medical costs is as compensation.　我會負擔你的醫藥費做為賠償。
  （補償、彌補、賠償）

- Sorry, I wasn't aware that it had been a red light.　抱歉，我沒看到已經紅燈了。
  （察覺到，也可以代換成 notice 或 nose out）

- I have memorized your license plate.　我已經記下你的車牌。

- That motorcyclist hit and run.　那名機車騎士肇事逃逸。

- God's mill grinds slow but sure, so he will be caught very soon.
  法網恢恢疏而不漏，他很快就會被逮捕。
  （逮住、捕獲，原形為 catch）

- I would tell the police that I was the only witness.　我會告訴警方我是唯一的目擊證人
  （目擊者、證人）

- It may be necessary to call 119 when you encounter the car crash.
  當你遇到車禍時打 119 是必要的。

- It would be better to lie down until the paramedics come.
  直到醫護人員到達時，躺著可能會比較好。

- The man passed out because of the severe irritation.
  這名男子因為劇烈的疼痛而昏了過去。

ⓘ 會話補充重點

- 詢問他人狀況是否良好，除了可以使用 Are you okay? 之外，也可以代換成 Are you alright? 或是 Are you al right? 的用法。

- have trouble + V-ing 的句型用法，解釋為「在…有麻煩」的意思，其後接動名詞是因為省略掉介系詞 in 的關係，所以在書寫句子時需要特別的注意。

- it 虛主詞為首的句子，其後所接之形容詞是用來修飾人的個人特質且具有褒貶意味的時候，必須用 of sb. 的形式來呈現。所以形容人善良才會以 It's kind of you. 來表示。

- as 可以當作副詞、連接詞或是介系詞來使用，作介系詞使用時，解釋為「當作、作為」。

Robbery ｜搶劫｜
★搶劫 　★求救 　★報案 　★見義勇為 　★幫忙受害者

搶劫 | Be Robbed

A: How dare you steal my wallet. Give it back to me.
你怎敢偷我的皮夾呢？把它還給我。

B: Go away. I've got no time for you.
走開。我沒時間跟你耗。

A: Don't you have anything else to do? Don't you think about your family?
你沒別的事情可以做了嗎？你沒有想過你的家人嗎？

B: Beggars can not be choosers.
我沒有別的選擇。

Vocabulary
單字

thief [θif] n 盜賊、小偷	**rascal** [`ræsk!] n 流氓、無賴	**theft** [θɛft] n 竊盜、偷竊	**villain** [`vɪlən] n 惡棍、惡棍
gangster [`gæŋstɚ] n 歹徒、盜匪	**wallet** [`wɑlɪt] n 錢包、男用皮夾	**purse** [pɝs] n 錢包、女用皮夾	**robbery** [`rɑbərɪ] n 搶劫、竊盜
cause [kɔz] v 造成、引起	**commit** [kə`mɪt] v 犯罪、做錯事	**crime** [kraɪm] n 罪行、犯罪	**scheme** [skim] v / n 計畫、密謀
murder weapon [`mɝdɚ `wɛpən] n 凶器	**law** [lɔ] n 法律、訴訟	**ruin** [`ruɪn] v 毀壞、毀滅	**friction** [`frɪkʃən] n 摩擦力、爭取
deface [dɪ`fes] v 毀壞…的外貌、損壞	**weapon** [`wɛpən] n 武器、兇器	**violent** [`vaɪələnt] a 激烈的、暴力的	**intention** [ɪn`tɛnʃən] n 意圖、目的

Sentence Pattern

萬用句型 | 只要掌握句型並替換關鍵字，搶劫也有多種說法 |

- **How dare + sb. + V** 某人竟敢做…

  How dare you be a pickpocket in public? 你怎敢當眾當扒手呢？

- **go away** 走開

  Go away! You block my way to the plaza. 走開！你擋住我到廣場的路了。

- **regardless of…** 不管…

  You shouldn't be a thief regardless of how poor you are.
  不管你有多窮，你都不應該當小偷。

Conversation
會話 ｜搶劫時還會聽到、說到的會話｜

- Give me all of your money!　把錢全部給我！
  賺得、掙得
- Why don't you work to earn money?　你為何不努力工作來賺錢？
  不合法的、非法的
- Don't you know that mugging is illegal?　你不知道搶劫是犯法的嗎？

- I have no choice.　我別無選擇了。

- I got fired and couldn't find any job.　我被裁員而且找不到工作。

- I haven't eaten anything for two days　我已經兩天沒有吃東西了。
  不顧一切地、拼命地
- My wife is desperately in need of having an operation.　我的妻子急需動手術。

- Many social organizations will be willing to help you.
  有很多社會機構願意幫助你的。

- I won't hurt you if you give me your purse.　交出皮包，我就不會傷害你。

- I didn't carry cash with me today.　我今天沒有帶錢出門。
  （女用）手提包、小旅行袋
- Give me back my handbag.　把我的包包還給我。

- You still have to obey the laws no matter what happens.　不管如何你還是要守法。

- I don't care! I'm already at the end of my rope.　我顧不了這麼多！我已經窮途末路了。
  抓住，動詞原形為 catch
- Your family will lose support if you get caught.
  如果你被抓，你的家人會失去依靠。
  向前
- I will yell out loud if your move forward.　你再靠近我就要大喊了。

會話補充重點 ————

- mug 當作名詞時，解釋為「馬克杯」的意思，已是我們非常熟悉的用法；但其還可以當作動詞使用，解釋為「自背後襲擊並搶劫」的意思，由此可知，俚語用法也就可以當作「流氓、暴徒」之類的意思了。

- desperately 且用在困頓的狀況下，解釋為「極度地」之意，所以會話句中用 desperately 來修飾 in need 的緊急狀況。

- fire 除了當作名詞，解釋為「火、砲火」的意思之外，其還可當作動詞使用，解釋為「開除、解雇」之意，此為口語用法。

- loud 除了可以當作形容詞，解釋為「大聲的」之意，也具有副詞用法，解釋為「大聲地」之意，此時，則可以代換成 aloud。

- at the end of the rope 解釋為「窮途末路」之意；若是將片語寫成 at the end of your rope 則為「忍無可忍」之意。兩者要區分清楚。

215

求救 | Call for Help

MP3 4-12

A: Help! Somebody help me, please!
救命啊！快來救我啊！

B: What happened?
發生什麼事了呢？

A: The gangster plundered my purse, and his confederate has picked him up.
那個歹徒搶走我的皮包，而他的共犯接走他了。

B: Did you remember the vehicle identification number and their appearance?
你記得歹徒的車牌號碼和他們的外表嗎？

Vocabulary
單字

eager [`igə`] ⓐ 急切的、焦急的	**angry** [`æŋgrɪ] ⓐ 生氣的、憤怒的	**panic** [`pænɪk] ⓝ 驚慌、恐慌	**scare** [skɛr] ⓥ 懼怕、使恐懼
infuriate [ɪn`fjʊrɪˌet] ⓥ 使大怒 ⓐ 十分生氣的、大怒的	**disadvantage** [ˌdɪsəd`væntɪdʒ] ⓝ 不利 ⓥ 損害、使處於不利地位	**notice** [`notɪs] ⓥ 注意、留意	**immediately** [ɪ`midɪɪtlɪ] ⓐⓓ 立即、馬上
critical [`krɪtɪkl̩] ⓐ 危及的、緊要的	**react** [rɪ`ækt] ⓥ 反應、抗拒	**around** [ə`raund] ⓐⓓ 四周、到處	**timid** [`tɪmɪd] ⓐ 膽小的、易受驚的
indicate [`ɪndəˌket] ⓥ 指出、指示	**outsider** [`aut`saɪdə`] ⓝ 局外人、旁觀者	**require** [rɪ`kwaɪr] ⓥ 需要、要求	**occur** [ə`kɝ] ⓥ 發生、出現
rude [rud] ⓐ 粗魯的、野蠻的	**constantly** [`kɑnstəntlɪ] ⓐⓓ 不間斷地、時常地	**moral** [`mɔrəl] ⓐ 道德上的、講道義的	**fierce** [fɪrs] ⓐ 凶狠的、殘酷的

Sentence Pattern
萬用句型 | 只要掌握句型並替換關鍵字，求救也有多種說法 |

● **as if...** 好像…

You got shocked as if you are going to die.　你嚇到好像你快要死了一樣。

● **I advise you to + V** 我勸你…

I advise you to report the police as soon as possible.　我勸你盡快打電話報警。

會話 | 求救時還會聽到、說到的會話 |

- I'm being robbed!　我被搶劫了！

- Help! Someone looted my money.　救命啊！有人搶我的錢。
  　　　　　　　　　　任何人
- Is there anyone who can help me?　有人可以幫幫我嗎？

- What's wrong with you, lady?　小姐，你怎麼了？

- What happened to you?　發生什麼事了？
  　　　　　　　　消失、不見
- He vanished away in a few seconds.　他瞬間消失了。
  　　　　　　　　　　　　學費、教學、講授
- The money is to pay for my children's tuition fee.　那是要幫小孩付學費的錢。

- That man robbed me of my purse.　那個男人搶走我的皮包。

- Where did the robber go?　強盜往哪裡跑了？
  　　　　　　　逃走、逃離，動詞原形為 flee
- The robber has fled to another street.　強劫犯溜到另外一條街了。
  　　　　　　　　　　　證明書、執照
- All of my important certificates are in that purse.　所有重要的證件都在包包裡。

- Do you remember how the robber looked?　你記得搶劫犯長什麼樣子嗎？

- How much did you have in your purse?　你皮包裡有多少錢？

- There are about thirty thousand dollars in my purse.　皮包裡大概有三萬塊。

- Let me call the police first.　我先報警。

- Can you tell me what I can do for you?　可以告訴我要怎麼幫你嗎？

- I have no time to argue with you.　我沒有時間和你爭吵了。

- It was too difficult to trace the lost purse without clues.
  在沒有線索的情況下，要找到遺失的皮包是非常困難的。

會話補充重點

- 除了學過的 steal、mug 可以當作「偷、搶」的意思之外，loot 同樣具有相同意思，當作名詞，可作「贓物」來解釋；當作動詞，即可作「搶劫、搶奪」之意。

- fled 為 flee 的過去式，為「逃走、逃跑」的意思；和其相同用法的字詞還有 escape、abscond 等。

- vanish 解釋為「消失、突然不見」之意，disappear 也具有相同意思。

- 在詢問「費用」的疑問詞時，因為是不可數名詞型態，須使用 how much 來做引導。

- 在英文裡，關於「錢」的單位，比較特別的是沒有特別為「萬」造出一個特定的字詞，所以需用「數字＋千」的方法來表達。即：three thousand dollars 表示為三萬元的意思，但要注意單位「千」上不可以用複數喔。

報案 | Call the Police

MP3 4-13

A: Hello, officer. I want to report a mugging.
你好，警官。我遇到搶劫要報案。

B: Please tell me when and where it happened.
請告訴我在何時、何地發生的。

A: It was in an alley between Rooesvelt Road and Xingsheng S. Road five minutes ago.
五分鐘前，就在羅斯福路和新生南路之間的巷子裡。

B: OK. I've taken down your statement. And we will start the investigation and arrive there soon.
好的。我已經記錄下來了。我們會盡快到達那裡並開始調查的。

Vocabulary 單字

police office [pə`lis·`ɔf ɪs] ⓝ 派出所、警察局	**police** [pə`lis] ⓝ 警察、警方 ⓥ 為…配備警察	**victim** [`vɪktɪm] ⓝ 受害者、遇難者	**witness** [`wɪtnɪs] ⓝ 目擊者、證人 ⓥ 目擊
dial [`daɪəl] ⓥ 撥打、撥號	**accuse** [ə`kjuz] ⓥ 控訴、控告	**depict** [dɪ`pɪkt] ⓥ 描述	**argue** [`ɑrgju] ⓥ 爭論、爭執
conceive [kən`siv] ⓥ 設想、表達	**mention** [`mɛnʃən] ⓥ 提及、說明	**secure** [sɪ`kjur] ⓐ 安全的、無危險的	**related** [rɪ`letɪd] ⓐ 相關的、相關的
resolve [rɪ`zɑlv] ⓥ 解決、分解 ⓝ 決心	**situation** [͵sɪtʃu`eʃən] ⓝ 狀況、境遇	**scene** [sin] ⓝ 現場、事件	**describe** [dɪ`skraɪb] ⓥ 形容、敘述
reach [ritʃ] ⓥ 抵達、到達	**sue** [su] ⓥ 控告、請求	**shoot** [ʃut] ⓥ 射擊、射殺	**provide** [prə`vaɪd] ⓥ 提供、供給

Sentence Pattern 萬用句型 | 只要掌握句型並替換關鍵字，報案也有多種說法 |

- **up to + 某時間點** 一直到…

Up to the midnight, the police arrested the mug finally.
直到午夜，警察最後終於逮捕了歹徒。

- **out of...** 到…外面

The bank robber pulled a gun out of a bag and shot to the sky.
銀行搶匪從袋子裡掏出一把槍並對空鳴槍。

Conversation
會話 │報案時還會聽到、說到的會話│

- I want to report a robbery. 我要報案。
  ▲ 細節、詳情
- Can you tell me more details? 可以告訴我更多詳情嗎？

- Someone is robbed by a motorcyclist. 有人被飛車搶劫了。

- A woman's bag was grabbed on the street. 一位女士在街上被搶劫了。

- A robbery took place downtown. 市中心發生搶案。
  ▲ 騎摩托車的人
- The motorcyclist had ridden to First Avenue. 那名機車騎士騎往第一大道。

- The robber wore a black outfit. 強盜全身都穿黑色。
  ▲ 著名的、顯著的
- What is the suspect's most notable feature? 嫌犯最明顯的特徵是什麼？

- The man has a blue birthmark on his left hand. 那個男人的左手有藍色胎記。

- His motorcycle is bright red and the number is 0000-SS.
  他的機車是鮮紅色，車牌是 0000-SS。
  ▲ 受害者、犧牲者
- How about the victim? Did she get hurt? 受害者怎麼樣？她有受傷嗎？
  ▲ 強盜、土匪
- Her arms were harmed due to pulling by the bandit.
  她的手臂在和歹徒拉扯的時候受傷了。
  ▲ 害怕的、受驚的
- She was frightened to death. 她快嚇死了。

- She was too shocked to utter any words. 她嚇到連一句話都說不出來。
  ▲ 在此為名詞，指嫌疑犯
- We police would arrest the suspect as soon as possible.
  我們警方會盡快追捕嫌犯。

- How soon will the police arrive at the scene? 警察多快會抵達案發現場呢？

會話補充重點

- **downtown** 在此單元中，當作名詞，解釋為「城市商業區、鬧區」的意思；要特別注意其發音，中間兩個 ow 組合的音皆為 [aʊ]。

- **notable** 當作形容詞時，解釋為「顯著的、值得注意的」之意。但後面若接介系詞時，則須解釋為「以…著名」的意思。注意，當作名詞時，則為「名人、顯要人物」之意。

- **birthmark** 為複合字詞，也就是由 birth「出生」和 mark「瘢疤、痕跡」結合，而形成了「胎記、痣」的意思了。

- **adj. + to death** 的用法很廣泛，解釋為「…至死」的意思，所以句中 frightened to death 則解釋為「害怕得要死」之意。

- **most** 用在最高級形容詞的句子中時，前面須要有定冠詞 the 或是所有格形式的字詞出現。

見義勇為 | Act Heroically

MP3 4-14

A: Hey, put your knife down. There'll be hell to pay if you run away.
嘿，把刀子放下。如果你逃跑的話，後果將不堪設想。

B: It's not your business. Get out of here.
不甘你的事，滾開。

A: Don't you know there are several monitors fixed at each corner?
你難道不知道在每個角落都有很多的攝影機嗎？

B: Cut the crap. And don't block my way.
廢話少說，還有不要擋路。

Vocabulary
單字

justice [`dʒʌstɪs] **n** 正義、合法	**club** [klʌb] **n** 棍棒、球棒	**whip** [hwɪp] **n** 鞭子 **v** 抽打	**cudgel** [`kʌdʒəl] **n** 棍棒 **v** 用棍子打
barehanded [`bɛr`hændɪd] **a** 赤手空拳的、徒手的	**frigidity** [frɪ`dʒɪdətɪ] **n** 冷漠、冷淡	**cocky** [`kɑkɪ] **a** 過於自信的、大過自信的	**plunderage** [`plʌndərɪdʒ] **n** 搶劫、掠奪
leap [lip] **v** 飛撲、跳躍	**dissuade** [dɪ`swed] **v** 阻止、勸阻	**beat** [bit] **v** 打擊、打	**fight** [faɪt] **v** 打架、打鬥
hit [hɪt] **v** 打、擊中	**push** [puʃ] **v** 推、推動	**pull** [pul] **v** 拉、扯破	**heist** [haɪst] **v** 搶劫、攔截
temper [`tɛmpɚ] **n** 脾氣、性情	**dare** [dɛr] **v** 膽敢	**thankful** [`θæŋkfəl] **a** 感激的、感謝的	**contusion** [kən`tjuʒən] **n** 挫傷

Sentence Pattern
萬用句型 | 只要掌握句型並替換關鍵字，見義勇為也有多種說法 |

- **there'll be hell to pay** 後果不堪設想

  Don't be impulsive to commit; or there'll be hell to pay.
  不要衝動犯罪，否則後果將不堪設想。

- **get rewarded for** 得到獎賞、報答

  That man got rewarded for catching the gangster by himself.
  那男人因為獨自抓到歹徒而獲得獎賞。

- **It goes without saying that...** 不用說⋯

  It goes without saying that the thief has run away.　不用說，小偷已經逃跑了。

見義勇為時還會聽到、說到的會話

- Lay down your knife!　把刀子放下！
  　　　　刀子

- I am not afraid of your bat.　我才不怕你的棍子。

- It's never too late to correct your errors.　改過自新永遠不嫌晚。
  　　　　　　　　　糾正、改正

- Return the wallet or I will hit you.　不還包包我就打你。

- Give me your money or your life.　不給錢就殺了你。

- Shame on you for robbing a weak lady.　搶劫弱女子，你真丟臉。
  　　　　　　　　　虛弱的、軟弱的

- Don't poke your nose into others' business.　不管多管閒事。

- Thanks for helping me.　謝謝你幫助我。

- I have to treat you for lunch as a repayment.　我必須請你吃午餐作為回報。
  　　　　　　　　　　　報恩、償還

- It's not easy to meet an enthusiast in an indifferent society.
  在冷漠的社會很難遇到熱心的人。
  　　　　　對…熱衷的人、熱心的

- I can't imagine what would have happened if you weren't here.
  我無法想像如果沒有你會發生什麼事。

- Never mind, I just detest those who don't do honest work.
  別放在心上，我只是很厭惡那些不務正業的人。
  　　　　　　　厭惡、憎惡

- I'm flattered. I just offered a little assistance.　你過獎了，我只是幫個小忙而已。
  　　　　　　　　　　　援助、幫助

- The robber has disappeared. What can I do?　搶匪跑掉了，怎麼辦？

- There are several cameras fixed in this community.　這個社區裡有裝很多監視器。
  　　　　　　安裝、固定，動詞原形為 fix

會話補充重點

- lay down 解釋為「把…放下」的意思，和其相似用法的片語還有 put down。在電影中，我們常會聽到警察要歹徒放下武器時，都會使用這個片語，要熟記喔！

- shame on + sb. 解釋為「…可恥」的意思，是帶有嚴重地指責對方的口吻。這樣的用法，也可以代換成形容詞 shameful。

- 要表達「多管閒事」的用法除了 poke one's nose into other's business 之外，還可以用 have a finger in the pie 來代替。

- indifferent 當作形容詞時，解釋為「冷漠的、不關心的」之意，和其相似用法的字詞還有 disinterested；只是前者之後所接的介系詞須為 to 或是 toward，而後者之後所接的介系詞須為 in。

- 要表達「不務正業」的意思，除了 not do honest work 之外，還有 not to engage in honest work 的用法。

幫忙受害者 | Help Victims

 4-15

A: Why are you bawling on the street? What's the matter?
你為什麼在街上大叫呢？發生了什麼事？

B: The bandits robbed me blind.
歹徒將我洗劫一空了。

A: I'll call the police for you in no time.
我立刻打電話叫警察。

B: Thanks for your help. I'm almost shocked to speechlessness.
謝謝你的幫忙，我嚇到連一句話也說不出來了。

Vocabulary
單字

faint [fent] ⓥ 昏倒 ⓐ 昏倒的	**calm** [kɑm] ⓐ 冷靜的 ⓥ 使鎮定	**petrified** [`pɛtrɪˌfaɪd] ⓐ 動彈不得的、目瞪口呆的	**sincerity** [sɪn`sɛrətɪ] ⓝ 誠懇、真心誠意
supefied [`supəˌɪd] ⓐ 目瞪口呆的、呆若木雞的	**puncture wound** [`pʌŋktʃə wund] ⓝ 刺傷	**laceration** [ˌlæsə`reʃən] ⓝ 撕裂傷	**dull pain** [dʌl pen] ⓝ 悶痛
prudent [`prudnt] ⓐ 小心的、審慎的	**comfort** [`kʌmfət] ⓥ 安慰、安撫	**terrifying** [`tɛrəˌfaɪɪ] ⓐ 嚇壞的	**tinket** [`tɪŋkt] ⓥ 徒勞無益的幫忙
unpleasant [ʌn`plɛznt] ⓐ 不開心的、不愉快的	**uncomfortable** [ʌn`kʌmfətəbl] ⓐ 不舒服的、不舒適的	**convincing** [kən`vɪnsɪŋ] ⓐ 有說服力的	**dumbfounded** [ˌdʌm`faundɪd] ⓐ 驚呆的、目瞪口呆的
mark [mɑrk] ⓝ 痕跡 ⓥ 表示…的特徵	**reluctant** [rɪ`lʌktənt] ⓐ 不情願的、頑抗的	**tearful** [`tɪrfəl] ⓐ 眼淚直流的、哭泣的	**shocked** [ʃɑkt] ⓐ 驚嚇的、震驚的

Sentence Pattern
萬用句型 | 只要掌握句型並替換關鍵字，幫忙受害者也有多種說法 |

- **in no time** 立刻

  Someone was robbed, call the police in no time. 有人被搶了，立刻打電話報警。

- **be relieved** 放心

  She was relieved to see somebody helping her immediately.
  她看到有人馬上來幫助她就放心了。

Chapter 4

會話 | 幫忙受害者時還會聽到、說到的會話 |

▲ 叫喊、吼叫，動詞原形為 yell
- What are you yelling about?　你在大叫什麼？

- That young lady took my purse away.　那個年輕小姐拿走我的皮包。

- Don't worry, I will get it back for you.　放心，我會幫你拿回來。

▲ 丟臉的、不光彩的
- Why did you do such a disgraceful thing?　你為什麼要做這麼丟臉的事？

- It's because I cannot afford the cost of living.　因為我無法負擔我的生活開銷。

- I want to be sent to jail to have free meals.　我想進監獄吃免錢飯。

▲ 判決、宣判
- I won't be sentenced to death for committing this little crime.
  反正犯點小罪，還不至於被判死刑。

▲ 嚴格的、嚴厲的
- The law in our country is not strict enough to reduce the crime rate.
  國家的法律太寬鬆，以致無法降低犯罪率。

- The public security has been getting worse in recent years.
  社會治安一年比一年差。

▲ 扭曲、歪曲
- Young people's concept of value is seriously tortured.　年輕人的價值觀被嚴重扭曲。

▲ 債務、借款
- Many people take risks in order to pay their debts.　很多人為了還債鋌而走險。

- I catch you, give the purse back.　抓到你了，把皮包還來。

- I would send you to the police station.　我要把你送去警察局。

▲ 應受（獎賞或懲罰）
- You deserve ill for what you have done.　你要為所作的一切受懲罰。

▲ 逮捕、拘留
- A bad penny always comes back, so you're under arrest.　惡有惡報，你被逮捕了。

會話補充重點

- 要表達「生活開銷」除了有 cost of living 之外，還可以用 expense 來代換，同樣具有「開支、經費、開銷」的意思。

- send sb. to jail 解釋為「…進監獄」的意思。其中 jail 也可以代換成 prison。

- sentence to death 解釋為「判死刑」的意思，其中 sentence 並非解釋為「句子」的意思，而是當作動詞使用，解釋為「判決、宣判」之意，其後所接之介系詞恆為 to。

- take a risk 解釋為「鋌而走險」的意思，此時的 risk 為名詞；也可以代換成動詞用法，同樣具有「冒險、冒…的風險」之意，但其後須以動名詞的形式來呈現。

- A bad penny always comes back. 為諺語，表達「惡有惡報」的意思，和其具有相同意味的諺語用法還有 Evil will be recompensed with evil.。

Lose Way｜迷路｜
★問路　★迷路　★走錯路　★坐錯車　★攤開地圖找路

Dialogue 對話 | 問路 | **Ask for Directions**

 4-16

A: Excuse me. Do you know where City Hall is?
請問一下，你知道市政府在哪裡嗎？

B: Go straight along this street to the next corner.
沿著這條街走到下個轉角就是了。

A: Are there any landmarks on the way?
路上有任何路標嗎？

B: Yes, there is a fountain on your left side.
有的，你的左邊會有一個噴水池。

Vocabulary 單字

directional [dəˋrɛkʃən] **ⓐ** 方向的、指向性的	**straight** [stret] **ⓓ** 直接地、一直地	**crossing** [ˋkrɔsɪŋ] **ⓝ** 十字路口	**central** [ˋsɛntrəl] **ⓐ** 中心的、中央的
roughly [ˋrʌflɪ] **ⓓ** 大約、大體上	**bakery** [ˋbekərɪ] **ⓝ** 麵包店、麵包（蛋糕）烘焙坊	**barber shop** [ˋbarbɚ ʃap] **ⓝ** 理髮店	**cleansers** [ˋklɛnzɚ] **ⓝ** 乾洗店
convenience store [kənˋvinjəns stor] **ⓝ** 便利商店	**flower shop** [ˋflauɚ ʃap] **ⓝ** 花店	**furniture store** [ˋfɝnɪtʃɚ stor] **ⓝ** 家具行	**hardware store** [ˋhard͵wɛr stor] **ⓝ** 五金行
laundromat [ˋlɔndrəmæt] **ⓝ** 自助乾洗店	**clinic** [ˋklɪnɪk] **ⓝ** 診所、門診所	**discount store** [ˋdɪskaunt stor] **ⓝ** 量販店	**optician** [apˋtɪʃən] **ⓝ** 眼鏡行
stationery [ˋsteʃən͵ɛrɪ] **ⓝ** 文具行、信紙	**confectionery** [kənˋfɛkʃən͵ɛrɪ] **ⓝ** 糖果點心店	**delicatessen** [dɛləkəˋtɛsn̩] **ⓝ** 熟食店	**butcher** [ˋbutʃɚ] **ⓝ** 肉店

Sentence Pattern 萬用句型 | 只要掌握句型並替換關鍵字，問路也有多種說法 |

● **go + east / west / south / north…blocks** 往東／西／南／北走…個街區
Go west two blocks and the post office is on the left. 往西走兩個街區，郵局就在左手邊。

● **go the right way** 走對路
Am I going the right way to the restaurant? 我們走去餐廳的路是對的嗎？

● **get sb. lost** 害某人迷路
The complicated map got me lost. 複雜的地圖害我迷路了。

Conversation 會話 | 問路時還會聽到、說到的會話 |

- Excuse me, sir. Could you please tell me where the Art Museum is? ← 博物館、展覽館
  先生，請問一下。可以請你告訴我美術館在哪裡嗎？

- How long does it take to go to the Central Park by walking?
  走路到中央公園要多久呢？

- That will take about 25 to 30 minutes to walk there. Taking the bus will be quicker.
  走路到那裡大概要花二十五到三十分鐘的時間。搭公車會比較快。

- Excuse me. Could you show me the way to Sunset Avenue? ← 大道、大街
  不好意思。你可以告訴我到日落大道怎麼走嗎？

- Go down this street for 2 blocks, turn left on Michigan Avenue, and the police station will be on the right.
  這條街往南走兩個街區，在密西根大道左轉，警察局就在右手邊。

- Could you please tell me where the closest beauty parlor is? ← 店
  你可以告訴我最近的美容院在哪裡嗎？

- Sorry, I'm not from this area. So, I have no idea.
  抱歉，我不住在這裡。所以我不知道。

- Could you tell me which this street is, please?　可以請你告訴我這是哪一條街嗎？

- You are on Clark Street now.　你現在是在克拉克街上。

- Do you have any idea the name of the street?　你知道這條街的名稱嗎？ ← 想法、概念

- I believe this is ZhongHua Road.　這是中華路。

- Excuse me. Is this Ohio Street?　請問一下，這是俄亥俄街嗎？

- Civic Blvd. is the next one, approximately 5 minutes from here. ← 大概、近乎
  市民大道是下一條，離這裡大約五分鐘。

- Excuse me, Sir. I wonder if you could tell me where I can buy some electronic stuff.
  先生，請問一下。請問哪裡可以買電器產品呢？
  ← 街角

- Do you see the traffic lights? You can just turn right and it's just at the corner.
  你有看到紅綠燈嗎？你右轉後，它就在轉角處。

! 會話補充重點

- beauty parlor 為「美容院」的意思，是專門替婦女們服務的美容場所；相反地，barber shop 則是專門替男士們理髮、刮鬍子的場所。

- Blvd. 是 boulevard 的縮寫形式，解釋為「大道、林蔭大道」的意思，且專指南北向的道路；而要說明東西向的道路，則是指 street 這個單字。

- approximately 解釋為「大約、大概」的意思，和其類似的字詞還有 about、around 等的用法。

Dialogue 對話 | 迷路 | Lose Directions

A: I think we lost our way.
我想我們迷路了。

B: It's too complicated to tell from the streets. They look all the same.
這些道路複雜的難以分辨,它們看起來都很像。

A: Ask for the directions first.
我們先問路吧。

B: That's right. We'd better ask one of the locals.
沒錯。我們最好問問當地人。

Vocabulary 單字

distinguish [dɪ`stɪŋgwɪʃ] **v** 分辨、區別	road sign [rod saɪn] **n** 路標、交通標誌	route [rut] **n** 道路、路線	familiar [fə`mɪljə] **a** 熟悉的、通曉的
rookie [`rʊkɪ] **n** 新手	central divider [`sɛntrəl də`vaɪdə] **n** 分隔島	east [ist] **n** 東方 **a** 東方的 **ad** 向東方	west [wɛst] **n** 西方 **a** 西方的 **ad** 向西方
north [nɔrθ] **n** 北方 **a** 北方的 **ad** 向北方	south [saʊθ] **n** 南方 **a** 南方的 **ad** 向南方	neon sign [`niˌɑn saɪn] **n** 霓虹燈	fire hydrant [faɪr `haɪdrənt] **n** 消防栓
mailbox [`melˌbɑks] **n** 郵筒	streetlight [`stritˌlaɪt] **n** 街燈	lane [len] **n** 巷、弄、小路	pavement [`pevmənt] **n** 人行道
farther [`fɑrðə] **a** / **ad** 更遠的(地)	middle [`mɪdl] **a** 中間的 **v** 置中	nearby [`nɪrˌbaɪ] **a** / **ad** 不遠地、在附近	roam [rom] **v** 漫步、徘徊

Sentence Pattern 萬用句型 | 只要掌握句型並替換關鍵字,迷路也有多種說法 |

● **tell from…** 分辨…

How could you tell from these buildings? They are similar.
你要如何分辨這些建築物?它們都很相似。

● **wander off** 走失

In case that we wander off in the city. We should stay here and make sure where we are. 為了避免在這城市裡走失。我們應該要待在原地並確定我們在哪裡。

● I'm positive that we are lost now.　我確定我們現在迷路了。

▲ local 在此當作名詞使用，解釋為「當地居民、當地人」的意思

● We have not yet seen the bus stop the local mentioned.
我們還沒有看到當地人說的公車站。

● We have followed the directions that he gave us.　我們已經照他給的方向走了。

● Does that sign say "Fifth Avenue"?　那是「第五大道」的標誌嗎？

▲ 記號、符號、標誌

● If that is the sign for "Fifth Avenue," I think we have gone too far according to the map.　如果那是「第五大道」的標誌，根據地圖，我想我們已經走太遠了。

▲ 注意、專心

● Let's turn around and pay attention to the store signs again!
我們回頭並再次注意商店招牌吧！

● We should go around the park now.　我們現在應該要繞著公園走。

● Do you know what this area is called?　你知道這裡是哪裡嗎？

▲ 失去、喪失

● It's Taipei Main Station. Both of you seem to be lost.
這裡是台北車站。你們兩個似乎迷路了。

● Can you tell me what street I'm on?　可以告訴我這條街的名字嗎？

● I'm sorry, I don't have a sense of direction.　很抱歉，我沒有方向感。

▲ 體育場、運動場

● Which direction should I go to the stadium?　到體育場該往哪條路走呢？

● Just follow that way where it leads you to your destination.
只要跟著那條路走就會到達你的目的地了。

● I think we will never find that building without knowing which street we are on now.　我覺得若不知道我們在哪一條街上，是永遠找不到那棟建築物的。

⚠ 會話補充重點

● yet 解釋為「尚未、還沒」的意思，通常用在否定句或是疑問句中。但使用在否定句中時，解釋為「還沒」之意；但若使用在疑問句中時，需解釋為「現在、已經」之意。

● a sense of... 解釋為「…感、…觀念」之意，a sense of direction 解釋為「方向感」的意思。和此片語類似用法還有 a sense of humor「幽默感」、a sense of time「時間觀念」、a sense of responsibility「責任感」…等。

● 要表示在哪條街上的介系詞需用 on 而非 in。畢竟說話當時是在街道上，而非街道裡。

● stadium 解釋為「運動場、體育場、競技場」的意思，通常是屬於露天型、戶外型的運動場所；而 gym 是屬於室內型的「體育館」的意思，其原字為 gymnasium，複數型態可為 gymnasium 或是 gymnasia 兩種。

走錯路 | Take the Wrong Way

A: Excuse me, sir. Am I on the way to the Art Museum?

先生，請問一下。我現在是往美術館的路上嗎？

B: No, you're way off.

不，你走錯了。

A: Do you have a minute to give me directions?

你有空可以告訴我怎麼走嗎？

B: Sure. First, cross the street, and head south for two blocks, give or take a block.

當然可以。首先要先過馬路，然後往南走兩個街區，要不就是一個或三個左右。

uphill [`ʌp`hɪl] **n** 上坡 **adj** 上坡、往山上	**downhill** [`daʊn`hɪl] **n** 下坡 **adj** 下坡、向坡下	**underpass** [`ʌndɚ͵pæs] **n** 地下道、地下通道	**overpass** [͵ovɚ`pæs] **n** 天橋、高架道
left side [lɛft saɪd] **n** 左側、左邊	**right side** [raɪt saɪd] **n** 右側、右邊	**behind** [bɪ`haɪnd] **p** 在…之後	**opposite** [`ɑpəzɪt] **p** 相對地、在…對面
somewhere [`sʌm͵hwɛr] **adv** 在某處、某個地方	**whereabouts** [`hwɛrə`baʊts] **n** 所在、下落	**counterclockwise** [͵kaʊntɚ`klɑk͵waɪz] **a** / **adv** 逆時針方向的、左旋地	**clockwise** [`klɑk͵waɪz] **a** / **adv** 順時針方向的、右旋地
elsewhere [`ɛls͵hwɛr] **adv** 在別處	**astray** [ə`stre] **a** / **adv** 迷失的、迷路	**distinctive** [dɪ`stɪŋktɪv] **a** 區別的	**troublesome** [`trʌblsəm] **a** 麻煩的、困難的
intense [ɪn`tɛns] **a** 緊張的	**urgent** [`ɝdʒənt] **a** 緊急的	**gradual** [`grædʒuəl] **a** 逐漸的、漸漸的	**judgement** [`dʒʌdʒmənt] **n** 判斷、判定

| 只要掌握句型並替換關鍵字，走錯路也有多種說法 |

- **way off** 完全走錯了

  It looks desolate. Maybe we are way off.　這看起來很荒涼。或許我們完全走錯路了。

- **have a minute to + V** 撥冗…

  Do you think that man will have a minute to give us a direction to Taipei Zoo?

  你認為那位男士會撥冗告訴我們到台北動物園的路怎麼走嗎？

- Excuse me. Do you know where Riverside Park is?

  河邊（的）、河畔（的）

  不好意思，你知道河濱公園在哪裡嗎？

- Can you show me how to get to the Lotus Park?

  蓮花

  你可以告訴我蓮花公園怎麼去嗎？

- The streets in this city look almost the same. 這個城市的每條街看起來都好像。

- The road signs are not easy to understand. 路標好難懂。

- I totally get lost in these maze-like streets.

  迷宮、迷津、混亂

  我完全在這像迷宮的街上迷路了。

- I should have brought maps with me this morning. 我早上應該帶地圖出門的。

- You are heading in the wrong direction. 你走錯方向了。

- No wonder I still cannot find the park. 難怪我一直找不到公園。

  可用的、有效的

- My cell phone is dead, so the GPS is not available.

  我手機沒電了，所以衛星導航也不能用。

- I would not have wasted so much time if I had asked for help earlier.

  如果我早點求救就不會浪費這麼多時間。

- You have to turn right at the corner, and then go straight.

  你要在轉角右轉，然後直直走。

- Why do you go to the park? 你為什麼要去公園？

  慈善、博愛、慈悲

- I'm going to attend a charity activity. 我要去參加一個公益活動。

  市集、義賣市場

- A bazaar will be held around the park. 公園附近有個園遊會。

- I have an appointment with my friends there. 我和朋友有約。

- Turn to the left when you come to the bakery, you'll see the movie theater.

  當你抵達麵包店之後左轉，你就會看見電影院了。

會話補充重點

- maze-like 當作形容詞使用，解釋為「像迷宮的、似迷宮的」之意，此為複合字，也就是 maze「迷宮」+ like「像」的結合，也就有此引申用法了。

- direction 解釋為「方向」的意思，其為一個廣泛且大的方向，因此介系詞需用 in，而非 at。

- GPS 解釋為「全球衛星定位系統」的意思，其為 Global Positioning System 的縮寫形式。

- early 當作形容詞時，解釋為「早的、很快的」之意，其形容詞三級為規則變化，也就是「去 y + ier」形成比較級；「去 y + iest」形成最高級。即：early → earlier → the earliest。

- around the park 中的 around 並非當作「大約、大概」的意思，而是需解釋為「在…附近」的意思。

坐錯車 | Take the Wrong Bus

 4-19

A: Does this bus go to the City library?
這是開往市立圖書館的公車嗎？

B: Oh, you are on the wrong bus.
喔，你坐錯公車了。

A: Oops! I'm a stranger here myself. What am I going to go?
糟了！我對這裡不熟，我該怎麼辦呢？

B: You have to get off at the next stop and get on the bus No.55.
你必須在下一站下車，然後搭五十五號公車。

Vocabulary
單字

conversation [ˌkɑnvə`seʃən] ⓝ 對話	**artery** [`ɑrtərɪ] ⓝ 主要道路	**construct** [kən`strʌkt] ⓥ 建造、建築	**countryside** [`kʌntrɪˌsaɪd] ⓝ 鄉村
driveway [`draɪvˌwe] ⓝ 私用車道、車道	**distant** [`dɪstənt] ⓐ 疏遠的、有距離的	**enclose** [ɪn`kloz] ⓥ 包圍	**entry** [`ɛntrɪ] ⓝ 入口
forth [forθ] ⓐⓓ 向外、向前、在前方	**hasten** [`hesn] ⓥ 趕緊、趕快	**haste** [hest] ⓝ / ⓥ 急忙、急速	**onto** [`ɑntu] ⓟ 在…之上
outskirts [`aʊtˌskɜts] ⓝ 郊區	**region** [`ridʒən] ⓝ 區域	**surround** [sə`raʊnd] ⓥ 圍繞、環繞	**surpass** [sə`pæs] ⓥ 超過、超越
transition [træn`zɪʃən] ⓝ 轉移、變遷	**weediness** [`widɪnɪs] ⓝ 荒野	**blinking** [`blɪŋkɪŋ] ⓐ 閃爍的	**imposing** [ɪm`pozɪŋ] ⓐ 明顯的、顯眼的

Sentence Pattern
萬用句型 ｜只要掌握句型並替換關鍵字，坐錯車也有多種說法｜

● **have trouble with + N / V-ing** 在…方面有困難

I have trouble with finding the right bus to National Taiwan University.
我無法找到正確的公車去台灣大學。

● **be out of luck** 運氣不好

I'm out of luck. I totally took the wrong bus. 我的運氣真不好，我完全搭錯公車了。

- Next stop is SOGO Department Store. 下一站是 SOGO 百貨公司。

- Excuse me. Is Taiwan Bank the next stop? 不好意思，下一站是台灣銀行嗎？

- Will the bus pass by the Science Museum? 公車會經過科博館嗎？

- The Art Museum is not on this bus route. 這個公車路線不會經過美術館。
  > 路線

- Take bus No.999 if you want to go to the traditional market.
  > 傳統的

  要去傳統市場的話可以搭九九九號公車。

- Oh, I took the wrong bus. 喔，我搭錯公車了。

- Last time I took a bus was ten years ago. 我上一次搭公車已經是十年前的事了。

- Everything has varied at an amazing speed. 所有的事物都改變得好快。
  > 變化、動詞原形為 vary

- You can inquire the receptionist about accurate information.
  > 準確的、精確的

  你可以向櫃檯人員詢問正確的資訊。

- You looked confused. Where is your destination? 你看起來很困惑，你要去哪裡？

- How can I get to my original destination? 我要如何抵達原本的目的地？
  > 最初的、本來的

- You could take bus No.888 after getting off the bus. 你下車後可改搭八八八號公車。

- Bus routes have become much more complicated than before.
  > 複雜的、難懂的

  公車路線比以前更複雜了。

- The route was changed owing to merging with surrounding areas.
  > 合併，動詞原形為 merge

  路線的變更是由於縣市合併的緣故。

- You can update the information through gaining access to the Internet.
  > 更新、為…提供最新訊息

  你可以藉由上網來更新資訊。

會話補充重點

- **pass by** 解釋為「經過、過去」的意思，用來表示物體、人等經過某處的片語用法；也可用來形容時間的「過去、錯過」之意。

- **vary** 解釋為「變化、使不同、使多樣化」的意思，其拼法和 **very** 非常相似，要特別注意。

- **at a speed** 解釋為「以…速度」的意思，會話句中因為插入 amazing 現在分詞當作形容詞使用來修飾 speed，且因為開頭字母為母音的關係，所以不定冠詞 a 需改為 an。

- **through** 當作介系詞時，解釋為「以、用、藉由」的意思，後面通常是以方法等字詞當作受詞。和其類似字詞的還有 **by**、**via** 的用法。

- **accurate** 解釋為「準確的、精準的」之意，類似字有 correct、right，相反詞為 inaccurate。

對話 Dialogue | 攤開地圖找路 | Read the Map

MP3 4-20

A: I have no idea where we are on the map.
我不知道我們到底在這個地圖上的哪個地方。

B: It changed too much for me to find my way.
這裡變化太大，我都迷路了。

A: Maybe we can find the imposing landmark first.
或許我們可以先找找明顯的路標。

B: Got it! We are close to the police station. How about asking the police for help?
有了！我們離警察局很近。我們向警察求助好嗎？

Vocabulary 單字

plan [plæn] ⓥ 計畫	**point** [pɔɪnt] ⓥ 用手指出	**map** [mæp] ⓝ 地圖	**kitty-corner** [ˋkɪtɪˏkɔrnɚ] ⓝ 在斜角
upset [ʌpˋsɛt] ⓥ 使心煩 ⓐ 不適的	**compass** [ˋkʌmpəs] ⓝ 指南針	**assume** [əˋsjum] ⓥ 假定	**acknowledge** [əkˋnɑlɪdʒ] ⓥ 承認
depression [dɪˋprɛʃən] ⓝ 沮喪	**devise** [dɪˋvaɪz] ⓥ 想出、設計	**miserable** [ˋmɪzərəbl] ⓐ 不幸的	**quest** [kwɛst] ⓝ / ⓥ 探索、探求
speculate [ˋspɛkjəˏlet] ⓥ 沉思	**location** [loˋkeʃən] ⓝ 位置	**contemplation** [ˏkɑntɛmˋpleʃən] ⓝ 沉思、冥想	**accountable** [əˋkauntəbl] ⓐ 應負責的
feeling [ˋfilɪŋ] ⓝ 情緒	**fret** [frɛt] ⓥ 煩躁、焦慮	**fuss** [fʌs] ⓝ 大驚小怪 ⓥ 焦急	**nuisance** [ˋnjusn̩s] ⓝ 麻煩事

Sentence Pattern 萬用句型 | 只要掌握句型並替換關鍵字，攤開地圖找路也有多種說法 |

- **draw sb. a map** 畫地圖給…
  Could you draw me a map? We can't find the National Palace Museum on it.
  你可以畫張地圖給我嗎？我們在地圖上找不到故宮博物院。

- **have a problem + V-ing** 做…有任何問題
  I have a problem reading the map. I can't tell from the direction.
  我不會看地圖，我沒辦法分辨方向。

- **count on + N / V-ing** 依靠…、相信…
  Since we've got lost, we could only count on the map.
  既然已經迷路，我們就只能依靠地圖了。

233

- Next we are going to go to the National Palace Museum.　接下來我們要去故宮博物院。
  （皇宮、宮殿）

- Let me take a look at the map.　讓我看一下地圖。

- The map indicates that the movie theater is close to the train station.
  （指出、指示）
  地圖顯示電影院離火車站很近。

- We can take a bus to the train station, and transfer to another bus.
  我們可以搭公車到火車站，再轉車。

- Go straight down the street, we'll see it on our right.
  往南直走，會看到它在我們右手邊。

- It takes roughly twenty minutes to walk there.　走到那裡大概要二十分鐘。
  （粗略地、大約）

- Go through two intersections, turn right, and walk for five minutes.
  （交叉路口、十字路口）
  走過兩個十字路口，右轉，再走五分鐘。

- There isn't any position on the map.　地圖上沒有方位。

- The top of the map is north.　地圖的上方便是北方。
  （北方、北邊）

- When we see the McDonald's, turn left.　看到麥當勞的時候左轉。

- Walk for two blocks, turn left. The library is across from the supermarket.
  走過兩條街，左轉。圖書館就在超市對面。

- Are there any other routes?　還有其他的路線嗎？
  （路線、路程）

- Maps are really necessary when coming to unfamiliar areas.
  （不熟悉的、陌生的）
  到了陌生地區，地圖是不可或缺的。

會話補充重點

- take a look at... 解釋為「看一看」的意思，其中的 look 當作名詞使用，作「看、瞥」之意，其後需接介系詞 at。

- down 當作副詞時，解釋為「向南方、在南方」的意思，和其相反的字詞則為 up 則解釋為「向北方、在北方」的意思。

- across 當作介系詞時，解釋為「越過、穿越」的意思，前面需有 be-V 或是一般動詞 walk 等來呈現；或是以動詞形式 cross 來代換皆具有相同之意味。

- on the corner 通常是指在「開放」的空間角落裡，也就是所謂的室外、戶外的地點，所以才會引申為「…的交界處」之意。而 in the corner 則為「密閉」的空間角落裡，也就是所謂的室內、室外的地點囉。

- 會話句中大量使用「祈使句」的文法，其要點在於省略掉第二人稱主詞 you，所以要特別注意動詞皆須使用原形動詞。

POLICE

BANK

Lose Something │遺失東西│
★遺失物品　★掛失　★報案　★失物招領中心　★目睹偷竊

遺失物品 | Miss Items

MP3 4-21

A: What are you looking for? You look so panic-stricken.

你在找什麼呢？你看起來好驚慌失措。

B: My wallet has been stolen.

我的皮夾被偷了。

A: Wait. I can't find mine, either. That's too bad.

等一下，我也找不到我的，太糟糕了。

B: I think we'd better call the police as quickly as we can.

我想我們最好快點報警。

Vocabulary
單字

suede [swed] ⓝ 麂皮、絨面格	**leather** [`lɛðɚ] ⓝ 皮革、皮革製品	**waterproof** [`wɔtɚ͵pruf] ⓝ 防水的、不透水的	**needle work** [`nidl͵wɝk] ⓝ 刺繡品
linen [`lɪnən] ⓝ 亞麻布、亞麻製品	**nylon** [`naɪlɑn] ⓝ 尼龍、尼龍製品	**velvet** [`vɛlvɪt] ⓝ 天鵝絨、絲絨	**ivory** [`aɪvərɪ] ⓝ 象牙色、乳白色
wool [wul] ⓝ 羊毛、毛織品	**crochet** [kro`ʃe] ⓝ 鉤針編織品	**textile** [`tɛkstaɪl] ⓝ 紡織品、紡織原料	**silk** [sɪlk] ⓝ 絲綢、絲織品
jade [dʒed] ⓝ 玉、翡翠	**streak** [strik] ⓝ 條紋、斑紋	**stripe** [straɪp] ⓝ 條紋、線條	**fur** [fɝ] ⓝ 軟毛、毛皮
knit [nɪt] ⓝ 編織法、編織物	**vogue** [vog] ⓝ 流行、風行	**stylish** [`staɪlɪʃ] ⓐ 時髦的、流行的	**elastic** [ɪ`læstɪk] ⓐ 有彈性的、有彈力的

Sentence Pattern
萬用句型 | 只要掌握句型並替換關鍵字，遺失物品也有多種說法 |

● **be stolen from...** 從⋯被偷走

My purse was stolen from the shop.　我的皮包在商店裡被偷走了。

● **check to see if S + V** 確認看看是否⋯

Would you mind checking to see if your wallet is in your backpack?
你介意確認看看皮夾是否在你的背包裡嗎？

● **be subject to sth.** 容易遭受⋯

In this crowded department store, we are subject to theft.

在這麼擁擠的百貨公司裡，我們容易遭竊。

會話 | 遺失物品時還會聽到、說到的會話 |

- My wallet is gone!　我的皮夾不見了！

- It seems that something is missing.　好像有什麼東西不見了。
  ↑ 找不到的、行蹤不明的

- Did you leave it in your house?　你有把它放在家裡嗎？
  ↑ 離開、遺留、丟下

- Is it possible that you left it on the MRT?　你會不會是把它遺留在捷運上？
  ↑ 可能

- Maybe you forgot to bring your wallet this morning.　說不定你早上忘記帶皮夾。

- Was it stolen?　難道是被偷走了？
  ↑ 偷、竊取，動詞原形為 steal

- What can we do now?　我們現在該怎麼辦？

- My credit card is also in that wallet.　我的信用卡也在皮夾裡。

- I cannot find mine, either.　我也找不到我的。
  ↑ 也

- How can I get home without my wallet?　沒有皮夾我要怎麼回家？

- Let's go to the police office to report the incident.　我們到警察局報案。
  ↑ 事件

- It comes to me that a strange man was very close to me.
  我想到了，當時有一個陌生男子靠我很近。

- Maybe that stranger is the thief.　或許那個陌生人就是小偷。

- We have to figure out a solution to the problem.　我們必須想想解決辦法。
  ↑ 解答、解決方法

- I lost not only my purse but also my keys.　我不僅遺失皮包還丟了鑰匙。

- It won't be a lucky day for me after my bag was lost.
  在包包遺失之後，今天就不是我的幸運日了。

- How could my billfold be lost in the blink of an eye?
  我的皮夾怎麼在一瞬間就不見了呢？

會話補充重點

- missing 解釋為「失蹤的、找不到的」之意，另外 gone 同樣具有類似的用法。

- mine 為第一人稱單數 I 所有格帶名詞的用法，通常用這樣的形式來代替前面句子中所提到的相同名詞，即：mine = my + N 的用法。

- incident 解釋為「事件、事變、插曲」的意思，和其類似的字詞還有 event、occurrence 的用法。

- figure out... 解釋為「想出」的意思，和其類似的片語還有 come up with... 的用法。

- a solution to the problem 解釋為「解決辦法」的意思，和其類似片語還有 an answer to the question 的用法。

掛失物品 | Register Loss

 MP3 4-22

A: Excuse me, sir. I want to report a lost credit card.
先生，不好意思。我要掛失信用卡。

B: Sure. Would you like to get a replacement card for now?
好的。你想要申請臨時卡嗎？

A: No, thanks. By the way, how long will it take to reissue my new one?
不用了，謝謝。另外，重新申辦要花多久的時間呢？

B: Around a week. We'll send it to you by registered mail.
大約一星期的時間，我們會用掛號寄給你。

Vocabulary
單字

miserable [ˈmɪzərəbl̩] ⓐ 痛苦的、不幸的	**misery** [ˈmɪzərɪ] ⓝ 悲慘、苦難	**formulate** [ˈfɔrmjə‚let] ⓥ 明確闡述	**possession** [pəˈzɛʃən] ⓥ 佔有、擁有
contemplate [ˈkɑntəm‚plet] ⓥ 苦思、仔細思考	**statement** [ˈstetmənt] ⓝ 明細表、報告單	**affiliated** [əˈfɪl‚etɪd] ⓐ 附屬的、相關的	**branch** [bræntʃ] ⓝ 分行、分部
bank clerk [bæŋk klɝk] ⓝ 銀行行員	**commission** [kəˈmɪʃən] ⓝ 佣金、任務	**finance** [faɪˈnæns] ⓝ 財政、金融	**installment** [ɪnˈstɔlmənt] ⓝ 分期付款
overdraft [ˈovɚ‚dræft] ⓝ 透支、超支	**payee** [peˈi] ⓝ 收款人、收帳人	**payer** [ˈpeɚ] ⓝ 支付人、付款人	**PIN number** [pɪaɪɛn ˈnʌmbɚ] ⓝ 密碼
teller [ˈtɛlɚ] ⓝ 敘述者、出納員	**issue** [ˈɪʃju] ⓥ 發行、發配	**cancel** [ˈkænsl̩] ⓥ 取消、停止	**loss** [lɔs] ⓝ 遺失、損失

Sentence Pattern
萬用句型 | 只要掌握句型並替換關鍵字，掛失物品也有多種說法 |

• **cut off...** 切斷…、削減…

Hello, I'm going to cut off my credit card because it was gone.
你好，我要停用我的信用卡，因為它不見了。

• **get sth. over with...** 處理掉某事

Finally, we get my credit card problem over with. 我們終於處理好我的信用卡問題了。

會話 | 掛失物品時還會聽到、說到的會話 |

● What should I do if I lost my credit card?　如果我信用卡不見該麼辦？

● Which counter is for credit card service?　哪個櫃台負責信用卡業務？
（櫃台）

● You can either stop using it or apply for a new one.　你可以停用或申請新卡。

● When did you lose it?　什麼時候不見的？

● I would like to report my lost card.　我想掛失我的信用卡。

● Do I have to pay extra money for a new credit card?
我需要為新的信用卡付額外的費用嗎？
（生產、製作）

● You have to pay the cost of production.　你必須負擔製作的工本費。
（複雜的、難懂的）

● Will the process be complicated?　程序會很繁瑣嗎？

● It takes one week to get a new card.　新卡一週後才會完成。
（程序、手續）

● The procedure is very simple and clear.　程序非常簡單明瞭。

● We will call you when your new card is done.　新卡辦好之後我們會打電話通知你。

● The new card will be sent to you in three days.　三日內新卡會寄給你。
（作為替代）

● Can I stop the card instead of applying for a new one?　我可以只停卡，不申請新卡嗎？

● You have to pay off last month's bill first.　你必須先繳清上個月的帳單。

● You will have no credit card to use before new one comes out.
在新卡做好前，你將沒信用卡可以使用。

● We should report a lost credit card for fear that somebody will charge something on your credit card.　我們應該掛失信用卡，以避免有人用你的信用卡盜刷。

● Get a move on! We should report your lost credit card as soon as possible.
快點！我們要盡快掛失你的信用卡。

會話補充重點

● either A or B 解釋為「不是 A 就是 B」的意思，為對等連接詞的用法，須連接兩個相同的詞性、片語或是子句。

● extra 解釋為「額外的」之意，和其類似的字詞還有 additional 的用法。

● 要表示「工本費」的英文用法即為 cost of production，顧名思義 production 為「製作」的意思，所以「製作的費用」也就引申為「工本費」了。

● instead of... 解釋為「取代…」之意，要特別注意 of 為介系詞，其後需接名詞或是動名詞的形式。

● pay off 解釋為「清償」的意思，和其類似的片語或是字詞還有 clear off、discharge 的用法。

Dialogue 對話 | 報案 | Call the Police

A: What can I do for you?
有我為你效勞的地方嗎？

B: I'd like to report a case. I lost my billfold on the street.
我要報案，我在路上遺失皮夾。

A: Please fill out this form. We'll contact you immediately if we find anything.
請填寫這份報案單。如果找到的話，我們會立刻通知你。

B: Thanks a million.
非常感謝你。

Vocabulary 單字

precinct [`prisɪŋkt] ⓝ 警察管轄區、警區	**patch** [pætʃ] ⓝ（英）管轄區	**badge** [bædʒ] ⓝ 徽章、臂章	**handcuff(s)** [`hænd͵kʌf(s)] ⓝ 手銬、束縛
punish [`pʌnɪʃ] ⓥ 懲罰、折磨	**crooked** [`krʊkɪd] ⓐ 彎曲的、不正當的	**delinquent** [dɪ`lɪŋkwənt] ⓐ 犯法的、過失的	**confess** [kən`fɛs] ⓥ 供認、交代
enforce [ɪn`fors] ⓥ 強迫、堅持	**enactment** [ɪn`æktmənt] ⓝ 法律、法令	**legal** [`ligl] ⓐ 法律上的、合法的	**illegal** [ɪ`ligl] ⓐ 不合法的、非法的
retaliate [rɪ`tælɪ͵et] ⓥ 報復、回敬	**proof** [pruf] ⓝ 證據、證物	**prosecute** [`prɑsɪ͵kjut] ⓥ 起訴、告發	**inspect** [ɪn`spɛkt] ⓥ 檢查、審查
sheriff [`ʃɛrɪf] ⓝ 警長、行政司法長官	**throughout** [θru`aʊt] ⓟ 遍佈、遍及	**assure** [ə`ʃʊr] ⓥ 確保、保障	**appeal** [ə`pil] ⓥ 訴求、求助

Sentence Pattern
萬用句型 | 只要掌握句型並替換關鍵字，報案也有多種說法 |

- **cope with...** 處理…、應付…

  I can't cope with this incident. Let's go to the police station!
  我無法處理這樣的事情。我們去警察局吧！

- **file a report** 報案

  Let's file a report to the police.　我們向警察報案吧。

Conversation
會話 │ 報案時還會聽到、說到的會話 │

- My cellphone is missing. 我的手機不見了。

- I lost my purse. 我把皮包弄丟了。

- Where did you lose your stuff? 你的東西在哪裡不見的？
  東西

- You have to give one third of the money to whom finds your purse.
  你要給找到皮包的人三分之一的錢。

- How much is the money in your purse? 你皮包裡有多少錢？
  幾乎、差不多

- There are nearly one thousand US dollars in my purse.
  我皮包裡有將近一千塊的美金。

- Can you tell me more details? 可以告訴我更多細節嗎？

- Please leave your name and phone number. 請留下你的姓名和電話號碼。

- We will inform you when we find it. 找到後會我們通知你。
  行動的、可動的、移動式的

- I lost my mobile phone in the park while I was playing basketball.
  我在公園打球的時候把手機弄丟了。

- My purse seemed to be stolen in the supermarket 我的皮包似乎是在超級市場失竊。

- The police will watch the monitors to get some ideas.
  警方會調閱監視器，尋找線索。
  追蹤

- We would keep tracking the clues. 我們會持續追縱線索。

- I go back home to wait for news. 那我就先回去等候消息。
  做壞事的人

- It's our duty to arrest evildoers. 抓壞人是我們的義務。

會話補充重點

- 要表達「幾分之幾」的英文，在分母部分，需以序數來呈現；在分子部分，則需以數字來呈現。也就是說，若要表達「三分之一」，即可以 one third 的形式呈現。但要特別注意的是，若要表達「三分之二」時，分母部分須以複數呈現，即：two thirds。

- give 解釋為「給、給予」的意思，為授與動詞，其後需接 to 後再銜接受詞。但若受詞為代名詞時，則需以受格形式出現。因此才會有 give...to whom 的形式。

- nearly 解釋為「差不多、幾乎」的意思，類似的字還有 almost、approximately、about、around。

- idea 除了可以解釋為「主意、想法、概念」的意思之外，也可以引申為「線索」的意思。類似的字還有 clue。

- keep 解釋為「繼續不斷」的意思時，其後所接之動詞需以動名詞的形式。

失物招領中心
Lost and Found Office

MP3 4-24

A: May I help you?

需要我為你服務的地方嗎？

B: I want to know somebody has turned in my bag or not.

我想知道是否有人歸還我的包包。

A: I'm afraid not. Please describe it and give me a number where we can reach you.

恐怕沒有，請詳細說明並留下可以連絡到你的電話。

B: Sure. When can I expect to hear from you?

好的。請問大概什麼時候會有消息呢？

Vocabulary
單字

amiable [`emɪəbl] ⓐ 友善的、友好的	**annoyance** [ə`nɔɪəns] ⓝ 煩惱、惱怒	**attitude** [`ætətjud] ⓝ 態度、意見	**carefree** [`kɛr,fri] ⓐ 無憂無慮的、輕鬆愉快的
charitable [`tʃærətəbl] ⓐ 慈悲為懷的、仁慈的	**cheerful** [`tʃɪrfəl] ⓐ 樂意的、由衷的	**compassion** [kəm`pæʃən] ⓝ 同情、憐憫	**compassionate** [kəm`pæʃənɪt] ⓥ 同情、憐憫
console [kən`sol] ⓥ 安撫、撫慰	**courteous** [`kɝtjəs] ⓐ 殷勤的、謙恭的	**despair** [dɪ`spɛr] ⓝ 絕望、喪失信心	**discourage** [dɪs`kɝɪdʒ] ⓝ 使沮喪、使洩氣
resent [rɪ`zɛnt] ⓥ 憤怒、憤恨	**displease** [dɪs`pliz] ⓥ 使不高興、得罪	**grumble** [`grʌmbl] ⓝ 怨言、牢騷	**ironic** [aɪ`rɑnɪk] ⓐ 冷嘲的、挖苦的
dishonest [dɪs`ɑnɪst] ⓐ 不誠實的、不正直的	**respectable** [rɪ`spɛktəbl] ⓐ 尊敬的、體面的	**respectful** [rɪ`spɛktfəl] ⓐ 尊敬的、禮貌的	**sensible** [`sɛnsəbl] ⓐ 明智的、合情理的

Sentence Pattern
萬用句型 | 只要掌握句型並替換關鍵字，在失物招領中心也有多種說法 |

● **ask sb. if S + V** 問某人是否…

May I ask if someone return a bag which is pink?
我想請問是否有人歸還一個粉紅色的包包？

● **bring sth. back to…** 把某物帶回…

Did somebody bring a watch back to the Lost and Found?
有人把一只手錶帶拿來失物招領處嗎？

會話 | 在失物招領中心時還會聽到、說到的會話 |

- Has my wallet been found yet?　有找到我的皮夾了嗎？
  　　　　　　　找到、尋得，動詞原形為 find

- Did anyone discover my purse?　有人發現我的皮包嗎？

- What does your wallet look like?　你的皮夾長什麼樣？

- It is dark blue with a silver clasp.　它是深藍色的，配有銀色扣環。
  　　　　　　　　此為名詞用法，表示扣子、鉤子

- It has a big teddy bear on its front side.　包包前面有隻大泰迪熊。

- Is this the purse you lost?　這是你遺失的包包嗎？

- It is my purse exactly.　這正是我的皮包。
  　　　　　精確地、正好地

- I appreciate that it could be found back.　我很感激它能被找回來。
  　　感謝

- Do you know who sent this purse to the Lost and Found?
  你知道是誰把包包送到失物招領處的嗎？
  　　　　　發現者

- The discoverer didn't even mention her name.　尋獲的人沒有提及她的姓名。
  　　　　　　　　發現、找到

- A high school student discovered your wallet on the train.
  一名高中生在火車上發現你的皮夾。

- Your purse hasn't been found yet.　你的包包尚未被找到。

- Once we find it, we will call you as soon as we can.　一旦找到，我們會即刻通知你。
  　　　　　　諺語、俗語、眾所皆知的人或事

- As the proverb goes: There is kindness to be found anywhere.
  俗話説得好：人間處處有溫情。

- I do want to thank that kind man in person.　我好想當面謝謝那位善心人士。

- Excuse me. Could you tell me if someone handed back a billfold here?
  請問一下，可以跟我説是否有人歸還一個皮夾到這裡嗎？

- Hope someone can turn back my bag where I lost it on the street.
  希望有人會歸還我遺失在路上的包包。

會話補充重點

- look like... 解釋為「看起來像…」的意思，是用來強調外觀的描述。

- discover 解釋為「發現、找到」的意思，和其類似的字詞還有 find 的用法；和其相反的字詞則為 lose。

- send 解釋為「送、寄」的意思，為授與動詞，在接間接接受詞前需以 to 來做銜接。

- in person 解釋為「親自」的意思，類似的片語還有 in the flesh。

- 會話句中的 I do want to... 中的 do 為強調用法，用來表示「真的」想要當面感謝的語氣。

目睹偷竊 | Thefts

Dialogue 對話

 MP3 4-25

A: Look! Why does the man look so stealthy?
你看！那個男人為什麼看起來如此鬼鬼祟祟呢？

B: A pickpocket!
有扒手！

A: I'll report an accident in no time.
我現在立刻報案。

B: All right. I'm going to chase him.
好，我先去追他。

Vocabulary 單字

shoplifter [`ʃɑpˌlɪftə] **n** 偷竊的扒手、順手牽羊的小偷	**sympathetic** [ˌsɪmpə`θɛtɪk] **a** 同情的、支持的	**interfere** [ˌɪntə`fɪr] **v** 干預、干擾	**intimidate** [ɪn`tɪməˌdet] **v** 威嚇、脅迫
spite [spaɪt] **n** 惡意、心術不良	**devise** [dɪ`vaɪz] **v** 設計、發明	**dump** [dʌmp] **v** 拋棄、拋售	**boycott** [`bɔɪˌkɑt] **v** 杯葛、抵制
scorn [skɔrn] **v** 輕蔑、藐視	**hide** [haɪd] **v** 躲藏、隱藏	**doubtful** [`dautfəl] **a** 可疑的、疑惑的	**sly** [slaɪ] **a** 狡猾的、淘氣的
stunt [stʌnt] **v** 防止、妨礙	**startle** [`startl̩] **v** 驚嚇、驚奇	**mischief** [`mɪstʃɪf] **v** 胡鬧、爭執	**cunning** [`kʌnɪŋ] **a** 狡猾的、奸詐的
mug [mʌg] **v** 扮鬼臉的	**incense** [`ɪnsɛns] **v** 激怒、使憤怒	**haul** [hɔl] **v** 拖拉、托運	**vicious** [`vɪʃəs] **a** 邪惡的、墮落的

Sentence Pattern 萬用句型 | 只要掌握句型並替換關鍵字，目睹偷竊也有多種說法 |

- **trick sb. out of sth.** 騙走某人的某物

  That man tricked the elder out of his money. 那名男人騙走老人家的錢。

- **be arrested for fraud** 因詐騙被逮捕

  The thief was arrested for fraud eventually. 這名小偷最後終於因為詐騙而被逮捕。

- **hold up sth.** 搶劫…

  The robber was caught after he held up the poor woman.
  那名搶匪在搶劫那可憐的女人之後被逮捕了。

│目睹偷竊時還會聽到、說到的會話│

- What's the man doing over there?　那男人在那邊做什麼？

  ▲ 行人、過路客
- The man is stealing that passerby's purse.　那名男人正在偷路人的皮包。
- That woman took away the boy's wallet by stealth.　那名女人偷偷拿走男孩的皮夾。
- The thief flees onto the bus.　小偷逃到公車上了。

  ▲ 提醒、使小心
- It reminds us to keep an eye on our purses.　這提醒我們要看好皮包。

  ▲ 注意的、留意的
- We have to be more attentive especially in the crowd.　我們在人群中要更小心。
- They totally disregarded the law.　他們根本目無法紀。
- We have to call the police.　我們必須報警。

  ▲ 偷竊、竊盜
- Thefts are rampant in our nation.　偷竊案在國內十分猖獗。

  ▼ 猖獗的、蔓延的、不能控制的
- Stern laws are needed to improve our society.　我們需要嚴謹的法律來改善社會。
- We have to tell the victim about the thief.　我們必須告訴受害者關於小偷的事。

  ▲ 工作、職業
- Many jobless people change their occupations into thieves.
  很多失業者轉行當扒手。

  ▲ 財產、資產、所有物
- I look down on people who steal other's properties.　我瞧不起偷別人東西的人。
- It's so unbelievable for them to commit a crime in broad daylight.
  真不敢相信他們在光天化日下犯案。
- Let's chase the thieves.　我們趕快去追那些小偷。

會話補充重點

- disregard 解釋為「漠視、不尊重」的意思，而 disregard the law 則為「目無法紀」之意。和其相反的字詞則為 regard，解釋為「尊重、注意」的意思。

- crowd 當作名詞時，解釋為「人群」的意思，因此 in the crowd 則引申為「在人群中」的意思。

- occupation 解釋為「職業、工作」的意思，和其類似的字詞還有 job、work、profession 的用法。只是 work 為不可數名詞，而 profession 則是指受過良好教育或是經過專業訓練，如：醫生、律師、老師…等的工作。

- chase 解釋為「追捕」的意思，當作及物動詞，其後不須接介系詞，即可直接加受詞；但是當作不及物動詞時，則解釋為「追求、追尋」的意思，須先接介系詞 after，才可以接受詞。

- look down on 解釋為「瞧不起、輕視」的意思，和其類似的字詞或是片語還有 look down upon 或是 despise 的用法。

想要在全世界交朋友，
一定要會聽會說的會話句

❶ **What documents do I need to open a new account?**
新開戶需要哪些證件呢？

❷ **Excuse me. I'd like to withdraw some money.**
不好意思，我想要提款。

❸ **The teller said that they will set out to assist me in reissuing my new credit card.**
行員告訴我他們將開始協助我重新申辦信用卡。

❹ **I would like to apply for a credit card.**
我想要申辦一張信用卡。

❺ **Where is the bank located in?**
銀行位在哪裡呢？

❻ **Could you tell me how to wire some money from Taiwan to America, please?**
請你告訴我如何從台灣匯錢到美國，好嗎？

❼ **What is the exchange rate for N.T. dollars to yen dollars?**
台幣兌換日圓的匯率是多少呢？

❽ **We should look out for thieves while we are walking on the street.**
當我們走在街上，我們應該要小心小偷。

❾ **I want to mail this parcel by sea mail to America.**
我要用海運寄這個包裹到美國。

Must Know!! 一定要知道的小知識！！

★這裡用到的句型★

【第 3 句的句型】**set out to + V** 開始做⋯
【第 5 句的句型】**be located in...** 位於⋯
【第 6 句的句型】**Could you tell me...?** 你可以告訴我⋯嗎？
【第 8 句的句型】**look out for...** 小心⋯
【第 9 句的句型】**by sea mail** 海運
【第 14 句的句型】**not know for sure** 不太確定
【第 15 句的句型】**make a bargain** 討價還價
【第 16 句的句型】**...on earth** 到底、究竟
【第 17 句的句型】**knock off...** 從價格中減去⋯

⑩ When is the letter supposed to get the destination by airmail?

用空運寄這封信到目的地要多久呢？

⑪ I'd like to mail letters to London. How much postage do I need?

我要寄信到倫敦。郵資需要多少呢？

⑫ Let's buy some postcards from the vending machine, shall we?

我們用販賣機買些明信片，好嗎？

⑬ Excuse me. I'm here to get some information about my lost package. Here is my package receipt.

你好，我來這裡是要詢問我的遺失包裹。這是我的通知單。

⑭ I don't know for sure where I lost my purse.

我不太確定是在哪裡遺失我的皮包的。

⑮ I don't like to make a bargain at all.

我一點也不喜歡討價還價。

⑯ Where on earth are you going to take a trip to?

你究竟要到哪裡旅行啊？

⑰ How about knocking off a couple of dollars and I'll take two bags?

如果少算一些錢我就買兩個包包，如何？

⑱ Hope the guests get here before the food gets cold.

希望客人能在食物冷掉之前到達。

★在國外逛街注意事項★

通常我們不會帶太多的現金在身上，要支付大筆金額的時候會用刷卡付帳，但各店家、各銀行對於跨國刷卡會收取不一樣的手續費，再加上匯率換算的問題，有時候在海外刷卡購物不一定比較便宜。去特賣會搶便宜時，也要特別詢問價錢，因為標籤上的價錢不一定是正確的，在一般市集購物的時候也要注意不要購買到盜版或是仿冒品，在國外如果被抓到購買仿冒品的話，有可能會吃上官司。

★出國必買紀念品★

出國旅遊都會買紀念品送給朋友或是自己留作紀念，通常紀念品都具有當地民族或是地方特色，幾乎每個知名的觀光勝地都會有紀念品專賣店，除此之外，很多人也喜歡挑張明信片，從國外寄給自己或是朋友，這也是個不錯的選擇。

❶ Last but not least, we need to report a case first.
最後但也同樣重要的是，我們必須先報案。

❷ Could you go into details about your loss, please?
可以請你詳細說明你的損失嗎？

❸ How could the thief deprive the man of money in public?
小偷怎麼可以當眾偷取那名男人的錢呢？

❹ I bet that you'll be sorry about mugging that woman's bag.
我敢打賭你會後悔搶那個女人的皮包。

❺ The man kept cool to help the victim catch the thief.
這男人保持冷靜地幫助受害者抓到了小偷。

❻ The woman bawled at the robber to scare him away.
那婦女對著歹徒大叫要嚇走他。

❼ Poor woman. The thief robbed her blind.
可憐的女人，小偷把她洗劫一空了。

❽ I was deeply touched by your gallant behavior.
對於你的英勇行為，我深深感動。

❾ Did the thief do any damage to you?
小偷有傷害你嗎？

Must Know!! 一定要知道的小知識！！

★這裡用到的句型★

【第 1 句的句型】**last but not least** 最後但也同樣重要的一點
【第 2 句的句型】**go into details on / about...** 詳細說明…
【第 3 句的句型】**deprive sb. of sth.** 剝奪某人的某物
【第 4 句的句型】**sb. will be sorry about...** 某人會後悔…的
【第 5 句的句型】**keep cool** 保持冷靜
【第 6 句的句型】**bawl at...** 對…大叫
【第 7 句的句型】**rob sb. blind** 把…洗劫一空
【第 8 句的句型】**be touched by ...** 被…感動
【第 9 句的句型】**do damage to...** 對…造成傷害

⑩ **Where in the world did the robbery occur?**

搶劫案到底在哪裡發生的呢？

⑪ **The instant that you screamed, the rascal ran away into the crowd.**

你一大叫，流氓就逃到人群中了。

⑫ **It is not worth committing crime for a living.**

為了生活犯罪是不值得的。

⑬ **You must have been frightened when the robbery occurred.**

當搶劫發生時，你一定是嚇壞了。

⑭ **Thanks a bunch that you really give me a hand in time.**

非常感謝你及時幫助我。

⑮ **If you have any questions, please feel free to ask me.**

如果你有任何的問題，儘管問我沒有關係。

⑯ **Thanks to your help; otherwise, it's not possible for me to finish feeding these animals.**

幸虧有你的幫忙，否則我不可能獨自餵完這些動物。

⑰ **Remember to play it safe while you are cleaning the stable.**

你去清理馬廄時，記得要小心。

⑱ **Be aware of the cars behind before you get out of the taxi.**

在你下計程車之前要小心後方來車。

【第 10 句的句型】**in the world** 到底
【第 11 句的句型】**the instant that...** 一⋯就⋯
【第 12 句的句型】**It is not worth + N / V-ing** 做⋯是不值得的
【第 13 句的句型】**must + have + p.p.** 一定是⋯
【第 14 句的句型】**Thanks a bunch!** 非常感謝！
【第 15 句的句型】**feel free to + V** 儘管去⋯
【第 16 句的句型】**thanks to...** 幸虧⋯、由於⋯
【第 17 句的句型】**play it safe** 謹慎行事
【第 18 句的句型】**get out of...** 下車（小型交通工具）

想要在全世界交朋友，一定要會聽會說的會話句

❶ The shows of frogmen, parachute troops, the Honor Guard of the R.O.C. Military Police and so on really attract people's eyes.

蛙人、傘兵和中華民國憲兵等表演真的吸引了人們的目光。

❷ Would you mind paying in check for the dinner?

你介意用支票支付晚餐費用嗎？

❸ I think Taiwanese food is really most to my parents' taste.

我想台灣食物真的很合我父母的口味。

❹ I am fond of sports.

我喜歡運動。

❺ I prefer staying home to going out.

與其外出，我寧可待在家裡。

❻ I heard that the movie was shot on location in Pittsburgh.

我聽說這部電影是在匹茲堡拍攝的。

❼ We don't have any blue skirts in stock.

我們的藍色裙子沒有庫存了。

❽ May I ask for a refund for the defective shoes?

我可以因為這雙有瑕疵的鞋子要求退款嗎？

❾ You should have thought twice before you paid on an impulse.

你當初應該在衝動付款之前要再多想一下。

Must Know!! 一定要知道的小知識！！

★這裡用到的句型★

【第 1 句的句型】**...and so on** ...等等
【第 2 句的句型】**pay in +N** 以…支付
【第 3 句的句型】**be most to one's taste** 很合…的口味
【第 4 句的句型】**be fond of + N / V-ing...** 喜歡…
【第 5 句的句型】**prefer A to B...** 與其 A 寧可 B
【第 6 句的句型】**shot on location** 實地拍攝
【第 7 句的句型】**...in stock ...** 庫存
【第 8 句的句型】**ask for...** 要求…
【第 9 句的句型】**...on an impulse** 衝動之下…

⑩ Don't you like to let loose sometimes in the pub?

你不喜歡偶爾到酒吧裡放鬆一下嗎？

⑪ Don't laugh at me. I always have two left feet when I dance.

不要笑我。當我跳舞時，我總是笨手笨腳的。

⑫ Don't be shy. Let's bust a move in the dance floor!

不要害羞。就讓我們在舞池裡盡情跳舞吧！

⑬ How about taking in some Broadway plays in New York City?

我們去紐約觀賞一些百老匯戲劇好嗎？

⑭ In case of bad weather, we have to put off our flight to Bangkok.

為了避免壞天氣，我們得取消到曼谷的班機。

⑮ Remember to confirm your flight.

記得要確認你的班機。

⑯ When should I check in before the airplane take off?

在飛機起飛之前，我應該何時報到登機呢？

⑰ The immigration officer asked me to open my luggage and went through my personal things.

移民官員要我打開我的行李箱並徹底檢查我的私人物品。

⑱ Keep an eye on your luggage, or you'll get a wrong one.

注意你的行李，否則你會拿錯。

【第 10 句的句型】**let loose** 放鬆
【第 11 句的句型】**have two left feet** 笨手笨腳
【第 12 句的句型】**bust a move** 盡情跳舞
【第 13 句的句型】**take in...** 觀賞…
【第 14 句的句型】**put off...** 取消…
【第 15 句的句型】**remember to...** 記得…
【第 16 句的句型】**take off** 起飛
【第 17 句的句型】**go through** 通過、徹底檢查
【第 18 句的句型】**keep an eye on..** 注意在…、留心…

❶ **I take some interesting games, along with my new PSP in my baggage.**
我帶了一些有趣的遊戲，還有我新的 PSP 在我行李箱裡。

❷ **I'm going to purchase three bottles of liquor from the shop.**
我要在店裡購買三瓶烈酒。

❸ **I couldn't help shopping in the duty free shop.**
我忍不住在免稅商品店裡購物。

❹ **My suitcase is missing. Which carousel can I look for?**
我的行李不見了，我可以到哪一個行李輸送帶尋找呢？

❺ **It's time for business class passengers to board. We need to wait for a while.**
現在是商務艙的乘客登機，我們必須等一下。

❻ **This flight is filled with passengers so that I can't ask for changing my seat.**
這班機太多人了，導致我不能要求更換座位。

❼ **The flight attendants wait on each passenger with smiling.**
空服員用笑臉招呼著每個乘客。

❽ **Each flight attendant should keep patient to wait on every passenger hand and foot.**
每個空服員必須有耐心的無微不至地服侍每位乘客。

❾ **Excuse me. May I pay in Taiwan dollar?**
不好意思，我可以用台幣支付嗎？

Must Know!! 一定要知道的小知識 !!

★這裡用到的句型★

【第 1 句的句型】**along with...** 還有⋯

【第 2 句的句型】**a bottle of...** 一瓶⋯

【第 3 句的句型】**couldn't help + V-ing...** 忍不住⋯、禁不住⋯

【第 4 句的句型】**look for...** 尋找⋯

【第 5 句的句型】**for a while** 一會兒

【第 6 句的句型】**be filled with...** 擠滿⋯

【第 7 句的句型】**wait on...** 伺候⋯、招呼⋯

【第 8 句的句型】**wait on sb. hand and foot** 無微不至服侍某人

【第 9 句的句型】**pay in Taiwan dollar** 用台幣支付

⑩ Don't you think that you waste your money on those duty-free items?

你不認為你浪費自己的錢在免稅商品上嗎？

⑪ I've been on cloud nine living in such a fancy hotel.

住在這樣棒透了的飯店簡直是太開心了。

⑫ It's dangerous to lean against the door when the subway is moving.

當地鐵在行進中時，倚靠在車門是危險的。

⑬ He hung on the grab-bar until the subway stop to brake.

他抓好吊環直到地鐵煞車停止。

⑭ The bus is approaching. Let's flag it down!

公車慢慢接近了。我們揮手攔下它吧！

⑮ The announcement said that the next train delay for twenty minutes.

廣播說下一班火車將會延遲二十分鐘。

⑯ We haven't got all day. Hurry up, or we can't take the MRT in time.

我們沒有那麼多時間。快點，否則我們無法及時搭上捷運。

⑰ Are we going to have seafood for dinner tonight?

我們今晚晚餐吃海鮮嗎？

⑱ Look at these delicacies. I have good appetite so that I can eat them all.

看看這美味佳餚，我胃口好到可以吃完它們。

【第 10 句的句型】**waste one's money on...** 浪費某人的錢在…
【第 11 句的句型】**on cloud nine** 歡天喜地
【第 12 句的句型】**lean toward...** 倚靠…
【第 13 句的句型】**hang on...** 抓好…
【第 14 句的句型】**flag down** 用手揮攔下…
【第 15 句的句型】**delay for +** 時間 被耽擱了…時間
【第 16 句的句型】**haven't got all day** 沒有多餘的時間
【第 17 句的句型】**have +** 食物名稱 **+ for dinner** 吃…當晚餐
【第 18 句的句型】**have good appetite** 胃口好

想要在全世界交朋友，一定要會聽會說的會話句

❶ It's a special day to show our appreciation to our mom.
這是向我們的母親表示感謝的特別日子。

❷ I can't tell you how wonderful the parade is.
我無法形容這場遊行是多麼地棒。

❸ How would you like the fireworks on New Year's Eve?
你覺得跨年的煙火如何呢？

❹ I don't feel like hearing your excuse. Just call the police and deal with the fender-bender.
我現在不想聽你的理由，叫警察處理這起擦撞事故吧。

❺ I suppose you might be a case of stomach cramps.
我猜你可能得了胃痙攣。

❻ Should I transfer buses at the next stop?
我應該在下一站轉車嗎？

❼ The boy feels on edge that he must take the wrong bus.
這小孩感到很不安，他一定搭錯公車了。

❽ It'll take twenty minutes by walking from here to there.
從這裡到那裡，走路要花二十分鐘。

❾ It goes without saying that you have made a serious mistake to break the traffic rules.
不用說，你已經嚴重違反交通規則。

Must Know!! 一定要知道的小知識！！

★這裡用到的句型★

【第 1 句的句型】**show one's appreciation** 表示某人的感謝
【第 2 句的句型】**I can't tell you how…** 我無法形容有多麼…
【第 3 句的句型】**How would you like…?** 你覺得…如何呢？
【第 4 句的句型】**I don't feel like + V-ing** 我現在不想…
【第 5 句的句型】**a case of + N…** …的病歷
【第 6 句的句型】**transfer buses at…** 在…轉車
【第 7 句的句型】**be / feel on edge** 擔心、不安
【第 8 句的句型】**take + 數字 + minutes by + 交通工具** 搭乘…要花…
【第 9 句的句型】**It goes without saying (that)…** 不用說…

國家圖書館出版品預行編目（CIP）資料

我用這幾句英文在全世界交朋友／Josephine
Lin 著. -- 初版. -- 臺北市：懶鬼子英日語,
2013. 03
　　面；　公分
　　ISBN978-986-5927-20-2（平裝附光碟片）

1. 英語 2. 會話

805.188　　　　　　　　　101026164

我用這幾句英文
在全世界交朋友

Making friends
all over the world . . . . . .

書名 / 我用這幾句英文在全世界交朋友

作者 / Josephine Lin

插圖 / 曾以帆

發行人 / 蔣敬祖

編輯顧問 / 常祈天

主編 / 劉俐伶

執行編輯 / 古金妮、Rose Lin

視覺指導 / 黃馨儀

內文排版 / 果實文化設計工作室

法律顧問 / 北辰著作權事務所蕭雄淋律師

印製 / 金濳印刷有限公司

初版 / 2013年03月

再版十刷 / 2014年02月

出版 / 我識出版集團—懶鬼子英日語

電話 / (02) 2345-7222

傳真 / (02) 2345-5758

地址 / 台北市忠孝東路五段372巷27弄78之1號1樓

郵政劃撥 / 19793190

戶名 / 我識出版社

網址 / www.17buy.com.tw

E-mail / iam.group@17buy.com.tw

facebook網址 / www.facebook.com/ImPublishing

定價 / 新台幣 349 元 / 港幣 116 元（附1MP3）

台灣地區總經銷 / 創智文化有限公司
地址 / 新北市土城區忠承路89號6樓

港澳總經銷 / 和平圖書有限公司
地址 / 香港柴灣嘉葉街12號百樂門大廈17樓
電話 / （852）2804-6687　傳真 / （852）2804-6409

懶鬼子 英日語
Language
17buy.com.tw

懶鬼子 英日語
Language
17buy.com.tw

全方位口說英文權威

Josephine Lin | 著

懶鬼子 英日語 Language

我用這幾句英文
在全世界交朋友

Making friends
all over the world......

壮遊世界 隨身書

敢說、敢講、會聽、會用才是王道！
其實只要「一招半式」就能壯遊全世界！

Hi, I'm Leo from Taiwan.
Nice to meet you.

Nice to meet you, too, Leo.
Welcome to join us!

★★★★★ 全圖解 ＋ 全情境 ★★★★★
Graphic　　Situational

In the Group

 100個情境一應俱全
開趴踢、交朋友、機場、旅行、校園、打工度假、
緊急狀況……等各種食、衣、住、行、育、樂的情境通通都有！

2,000個單字・行遍天下
只要熟練生活常用的2,000個單字，就能表情達意，和外國人溝通不是問題！

2,000句會話・壯遊世界
不管是萬用句型還是實用會話，只要「說得簡單」，就能夠和全世界的人交朋友！

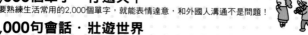
2,000個單字、8,000句會話，真正會用到的有多少？
單字背得再多，書買得再厚，說不出口又有什麼用？
想要出國旅遊，想去打工度假，想交個外國朋友，只要會說簡單英文就夠了！

For Free
獨家附贈

Unit1 ｜認識新朋友 Get New Friends

- This is my first time to be here. I'm a little nervous.
  這是我第一次來這裡，我有點緊張。

- I'm new here. I would appreciate it if you could help me.
  我是新來的。承蒙幫忙，我一定會感激不盡。

- I'm sorry. I didn't catch your name.
  我很抱歉，我沒有聽到你的名字。

- Please allow me to introduce myself. I'm Josephine Lin.
  請允許我介紹自己。我是喬瑟芬‧林。

- Could you give me your name, please?
  你可以告訴我你的名字嗎？

- I am Richard. Dick is a nickname for Richard.
  我是理查。迪克是理查的暱稱。

- For those of you who don't know me, I'm Johnson Brown.
  僅向不認識我的人自我介紹，我是強森‧布朗。

- I'm pleased to meet you.
  很高興認識你。

- Let's go fishing!
  我們去釣魚吧！

- I want to do something quieter, like reading or listening to music.
  我想要做些靜態一點的事情，像是閱讀或是聽音樂。

1

- I don't want to miss the good movie on TV tonight.
  我不想錯過今晚電視要播的這部好電影。

- Let's kick back for a while!
  我們休息一下吧！

- Would you like to play contract bridge with me?
  你想要和我一起玩橋牌嗎？

- I really enjoy the latest fashion.
  我真的很喜歡流行時尚。

- Don't spend too much time surfing the Internet.
  不要花太多時間在上網。

- I like cooking but not all that much.
  我喜歡做菜，但不是那麼地著迷。

- John looks a little drunk.
  約翰看起來有點醉了。

- Have you got a terrible hangover this morning?
  今早你有嚴重的宿醉嗎？

- I think Kevin is sloshed now.
  我想凱文現在喝得爛醉了。

- Does Joseph look kind of stoned?
  喬瑟夫看起來很醉嗎？

- Look at him, he is pounding back the drinks tonight.
  瞧瞧他，他今晚喝酒喝得很快。

- We've bought a case of beer to this party.
  我們已經買一箱的啤酒到派對了。

- They feel like getting down and partying this weekend.
  他們感覺好像準備好這週末的派對了。

- Have you ever seen Timmy go wild like this before?
  你以前曾經看過提姆像這樣般地發狂嗎？

- How was your day?
  過得如何啊？

- So far, so good.
  目前還不錯。

- Wanna go grab a drink?
  要去喝一杯嗎？

- Have you heard the news?
  你聽說了嗎？

- Stop beating around the bush.
  別拐彎抹角，說重點。

- I heard that you are doing well.
  聽說你過得還不錯。

- How's everything been at work recently?
  最近工作如何？

- What's the latest?
  有什麼新鮮事嗎？

- What month do you celebrate the National Day in Taiwan?
  台灣是幾月慶祝國慶日呢？

- Double Tenth Day is celebrated on October 10th.
  國慶日是在十月十日慶祝。

- Do you plan to attend the flag-raising ceremony on that day?
  你那天會去參加升旗典禮嗎？

- There will be thousands of people gathering to celebrate Double Tenth Day in front of the Office of the President.
  將會有上千人聚集在總統府前慶祝國慶日。

Unit2 | 用餐 Have Dinner
● ● ●

- Any preferences?
  有特別想吃什麼嗎？

- It's up to you.
  你決定就好。

- Let's have something special, like Italian.
  我們來吃些特別的，像是去義大利餐廳。

- That restaurant serves high-class continental food.
  那家餐廳提供高級的歐式料理。

- What you decide is fine with me.
  你選什麼我都接受。

- I'll lose my patience if we have to wait in line for a meal.
  如果為了吃飯要我排隊，我會失去耐性。

- That Greek food restaurant is the most famous one nearby.
  那家希臘餐廳是附近最有名的餐廳。

- I'm not into Thai food.
  我對泰式料理沒有興趣。

- You have a reservation for six. Will someone be joining you?
  你是訂六個人的位子。還有人會來嗎？

- Do you have a reservation?
  你有訂位嗎？

- I've reserved a booth at seven o'clock.
  我已經訂了七點的包廂。

- At what time do you serve dinner?
  用餐時間是幾點呢？

- We have a reservation under Gillian.
  我們是以吉利安的名字來訂位。

- My friend will be along at any minute.
  我朋友馬上就會到了。

- Right this way, please.
  這邊請。

- It would be better if the table is by the window.
  我要靠窗的位子。

- The cuisine here is to die for.
  這裡的菜餚非常地美味。

- My mouth is watering just thinking about Filet mignon.
  光想到菲力牛排我就流口水了。

- Have you placed your order yet?
  你點餐了嗎？

- I haven't decided yet.
  我還沒有決定好。

- May I order a half portion?
  我能點半人份的嗎？

- Did anything strike your fancy?
  你喜歡吃什麼呢？

- How would you like your steak?
  牛排要幾分熟呢？

- Medium, please.
  五分熟，謝謝。

- The bill, please.
  買單，謝謝。

- Does the bill include the tip?
  帳單有含小費嗎？

- The tip is included in the service fee.
  小費有含在服務費裡了。

- We'd like to divide the cost.
  我們想要分開付款。

- It's on me today.
  今天我請客。

- Let's go Dutch!
  我們各付各的！

- Could you double-check the bill? It doesn't seem right.
  可以再算一次帳單嗎？好像有錯誤。

- Of course, here is your itemized bill.
  沒問題，這是你的帳單明細。

- What did the chef put in the soup?
  主廚在湯裡放了什麼呢？

- It's really bad-tasting.
  真難吃。

- The steak is overdone.
  牛排煎得太老了。

- Excuse me, the T-bone seems to be undercooked.
  不好意思，這丁骨牛排似乎尚未煮熟。

Unit3 | 看電影 See a Movie

- Is there a discount for students?
  學生有折扣嗎？

- Students always can get ten percent off.
  學生總是有九折優惠。

- Look! I got opening night tickets to *Mission Impossible II*.
  你看！我買到了《不可能的任務 II》的首映票。

- Oh, my God! There's a long line in front of the box office.
  喔，天哪！售票處前面排了好長的隊伍。

- I have to hurry to get tickets.
  我必須趕快去買票。

- Let's get our tickets from on-line booking ticket collection window!
  我們到網路訂位取票窗口拿票吧！

- Would you like to sit in the front row?
  你想要坐在第一排嗎？

- Let's get back-row seats.
  我們坐最後一排吧。

- You can't miss the preview.
  你不可錯過電影預告。

- There are more and more computer-animated characters in the films.
  電影裡面有愈來愈多的電腦動畫角色。

- There are so many super stars in *Iron Man*. It has a great cast!
  《鋼鐵人》裡有很多的超級巨星。它的演員陣容超棒！

- What do you think of the film?
  你認為這部電影如何？

- Who will spend money seeing that movie? It doesn't have a good cast.
  誰會花錢看那部電影？它的卡司不強。

- It's really a box-office hit.
  它的票房極佳。

- The movie is such a drag.
  這電影真難看。

- The movie is based on a famous science fiction novel.
  這部電影是根據知名科幻小說而改編的。

- Let's get some snacks!
  我們去買些點心來吃吧！

- I've changed my mind to have Coke instead.
  我改變心意，想要換喝可樂了。

- I'll check out in a second.
  我馬上就結好帳。

- Eating popcorn to watch a movie is the best.
  看電影吃爆米花是最棒的了。

- Where can I get some napkins?
  餐巾紙在哪裡呢？

- The popcorn becomes a staple at movie theaters.
  爆米花變成電影院裡的主要商品。

- You can buy one get one free with the coupon.
  用優待券可以買一送一喔。

- Should I go for some Coke?
  我該買可樂嗎？

- Could you please show me your counterfoils?
  可以出示一下票根嗎？

- Do you know where our seats are?
  你知道我們的位置在哪裡嗎？

- Let's inquire with the staff about the seats.
  我們去問一下工作人員吧。

- I have difficulties finding our seats.
  我找不到我們的位置。

- Can you lead us to our seats?
  你可以帶我們去座位嗎？

- The seats are in the front middle area according to the seat numbers.
  根據座位號碼，你們的位置在前方中間的區域。

- Oh, your seats were in a row.
  喔，你們的位置是連在一起的。

- Your seats are just right in front of the entrance.
  你們的位置就在入口前方。

- Let's ask the attendant for help.
  我們去跟服務人員求救吧。

- Is there anything I can do for you?
  我可以幫上什麼忙嗎？

- Excuse me, can you tell me where this movie was playing?
  你可以告訴我這部電影在哪裡放映嗎？

- Where is the movie going to be played?
  電影會在哪裡播放啊？

Unit4 | 逛街 Shopping Time

- Hi, can I help you find anything?
  您好，可以幫您找您要的東西嗎？

- I'm just looking, thanks.
  謝謝，我只是看看而已。

- Do you have anything like sport shoes with Velcro?
  你們有魔鬼氈的運動鞋嗎？

- What is your size, please?
  請問您的尺寸是多少？

- I need a pair of shoes which are on sale.
  我需要一雙特價中的鞋子。

- What size of shoes do you wear?
  你穿幾號的鞋子呢？

- This pair of shoes just fits my size.
  這雙鞋子我穿起來剛好。

- What style do you prefer?
  你喜歡哪種款式呢？

- Excuse me, is there a fitting room where I can try these on?
  請問，哪裡有試衣間可以讓我試穿這些衣服呢？

- The fitting room is this way, please.
  試衣間在這裡。

- Are there any other colors?
  有其它的顏色嗎？

- Are you looking for a particular color?
  你有特別想要的顏色嗎？

- I prefer a skirt in ivory or burgundy.
  我喜歡象牙色或是酒紅色的裙子。

- These jeans are too small. Do you have a larger size?
  這件牛仔褲太小了。你有大一點的尺寸嗎？

- I'm sorry, but a larger size is out of stock.
  不好意思，但是大號的尺寸缺貨中。

- What are those blazers made of?
  那些運動上衣是用什麼材質做的呢？

- Will you give me a 20% discount?
  可以給我打八折優惠嗎？

- Sorry, ma'am. We don't give any discounts.
  不好意思，小姐。我們不打折的。

- How much discount do you give?
  你的折扣是多少呢？

- Our prices are generally lower when compared with others.
  我們的價格和別人比較起來，一般來說都更便宜。

- The brand-name bag costs an arm and a leg. I'll take it if you give me a discount.
  這名牌包真的非常昂貴，如果打折我就買。

- How much are you willing to pay?
  你願意付多少錢呢？

- Is there a discount for two?
  買兩個能算便宜點嗎？

- I think these prices are quite reasonable.
  我覺得這些價格很公道了。

- Will that be cash or credit?
  付現或是刷卡？

- Do you take plastic?
  你收信用卡嗎？

- We only accept Master Card.
  我們只接受萬事達卡喔。

- Can I pay in installments?
  我可以分期付款嗎？

- Of course, how many installments would you like?
  當然可以，你想要分幾期呢？

- Can you ring up these clothes for me?
  可以幫我結這些衣服的錢嗎？

- Please charge them on my credit card.
  我要用信用卡付錢。

- No problem. Can you sign here, please?
  沒問題。請在這裡簽名。

- I want a refund on this item.
  我這個東西想要退費。

- I'm afraid that sale items can't be returned.
  恐怕賣出的物品一概不能退費。

- I'd like a refund, please. Here's my receipt.
  我想要退費，這是我的收據。

- We can offer an exchange on this, not a refund.
  我們只能讓你換貨而無法退費。

Unit5 | 酒吧 In the bar

- I like to let loose once a week in that lounge bar.
  我喜歡一星期到沙發酒吧放鬆一次。

- Pour me a Long Island Ice Tea.
  請給我一杯長島冰茶。

- I'll drink my face off tonight.
  今晚我要喝個痛快。

- Don't pound back the drinks. Are you in a bad mood?
  喝酒不要喝得太快。你心情不好嗎？

- What can I get you, Sir?
  先生，請問你要喝點什麼？

- I don't drink alcohol. Do you offer me some soda?
  我不喝酒。可以給我一些汽水嗎？

- Would you like to try some hard liquor? Here is the list.
  你要喝點烈酒嗎？這裡有清單。

- Scotch, straight up, please.
  來杯純的蘇格蘭酒，謝謝。

- Excuse me, is this seat taken?
  不好意思，這個位置有人坐嗎？

- No, go ahead. Would you like to hang out with me?
  不，請坐。你想要和我聊聊天嗎？

- Sorry, I'm waiting for my friends. Let me treat you another glass of wine.
  不好意思，我正在等我的朋友們。讓我請你再喝一杯酒吧。

- What a coincidence! Are you my classmate from high school?
  真巧！你是我的高中同學嗎？

- I think I barely know you.
  我想我不認識你。

- I don't think so. It's obvious that I'm not drunk at all.
  不好吧。我很明顯一點也沒有喝醉喔。

- Hi, my name is Alex. I've never seen you before.
  嗨，我是艾力克斯。以前我沒有見過你耶。

- Thanks, but I feel a little tipsy.
  謝謝，但我有點微醺了。

- It's playing a slow song. Come to dance with me?
  現在正在放慢歌。要和我一起跳舞嗎？

- No, thank you. I'm going to sit this one out.
  不用了，謝謝。我現在不想跳。

- This is a great song to dance to!
  這首歌非常適合跳舞！

- You're an excellent dancer.
  你真是個舞林高手。

- I don't know how to dance.
  我不知道要怎樣跳舞。

- Don't worry, just move your feet to the beat.
  不要擔心，只要跟著節拍移動腳步就可以了。

- Do you have some nerve hitting the dance floor with me?
  你有膽和我一起到舞池裡跳舞嗎？

- Why not? I can't wait to dance now.
  有何不敢？我現在等不及要跳舞了。

- Please show your certificate to the security guards before entering.
  進入前請向保全出示證件。

- Please wait a moment before entering the bar.
  進入酒吧前請稍待片刻。

Unit 1 | 旅行前置作業 Before Travel

- Do you prefer a long-range tour or a short-range tour?
  你喜歡長程旅行還是短程旅行呢？

- I prefer a one-stop tour.
  我喜歡定點旅行。

- I'm doing a budget travel to India next month.
  下個月，我想要去印度來趟經濟旅行。

- I've heard that many of the packaged tours are shopping tours.
  我聽說很多套裝行程都是購物旅行團。

- What's your favorite travel destination in the world?
  你在這世界上最喜歡的旅遊景點是哪裡呢？

- I guess Paris is more impressive in real life.
  我想巴黎是我印象較深刻的地方。

- Could you introduce me to some information about the UK?
  你可以介紹一些關於英國的資訊嗎？

- Are you interested in seeing the major attractions, such as Shakespeare's home, Stonehenge, and Big Ben?
  你對參觀主要景點有興趣嗎，像是莎士比亞的家、巨石陣和大笨鐘？

- We're interested in the tour for Las Vegas and the Grand Canyon.
  我們覺得拉斯維加斯和大峽谷的旅行行程似乎不錯。

- It'll be a high-season charge.
  這會以旺季的費用收費。

- I think backpacking would be best for my budget.
  我想我的預算來趟自助旅行會是最好的。

- What dates would you like to travel? We still can help you with the plane reservation.
  你哪幾天要去旅行呢？我們還是可以幫你訂機票。

- We want to go backpacking through Europe this summer.
  今年夏天，我們想要到歐洲自助旅行。

- Going on a cruise to Alaska is exciting.
  搭乘遊艇到阿拉斯加遊玩很刺激。

- How many of you are going?
  有幾位一起前往呢？

- Independent vacation packages typically consist of air and hotel.
  自助旅行套裝行程通常包含機票和飯店費用。

- Don't forget to bring your passport and some extra cash.
  不要忘記攜帶你的護照和一些額外的現金。

- What a mess your bedroom is! It's just a relaxing itinerary.
  你的房間真亂！這只是一個輕鬆的行程而已。

- Remember, there is a limit on your luggage weight.
  記住，行李重量是有限制的。

- I'm in deep water to pack my suitcase.
  對我來說，打包行李真是大麻煩。

- Make a list of the items you need to take with you.
  列出你所需要攜帶的物品清單。

- In order to save space, I prefer to wear my coat on the plane.
  為了節省空間，我在飛機上要穿著外套。

- Do we need an adapter when traveling in Europe?
  當我們到歐洲旅行的時候，我們需要帶轉接頭嗎？

- How many suitcases are you going to bring on the trip?
  在這趟旅程，你要帶幾個行李箱呢？

- Do I need a visa to go to Europe?
  到歐洲需要簽證嗎？

- You need to apply for the European Schengen Visa.
  你需要申請歐洲的深根簽證。

- How much does it cost to apply for an American Visa?
  申請一張美國簽證需要多少錢呢？

- American Visa was about NT$5000 before, but it's visa-waiver after October 2nd, 2012.
  以前美簽大約是新台幣五千元整，但二〇一二年十月二日之後就免簽證了。

- The expiration date of your passport should be longer than six months from the date of your trip.
  出國前，需要確認你的護照有效期限是在六個月以外才行。

- If your passport is expired, you won't be able to go abroad.
  如果你的護照過期了，你就不可以出國。

- How long will it take to receive my passport after I renew it?
  在更新護照之後，要多久才會收到我的護照呢？

- The processing time for the visa is usually five to seven business days.
  簽證處理時間通常是五到七個工作天。

Unit2 │ 機場 At the Airport

- I'd like to check in for flight No.500.
  我要辦理五○○班次的登機手續。

- Could I have an aisle seat, please?
  可以給我走道的位置嗎？

- Passengers should check in at least two hours before departure.
  乘客應該至少在起飛前兩個小時辦理登機手續。

- You only have to show your passport to get your boarding pass, if you check in with an e-ticket.
  如果你是持有電子機票，你只需要出示護照就可以領取登機證了。

- Is there an aisle seat available?
  還有靠走道的位置嗎？

- Will the baggage be checked to my destination?
  行李會直接托運到我的目的地嗎？

- Do I check-in for Flight 888 to Rome here?
  到羅馬的八八八號班機是在這裡辦理登機手續嗎？

- Don't worry, I'll put you on standby for next flight.
  不要擔心。我會把你放在下個班機的候補位上。

- How many bags will you be checking in today?
  今天你要托運的行李有幾件呢？

- I have to check-in a luggage and one carry-on bag.
  我要托運一個行李箱和一個隨身行李。

- Airlines have special restrictions on carry-on bags.
  航空公司對隨身行李有特別限制。

- Your luggage is too heavy, you have to pay excess baggage charge.
  你的行李太重，必須要付行李超重的費用。

- What is the free baggage allowance?
  免費的行李限制重量是多少呢？

- Each passenger is allowed a total of 20 kilos on Economy, 30 kilos on business, and 40 kilos on first class
  每位乘客的行李限重是：經濟艙二十公斤，商務艙三十公斤和頭等艙四十公斤。

- Do you have any liquids or gels in your carry-on?
  你的隨身行李有任何的液狀物或是膠狀物嗎？

- I don't see your reservation on my computer. Did you remember to reconfirm your ticket?
  我的電腦裡沒有看到你的預約，你有記得再次確認你的機票嗎？

21

- Your passport, ticket and disembarkation card, please.
  請出示你的護照、機票和出境紀錄卡。

- What's your purpose for visiting America?
  你此行到美國的目的是什麼呢？

- I'm here for visiting my friends
  我來拜訪我的朋友。

- How long do you intend to stay here?
  你想要在這裡待多久呢？

- I plan to stay here for half a month and I will be staying at my friend's home.
  我打算在這裡待半個月，而且我會住在我朋友家。

- Welcome to the U.K.. Your papers are all in order. Please go to the next line for your customs inspection.
  歡迎來到英國。你的文件都辦好了，請到下一排座海關審查吧！

- Do you have anything expensive with you?
  你有攜帶什麼貴重物品嗎？

- Even bottles of perfume should need to be declared.
  即便是香水也需要報稅。

- Before taking off, we have to carry all the duty-free item.
  飛機起飛之前，我們必須拿著所有的免稅物品。

- Let's do some shopping at the duty-free shop!
  我們到免稅店裡購物吧！

- Buying imported items at the duty-free shop is really cheaper.
  在免稅店裡買進口物品真的很便宜。

- You have to pay tax on these neat electronic gadgets.
  這些精緻小電器需要支付額外的稅。

- I can't wait to shop around the duty-free shop in the airport.
  我等不及要在機場的免稅商品店裡購物。

- Are these two brands of liquor the same price?
  這兩個牌子的烈酒價位一樣嗎？

- Does it come to any freebies?
  它有贈品嗎？

- What did you buy at the duty-free shop?
  你在免稅店裡買了什麼呢？

Unit3 | 飛機上 On the Plane

- Excuse me. Where's my seat, please?
  請問我的座位在哪裡呢？

- May I see you boarding pass? I can help you find your seat.
  可以給我看你的登機證嗎？我可以協助你找座位。

- Excuse me. Could you show me where seat 36 A is?
  不好意思，請問 36 A 的座位在哪裡呢？

- This way, please.
  這邊請。

- There are a number of passengers in the cabin. I can hardly find my seat.
  這機艙有很多乘客，我幾乎找不到我的座位。

- Your seat is in the rear of the cabin on the left.
  你的座位在機艙左側的後面。

- Excuse me, I'm afraid you are in the wrong seat.
  不好意思，恐怕你坐錯位置了。

- Would you mind changing seats?
  你介意和我交換座位嗎？

- Do you have any Chinese newspapers?
  你們有中文報紙嗎？

- This headset is not working, Can I have a new one, please?
  這副耳機壞了。可以給我一副新的嗎？

- Could you give me one more pack of toiletry?
  可以多給我一組盥洗用具嗎？

- Shall I bring you a blanket?
  要拿一條毯子給你嗎？

- Could you show me how to use the remote control?
  可以請你教我如何使用這遙控器嗎？

- The earphones don't work. Can I get another pair?
  耳機壞了。可以給我另一副嗎？

- Are there any free postcards available?
  有免費的明信片嗎？

- Something's wrong with my headset.
  耳機好像有問題。

- When do you start to serve breakfast?
  你們何時開始供應早餐呢？

- We're just getting it ready now. It shouldn't be too long.
  我們現在正在準備，應該不會太久。

- How long before the meal service begins?
  請問還要多久才開始供餐呢？

- We'll be serving lunch in a few minutes.
  我們稍後即將供應午餐。

- You can see the menu in the pocket in front of you first.
  你可以參考你座位前方置物袋中的菜單。

- Today's breakfast choices are omelet and quiche. Which would you like?
  今日早餐是蛋捲和乳蛋餅。你想要哪一個呢？

- Omelet, please. And may I have some more rolls?
  蛋捲，謝謝。我可以吃些麵包捲嗎？

- Would you care for something to drink?
  請問你想要喝些什麼飲料呢？

- All things in the catalog are duty-free.
  目錄裡都是免稅商品。

- Do you take credit cards, or do I have to pay by cash?
  你們接受信用卡嗎？還是我必須付現？

- Can I pay by traveler's check?
  我可以用旅行支票付款嗎？

- We accept both cash and credit cards.
  我們接受現金和刷卡。

- Can you show me the sample of this perfume?
  可以給我香水的試用品嗎？

- I want to buy one bottle of body lotion.
  我要買一瓶乳液。

- Would you prefer brand A or brand B?
  你比較喜歡 A 品牌還是 B 品牌？

Unit4 | 旅館 At the Hotel

- I'd like to check-in, please.
  我想要登記住房。

- Do you have a reservation?
  你有預約嗎？

- I've made a reservation, but I forget to take my confirmation number.
  我有訂房，但是我忘記帶我的確認號碼了。

- Could I repeat your order again now? One smoked salmon and a bottle of champagne.
  現在我再重複一次你的餐點：一份煙燻鮭魚和一瓶香檳。

- Excuse me, when can I check in?
  請問一下，何時可以辦理登記住房呢？

- What type of room did you reserve?
  你是訂什麼房間呢？

- A double room for three nights.
  一間雙人房住三個晚上。

- One moment, please. I'll look for your reservation details.
  請稍等一下，我找一下你的訂房資料。

- How late is room service open?
  客房服務最晚是到幾點呢？

- Hello, operator? Please connect me to the room service.
  你好，總機嗎？請幫我轉接到客房服務櫃台。

- What kind of food are you in the mood for?
  你想要吃哪種食物呢？

- This is room 616. Could you bring us a bottle of wine and some roast beef, please?
  這是六一六號房。你可以送一瓶葡萄酒和一些烤牛肉給我們嗎？

- Good evening. This is your room service.
  晚安。這裡是客房服務。

- Please put me through to room service.
  請幫我轉接到客房服務。

- Fortunately, I have your record booking here.
  幸好這裡有你的訂房紀錄。

- May I have your room number?
  請問你的房號是？

- I spilled some coffee on the bed sheet. Could you bring me a clean one?
  我灑了一些咖啡在床單上。你可以幫我更換一條乾淨的嗎？

- Sure. We'll send a maid up with a linen as soon as she can.
  當然可以。我們會盡速派房間清潔人員送乾淨的床單過去。

- Housekeeping. What can I do for you?
  客房清潔服務。有需要我服務的地方嗎？

- This is room 215. The sink isn't draining properly.
  這是二一五號房，洗臉台的水不通。

- I'll send a plumber up right away.
  我立刻派水管工人過去。

- Excuse me, this is room 816. May I have two more towels?
  不好意思，這裡是八一六號房。可以再給我兩條毛巾嗎？

- May I have an extra comforter, please? There is something wrong with my central air-conditioner.
  請多給我一條棉被好嗎？中央空調似乎出了些問題。

- I'll send someone up to fix at once.
  我馬上派人上去修理。

- My room faces the street which is too noisy. May I change to a quieter one?
  我的房間面對街道太吵了。我可以更換到安靜一點的房間嗎？

- If there are vacant rooms, I'll inform you at once.
  如果有空房的話，我會立刻通知你。

- This is Mr. Lin in room 666. The room which is opposite of mine is too noisy. I wanna change to a quieter one, please.
  這裡是六六六號房的林先生。我對面的房間太吵了，我想要換到安靜一點的房間。

- I'll phone them right away and have them keep it down.
  我會立刻打電話請他們小聲一點。

- The faucet is leaking. The sound of drip-drop makes me not sleep well.
  水龍頭一直在漏水，水滴的聲音讓我睡不好。

- I'll find a spare room for you at once.
  我立刻幫你找間空房。

- There is no hot water, check another spare room for me, please.
  這間房間沒有熱水，請幫我找另一間空房。

- I'm afraid not, sir. We're fully booked up.
  先生，很抱歉沒有辦法。我們已經客滿了。

Unit5 | 地面交通 Traffic

- How often do the buses run?
  巴士每隔幾分鐘一班呢？

- Should I buy advance tickets over the phone?
  我需要用電話購買預售票嗎？

- It's more convenient to buy a bus pass or you can use a smart card.
  購買預售票或是使用悠遊卡是更便利的。

- Could you tell me how much the bus fare is?
  你可以告訴我車資是多少嗎？

- I'm not sure about that. Maybe we can ask about it at the ticket counter.
  我不太確定，或許我們可以到售票處詢問。

- There are a lot of people queuing up for the bus.
  有很多人在排隊等候公車。

- I know the Monthly Pass is cheaper.
  我知道月票是比較便宜的。

- I see a train approaching the platform.
  我看著地鐵開進月台。

- We'd better wait behind the yellow line.
  我們最好在黃線後等候。

- Ouch! Someone in a hurry to get on the metro stepped on my foot.
  唉喲！有人匆匆忙忙地想要搭上地鐵而踩到了我的腳。

- Why do those people not stay in the line?
  為什麼那些人都不排隊呢？

- Is this the right platform for Tamsui?
  這是到淡水的月台嗎？

- I suppose that we should get to platform 3.
  我想我們應該要到第三月台。

- Oh, my! I got on the subway by shuffling people aside eventually.
  天啊！我終於擠過人群搭上地鐵了。

- Excuse me. Please tell me where I can catch a cab?
  不好意思。可以告訴我哪裡可以搭計程車嗎？

- Please step in, ma'am.
  小姐，請上車。

- I'll get out at the Universal Studio.
  我要在環球影城下車。

- Please take me to Taipei Train Station. I want to catch a nine p.m. train.
  請帶我到台北火車站，我要趕搭晚上九點的火車。

- How long is the ride from here to Taipei Zoo? Could you take a shortcut?
  從這裡搭車到台北動物園要多久？你可以走捷徑嗎？

- I think you'll make it if we don't get stuck in a traffic jam.
  只要我們沒有遇到塞車，我想你能趕上的。

- How much is the per-kilometer rate?
  每一公里是多少錢呢？

- There is a 10 percent surcharge after midnight.
  午夜過後會多加收百分之十的費用。

- Take the escalator to the B1 level, and you can see the MRT.
  搭手扶梯到地下一樓，就可以看到捷運了。

- Where would you like to go?
  你要去哪裡？

- I don't know where I can take the MRT.
  我不知道哪裡可以搭捷運。

- Which line should I take to reach Taipei Zoo?
  去台北動物園該搭哪一條線？

- Excuse me. Where are the waiting rooms?
  不好意思，請問候車室在哪裡？

- You have to take the Tamshui line.
  你要搭淡水線。

- Follow the directions and you can find the right position.
  跟著指標就可以找到對的位置。

- This is the map of the MRT station.
  這是捷運站的地圖。

- Could you tell me which line is bound for National Taiwan University?
  可以請你告訴我去台灣大學是哪一條線嗎？

- I got it. Let's buy the tickets.
  我知道了，我們去買票吧！

Unit1 | 遊學 Study abroad

• Welcome to the dormitory.
歡迎搬到宿舍。

• I will be your roommate for four years.
我將是你四年的室友。

• This is my first time in this country.
這是我第一次來到這個國家。

• Why did you carry so much luggage?
你怎麼帶這麼多行李？

• What is your major?
你的主修是什麼？

• I major in accounting.
我主修會計。

• One of my minor subjects is educational psychology.
教育心理學是我副修的科目之一。

• This campus is so big that I nearly got lost.
校園大到我快迷路。

• Hurry up! We're going to be late.
快一點！我們要遲到了。

• What is your next class?
你下一堂課是什麼？

• Why do you carry so many textbooks with you?
你怎麼帶這麼多課本？

- My class schedule is full today.
  我今天的課表很滿。

- There is going to be a pop quiz in class today.
  今天課堂上將會有隨堂測驗。

- I have a lesson in the laboratory today.
  我今天有實驗課。

- Our department is far from the dormitory.
  我們的學院離宿舍好遠。

- Maybe we can come here by bike next time.
  下次我們可以騎腳踏車。

- What a coincidence! You also came to the library.
  好巧！你也來圖書館。

- This is the first time you came to the library.
  這是你第一次來圖書館。

- I've come to search for some books.
  我來找一些書。

- What genre of books are you going to borrow?
  你要借哪一類的書籍？

- I want to absorb some extracurricular information.
  我想要吸收一些課外的知識。

- I want to find some illustrated handbooks about butterflies.
  我想找一些和蝴蝶有關的圖鑑。

- I need some books related to geography.
  我需要一些關於地理的書。

- I have some trouble finding the books I want.
  我找不到想借的書。

- I am preparing for my mid-term exam.
  我正在準備期中考試。

- I've been working hard on my final project for months.
  這幾個月以來，我都在準備期末報告。

- I could only concentrate on textbooks in the library.
  我只在圖書館才能專心唸書。

- I cannot figure out how to solve this math problem.
  我不會算這題數學。

- You have to keep your voice down in the library.
  在圖書館講話時要降低音量。

- Don't forget to switch your phone to vibrating or silence mode.
  別忘了把手機調成震動或靜音模式。

- I am very nervous about the final exam.
  期末考使我感到非常緊張。

- I hope I can get a good grade on the test.
  我希望考試能有好成績。

- We are going to graduate from university.
  我們就要從大學畢業了。

- I'm so glad that I finally get my Bachelor's degree.
  真高興我終於拿到學士學位了。

Unit2 | 打工度假 Working Holiday

- The farm has herds of sheep and horses.
  農場有好多羊和馬。

- Let's take some grass to feed the horses.
  我們拿一些牧草餵馬吧。

- We also have to feed the sheep after feeding the horses.
  在餵完馬後，我們還要去餵綿羊。

- Today's grass looks fresh and clean.
  今天的牧草看起來很新鮮乾淨。

- The horses seem to have little appetite for grass on hot summer days.
  這麼熱的夏日，馬匹似乎沒什麼胃口。

- Let's give the horses a bath to cool them.
  我們來幫馬兒洗澡降溫。

- That white horse becomes more shining after being washed.
  那匹白馬在刷洗完後更加閃亮。

- I can't help but associate the horses with Prince Charming in fairy tales.
  我不知不覺把馬和童話故事中的白馬王子聯想在一起。

- How to deal with the fruit after picking them?
  水果摘下來後要怎麼處理？

- You have to pack the box with fruits.
  你需要把水果裝箱。

- Move the boxes to the truck after packing them.
  裝箱後要把箱子搬到貨車上。

- Don't forget to record the amount of boxes.
  別忘了紀錄箱子的數量。

- The truck will arrive here in ten minutes.
  貨車會在十分鐘內抵達。

- Be careful not to bruise the fruit.
  小心不要碰傷水果。

- I have to transport the fruit to its destination by tomorrow.
  明天前我必須把水果運到目的地。

- So, you have to work more efficiently.
  所以你們必須更有效率地工作。

- Time flies, this is already our last week working here.
  時光飛逝，這已經是我們最後一個禮拜在這裡工作。

- It's tiring but fun to work in the orchard.
  在果園工作很累卻很好玩。

- I acquire much useful knowledge about fruits from working here.
  在這裡工作，我學到很多和水果相關的實用知識。

- How did you get the information for working part-time here?
  你是如何得知這裡的打工資訊呢？

- I got on the Internet and saw the orchard owners' offering of jobs.
  我從網路上看到果園主人提供的職缺。

- I saw the help-wanted advertisement in the magazine.
  我在雜誌裡看到徵人啟事。

- Do you like the working environment so far?
  你還喜歡這裡的工作環境嗎？

- The fruit trees abound with fruits.
  果樹上結了好多果實。

- Where do you come from?
  你來自哪裡？

- I'm from Asia.
  我來自亞洲。

- Have you adapted to the environment yet?
  你適應這邊的環境了嗎？

- Everything is new and fresh to me.
  一切對我來說都很新鮮。

- What's the most difference between your country and here?
  這裡和你家鄉的最大差別是什麼？

- The weather is the most obvious difference.
  最明顯的不同是氣候。

38

- Would you be homesick during your stay?
  你這段時間會想家嗎？

- Sometimes I miss my hometown very much.
  有時候我很想念我的家鄉。

- How was your working today?
  今天工作得如何？

- We are busy picking plenty of fruits today.
  大家都忙著採收水果。

Unit3 | 派對 Party Time

- Could you please fix some sandwiches and cookies for the birthday party tonight?
  可以請你準備今天晚上生日派對的三明治跟餅乾嗎？

- Sure, but I need to set the table first.
  沒問題，但我要先整理桌子。

- After that, I will start to cook some pumpkin soup in the kitchen.
  然後，我就要到廚房開始煮一些南瓜湯。

- I know you are good at cooking.
  我知道你很擅長烹飪。

- I think the guests will begin to arrive one after another at around five o'clock in the afternoon.
  我想客人在大約下午五點的時候就會陸續抵達。

- Betty is outside the house with her children.
  貝蒂跟她的小孩在屋外了。

- Did you cook the pumpkin soup? It's really nice.
  這個南瓜湯是你自己煮的嗎？真的很棒。

- What do you have with you?
  你手上拿的是什麼東西？

- I am going to a party. This is a present for my girlfriend.
  我要去一個派對，這是要給我女朋友的禮物。

- Would you like to accompany me?
  你想跟我一起去嗎？

- My pleasure. Where does she have the party?
  這是我的榮幸，派對在哪裡舉辦的呢？

- Walking two blocks across the clinic, it's in the Holiday Inn.
  走兩個路口，診所對面的假日旅館。

- Before the party, I should buy some party balloons in the store.
  去派對前我應該要先去商店買一些派對用的汽球。

- There is a store selling lots of party supplies.
  那裡有一家店賣很多派對用品。

- There are many kinds of colorful balloons in this store.
  哇！這家店有好多種的彩色氣球。

- We're going to have a party this weekend.
  我們這個週末要開派對。

- Do you invite everyone to join in the fun?
  你會邀請大家來同樂嗎？

- Why don't we get together and go crazy?
  我們何不聚一聚，狂歡一下呢？

- You haven't changed at all, even though ten years have passed.
  儘管十年過去了，你卻完全沒有變。

- I would like to make a toast to our friendship. Cheers to you all.
  為了我們的友誼舉杯，大家乾杯。

- How often do you go to parties?
  你多常參加派對呢？

- I'm not a very sociable person. It's my first time.
  我是個不擅長社交的人，這是我的第一次。

- How can you miss the opportunity to know each other?
  你怎麼可以錯過認識彼此的機會呢？

- Thanks for inviting me to your birthday party.
  謝謝你邀請我參加你的生日派對。

- Hope you have a wonderful birthday.
  祝你有個很棒的生日。

- Birthday only comes around once a year. I'm going to throw a party to celebrate it.
  生日一年只有一次，我要舉辦派對來慶生。

- We are delighted to accept your invitation.
  我們很高興接受你的邀請。

- Here is the present that Henry and I prepared for you.
  這是我和亨利準備給你的禮物。

- This is the best birthday present I've ever gotten. Thanks a million!
  這是我收過最棒的禮物，非常謝謝你！

- How many candles should I put on the cake?
  我應該在蛋糕上插幾根蠟燭呢？

- When are you going to leave for America to study?
  你什麼時候要前往美國讀書呢？

- Did you open a checking account?
  你有開活期存款嗎？

Unit4 ︱節日慶典 Festivity

- Christmas is around the corner.
  聖誕節就要到了。

- How about decorating the Christmas tree with ornaments and tinsel?
  用裝飾品和金箔彩帶裝飾聖誕樹好嗎？

國外生活 | Abroad Chapter 3

- Go get all the gifts first and put them under the tree.
  先把禮物拿來放到樹下。

- Are you going to go to Mass on Christmas Eve?
  在聖誕夜你要去望彌撒嗎？

- You can open the gifts till we've had the huge Christmas feast.
  直到吃完聖誕大餐，你才可以打開禮物。

- Take a guess. What's inside the box?
  猜猜看，盒子裡是什麼呢？

- I can't wait to open my gifts.
  我等不及要打開我的禮物了。

- You'll have to wait till Christmas morning.
  直到聖誕節早上才可以打開禮物。

- Are you going to dress like a goblin?
  你要裝扮成小妖精嗎？

- I'm not going as anything.
  我不會扮成任何東西。

- I prefer to be a scary witch with blood.
  我比較想用血扮成恐怖的女巫。

- Could you go as a skeleton or a vampire instead?
  你可以改扮成骷髏或是吸血鬼嗎？

- I'll give in on the Casper.
  我妥協扮成小精靈好了。

- I haven't decided what I am going to be at the costume party.
  我還沒有決定好在化妝舞會裡要扮成什麼。

- What are you wearing for Halloween?
  你萬聖節要穿什麼呢？

- I have faith in you. Your costume will be the scariest one at the party.
  我對你有信心，你的服裝一定會是在派對裡最恐怖的。

- Welcome to our Thanksgiving party. Just make yourself at home.
  歡迎到我們的感恩節派對。不要客氣喔！

- What are the side dishes along with the roasted turkey?
  搭配火雞的配料是什麼呢？

- Taste the cranberry sauce and gravy for the turkey.
  嚐嚐和火雞搭配吃的蔓越莓醬和肉汁吧！

- How long does it take to roast the turkey?
  烤一隻火雞要多久的時間呢？

- Oh man! The turkey is tough and dry.
  天哪！這火雞又老又乾。

- The roasted turkey looks so juicy that I wouldn't miss it for the world to have a bite.
  這隻烤火雞看起來真多汁，無論如何我都不會錯過要嚐一口的。

- Who takes the charge of carving the turkey this time?
  這一次誰要負責切火雞呢？

- I starved myself for a day for this feast.
  我餓了一整天就為了這頓大餐。

- Let's cook the big feast for Mom on Mother's Day!
  在母親節這一天，我們來為媽媽做個大餐吧！

- Each mom is always putting their kids first.
  每個母親總是把孩子們放在第一位。

- A hug is a good way to express our gratitude to mom.
  擁抱是表達感謝母親的好方法。

- We really appreciate you that you always take care of us well.
  我們真的很感謝你總是把我們照顧得無微不至。

- I'm going to buy a huge bundle of red carnations to show her my love.
  為了表示我的愛意，我要買一大束紅色康乃馨給她。

- Today is Mother's Day. I'll give her a kiss to show my appreciation.
  今天是母親節，我要親吻她來表示我的感謝。

- Thank you for being the best mom in the world.
  謝謝你是全世界最棒的母親。

- There are a variety of floats on the street.
  街上有各式各樣的花車。

- It is going to be packed while the parade starts.
  當遊行開始時將會很擁擠。

Unit5 │ 公路旅行 Road Trip

- What kind of car would you want to rent?
  你想租哪一種車子？

- I have no idea. What's your recommendation?
  我沒有想法，可以推薦一下嗎？

- I want to rent a jeep.
  我想租一台吉普車。

- I need a car which can go on mountain roads.
  我需要一輛適合走山路的車。

- We have to check whether you have a driver's license or not.
  我們必須確認你是否有駕照。

- This is your car key.
  這是你的車鑰匙。

- Don't exceed the speed limit.
  不要超速。

- Remember to abide by the traffic rules.
  記得遵守交通規則。

- Please turn off the engine.
  請熄火。

- Drive a little forward, please.
  再往前開一點。

☐☐☐

- I want a 98 fill-up.
  98 加滿。

☐☐☐

- Please open the lid of the gas tank.
  請打開油箱蓋。

☐☐☐

- We have a car-washing service, too.
  我們也有提供洗車服務。

☐☐☐

- I think I have to inflate the tires later.
  我想我等下該為輪胎打氣。

☐☐☐

- This is your invoice.
  這是你的發票。

- You must be tired and hungry after driving for hours.
  開了好幾個小時的車，你一定又累又餓。

☐☐☐

- I haven't eaten or drunk water for several hours.
  我已經好幾個小時沒吃東西或喝水了。

☐☐☐

- There will be a rest area in fifty meters.
  再五十公尺會有一間休息站。

☐☐☐

- I will park my car before going shopping.
  我先停好車再去買東西。

☐☐☐

- I cannot believe that there are so many kinds of food in the rest area.
  我不敢相信休息站有賣這麼多東西。

☐☐☐

- Let's take a rest and buy something to eat.
  我們休息一下，買些東西吃。

- I want to buy some potato chips.
  我想買一些洋芋片。

- That is the most famous mascot in this city.
  這是城市中最有名的吉祥物。

- Wow! The dolphin mascot over there looks so cute.
  哇！那裡的海豚吉祥物好可愛。

- I want to take pictures with that mascot.
  我想跟那個吉祥物拍照。

- Look at the camera, say cheese!
  看鏡頭，笑一個！

- What is the statue over there?
  那邊是什麼雕像啊？

- That statue is one of the town's landmarks.
  這個雕像是這城鎮的地標之一。

- This picture is very perfect.
  這張照片拍得真棒。

- There are other mascots near the park.
  公園附近有其他的吉祥物。

- There are so many kinds of commodities in the stores.
  店裡有好多商品。

- The necklace is so eye-catching.
  那條項鍊真耀眼。

Unit1 | 生病 Get Sick

● ● ●

- Is this your first time coming to this hospital?
  你是第一次到這間醫院嗎？

- You have a slight GI infection.
  你有輕微的腸胃炎。

- Please fill out this information form.
  請填寫資本資料。

- I need your National Health Insurance card.
  我需要你的健保卡。

- I feel that my stomach is squeezed.
  我覺得我胃絞痛。

- I would like to make a registration.
  我想要掛號。

- I have an appointment with Dr. Yang of the Gastroenterology Department.
  我有掛楊醫師的腸胃科門診。

- I want to make an appointment with gastroenterology.
  我想要掛腸胃科。

- My eyes hurt a lot.
  我的眼睛好痛。

- Let me check your eyes with this apparatus.
  讓我用儀器檢查你的眼睛。

- Remember to go to bed earlier.
  記得要早一點睡覺。

- How long have you had the symptoms?
  這個症狀持續多久了？

- It has hurt for two weeks.
  已經痛兩個星期了。

- You are diagnosed with a sty.
  你長針眼了。

- How long does it take to recover?
  要多久才會好？

- I would like to make sure the name on the medicine bag is correct.
  我必須確認藥袋上的名字是正確的。

- Take the medicine after each meal.
  每餐飯後服藥。

- Take two tablets twice a day with warm water.
  一天吃兩次，每次兩顆，配溫開水。

- Don't take medicine with alcohol.
  不要用酒精飲料配藥。

- Let me tell you some directions for taking the medicine.
  讓我告訴你一些用藥的注意事項。

- What are the side effects of the medicine?
  這個藥有哪些副作用？

- You may feel sleepy after taking this medicine.
  服藥後可能會嗜睡。

- You will feel like vomiting after taking this drug.
  你吃藥後可能會想吐。

- Are you allergic to any drugs?
  你有對任何藥物過敏嗎？

- I'm allergic to protein.
  我對蛋白質過敏。

- Can you tell me your medical history?
  可以告訴我你的病史嗎？

- Don't worry. Everything will be alright.
  別擔心，一切都會沒事的。

- The anesthesiologist will anaesthetize you later.
  麻醉師等下將幫你麻醉。

- You will feel like falling asleep after being anaesthetized.
  麻醉後，你會像睡著一樣。

- Your tumor is going to be removed.
  你的腫瘤將被移除。

- Your father has signed the operational recognizance.
  你的父親已經簽了手術切結書。

- How do you feel now?
  現在覺得如何？

Unit2 | 車禍 Car Accident

● ● ●

- Why did you ride against the traffic?
  為什麼你要逆向騎車呢？

- Didn't you see the red light?
  你沒看到紅燈嗎？

- My driving light is broken.
  我的車頭燈壞了。

- My headstock was seriously damaged.
  我的車頭嚴重損毀。

- I have to call the police.
  我必須報警。

- How can you talk on the phone while driving?
  你怎麼可以邊講電話邊開車呢？

- We have to put warning signals in forty meters.
  我們必須在四十公尺外放置警告標誌。

- How come you sent text messages when you rode your motorcycle?
  你怎麼邊騎車邊傳簡訊？

- Hey! You are riding on the zebra crossing.
  嘿！你騎到斑馬線上了。

- It's safer to walk on the pavement.
  走人行道比較安全。

- I wonder how you got your license
  我很懷疑你怎麼考到駕照的。

- Why do you ride at such a high speed?
  你為什麼騎這麼快？

- You should have paid attention to the traffic.
  你應該要注意交通的。

- Smart phone addicts are more likely to be hit by vehicles.
  智慧型手機成癮者（低頭族）比較容易被車撞。

- Sorry, I am going to be late for work.
  抱歉，我上班快遲到了。

- It's perilous to drive at a high speed at the intersection.
  在十字路口高速騎車很危險的。

- There are always a lot of car accidents during rush hours.
  尖峰時刻總會發生很多車禍。

- That pedestrian was badly hurt.
  那位行人似乎傷的很嚴重。

- We have to obey the traffic rules.
  我們必須遵守交通規則。

- Drivers should concentrate.
  駕駛人必須專心。

- Pedestrians had better take the pedestrian bridge.
  行人最好能走天橋。

- I think the design of the traffic signal is so weird.
  我覺得交通號誌的設計很奇怪。

- It turns out that the driver doesn't have a license.
  結果那個駕駛者根本是無照駕駛。

- More haste, less speed.
  欲速則不達。

- It is against the law to turn left at a red light.
  紅燈左轉是違法的。

- You have to decelerate on the street corner.
  轉彎處你必須減速。

- You had already exceeded the speed limit.
  你已經超速了。

- Do you have any witness to prove your innocence?
  有目擊者能證明你的清白嗎？

- Please cooperate with the police.
  請配合警方。

- Don't interfere with the investigation.
  不要妨礙調查。

- Please show me your driving license.
  請出示駕照。

- Tell us the situation in detail.
  詳述當時的情況。

- Are you okay?
  你還好嗎？

- My elbows got bruised.
  我的手肘瘀青了。

Unit3 | 搶劫 Robbery

- Give me all of your money!
  把錢全部給我！

- Why don't you work to earn money?
  你為何不努力工作來賺錢？

- Don't you know that mugging is illegal?
  你不知道搶劫是犯法的嗎？

- I have no choice.
  我別無選擇了。

- I got fired and couldn't find any job.
  我被裁員而且找不到工作。

- I haven't eaten anything for two days
  我已經兩天沒有吃東西了。

- My wife is desperately in need of having an operation.
  我的妻子急需動手術。

- Many social organizations will be willing to help you.
  有很多社會機構願意幫助你的。

- I'm being robbed!
  我被搶劫了！

- Help! Someone looted my money.
  救命啊！有人搶我的錢。

- Is there anyone who can help me?
  有人可以幫幫我嗎？

- What's wrong with you, lady?
  小姐，你怎麼了？

- What happened to you?
  發生什麼事了？

- He vanished away in a few seconds.
  他瞬間消失了。

- The money is to pay for my children's tuition fee.
  那是要幫小孩付學費的錢。

- That man robbed me of my purse.
  那個男人搶走我的皮包。

- I want to report a robbery.
  我要報案。

- Can you tell me more details?
  可以告訴我更多詳情嗎？

- Someone is robbed by a motorcyclist.
  有人被飛車搶劫了。

- A woman's bag was grabbed on the street.
  一位女士在街上被搶劫了。

- A robbery took place downtown.
  市中心發生搶案。

- The motorcyclist had ridden to First Avenue.
  那名機車騎士騎往第一大道。

- The robber wore a black outfit.
  強盜全身都穿黑色。

- What is the suspect's most notable feature?
  嫌犯最明顯的特徵是什麼？

- Lay down your knife!
  把刀子放下！

- I am not afraid of your bat.
  我才不怕你的棍子。

- It's never too late to correct your errors.
  改過自新永遠不嫌晚。

- Return the wallet or I will hit you.
  不還包包我就打你。

- Give me your money or your life.
  不給錢就殺了你。

- Shame on you for robbing a weak lady.
  搶劫弱女子，你真丟臉。

- Don't poke your nose into others' business.
  不管多管閒事。

- Thanks for helping me.
  謝謝你幫助我。

- What are you yelling about?
  你在大叫什麼？

- That young lady took my purse away.
  那個年輕小姐拿走我的皮包。

Unit4 │迷路 Lose Way

- Excuse me, sir. Could you please tell me where the Art Museum is?
  先生，請問一下。可以請你告訴我美術館在哪裡嗎？

- How long does it take to go to the Central Park by walking?
  走路到中央公園要多久呢？

- That will take about 25 to 30 minutes to walk there. Taking the bus will be quicker.
  走路到那裡大概要花二十五到三十分鐘的時間。搭公車會比較快。

- Excuse me. Could you show me the way to Sunset Avenue?
  不好意思。你可以告訴我到日落大道怎麼走嗎？

- Go down this street for 2 blocks, turn left on Michigan Avenue, and the police station will be on the right.
  這條街往南走兩個街區，在密西根大道左轉，警察局就在右手邊。

- Could you please tell me where the closest beauty parlor is?
  你可以告訴我最近的美容院在哪裡嗎？

- Sorry, I'm not from this area. So, I have no idea.
  抱歉，我不住在這裡。所以我不知道。

- Could you tell me which this street is, please?
  可以請你告訴我這是哪一條街嗎？

- I'm positive that we are lost now.
  我確定我們現在迷路了。

- We have not yet seen the bus stop the local mentioned.
  我們還沒有看到當地人說的公車站。

- We have followed the directions that he gave us.
  我們已經照他給的方向走了。

- Does that sign say " Fifth Avenue"?
  那是「第五大道」的標誌嗎？

- If that is the sign for "Fifth Avenue," I think we have gone too far according to the map.
  如果那是「第五大道」的標誌，根據地圖，我想我們已經走太遠了。

- Let's turn around and pay attention to the store signs again!
  我們回頭並再次注意商店招牌吧！

- Why the park is on our left side now? It's totally different that the local said.
  為什麼現在公園在我們的左手邊呢？這和當地人說的完全不一樣。

- We should go around the park now.
  我們現在應該要繞著公園走。

- Excuse me. Do you know where Riverside Park is?
  不好意思，你知道河濱公園在哪裡嗎？

- The streets in this city look almost the same.
  這個城市的每條街看起來都好像。

- The road signs are not easy to understand.
  路標好難懂。

- I totally get lost in these maze-like streets.
  我完全在這像迷宮的街上迷路了。

- I should have brought maps with me this morning.
  我早上應該帶地圖出門的。

- You are heading in the wrong direction.
  你走錯方向了。

- No wonder I still cannot find the park.
  難怪我一直找不到公園。

- Next stop is SOGO Department Store.
  下一站是 SOGO 百貨公司。

- Excuse me. Is Taiwan Bank the next stop?
  不好意思，下一站是台灣銀行嗎？

- Will the bus pass by the Science Museum?
  公車會經過科博館嗎？

- The Art Museum is not on this bus route.
  這個公車路線不會經過美術館。

- Take bus No.999 if you want to go to the traditional market.
  要去傳統市場的話可以搭九九九號公車。

- Last time I took a bus was ten years ago.
  我搭公車已經是十年前的事了。

- Everything has varied at an amazing speed.
  所有的事物都改變得好快。

- Next we are going to go to the National Palace Museum.
  接下來我們要去故宮博物院。

- How can we get there?
  我們要如何去？

Unit5 | 遺失東西 Lose Something
● ● ●

- My wallet is gone!
  我的皮夾不見了！

- It seems that something is missing.
  好像有什麼東西不見了。

- Did you leave it in your house?
  你有把它放在家裡嗎？

- Is it possible that you left it on the MRT?
  你會不會是把它遺留在捷運上？

- Maybe you forgot to bring your wallet this morning.
  說不定你早上忘記帶皮夾。

- Was it stolen?
  難道是被偷走了？

- What can we do now?
  我們現在該怎麼辦？

- My credit card is also in that wallet.
  我的信用卡也在皮夾裡。

- What should I do if I lost my credit card?
  如果我信用卡不見該怎麼辦？

- Which counter is for credit card service?
  哪個櫃台負責信用卡業務？

- You can either stop using it or apply for a new one.
  你可以停用或申請新卡。

- When did you lose it?
  什麼時候不見的？

- I would like to report my lost card.
  我想掛失我的信用卡。

- Do I have to pay extra money for a new credit card?
  我需要為新的信用卡付額外的費用嗎？

- You have to pay the cost of production.
  你必須負擔製作的工本費。

- Will the process be complicated?
  程序會很繁瑣嗎？

- My cellphone is missing.
  我的手機不見了。

- I lost my purse.
  我把皮包弄丟了。

- Where did you lose your stuff?
  你的東西在哪裡不見的？

- You have to give one third of the money to whom finds your purse.
  你要給找到皮包的人三分之一的錢。

- How much is the money in your purse?
  你皮包裡有多少錢？

- There are nearly one thousand US dollars in my purse.
  我皮包裡有將近一千塊的美金。

- Can you tell me more details?
  可以告訴我更多細節嗎？

- Please leave your name and phone number.
  請留下你的姓名和電話號碼。

- Has my wallet been found yet?
  有找到我的皮夾了嗎？

- Did anyone discover my purse?
  有人發現我的皮包嗎？

- What does your wallet look like?
  你的皮夾長什麼樣？

- It is dark blue with a silver clasp.
  它是深藍色的，配有銀色扣環。

- It has a big teddy bear on its front side.
  包包前面有隻大泰迪熊。

- Is this the purse you lost?
  這是你遺失的包包嗎？

- It is my purse exactly.
  這正是我的皮包。

- I appreciate that it could be found back.
  我很感激它能被找回來。

- What's the man doing over there?
  那男人在那邊做什麼？

- The man is stealing that passerby's purse.
  那名男人正在偷路人的皮包。

- That woman took away the boy's wallet by stealth.
  那名女人偷偷拿走男孩的皮夾。

- The thief flees onto the bus.
  小偷逃到公車上了。

- It reminds us to keep an eye on our purses.
  這提醒我們要看好皮包。

- We have to be more attentive especially in the crowd.
  我們在人群中要更小心。

- They totally disregarded the law.
  他們根本目無法紀。

- We have to call the police.
  我們必須報警。

我用這幾句英文
在全世界交朋友 Making friends all over the world......

就算英文不夠好，也能夠用
最簡單的英文，走遍全世界！

覺得英文沒學好，不敢踏出台灣？自認不會說英文，看到外國人就逃跑？
其實英文不用太好，也能夠在全世界走透透！

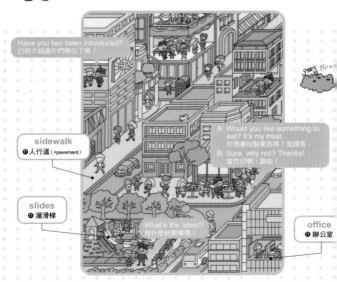

Have you two been introduced?
已經介紹過你們兩位了嗎？

A: Would you like something to eat? It's my treat.
你想要點點東西嗎？我請客。
B: Sure, why not? Thanks!
當然好啊！謝啦！

sidewalk
ⓝ 人行道（=pavement）

slides
ⓝ 溜滑梯

What's the latest?
有什麼新鮮事嗎？

office
ⓝ 辦公室

就算英文不好又怎樣，只要用這幾句英文，就能夠在全世界交朋友！
出國旅遊、短期留學、打工度假、擴展新視野，通通都適用！